2015 年度省部共建智库项目“丝绸之路文化先行战略与文化产业发展研究”专项经费资助出版

咏七夕诗词文赋考释新解

主　编　傅功振
副主编　段永升　张　华

陕西师范大学出版总社

图书代号　WX17N1359

图书在版编目(CIP)数据

咏七夕诗词文赋考释新解／傅功振主编. —西安：陕西师范大学出版总社有限公司，2019.11

ISBN 978-7-5613-9397-0

Ⅰ. ①咏…　Ⅱ. ①傅…　Ⅲ. ①古典诗歌—诗歌欣赏—中国　Ⅳ. ①I207.22

中国版本图书馆 CIP 数据核字(2017)第 144317 号

咏七夕诗词文赋考释新解

YONG QIXI SHICI WENFU KAOSHI XINJIE

傅功振　主编

责任编辑　郑世骏　冯新宏
责任校对　孙瑜鑫　冯新宏
封面设计　浥林书装
出版发行　陕西师范大学出版总社
（西安市长安南路 199 号　邮编 710062）
网　　址　http://www.snupg.com
经　　销　新华书店
印　　刷　西安日报社印务中心
开　　本　787mm×1092mm　1/16
印　　张　26.875
字　　数　360 千
版　　次　2019 年 11 月第 1 版
印　　次　2019 年 11 月第 1 次印刷
书　　号　ISBN 978-7-5613-9397-0
定　　价　128.00 元

读者购书、书店添货或发现印装质量问题，请与本社高等教育出版中心联系。
电话：(029)85303622(传真)　85307826

前　　言

王国维曾提出“吾辈生于今日，幸于纸上之材料外，更得地下之新材料”的所谓“二重证据法”，嗣后近百年成为人文社会科学研究的不二法门。对于民俗学研究来讲，丰富的田野调查可以弥补文献记载之不足，二者相得益彰，推动了中国近代民俗学研究的深入发展。基于对这一研究现状的认识，牛郎织女传说研究被纳入陕西师范大学“长安文化与中国文学”三期项目工程，力图以实际行动推动牛女传说的研究与普及。此前，《牛女传说田野调查报告》出版，对牛女传说在民间的流传进行了相对深入的调查，收集了大量的口述材料，而作为研究另一半的文献梳理却一直没有得到落实，本书就是为弥补这一不足，以求成为双璧。

牛女传说暨七夕传说一直是历代文人歌咏的对象。清人张潮在《幽梦影·交友》篇中将传统节日与交友进行了有趣的关联：“上元须酌豪友，端午须酌丽友，七夕须酌韵友，中秋须酌淡友，重九须酌逸友。”“七夕须酌韵友”深刻说明了古代七夕文人雅集、会友谈诗风气的盛行，其书写从宫廷内院到市井民间，涉及社会各个阶层，其数量之多、影响之远成为历代节日文学中备受瞩目的精彩华章。本书对七夕传说诗词文赋进行了收集整理和注释题解，以窥牛女传说之一斑。

一、牛郎织女传说的发展嬗变

牛郎织女传说故事的形成，经历了一个长期的发展嬗变过程。

（1）滥觞期。牛女传说的渊源可以追溯到《诗经·周南·汉广》，其诗云：

南有乔木，不可休息。汉有游女，不可求思。汉之广矣，不可泳思。江之永矣，不可方思。

翘翘错薪，言刈其楚。之子于归，言秣其马。汉之广矣，不可泳思。江之永矣，不可方思。

翘翘错薪，言刈其蒌。之子于归，言秣其驹。汉之广矣，不可泳思。江之永矣，不可方思。

《古诗十九首》“河汉清且浅，相去复几许。盈盈一水间，脉脉不得语”之句，即由《汉广》脱胎而来，但《汉广》却没有如此之感伤。从这个意义上来说，《诗经·汉广》一诗则是后世牛郎织女故事之滥觞。

（2）雏形期。牛女传说的雏形形成于《诗经·小雅·大东》，其诗有云：

或以其酒，不以其浆。鞙鞙佩璲，不以其长。维天有汉，监亦有光。跂彼织女，终日七襄。

虽则七襄，不成报章。睆彼牵牛，不以服箱。东有启明，西有长庚。有捄天毕，载施之行。

诗中“维天有汉，监亦有光。跂彼织女，终日七襄。虽则七襄，不成报章。睆彼牵牛，不以服箱”，这段有关织女、牵牛星宿的记载，被专家认为是牛郎织女传说的萌芽和胚胎。如果说，在《诗经·周南·汉广》中，汉广（即银河）成为先民仰观的对象，开始进入先民视野的话，那么，本首诗中出现的牵牛、织女、北斗、启明（即长庚）、簸箕等星，则进一步反映了先民对天象、天文认知水平的提高。此时的牵牛、织女作为星座出现在诗歌之中，虽有拟人化的成分，但感情关系较为模糊。牛郎、织女要真正成为中国人心目中追求婚姻幸福的崇拜者形象，还有待于后世文人的进一步发挥和提升。

（3）成型期。牛女传说定型于东汉文人五言诗《古诗十九首·迢迢牵牛星》，其诗云：

迢迢牵牛星，皎皎河汉女。
纤纤擢素手，札札弄机杼。
终日不成章，泣涕零如雨。
河汉清且浅，相去复几许？
盈盈一水间，脉脉不得语。

此诗开头牛郎织女并出，实际只写织女对牛郎的思念。织女举起纤纤素手穿梭织布，却终日不成匹章，只见她泪如雨下。以人在此而心在彼，以致织工失常来反映人物内心忧愁之极。后四句写织女与牛郎仅一水之隔，但可望而不可即，相视而不得语，只能含情脉脉，无限相思，以此回答上句“泣涕零如雨”的原因，进一步写出织女的离愁别恨。越强调相隔之近，然不能相见，以诉衷肠，越能见出织女哀怨之深。诗实以此喻情侣之人远而天涯近，能见而不能言。至此，牛郎织女的恋人关系已经清晰地显露出来。牛女传说的基本架构已经成型。

从《诗经·周南·汉广》到《诗经·小雅·大东》,再到《古诗十九首·迢迢牵牛星》,正体现了牛女爱情故事从无到有、由模糊到清晰、由天上到人间,乃至天上人间相互交错的发展历程。这个过程鲜明地昭示着先民们对于幸福生活的追求和向往,昭示着先民们无穷的想象力和丰富的创造力。《迢迢牵牛星》真正开始了人间以牛女爱情传说故事为载体,不懈追求可歌可泣的真挚爱情的步履！这一步,虽艰难,却稳健,开启了牛女爱情故事的新篇章。此后,牛女爱情在诗人的笔下一再被渲染、描绘,从而得到了中国人的普遍认同。在此后几千年的社会发展过程中,一直成为中国人的主流婚恋观之一,影响深远。

(4)成熟期。经历了滥觞期、雏形期和定型期之后,在漫长的历史进程中,牛郎、织女经过了由星到神再到人、由天上到人间的蜕变与成长,牛女故事在民间的影响变得越来越广泛而深远,逐渐成为人们追求美满爱情的象征和精神依托,渗透着许多深厚而温暖的人文情怀,为历代文人墨客不断演绎,渐趋成熟。汉代,长安斗门的昆明池旁已出现了牛郎织女的石像,牛女已经由天上来到人间。南北朝大文学家庾信首作《七夕赋》,云:

> 兔月先上,羊灯次安。睹牛星之曜景,视织女之阑干。于是秦娥丽妾,赵艳佳人,窈窕名燕,逶迤姓秦。嫌朝妆之半故,怜晚饰之全新。此时并舍房栊,共往庭中。缕条紧而贯矩,针鼻细而穿空。

此赋记载了当时七夕乞巧的习俗。南朝梁宗懔《荆楚岁时记》:“七月七日为牵牛织女聚会之夜。是夕,人家妇女结彩楼,穿七孔针,或以金银鍮石为针,陈瓜果于庭中以乞巧。”又载:“七月六日有雨谓之洒泪雨,七日雨则云洗车雨。”可见,南北朝时期,七夕乞巧就已经成为普遍流行的民俗事象。唐宋七夕节日习俗更加丰富盛行,包括唐玄宗在内,影响遍及各个阶层。此时,牛女传说在民间的盛行和文人的歌咏之中,内容更加丰富,情节更加动人,民俗事象也更为详尽多样,牛女传说进入成熟期。此时的诗词文赋以七夕为题或以其为内容的篇章最多,咏七夕成为历代文人相沿成习的一种创作活动。这一习惯一直延续到清末,贯穿整个封建社会始终。

二、牛郎织女传说的文化内涵

牛郎织女传说是农耕文明的产物,寄托了古人的家庭理想。古代先民在相对恶劣的自然环境中生产生活，没有放弃对理想婚姻爱情的追求。牛郎织女完美和谐的家庭模式反映了广大劳动人民的心声。对一儿一女的美满家庭的羡慕，对不拘权势、财富的自由婚姻，以及坚贞不渝的夫妻关系的向往，都是传统文化心理的重要组成部分。在家国同构的宗法社会形态中，家庭的和谐是社会和谐的基础和前提。从上述牛女传说发展嬗变的过程，可以看到其深刻的文化内涵。

(1)反映了传统婚恋观的转变。秦观《鹊桥仙》云：

纤云弄巧，飞星传恨，银汉迢迢暗度。金风玉露一相逢，便胜却人间无数。

柔情似水，佳期如梦，忍顾鹊桥归路。两情若是久长时，又岂在朝朝暮暮。

历代七夕诗文多以同情、怜悯、艳羡为情感基调，弥漫着悲戚之情和凄凉之感，秦观此词别树一帜，对牛郎织女两人的婚姻给予了充分的肯定和赞誉，“两情若是久长时，又岂在朝朝暮暮”指明了婚姻幸福的关键之所在。客观条件的制约，永远无法摧毁坚贞的感情，反而可以令其在风雨之中愈加坚不可摧。一个“事在人为”的婚恋观核心主题冲破了传统七夕诗文的情感基调，如一剂良药警醒世人。

(2)反映了古代劳动人民对“美”的认识和追求。牛女传说之美，美在对家庭婚姻的责任感和担当意识。牛郎织女结为连理，以其善良、勤劳、智慧维系家庭美满和谐，在受到巨大磨难，河汉永隔之后，仍坚贞不渝、默默相守，年年七夕深情团聚。其中牛女对家庭的责任感可谓感天动地。这种对美的认识是家庭关系和谐稳固的基础和前提，也是牛女传说的永恒价值意义所在。

(3)体现了对乞巧民俗事象认识的深入。传统乞巧意在追求勤劳、智慧、财富和幸福。多数文人对这一民俗事象津津乐道，大量诗篇描述了乞巧的热闹场景。然而，也有作家针对世俗之风，借题发挥、针砭时弊，体现了文人士大夫的社会担当。孙樵《乞巧对》就是其中的代表，其文曰：

孟秋暮天，当庭布筵，有瓜于盘，有果于盆，拜而言，若祈于神者。从而问之，对曰：“七夕祈巧祀也。若有求乎？”

樵应之曰：“吾守吾拙，以全吾节；巧如可求，适为吾羞。

“彼巧在言，便便翻翻，出口簧然，媚于人间。革白成黑，蛊直残德，誉跖为圣，谮回为贼，离间君亲，渎乱家国。

"彼巧在文，摘奇搴新，辖字束句。稽程合度，磨韵调声，决浊流清，雕枝镂英，花斗窠明。至有破经碎史，'稽古'倒置，大类于俳，观者启齿。下醨沈谢，上残骚雅，取媚于时，古风不归。

"彼巧在官，匑誉假善，咋舌钳口，媚灶赂权。忍耻受侮，愧畏如鼠，望尘扫门，指期九迁。君纳于违，赞唱菲菲，玩世偷安，败俗忝官。

"彼巧在工，坏诡不穷，嗤古笑朴，雕锼错落。凭云亘天，霍延绵，穷侈殚丽，越礼逾制。绣文锦幅，云绡雾縠，若出鬼力，大蠹妇织。遂使俗尚浮华，名溺于奢，雕家磨国，未骋胸臆，蛊于化源，戕此民力。

"由此观之，巧何足云。

"吾宝吾拙，虽与事阔，优游经史，卧云啸月。九衢喧喧，夹路朱门，晓鼓一发，车驰马奔。予方高枕，偃然就寝，腹坦鼻息，梦到乡国。槐花扑庭，鸣蜩噪晴，怀轴囊刺，门门买声。予方屏居，咏歌吾庐，对松欹石，莫知其余。上天赋性，吾岂无命，何求于巧，以挠吾静！吾方欲上叫帝阍，以窒巧门，使天下人，各归其根。无虑无思，其乐怡怡，耕食织衣，如上古时。巧乎巧乎，将何所施为？"

乞巧习俗的盛行反映了人们向往幸福美好生活的心理。然而，世人多为功名利禄的追求而不择手段，使得"乞巧"之"巧"无孔不入，走向了巧言、巧文、巧官、巧工等歪门邪道，成为谋取不义之财和沽名钓誉的工具，导致一系列社会丑恶现象的出现，贻害无穷。对传统"乞巧"习俗的引申发挥，是对勤劳、务实、淳朴、善良等传统美德的彰显。

三、牛郎织女传说的现实意义

古为今用是对传统学以致用思想的继承。牛郎织女传说的价值，更在于其对现实人生的警示作用。

当今社会与日俱增的离婚率，为我们重新反思当下婚姻观敲响了警钟。牛郎织女传说在婚姻上的启示作用愈发显著。结婚典礼的西方化并没有将宗教精神纳入其中，丧失了婚姻的神圣性，传统文化的优秀品质被搁置。牛郎织女故事被视为浪漫爱情的演绎，本身就是对其精神价值的解构。牛女传说始终以婚姻家庭为主体展开，其主旨正是对婚姻神圣和夫妻感情的歌颂与赞美。

传媒时代娱乐节目的低俗化倾向，对青少年的审美观产生了严重的负面影响，层出不穷的选秀、选美节目，对传统审美观产生了重大冲击，不少青年人的择偶标准发生了历史性变化，“高富帅”“白富美”成为许多未婚人士的择偶标准，享乐之风盛行，拜金主义严重，重视视觉感官而忽略了内在修养，不利于民族精神的现代传承。牛郎织女传说的感人之处，在于对家庭责任的担当，对勤劳、善良、忠贞等内在美的赞美。其婚姻排除了身份悬殊、贫富有别之干扰，情感与责任焕发出无穷的力量，演绎了美满婚姻的神话。

经济的飞速发展，刺激了人们的物欲，同时，也带来了机心智巧的泛滥。世间不乏聪明灵巧之人，人人皆欲乞巧，却在“巧”中慢慢偏离了正道，迷失了自我，反而弄巧成拙。牛女传说之“巧”是以责任担当为动力、以辛勤劳动为手段。孔子曾说：“富与贵，是人之所欲也；不以其道得之，不处也。贫与贱，是人之所恶也；不以其道得之，不去也。”（《论语·里仁》）“不义而富且贵，于我如浮云。”（《述而篇》）七夕乞巧习俗所乞之“巧”，只有取之有道，才能发挥正能量，不择手段的钻营势必会自食其果。对传统文化的解读，应立足于民族精神的丰厚土壤，使其中的优秀传统为今天的精神文明建设服务。

本书旨在全面展现古代诗词文赋对七夕的认识，以之为广大读者和民俗研究者提供较为全面的文献材料，故将一些稍有涉及牛女传说的材料也纳入其中，以求其全。然而，全面地搜索毕竟很难实现，肯定有不少疏漏，敬祈见谅，后面会尽力拾遗补阙，不断充实。因为资料繁杂，所选文体多样，主要以诗词文赋为主，根据篇目多少、影响大小排列，故亦以此命名。其中插入了数量较少的曲，不再于书名中提及。由于所选诗文自《诗经》以迄清末，时间跨度较长，作者水平各异，从谋篇立意到艺术手法，可谓鱼龙混杂、良莠不齐，虽有注释和题解力图稍作提示以便阅读，然而由于编者水平有限，所作注解难免有许多偏颇与错漏之处，敬请广大读者批评指正！

傅功振

2015 年 1 月 29 日

目录

诗

先秦

两汉

魏晋南北朝

隋唐五代

两　宋

辽　金

元　代

明　代

清　代

词　　曲

唐、五代

两　　宋

元　代

明　代

清　代

文　赋

两　汉

魏晋南北朝

唐　代

宋

明　代

清

诗

先　秦

诗经·周南·汉广①

南有乔木，不可休息②。汉有游女，不可求思③。汉之广矣，不可泳思④。江之永矣，不可方思⑤。

翘翘错薪，言刈其楚⑥。之子于归，言秣其马⑦。汉之广矣，不可泳思。江之永矣，不可方思。

翘翘错薪，言刈其蒌⑧。之子于归，言秣其驹⑨。汉之广矣，不可泳思。江之永矣，不可方思。

【注释】

① 汉广：汉水名也。《尚书》曰："嶓冢导漾，东流为汉。"　② 乔：姚际恒曰："乔，高也。借言乔木本可休而不可休，以况游女本可求而不可求。""休息"一作"休思"。思：语助词，无义。毛传："思，辞也。"　③ 游女：朱熹曰："江汉之俗，其女好游，汉魏以后犹然。"　④ 泳：在水里游动。毛传："潜行为泳。"　⑤ 永：毛传："永，长。方，泭也。"按泭也作桴，即竹木筏。此句意谓汉水长且宽广，无法用竹木筏渡过。　⑥ 翘翘：朱熹曰："翘翘，秀起之貌。错，杂也。"言：语助词，无义，用于句中或句首。刈：割。楚：马鞭草科，落叶灌木或小乔木，南北皆有，又名荆，俗名荆梢。　⑦ 之子于归：这个女子要出嫁了。之，这；子，古代兼指儿女，在这里专指女

性；于归，古代指女子出嫁。于，虚词，无实义；归，回家。朱熹集传："妇人谓嫁曰归。"秣：喂牲口。 ⑧ 蒌（lóu）：多年生草本植物，多生于水滨，亦称"白蒿"。 ⑨ 驹：少壮的骏马。

【题解】

本诗描写一位男子爱上一位江上往来的姑娘，但是追求失败，诗中充满了深深的叹息和徘徊瞻望。诗中反复以乔木不可休与江汉不可渡，比喻游女不可求。第二、三节又写他的幻想，寄托着内心热烈的向往，而面对不可得的现实，更增强了失望与无可奈何之感，尤其感人。诗中江永、汉广，全是为"不可求思"设景，则刈楚、刈蒌、秣马、秣驹，自然也都是为思而设事。此诗之中，银河是作为一种具有阻隔意味的意象出现的。后来，《古诗十九首》"河汉清且浅，相去复几许。盈盈一水间，脉脉不得语"之句，便由《汉广》脱胎而来，但《汉广》却没有如此之感伤。从这个意义上来说，《诗经·汉广》一诗则是后世牛郎织女故事之滥觞。

（段永升）

诗经·大雅·棫朴

芃芃棫朴，薪之槱之①。济济辟王，左右趣之②。

济济辟王，左右奉璋③。奉璋峨峨，髦士攸宜④。

淠彼泾舟，烝徒楫之⑤。周王于迈，六师及之⑥。

倬彼云汉，为章于天⑦。周王寿考，遐不作人⑧。

追琢其章，金玉其相⑨。勉勉我王，纲纪四方⑩。

【注释】

① 芃（péng）芃：植物茂盛貌。棫（yù）朴：棫，白桵（ruí）；朴，枹（bāo）木，二者均为灌木名。薪：动词，斫以为薪。槱（yóu）：聚积木柴以备燃烧。 ② 济（jǐ）济：美好貌，庄敬貌。辟（bì）王：君王。趣（qū）：通"趋"，趋向，归向。 ③ 奉（pěng）：通"捧"。璋：即"璋瓒"，祭祀时盛酒的玉器。 ④ 峨峨：盛装壮美的样子。髦士：俊士，优秀之士。攸：所。宜：适合。 ⑤ 淠（pì）：船行貌。泾：泾河。烝（zhēng）徒：众人。楫之：举桨划船。 ⑥ 周王：文王也。于迈：于征，出征。迈，行也。师：

军队，两千五百人为一师。及：与也，追随。 ⑦ 倬(zhuō)：广大。云汉：银河。章：文章，文采。 ⑧ 寿考：长寿。文王是时九十余矣，故云“寿考”。遐：通“何”。作人：培育、造就人。此句意谓周文王变化纣之恶俗，近如新作人也。 ⑨ 追(duī)：通“雕”。追琢，即雕琢。相：内质，质地。 ⑩ 勉勉：勤勉不已。纲纪：治理，管理。

【题解】

此诗是《大雅》的第四篇，与前三篇一样，也是赞美周王的作品。但赞美的究竟是哪一位，却不像前三篇那样具体有所指，只是因为诗中提到“周王寿考”，而传说周文王活了九十七岁，所以历来认为非文王莫属。全诗五章，每章四句。除第二章外，其余四章均以兴为发端，这在《大雅》中是罕见的。首章总述周王有德，众士所归。而士分文、武，故二、三章又分而述之，以补足深化首章之意。如果说，前三章是以众望所归来烘托周王的话，那么，后两章则转为直接歌颂周王的盛德了。

尤其是第四章，以“云汉”起兴。郑笺曰：“云汉之在天，其为文章，譬犹天子为法度于天下。”姚际恒《诗经通义》云：“此章言文王法天之文章，以兴文治而作人材也。”方玉润《诗经原始》云：“(四章)以天文喻人文，光焰何止万丈长耶！”足见此时先民对天象的重视，而此时的银河是作为一种比兴的对象而出现于诗中的，至于牛郎星、织女星与银河同时出现于诗中，则还有很漫长的路要走。

（段永升）

诗经·大雅·云汉

倬彼云汉，昭回于天[①]。王曰於乎，何辜今之人[②]？天降丧乱，饥馑荐臻[③]。靡神不举，靡爱斯牲[④]。圭璧既卒，宁莫我听[⑤]？

旱既大甚，蕴隆虫虫[⑥]。不殄禋祀，自郊徂宫[⑦]。上下奠瘗，靡神不宗[⑧]。后稷不克，上帝不临[⑨]。耗斁下土，宁丁我躬[⑩]？

旱既大甚，则不可推。兢兢业业，如霆如雷[⑪]。周余黎民，靡有孑遗[⑫]。昊天上帝，则不我遗[⑬]。胡不相畏？先祖于摧[⑭]？

旱既大甚，则不可沮[⑮]。赫赫炎炎，云我无所[⑯]。大命近止，靡瞻靡顾[⑰]。群公先正，则不我助[⑱]。父母先祖，胡宁忍予[⑲]？

旱既大甚，涤涤山川[20]。旱魃为虐，如惔如焚[21]。我心惮暑，忧心如熏[22]。群公先正，则不我闻[23]。昊天上帝，宁俾我遯[24]？

旱既大甚，黾勉畏去[25]。胡宁瘨我以旱？憯不知其故[26]。祈年孔夙，方社不莫[27]。昊天上帝，则不我虞[28]。敬恭明神，宜无悔怒。

旱既大甚，散无友纪[29]。鞫哉庶正，疚哉冢宰[30]。趣马师氏，膳夫左右[31]；靡人不周，无不能止[32]。瞻卬昊天，云如何里[33]？

瞻卬昊天，有嘒其星[34]。大夫君子，昭假无赢[35]。大命近止，无弃尔成[36]！何求为我，以戾庶正[37]。瞻卬昊天，曷惠其宁[38]？

【注释】

① 倬(zhuō)：大。云汉：银河。昭：光。回：转。 ② 於(wū)乎：即“呜呼”，叹词。辜：罪。 ③ 荐：重，再。臻：至。荐臻，犹今言频仍。 ④ 靡：无，不。举：祭。爱：吝惜，舍不得。牲：祭祀用的牛羊豕等。 ⑤ 圭、璧：均是古玉器。周人祭神用玉器，祭天神则焚玉，祭山神则埋玉，祭水神则沉玉，祭人鬼则藏玉。宁：乃。莫我听：即莫听我。 ⑥ 大(tài)甚：大，同“太”。甚，厉害。蕴隆：谓暑气郁积而隆盛。虫虫：热气熏蒸的样子。 ⑦ 殄(tiǎn)：断绝。禋(yīn)祀：祭天神的典礼。以玉帛及牺牲加于柴上焚之，使升烟，以祀天神。本指祀昊天上帝，引申之则凡祀日月星辰等天神，统称禋祀。宫：祭天之坛。 ⑧ 奠：陈列祭品。瘗(yì)：指把祭品埋在地下以祭地神。宗：尊敬。 ⑨“后稷”二句：意谓后稷恐怕难救周民，上帝也不理受难众生。克，能够。临，面对，引为理睬。 ⑩ 斁(dù)：败坏。丁：当，遭逢。躬：自身。 ⑪“兢兢”二句：犹言整天小心翼翼战战兢兢。兢兢，恐也。业业，危也。 ⑫ 黎：众。孑遗：遗留，剩余。 ⑬ 昊天：广大的天。遗(wèi)：赠。⑭ 胡：文言疑问词，为什么，何故。于：助词。摧：灭。 ⑮ 沮(jǔ)：止。 ⑯“赫赫”二句：犹言赤日炎炎热气腾腾，哪里还有遮阴之处？赫赫，旱气也。炎炎，炎热貌。云：古“云”字，有庇荫义。 ⑰ 大命：此谓死亡之天命，即死亡之期。 ⑱ 群公：犹百辟，先世诸侯之神。正：官长。先正，谓先世卿士之神。则：表示转折，却。⑲ 宁：宁可，宁愿。忍：忍心，残忍。 ⑳ 涤涤：光秃无草木的样子。此句犹言天气炎热，至于山无木，川无水。 ㉑ 旱魃(bá)：古代传说中造成旱灾的鬼怪。惔(tán)：火烧。 ㉒ 惮：畏。熏：灼。 ㉓ 闻(wèn)：通“问”，恤问。 ㉔ 宁：岂，

难道。俾(bǐ):使。遯(dùn):今作“遁”,逃。㉕ 黾(mǐn)勉:勉力为之,谓尽力事神,急于祷请。畏去:犹言使所畏惧者离去。所畏惧者,魃也。㉖ 瘨(diān):病。憯(cǎn):曾。㉗ 祈年:指“孟春祈谷于上帝,孟冬祈来年于天宗”之祭礼。孔夙(sù):很早。方:祭四方之神。社:祭土神。莫(mù):古“暮”字,晚。㉘ 则:表示转折,却。虞:助。㉙ 散:懒散,不检束。友:通“有”。纪:纪纲,法度。㉚ 鞫(jū):困,束手无策。庶正:众官之长。疚:忧苦。冢宰:周代官名,为百官之长,相当于后世的宰相。㉛ 趣马:掌管国王马匹的官。师氏:官名,主管教导国王和贵族的子弟。膳夫:主管国王、后妃饮食的官。左右:左右之大夫、士诸官。㉜ 周:救济、周济。无不能止:犹言无止不能也。意谓后日乏无,不能豫止。㉝ 卬(yǎng):通“仰”。里:犹“已”,治理。㉞ 嘒(huì):微小而众多的样子。㉟ 昭,明也:借为“嘏(gǔ)”,告。无赢:犹言无爽,即无差池。㊱ 成:功。㊲ 戾(lì):安定。㊳ 曷:何,何时。惠:赐。宁:安宁。

【题解】

这是一首写周宣王忧旱的诗,是所谓“宣王变《大雅》”的第一篇(其他五篇是《崧高》《烝民》《韩奕》《江汉》和《常武》)。通过比较详尽的叙写,具体深入地反映了西周末期那场大旱的严重,抒发了宣王为旱灾而愁苦的心情。宣王时发生的这场旱灾,在汉、晋人的著作中虽有记载,但大都是据此诗而来,零星简略,不似此诗具体、全面、深入。所以,这首诗具有极高的史料价值。

诗共八章,每章十句。统观全诗,作者对这次持久难弭的灾祸从旱象、旱情、造成的惨重损失,及所引起的心理恐慌等方面做了充分的描写。这场大旱就是死亡之神的降临,可以摧毁一切,消灭人类。在那个生产力水平还很低的时代,它会造成怎样的人间灾难,是不难想象的。这首诗在写宣王忧旱的同时,也写了他的事天之敬及事神之诚。在人们抵御自然灾害的能力还极其有限的西周末期,面对无法战胜的灾害,对虚无缥缈的上帝和神灵产生敬畏乞求心理,也是不难理解的。

诗一开篇就提到“云汉”,表明天上银河此时已经进入人们的视野之中,先民开始将战胜自然灾害的愿望寄托于上天了。在此诗之中,银河与牛郎星、织女星还没有联系在一起,银河仍是上天意象的代表物。

(段永升)

诗经·小雅·大东[1]

有饛簋飧，有捄棘匕[2]。周道如砥，其直如矢[3]。
君子所履，小人所视[4]。睠言顾之，潸焉出涕[5]。
小东大东，杼柚其空[6]。纠纠葛屦，可以履霜[7]？
佻佻公子，行彼周行[8]。既往既来，使我心疚[9]。
有冽氿泉，无浸获薪[10]。契契寤叹，哀我惮人[11]。
薪是获薪，尚可载也[12]。哀我惮人，亦可息也[13]。
东人之子，职劳不来[14]。西人之子，粲粲衣服[15]。
舟人之子，熊罴是裘[16]。私人之子，百僚是试[17]。
或以其酒，不以其浆[18]。鞙鞙佩璲，不以其长[19]。
维天有汉，监亦有光[20]。跂彼织女，终日七襄[21]。
虽则七襄，不成报章[22]。睆彼牵牛，不以服箱[23]。
东有启明，西有长庚[24]。有捄天毕，载施之行[25]。
维南有箕，不可以簸扬[26]。维北有斗，不可以挹酒浆[27]。
维南有箕，载翕其舌[28]。维北有斗，西柄之揭[29]。

【注释】

① 大东：西周初年，"三监"叛乱，殷商后裔武庚联合东方旧属国奄(今山东曲阜)、蒲姑(今山东博兴)及徐夷、淮夷起兵反周。周公东征，经过三年战争，诛武庚，黜"三监"，攻灭奄、蒲姑等十七国。继而，歼殷顽，封建姬姓大国(鲁、齐、卫、燕)监视东方各小国，实行分区经营。距镐京较近各小国统称小东，较远的各小国统称大东。为加强控制，从镐京到东方各国修筑一条战略公路。据《逸周书》："辟开修道，五里有郊，十里有井，二十里有舍。"即所谓"周道"，或称"周行"，从西方向东方运输军队和军用物资，运回西方贡赋和征敛的财富。对东方各小国来说，这如同一条吸血管。这首诗所描写的，正是西周统治者通过这条"周道"给被征服的东方人民带来的压榨、劳役、困苦、怨愤和沉痛的叹息。 ② 饛(méng)：食物满器貌。簋(guǐ)：古代一种圆口、圈足、有盖、有座的食器，青铜制或陶制，供统治阶级

使用。飧(sūn):熟食,晚饭。捄(qiú):曲而长貌。棘匕:酸枣木做的勺匙。③ 周道:大路。砥:磨刀石,用以形容道路平坦。矢:箭。 ④ 君子:统治阶级的人,与下句的“小人”相对。小人指被统治的民众。 ⑤ 睠(juàn):同“眷”。潸(shān):流泪貌。 ⑥ 小东大东:西周时代以镐京为中心,统称东方各诸侯国为东国,以远近分,近者为小东,远者为大东。杼柚(zhù zhóu):杼,织机之梭;柚,同“轴”,织机之大轴;合称指织布机。 ⑦ 纠纠:缠苦貌。葛屦:葛,葛草,茎皮可制葛布;屦,鞋。可:通“何”(用俞樾说)。 ⑧ 佻(tiāo)佻:豫逸轻狂貌。周行(háng):同“周道”。行,道路。 ⑨ 既来既往:指佻佻公子乘着大车来了去,去了又来。疚:忧苦。 ⑩ 氿(guǐ)泉:泉流受阻溢而自旁侧流出的泉水,狭而长。获薪:砍下的薪柴。王宗石《诗经分类诠释》认为“获”为“檴”的假借,即榆木,如《诗经》诸篇中《凯风》《东山》《车辖》诸篇之棘薪、栗薪、樵薪。 ⑪ 契契:忧苦貌。寤叹:不寐而叹。惮:同“瘅”,疲苦成病。 ⑫ 薪是获薪:砍下这些柴火。薪,砍柴。是,这。载,装上车。 ⑬ 息:休息。 ⑭ 职劳:从事劳役。来:“勑”的借字,慰勉。 ⑮ 西人:周人。粲粲:华美的样子。 ⑯ 舟人:郑笺:“舟,当作周。”一说为舟楫之人,周人中之低贱者。熊罴是裘:郑笺谓“裘当作求”,这句意即狩猎求取熊罴。一说,穿着用熊皮、马熊皮为料制的皮袍。是,宾语前置的标志,无义。二说均通。 ⑰ 私人:家奴。百僚:犹云百隶、百仆。试:任用。 ⑱ 或:有的人。以:用。浆:米浆。“不以其浆”前承前省“或”字。 ⑲ 鞙(juān)鞙:形容玉圆(或长)之貌。璲(suí):贵族佩带上镶的宝玉。不以其长:以,因。长,善。郑笺:“佩之鞙鞙然,居其官职,非其才之所长也,徒美其佩而无其德,刺其素餐。” ⑳ 维:文言助词,用于句首或句中。汉:银河。监:同“鉴”,照。 ㉑ 跂(qí):同“歧”,分叉状。织女:三星组成的星座名,呈三角形,位于银河北侧。七襄:七次移易位置。古人一天分十二时辰,白日分卯时至酉时共七个时辰,织女星座每一个时辰移动一次。㉒ 报章:报,复,指织机的梭子引线往复织作;章,经纬纹理。不成报章,即织不成布帛。 ㉓ 睆(huǎn):明亮貌。牵牛:三颗星组成的星座名,又名河鼓星,俗名牛郎星,在银河南侧。服箱:驾车运载。服,负载;箱,车斗。 ㉔ 启明、长庚:金星(又名太白星)晨在东方,叫启明,夕在西方,叫长庚。 ㉕ 天毕:即毕星,八星组成的星座,状如捕兔的毕网,网小而柄长,手持之捕兔。施:布陈。 ㉖ 箕:俗称簸箕星,四星组成的星座,形如簸箕,距离较远的两星之间是箕口。簸扬:用簸箕颠动米粮，扬去糠秕和灰尘。㉗斗：南斗星座，位置在箕星之北。挹：舀。㉘翕：吸引。翕其舌，吸着舌头。箕星底狭口大，好像向内吸舌若吞噬之状。㉙西柄之揭：南斗星座呈斗形有柄，天体运行，其柄常在西方。揭，举起。这句形容西方执柄举向东方。

【题解】

这首诗是中国诗史上第一篇明确描写牛郎织女的诗歌，诗中象征、隐喻、鲜明的对比、丰富而奇幻的想象交错运用，真实而深刻地展现了西周统治者通过“周道”给被征服的东方人民带来的压榨、劳役、困苦，反映了被压迫者的怨愤和沉痛的叹息。《毛诗序》曰：“《大东》，刺乱也。东国困于役而伤于财，谭大夫作是诗以告病。”历代传笺疏注说解，基本上没有大的出入，肯定这是被征服的东方诸侯国臣民怨刺周王朝统治的诗歌作品。

这首长诗，通篇运用对比和暗喻，由现实的人间至虚幻的星空，展开东方人民遭受沉痛压榨的困苦图景和诗人忧愤抗争的激情。思路递进而奇崛，意蕴丰富而深厚。吴闿生《诗义会通》评论曰：“文情俶诡奇幻，不可方物，在《风》《雅》中为别词，开辞赋之先声。后半措词运笔，极似《离骚》，实三代之奇文也。”此诗为风诗，是《诗经》之中众多精彩风诗中的一首，充分体现出《诗经》编纂者对国计民生的热切关注。这也许是《诗经》成为儒家经典著作的重要原因之一吧！

诗中“维天有汉，监亦有光。跂彼织女，终日七襄。虽则七襄，不成报章。睆彼牵牛，不以服箱”，这段有关织女、牵牛星宿的记载，被专家认为是牛郎织女传说的萌芽和胚胎。如果说，在《诗经·周南·汉广》中，汉广（即银河）成为先民仰观俯察的对象，开始进入先民视野的话，那么，本首诗中出现的牵牛、织女、北斗、启明（即长庚）、簸箕等星，则更进一步反映了先民对天象、天文的认知水平的提高。而此时的牵牛、织女作为星座出现在诗歌之中，其虽有拟人化的成分，但感情关系较为模糊。牛郎、织女要真正成为中国人心目中追求爱情幸福的崇拜者形象，还有待于后世文人的进一步发挥和提升。

（段永升）

两　汉

古诗十九首

其十①

迢迢牵牛星②,皎皎河汉女③。
纤纤擢素手④,札札弄机杼⑤;
终日不成章⑥,泣涕零如雨⑦;
河汉清且浅,相去复几许!
盈盈一水间⑧,脉脉不得语⑨。

【注释】

①《古诗十九首》始载于《昭明文选》,其中十二首复见于《玉台新咏》。十二首中之八首,题为枚乘《杂诗》,《乐府诗集》收有三首。古诗为文选楼诸学士对古无名氏所做五言诗之总称,《古诗十九首》则为《昭明文选》之专称也。 ② 迢迢:远貌。牵牛星:天鹰星座主星,俗名扁担星,在银河南。 ③ 皎皎:明貌。河汉:银河。河汉女:即织女星,为天琴星座主星,在银河北,与牵牛星隔河相对。 ④ 纤纤:柔长貌。擢(zhuó):举起。素手:洁白的手指。 ⑤ 札札:织机声。机杼(zhù):织布梭。 ⑥ 章:布匹上的经纬纹理,此代布匹。《诗经·小雅·大东》:“跂彼织女,终日七襄。虽则七襄,不成报章。”意指织女星本不会织布,徒有虚名。此化用其意,言因终日相思,无心织布。 ⑦ 零:落下。 ⑧ 盈盈:水清浅貌。一水:天河。 ⑨ 脉脉:指含情脉脉,彼此相视。

【题解】

此诗开头牛郎织女并出,实际只写织女对牛郎的思念。织女举起纤纤素手穿梭织布,却终日不成布匹,只见她泪如雨下。以人在此而心在彼,以致工作失常来反映人物内心忧愁之极。后四句写织女与牛郎仅一水之隔，但可望而不可即，相视而不得语，只能含情脉脉，无限相思。以此回答上句“泣涕零如雨”的原因，进一步写出织女的离愁别恨，越强调相隔之近，越能见出织女哀怨之深。诗实以此喻情侣之人远而天涯近，能见而不能言。

《诗经·小雅·大东》中，牛郎、织女感情关系不很明朗，在漫长的历史进程中，牛郎、织女在经过了由星到神再到人、由天上到人间的蜕变与成长，牛女故事在民间的影响变得越来越广泛而深远，从而成了人们追求美满爱情的象征和精神依托，渗透着许多深厚而温暖的人文情怀，为历代诗人所喜爱。从《诗经·周南·汉广》到《诗经·小雅·大东》，再到《古诗十九首·迢迢牵牛星》，正体现了牛女故事从无到有、由虚幻到真实、由天上到人间，乃至天上人间相互交错的发展历程。这个过程鲜明地昭示着先民们对于美满幸福生活的追求和向往，昭示着先民们无穷的想象力和丰富的创造力。《迢迢牵牛星》真正开始了人间以牛女爱情传说故事为载体，不懈追求可歌可泣的真挚爱情的步履！这一步，虽艰难，却稳健，开启了牛女爱情故事的新篇章。此后，牛女爱情在诗人的笔下一再被渲染、描绘，从而得到了中国人的普遍认同，在此后几千年的社会发展过程中，一直成为中国人的主流婚恋观之一，影响深远。

（叶姝　段永升）

其十五

生年不满百，长怀千岁忧。
昼短苦夜长，何不秉烛游①？
为乐当及时，何能待来兹②？
愚者爱惜费③，但为后世嗤。
仙人王子乔，难可与等期。

【注释】

① 秉：持。 ② 来兹：来年。兹，年。 ③ 惜费：吝惜钱财。

【题解】

对人生价值的怀疑,似乎常常是因为生活的苦闷。在苦闷中看人生,许多传统的观念,都会在怀疑的目光中倒塌。这首诗就对传统的看法提出了质疑。首先,对那些终日忧心忡忡的人进行讽刺——人很少能活到一百岁,却总有人常常想到一千年的烦恼与忧愁。既然生命的长短有限,白天是那么短暂,而夜晚又是那么漫长,何不手持烛火去游乐呢?行乐就应当及时啊!哪能总等到来年呢?那些只知道吝惜钱财的人,也许只能换来后世之人的嗤笑啊!虽然也想着像王子乔一样,乘鹤仙去,但又有谁知道那是什么时候呢?

(杨文学　项波)

七日夜女歌九首

其一

三春怨离泣①,九秋欣期歌②。
驾鸾行日时③,月明济长河④。

【注释】

① 三春:旧称农历正月为孟春,二月为仲春,三月为季春,合称“三春”。② 九秋:指秋季的九十天。此指秋季的第一个月。七月七日已进入秋季。 ③ 鸾(luán):鸾车,即有鸾铃的车。日时:指白天。 ④ 长河:此指天河。济:渡过。

【题解】

开篇抒情,后二句想象行路情景,见织女心情急迫。

其二

长河起秋云,汉渚风凉发①。
含欣出霄路,可笑向明月②。

【注释】

① 汉渚:亦即长河,并非银河中之小洲。 ② 可笑:“可”常用来赞美一种美好的形态或意念,如“可人”“可儿”“可意”等,“可笑”表示一种美好形态。明月:上弦月非皎皎明月,不过正见织女此时心情愉快,觉得今晚的月亮特别明亮。

【题解】

方始明确写到所咏为牛郎织女事。前句写景:银河上凉风飒飒,吹动得秋云漫天流荡。为人物出场营造环境气氛。“起”“发”为动词,更增添它们的气势,一派秋意、秋情立现眼前。“含”句方始出现织女身影。含欣,示其欢悦。“出”字让人仿佛见她沿着云霄之路袅袅走来,人物情态概见。

其三

金风起汉曲①,素月明河边。
七章未成匹②,飞燕起长川③。

【注释】

① 金风:秋风。古代以阴阳五行解释季节变化,秋属金,故称金风。汉曲:此指河曲,同下一句的“河边”。曲,曲折隐秘的地方。 ② 七章未成匹:指织女三星从早到晚虽更动七次位置,终日忙碌,却不能织成彩章。 ③ 飞燕:一作“飞鸾”,以之喻织女。起:迅速动身出发。长川:银河。

【题解】

紧承上首意,写周遭环境气氛。金风、汉曲、素月、河边,均给人一种明快爽洁之感。接云织女心情急迫,以致布未成匹,便要急于赴会了。

其四

春离隔寒暑①,明秋暂一会②。
两叹别日长,双情若饥渴。

【注释】

① 春:指一年。 ② 暂:极言时间之短促。

【题解】

此首写牛郎织女会面时的感慨。后二句"两叹""双情"足见牛郎、织女心心相印,相思之苦、相逢之乐,两相对照之下,足显爱情之艰难。

其五

婉娈不终夕[①],一别周年期。
桑蚕不作茧,昼夜长悬丝[②]。

【注释】

① 婉娈(luán):亲爱义。夕:夜。 ② 丝:与"思"谐音,"悬丝"即"悬思"。

【题解】

首二句写牛郎织女七夕相会,一别就是一年。接二句用"吴声歌曲"常见的双关谐音修辞手法,来抒"婉娈"之情。蚕眠四次,停止进食,吐丝作茧,是生理自然状态,"不作茧"应下句"昼夜长悬丝"。"吴声歌曲"形成"上句述其语,下句释其义"的表达方式,即上句先言一件事物,次句始成一个完整意思,而双关也在这句中显现。双关谐音既使诗思更缠绵婉转,也别有一番情趣。

其六

灵匹怨离处[①],索居隔长河。
玄云不应雷[②],是侬啼叹歌[③]。

【注释】

① 灵匹:神仙配偶,指牵牛、织女二星。 ② 玄云:黑云。应:应合。 ③ 侬:我。啼:哭而有声。叹:叹息。

【题解】

首二句“怨”“隔”虽从织女口中出，但为牛郎、织女共有。接着用比喻陈述痛苦情怀。

其七

振玉下金阶①，拭眼瞩星兰②。
惆怅登云轺③，悲恨两情殚④。

【注释】

① 玉：佩玉，古代贵族身上佩戴的玉器。 ② 星兰：疑当作“星阑”，天曙则星阑。 ③ 云轺（yáo）：似指“云车”，即传说中仙人所乘之车。轺，古代轻捷的马车。 ④ 殚：尽也。

【题解】

写相会后的离别。言“玉”而“振”，正是因“下金阶”，即将踏上归途。此时，她瞩目星空，天将破晓。“拭眼”，暗示上首末句的“啼叹”。为登云轺而惆恨，此刻实尚未登，极言其伤痛。诗前二句景显情隐，只从“拭眼”微透情愫，三句直言“惆怅”，四句淋漓尽致，似大雨滂沱般言情。

其八

风骖不驾缨①，翼人立中庭②。
箫管且停吹，展我叙离情。

【注释】

① 骖（cān）：一车驾三马曰“骖”。 ② 翼人：神的侍者，此指诗人自己。中庭：即庭院。

【题解】

继上首仍写将踏上归途。后二句一如前首，径直抒情。

其九

紫霞烟翠盖[①],斜月照绮窗[②]。
衔悲握离袂[③],易尔还年容[④]。

【注释】

① 紫霞:即紫气或紫霄。古典诗词里多以紫色象征祥瑞。翠盖:即华盖,帝王的车盖。 ② 绮窗:雕画美观的窗户。 ③ 衔悲:悲衔于口。袂:衣袖。 ④ 还:恢复原来的状态,引申为挽回。

【题解】

本首仍写欢会后的离别。首二句出现一幅动人美景:总写晨光熹微,即将破晓时的情状。后二句为分手就道前的情景。这时自然一吐为快,但犹如痛极无泪,伤极无声。织女希望牛郎勿因相思而憔悴,永远年轻健壮,这实是安慰牛郎安慰自己的话。

此九首民歌全以织女为中心,构成了一个盼而见、见而别,始终充满哀怨气氛的完整过程的"本事诗"。

(叶姝)

艳　歌[①]

今日乐上乐,相从步云衢[②]。
天公出美酒,河伯出鲤鱼。
青龙前铺席,白虎持榼壶[③]。
南斗工鼓瑟,北斗吹笙竽。
姮娥垂明珰[④],织女奉瑛琚[⑤]。
苍霞扬东讴[⑥],清风流西歈[⑦]。
垂露成帷幄,奔星扶轮舆[⑧]。

【注释】

① 此诗为汉乐府古辞《杂曲歌辞》，又叫《古艳歌》。 ② 步云衢(qú)：踏上登天的大路。衢：大路。 ③ 榼(kē)：古代盛酒的器具。 ④ 姮(héng)娥：嫦娥。珰(dāng)：古代女子的耳饰。 ⑤ 瑛：美玉。琚(jū)：佩玉。 ⑥ 讴：齐地的歌。⑦ 歈(yú)：吴地的歌。 ⑧ 奔星：流星。轮舆：车子。

【题解】

诗先写今天的快乐不同寻常：大家一起走上了登天大道，参加天宫丰盛的宴会。天公拿出了他的美酒，河伯奉献了鲤鱼，东方的青龙七星前来铺排筵席，西方的白虎七星来把壶斟酒，善于鼓瑟的南斗星和长于吹笙的北斗星，表演了他们的拿手好戏，而吹明月铛的嫦娥献舞，身穿彩衣的织女奉上了美玉，苍霞和清风放开美妙的歌喉，唱起了齐地和吴地的歌。当大家登车离去时，流星前来驾车，正在下滴的露珠成了车的帷幕。一幅美妙的天上人间共乐图。诗歌发挥想象，尽情铺排，神话传说、民间故事，都用到了诗中。语言简练，文意丰厚。

（杨文学　项波）

魏晋南北朝

燕　歌　行(其一)

曹　丕

秋风萧瑟天气凉①,草木摇落露为霜②。
群雁辞归鹄南翔③,念君客游思断肠。
慊慊思归恋故乡④,君何淹留寄他方⑤?
贱妾茕茕守空房⑥。忧来思君不敢忘,
不觉泪下沾衣裳⑦。
援琴鸣弦发清商⑧,短歌微吟不能长。
明月皎皎照我床,星汉西流夜未央⑨。
牵牛织女遥相望,尔独何辜限河梁⑩?

【作者简介】

曹丕(187—226),字子桓,谯郡(今安徽亳县)人,220—226在位。曹操次子。曹操死,袭魏王,行九品中正制。建安延康元年(220)代汉称帝,是为文帝。国号魏,改元黄初,定都洛阳。自幼随曹操征战,弓马纯熟,性好文学,建安时期文坛领袖人物,是历代帝王中有名的文学家,作有《典论》及诗赋函札百余篇,有《魏文帝集》。

【注释】

① 萧瑟:秋风吹动树木发出的声响。 ② 摇落:凋残零落。 ③ 鹄:天鹅,一作“雁”。 ④ 慊慊(qiàn):不满、不平的样子。 ⑤ 君何:一作“何为”。淹留:久留。寄:寓居。 ⑥ 贱妾:旧时妻子自称。茕茕(qióng):孤单的样子。 ⑦ 沾:浸湿。 ⑧ 援:取,拿。鸣弦:弹琴。清商:乐调名。东汉以来在民间曲调基础上形成的一种新乐调,音节短促,悲婉凄清。 ⑨ 星汉:银河。星汉西流:古人用观察星

象的方法测定时间,诗所描写的景色是初秋夜间,牛郎、织女在银河两旁,初秋傍晚时正见于天顶,这时银河应该西南指,"星汉西流"就是银河转向西,表示夜已很深。夜未央:夜已很深,但还未到天明之时。未央:未尽。 ⑩ 尔:指牵牛、织女星。何辜:何罪。限:分隔。梁:桥梁。

【题解】

汉乐府曲调,属《相和歌辞·平调曲》。燕,地名(今北京一带),秦汉以来这里战争连年不断,故以《燕歌行》为题的诗多以战争为背景,表现征人思妇的离情别绪。曹丕《燕歌行》是中国古代最早、最完整的七言诗,其中"秋风萧瑟天气凉"是一首言情佳作。全诗用一种如泣如诉的笔调写一个妇女在深秋之夜对远方丈夫的思念。诗在描述思妇内心活动时,笔法极尽曲折之妙。首二句秋风萧瑟、草木凋零,此节候使人感伤。接着写鸿雁辞归,触景兴怀,引起她对远行丈夫的怀念,她设想他一定恋念故乡,以未能归家为恨事。"君何"句转折,转入写闺中人借弹琴唱歌来抒发她的孤独、思念,短促琴声、低声吟唱,显出她抑制不住内心哀伤。明月照床,但她内心哀伤深重,辗转不能入睡。末句借感叹牛郎织女相见难,哀伤自己孤独景况。诗仿柏梁体,句句用韵,于平缓节奏中见摇曳之态。王夫之称此诗"倾情,倾度,倾色倾声,古今无两",虽是溢美之词,但此诗实为叠韵歌行之祖,对后世七言歌行的创作有很大影响。

(叶姝)

咏　　怀(其十)

阮　籍

北里多奇舞①,濮上有微音②。
轻薄闲游子,俯仰乍浮沉。
捷径从狭路,僶俛趋荒淫③。
焉见王子乔④,乘云翔邓林⑤。
独有延年术,可以慰我心。

【作者简介】

阮籍(210—263),三国魏诗人,字嗣宗。陈留尉氏(今属河南)人,是建安七子之一阮瑀的儿子。曾任步兵校尉,世称阮步兵。崇奉老庄之学,政治上则采谨慎避祸的态度。与嵇康、刘伶等七人为友,常集于竹林之下肆意酣畅,世称“竹林七贤”。阮籍是“正始之音”的代表,其中以《咏怀》八十二首最为著名。考《隋书·经籍志》著录阮籍集十三卷,惜已佚。明代张溥辑《阮步兵集》。

【注释】

① 北里:《史记·殷本纪》:“(纣)于是使师涓作新淫声北里之舞,靡靡之乐。” ② 濮(pú)上:《礼记·乐记》:“桑间濮上之音,亡国之音也。”桑间在濮水之上,是古代卫国的地方。后来用“桑间濮上”指淫靡风气盛行的地方,即男女幽会。 ③ 僶俛(mǐn miǎn):勤勉,努力。此指那些轻薄之人对淫靡享乐孜孜以求的样子。 ④ 王子乔:即王子晋、周灵王太子。好吹笙作凤凰鸣,游于伊、洛之间。遇道士接以成仙,后于七月七日乘鹤驻缑山顶,与时人作别。 ⑤ 邓林:《山海经·海外北经》:“夸父与日逐走,入日。渴欲得饮,饮于河渭,河渭不足,北饮大泽。未至,道渴而死。弃其杖,化为邓林。”

【题解】

北里之舞是有违圣教之舞,濮上有极丑恶淫乱之音。那些轻薄的贵游子弟啊,都是浮华无实、随波逐流之人,他们为追求名利,都走上了那条荒淫的捷径。还是王子乔逍遥自在,乘云飞翔于天地之间。但是,对于我辈来说,当神仙是不可能的,只有延年之术可以宽慰我心,合于我的愿望了。整首诗表现了诗人对曹魏后期政治腐败、世风淫乱的不满,但诗人又无力改变现实,以及雄心壮志难酬的苦闷心情。最后,只能以延年之术聊以自慰。

(杨文学　项波)

游　仙　诗

何　劭

青青陵上松,亭亭高山柏。

光色冬夏茂,根柢无凋落①。
吉士怀贞心②,悟物思远托。
扬志玄云际③,流目瞩岩石④。
羡昔王子乔,友道发伊洛⑤。
迢递陵峻岳,连翩御飞鹤⑥。
抗迹遗万里,岂恋生民乐。
长怀慕仙类,眇然心绵邈⑦。

【作者简介】

何劭(236—301),字敬祖,陈国阳夏人。卒于晋永宁元年。少与晋武帝同年,有总角之好。及即位,以劭为散骑常侍,累迁侍中尚书。惠帝即位,迁左仆射。劭博学善属文,陈说近代事,若指诸掌。骄奢简贵有父风,然优游自足,不贪权势。诸王交争时,劭游其间,无怨之者,故不为所害。卒,谥康。劭所撰荀粲、王弼传及诸奏议文章,并行于世。《隋书经籍志注》录有文集一卷。

【注释】

① 根柢:树根。蔓根为根,直根为柢。 ② 吉士:指贤人。 ③ 玄:天色,后用玄指天。 ④ 岩石:高大的石块,这里指高山。 ⑤ 王子乔:详见阮籍《咏怀(其十)》注释④。 ⑥ 御飞鹤 :指王子乔乘鹤仙去。 ⑦ 眇然:高远,遥远。绵邈:辽远,悠远。

【题解】

此诗借王子乔游仙事抒一己之怀抱,诗人在不得志的境遇下只能用游仙来寻求自我解脱,用歌颂游仙的美妙来写愤世嫉俗的思想。然而却也流露出一种逃避现实的思想,同时也抒发了对高蹈隐遁生活的向往和对仕宦的蔑视。

(杨文学　段永升)

为织女赠牵牛

颜延之

婺女俪经星①,姮娥栖飞月②。
惭无二媛灵③,托身侍天阙④。
阊阖殊未晖⑤,咸池岂沐发⑥。
汉阴不夕张⑦,长河为谁越⑧。
虽有促宴期⑨,方须凉风发⑩。
虚计双曜周⑪,空迟三星没⑫。
非怨杼轴劳⑬,但念芳菲歇⑭。

【作者简介】

颜延之(384—456),字延年,琅琊临沂人。少孤贫,好读书,曾为豫章公刘裕世子中军行参军。刘裕代晋,补太子舍人,迁始安太守,终金紫光禄大夫。宋孝武帝孝建三年卒。延之在当时声望颇高,与谢灵运并称"颜谢"。但颜诗堆砌辞藻,伤于镂刻,词涩意隔,思情往往不畅。原有集,已散佚,明人辑有《颜光禄集》。

【注释】

① 婺(wù)女:星名。即女宿,二十八宿之一。俪:成对,配偶。经星:二十八宿等恒星。 ② 姮(héng)娥:即嫦娥。栖:栖身。 ③ 二媛(yuàn):指婺女和姮娥。媛,美女。 ④ 托:依托,托付。天阙:星名,亦称帝王所居。 ⑤ 阊阖(chāng hé):天门。晖:光辉。 ⑥ 咸池:东方大泽,神话中指日浴处。此指天池。 ⑦ 汉阴:银河之南。夕张:为黄昏的约会而陈设。张,陈设。 ⑧ 长河:天河。越:渡。 ⑨ 促宴期:短暂相会的时期。促,短暂。宴,安、乐,此指欢聚。 ⑩ 须:等待。凉风发:凉风吹动的时节,指七夕之夜。 ⑪ 双曜(yào):指日月。周:周而复始。 ⑫ 迟:待。三星:天空中明亮而接近的三颗星。 ⑬ 杼轴:织具。杼以持经,轴以束纬。此借指织布。 ⑭ 芳菲:花草,此借指青春年华。歇:尽也。

【题解】

为织女代笔所作赠予牛郎之诗。诗颇艰涩难读，过分雕琢，反失之自然。诗人尝试以织女口吻向牛郎表达心中惆怅之情，换而言之，即是闺怨之诗。织女忧叹青春流逝，相思甚苦。感情细腻，表现织女惆怅哀怨，可惜失之自然。南朝绮靡诗风，在当时确实盛极一时，无怪乎南朝无诗，流传多民歌而已。

（汪智超　叶姝）

七夕咏牛女

谢灵运

火逝首秋节①，明经弦月夕②。

月弦光照户，秋首风入隙③。

陵风步曾岑，凭云肆遥脉④。

徙倚西北庭，竦踊东南觌⑤。

纨绮无报章⑥，河汉有骏轭⑦。

【作者简介】

谢灵运（385—433），陈郡阳夏（今河南省太康县附近）人。东晋名将谢玄之孙，袭封康乐公，世称谢康乐。曾任永嘉太守、侍中、临川内史等职。喜欢遨游山水，每出游，随从之人数百。后因反抗刘宋王朝被杀。他是第一个大力摹写山水的作家，描写自然景物非常细致，革除了东晋诗坛玄言诗弥漫的风气。有《谢康乐集》。

【注释】

①“火逝”句：指火星在秋季的初始流逝。《诗经·豳风·七月》：“七月流火，九月授衣。”七月火星向西流逝，标志着暑退寒至，秋天开始。　②“明经”句：指日月运行又到了上弦月的晚上。《诗经·小雅·天保》：“如月之恒”。郑玄笺：“月上弦而就盈。”此指七月七日之夜，其时为秋首，其月为上弦。　③ 户：泛指门窗。入隙：从墙缝等孔隙处钻进室内。　④ 凌：乘，驾。步：登上。曾岑：高山。曾，通“层”。肆：放眼。遥脉：远望。《古诗十九首》：“盈盈一水间，脉脉不得语。”李善注

引《尔雅》:“脉,相视貌。”这两句是想象牛郎在平时登高遥望织女的情景。 ⑤ 徙倚:徘徊溜达。王粲《登楼赋》:“步栖迟以徙倚兮,白日忽其将匿。”竦(sǒng)踊:踮脚伸脖跃身欲出的情态。觌(dí):见,相见。这两句是互文,想象织女平时在庭院各处徘徊翘首以望牛郎的情景。 ⑥ 纨绮(wán qǐ):细软而有花纹的丝织品。报章:往来有序的纹路。此句承“徙倚”两句,言织女不专心织布因而布无纹彩。⑦ 河汉:指夜空由星云组成的银河。骏轭:骏牛驾车而行。此句上承“凌峰”句,言牛郎负车渡河汉而来与织女相会。

【题解】

民间传说牛郎和织女是一对情人,因触犯天条,被罚隔离在天河两边,每年只能在七月七日夜通过鹊桥相见一次。此诗歌咏其事,但意犹未尽,似有阙文。谢惠连也有同名诗,较为完整,其结构、情调乃至用语都与灵运此诗相类,疑二诗乃灵运、惠连同居始宁时作,即元嘉六年(429)前后。

(王敏)

王子乔

高允

王少卿,王少卿①,超升飞龙翔天庭。
遗仪景,云汉酬②,光骛电逝忽若浮。
骑日月,从列星,跨腾太廓逾窅冥③。
寻元气,出天门,穷览有无究道根。

【作者简介】

高允(390—487),字伯恭,渤海蓨人。孝文帝时,封爵咸阳公,官至散骑常侍,允历事五帝,卒谥文。有集二十卷。

【注释】

① 王少卿:即王子乔、周灵王太子。见阮籍《咏怀(其十)》注释④。 ② 云汉:银河。 ③ 窅(yǎo)冥:深远,遥远。

【题解】

古时之人，非常希望能够像仙人一样，可以上天入地，神游四海，飞越万里。诗人就想象王子乔七夕飞到天上的情景，描绘了王子乔游览天宫的神奇。游仙是那时的人们，尤其是魏晋时期的士人所向往和追求的，对神话传说中的王子乔成仙充满了羡慕。

（杨文学　段永升）

七月七日夜咏牛女

谢惠连

落日隐榈楹[①]，升月照帘栊[②]。

团团满叶露，析析振条风[③]。

蹀足循广除[④]，瞬目曬曾穹[⑤]。

云汉有灵匹[⑥]，弥年阙相从[⑦]。

遐川阻昵爱[⑧]，修渚旷清容。

弄杼不成藻[⑨]，耸辔骛前踪。

昔离秋已两[⑩]，今聚夕无双[⑪]。

倾河易回斡[⑫]，款情难久悰[⑬]。

沃若灵驾旋[⑭]，寂寥云幄空。

留情顾华寝，遥心逐奔龙[⑮]。

沉吟为尔感，情深意弥重。

【作者简介】

谢惠连(397—433)（据《三疑年录》并参《宋书·谢方明传》），陈郡阳夏人。谢方明子，幼聪敏，十岁能属文。诗书画俱佳，族兄谢灵运特赏之。元嘉中为司徒，徙彭城王法曹参军。

【注释】

① 榈(yán)楹：屋檐。　② 帘栊：窗户。　③“析析”句：析析，一作“淅淅”，

风吹的声音。振条风,秋风。《楚辞》:“秋风兮萧萧,舒芳兮振条。” ④ 蹀足:顿足。 ⑤ 矖曾穹:遥望天空。矖,远望。 ⑥ 云汉:天河。灵匹:指牛郎织女。 ⑦ 弥年:终年。 ⑧ 遐川:长河。 ⑨ 弄杼:织布。 ⑩ 秋已两:从去年秋天到今年秋天,已历两个秋天,故云。 ⑪ 夕无双:每年只有七月七日一夜相聚,故云。 ⑫ 倾河:天河。回斡:回转,指时间过得很快。 ⑬ 悰:欢乐。 ⑭ 沃若:形容车马威仪之盛。 ⑮ 奔龙:即灵驾。

【题解】

此诗以牛女爱情故事为题材而创作。全诗在结构上对仗精工,首尾、中间内容安排巧妙,在虚实之间产生深情绵邈的艺术效果。中间“遐川阻昵爱,修渚旷清容”,“昔离秋已两,今聚夕无双”两句更是将牛女相思之苦、感情之深描绘得淋漓尽致。诗人在曼妙的遐想中,表达了对日常生活美好爱情的真挚祝福。

(王敏　段永升)

七 夕 月 下

王僧达

远山敛氛祲①,广庭扬月波。
气往风集隙,秋还露泫柯②。
节期既已孱③,中宵振绮罗④。
来欢讵终夕,收泪泣分河。

【作者简介】

王僧达(423—458),南朝宋文学家。琅琊临沂(今属山东)人。自负才气,能诗文。元嘉中为始兴王后参军,孝武时历尚书仆射、吴郡太守、临淮太守,徙大宰长史,迁中书令。大明二年(458),下狱死。年三十六,有集十卷。

【注释】

① 敛氛(fēn)祲:收敛了不祥的云气。氛祲,阴阳二气相侵所形成的象征不祥的云气。 ②“秋还”句:秋天到了,露珠从树枝上往下滴。泫(xuàn),水滴下垂。桓谭《新论》:“春葩含日似笑,秋叶泫露如泣。” ③ 孱(chán):指节期很短。

④ 中：一作“终”。

【题解】

相传牛郎织女被王母娘娘分隔在天河两岸，每年七月七日晚上才能通过鹊桥相会一次。但相会的时间短暂，竟不能“终夕”。分别后，仍只能“泣分河”，仍被分隔在天河两岸。

（王敏）

七夕咏牛女

刘 铄

秋动清氛扇，火移炎气歇①。
广栏含夜阴，高轩通夕月②。
安步巡芳林③，倾望极云阙④。
组幕萦汉陈⑤，龙驾凌霄发⑥。
谁云长河遥⑦，颇觉促筵悦。
沈情未申写，飞光已飘忽。
来对眇难期⑧，今欢自兹没⑨。

【作者简介】

刘铄(431—453)，字休玄，南朝宋人，文帝刘义隆第四子，孝武帝刘骏弟，彭城绥舆里(今江苏徐州)人。元嘉十六年(439)封为南平王，后被孝武帝以毒药害死。少好学，有文才。现存诗十首。

【注释】

① 火：星名，即大火，又名心宿。 ② 高轩：《蜀都赋》：“开高轩以临山。” ③ 巡：一作“寻”。安步：《战国策》：“安步以当车。” ④ 云阙：云霄。 ⑤ 组幕：华美的帷帐。汉：天河。 ⑥ 龙驾：神仙所乘的车。 ⑦ 长河：指银河。魏文帝《永思赋》：“痛长河之无梁。” ⑧ 来：一作“未”。 ⑨ 自兹：从此，从这时。

【题解】

此诗写秋到月朗，织女和牵牛终于越过“长河”，欢喜地相见了。但“沈情未申写”，彼此对对方的感情还没有倾诉完，“飞光已飘忽”，时间很快地就流逝了。欢情已没，留下彼此惆怅无语。

（王敏）

织女赠牵牛

沈　约

红妆与明镜，二物本相亲。
用持施点画①，不照离居人。
往秋虽一照，一照复还尘。
尘生不复拂②，蓬首对河津③。
冬夜寒如此，宁遽道阳春④。
初商忽云至⑤，暂得奉衣巾。
施衿已成故⑥，每聚忽如新。

【作者简介】

沈约（441—513），南朝梁文学家，字休文，吴兴武康（今浙江德清武康镇）人。历仕宋、齐二代，后助梁武帝登位，官尚书仆射，封建昌县侯，仕至尚书令，卒谥隐。政治上主张严格区分士族与庶族，维护封建门阀制度。诗风浮靡，着意雕饰，与谢朓、王融等皆注重声律，时号“永明体”。所创“四声八病”之说，在声律方面为诗歌创作做了许多规定，对五言古体诗向律诗的转变有一定影响。曾据何承天、徐爰等宋史旧本，稍加更益，撰成《宋书》。所著有《四声谱》《齐纪》《沈约集》等，已佚。明人辑有《沈隐侯集》。

【注释】

① 施点画：打扮，装扮。 ② 拂：拂拭，掠过。 ③ 河津：天河渡口。 ④ 阳春：温暖的春天。李白《春夜宴从弟桃花园序》：“阳春召我以烟景。” ⑤ 商：商音配秋，因指秋天、秋季。 ⑥ 施：脱。

【题解】

诗歌前面以织女的口吻,用大量文字描写牛郎织女离别后织女的具体行为和心理活动。“女为悦己者容”,因为分隔千里,不能相见,她也没心情装扮自己。最后四句,写相见即将来临,织女欣喜装扮的喜悦心情。

(王敏)

王子乔行

高允生

仙化非常道,其义出自然。
王乔①诞神气,白日忽升天。
晻暧御云气,飘飖乘长烟。
寄想崆峒外②,翱翔宇宙间。
七月有佳期,控鹤崇崖巅③。
永与时人别,一去不复旋。

【作者简介】

高允生,梁代诗人,有《高允生诗选》,其他不详。

【注释】

① 王乔:即王子乔、周灵王太子。见阮籍《咏怀(其十)》注释④。 ② 崆峒:山名,在今天的甘肃省平凉市西边。后来也用来指仙山。 ③ 控鹤:即王子乔乘鹤仙去。崇崖:即高山、高崖。

【题解】

尘世间的许多人都渴望能得道成仙,可是,这并不是人人都可以的。王子乔生来就有神气,后来就成了神仙。他腾云驾雾,仙游四方,纵横宇宙。在七月七这个神仙相会的日子,乘鹤到缑山,告别家人,告别尘世。诗中认为要成仙,需要修炼、需要机遇,更需要先天的异秉。这是早期道教对成仙的看法。尽管如此,诗中还是表现了作者的羡慕之情。

(杨文学 项波)

王　子　乔

江　淹

子乔好轻举①，不待炼银丹②。
控鹤去窈窕③，学凤对巑岏④。
山无一春草，谷有千年兰。
云衣下踯躅，龙驾何时还。

【作者简介】

江淹(444—505)，南朝文学家，字文通。祖籍济阳考城(今河南商丘市)。江淹六岁能诗。十三岁丧父。家境贫寒，曾采薪养母。二十岁左右教宋始安王刘子真读“五经”，并一度在新安王刘子鸾幕下任职。后到刘景素幕下，任主簿、参军等职。宋顺帝升明元年(477)，齐高帝萧道成执政，把江淹自吴兴召回，并任为尚书驾部郎、骠骑参军事，萧道成代宋自立，他被任为骠骑豫章王记室带东武令，迁中书侍郎，齐武帝永明间，任庐陵内史、尚书左丞、国子博士诸职。少帝萧昭业即位，他任御史中丞，明帝萧鸾时，又任宣城太守、秘书监诸职。梁武帝萧衍代齐后，官至金紫光禄大夫，封醴陵伯。江淹集据《自序传》称凡十卷，《隋书・经籍志》著录为九卷。另有《后集》十卷。

【注释】

① 子乔：即王子乔、周灵王太子。好吹笙作凤凰鸣，遇道士接以成仙，后于七月七日乘鹤驻缑山顶，与时人作别。见《列仙传》卷上。　② 控鹤：即王子乔乘鹤仙去。窈窕：幽深，幽远。　③ 学凤：据说，王子乔好吹笙作凤凰鸣。巑岏：山高锐的样子，即耸立、高峻的山峰。

【题解】

诗的前半部分写子乔七月七日成仙的经过，以及仙人生活的恬淡美好。后半部分抒发成仙之志，采用对偶句，写出仙境的永恒，然而求仙无路，空留咨嗟。

（杨文学　项波　段永升）

望 织 女

范 云

盈盈一水边，夜夜空自怜①。
不辞精卫苦，河流未可填②。
寸情百重结，一心万处悬③。
愿作双青鸟④，共舒明镜前⑤。

【作者简介】

范云(451—503)，字彦龙，南乡舞阳(今河南泌阳西北)人。仕宋为郢州西曹书佐，转法曹行参军。齐初，为竟陵王府主簿，迁尚书殿中郎，授通直散骑侍郎领本州大中正。历零陵内史、始兴内史，迁广州刺史。梁受禅，迁散骑常侍、吏部尚书，封霄城县侯，迁尚书右仆射。天监二年卒，年五十三。谥曰文，有集十一卷。他为人机警有识，与沈约等人友善，是“西邸八友”之一。诗作以写山水见长，诗风流利婉转。今存四十余首。

【注释】

①“盈盈”二句：化用《古诗十九首》的意境，描写织女的孤独和寂寞。盈盈，水清浅的样子。一水边，被银河阻挡，各在一边。自怜，自爱。 ②“不辞”二句：化用精卫填海的典故，比喻织女追求爱情的勇气和毅力。未可填，指银河不能填平。③“寸情”二句：想象织女的痛苦情状。百重结，情思郁结，指内心不能平静。万处悬，即心思万物，形容心烦意乱。 ④青鸟：神话传说是西王母的使者，后又作为传递爱情的信使。《汉武故事》：“七月七日，上于承华殿斋，月正中，忽有青鸟从西来。” ⑤“共舒”句：用鸾鸟典故。鸾鸟是古代传说的神鸟。据《异苑》载，罽宾王养一鸾，三年不鸣。后悬镜照之。鸾睹影悲鸣，一奋而绝。即有“鸾睹镜中影则悲”之说。后人在诗中多以鸾镜表示临镜而生悲。此处反用其意。末二句表达诗人对牛郎织女的美好祝愿，希望他们像青鸟、鸾鸟那样成双成对，比翼齐飞。

【题解】

本诗以牛郎织女的神话故事为题材，抒写了人间爱情与思念的苦闷。语气自然清新，很能体现范云诗歌“清便宛转，如流风回雪”（钟嵘《诗品》）的风格。

（王敏）

萧衍诗二首

【作者简介】

萧衍（464—549），字叔达，小字练儿，南兰陵（今江苏丹阳）人。齐明帝末期，以雍州刺史镇襄阳。后起兵下建康（今南京），杀齐废帝东昏侯，执朝政，逾年受齐和帝禅称帝，国号梁。在位四十八年。晚年接纳东魏降将侯景，侯景叛乱后，攻破梁都城建康，衍被囚禁饿死。一生著述颇丰，凡二百余卷。

七　　夕

白露月下团，秋风枝上鲜。
瑶台含碧雾，罗幕生紫烟。
妙会非绮节①，佳期乃凉年。
玉壶承夜急②，兰膏依晓煎③。
昔悲汉难越，今伤河易旋④。
怨咽双断念，凄悼两情悬。

【注释】

① 会：相会。绮节：美好的节日。　② 玉壶：用玉做成的漏壶。漏壶亦称“漏刻”“刻漏”，古代计时的器具，以多壶自上而下叠置而成，上一壶贮满水后，由底部小孔依次滴入下一壶，最下一壶内置有直立浮标，有刻度显示时辰。急：形容时间过得很快。　③ 兰膏：古时用泽兰炼成的油脂，用来燃灯。宋玉《招魂》：“兰膏明烛，华容备些。”煎：燃。《文子》：“兰膏以明自煎。”　④ 汉、河：均指天河。

【题解】

“相见时难别亦难”，牵牛和织女的一年一会之“佳期”，是幽怨和呜咽的眷念，是凄切和悲悼的情思。时促距遥，相思切切，幽怨难解。

（王敏）

东飞伯劳歌①

东飞伯劳西飞燕，黄姑织女时相见②。
谁家女儿对门居？开华发色照里闾③。
南窗北牖挂明光④，罗帷绮箔脂粉香。
女儿年几十五六⑤，窈窕无双颜如玉。
三春已暮花从风，空留可怜与谁同⑥？

【注释】

①《东飞伯劳歌》最早见于南朝梁、陈时人徐陵编的《玉台新咏》，未标明作者，后来有的本子也题为梁武帝作。徐陵曾经在梁武帝朝做过官，与武帝萧衍过从甚密，因此，徐陵的说法比较可靠。 ② 黄姑：即牵牛星。 ③ 里闾：即乡里。 ④ 牖：窗户。 ⑤ 年几：年纪。 ⑥ 可怜：可爱。

【题解】

诗歌以咏物起兴，以各自分飞的两种鸟儿——伯劳和燕子，神话传说中一年一度一相会的两个人物——牛郎和织女，暗示着这个姑娘生活的缺憾，有一种伤离怨别的气氛。接着六句从不同的角度表现她如花似玉的美貌。先从正面着笔，她的一笑百媚，光彩照人，容光焕发，似乎是整个乡里都为她的美艳所照亮。再从侧面描述她的居室，闺房的窗户透出明亮的灯光，飘散出馥郁的幽香。而在这美好的年纪——古代十五六岁就该结婚了——她却尚独处闺房，她那优美的身姿，姣好的面容，却正好与最后的两句形成强烈的对比：青春的光阴犹如暮春的瓣瓣落花在风中无力地飞舞，可是这位美丽可爱的姑娘，却不知道与谁一起度过美好的青春时光。诗歌有一种淡淡的怅惘，一种轻愁浅恨：一边是如花的青春、如玉的容貌，一边是似水的年光、如丝的愁绪，更加令人惋惜。

（杨文学）

七 夕 穿 针

柳　恽

代马秋不归,缁纨无复绪[①]。
迎寒理衣缝,映月抽纤缕[②]。
的皪愁睇光[③],连娟思眉聚[④]。
清露下罗衣[⑤],秋风吹玉柱[⑥]。
流阴稍已多[⑦],馀光欲谁与[⑧]。

【作者简介】

柳恽(yùn)(465—517),字文畅,河东解(今山西运城)人。南齐时尝为竟陵王萧子良行军参军,累迁太子洗马,复任骠骑从事中郎。萧衍(梁武帝)攻建康,恽投之,任相国右司马,官终吴兴太守。今存诗十八首。

【注释】

①“代马”二句:写丈夫从军代地,妻子独处闺中的无绪。代,古地名,在今河北、山西北部。代马,古代漠北产的骏马。《后汉书·班超传》疏曰:“代马依风。”缁纨(zī wán),黑和白两种绢,这里泛指各色衣裳。绪,整理。　②“迎寒”二句:互文句式。迎着寒凉在月光下穿针引线,缝制衣衫。映月,映照着月光。纤缕,指缝衣所用的线。　③ 的皪(dì lì):光亮鲜明的样子。司马相如《上林赋》:“皓齿粲烂,宜笑的皪。”睇(dì)光:凝愁的眼波。《礼记·内则》注:“睇,倾视也。”　④ 连娟:纤细弯曲的样子。思眉聚:因愁思而眉毛紧皱不展。　⑤ 清露:洁净的露水。⑥ 玉柱:玉制的弦柱,代指琴、瑟、筝之类的弦乐器。袁淑《正情赋》:“陈玉柱之鸣筝。”　⑦ 流阴:指浮云;一说指流逝的光阴。谢庄《怀园引》:“流阴逝景不可追。”稍:渐渐。　⑧“馀光”句:指残余的月光亦难以留下。

【题解】

七夕穿针,古代有七月七日夜,妇女结彩缕,穿七孔针的习俗。《荆楚岁时记》:“七月七日,为牵牛织女聚会之夜。是夕,人家妇女结彩缕,穿七孔针,或以金银鍮石为针，陈瓜果于庭中以乞巧，有喜子（蜘蛛的一种）网于瓜上，则以为符应。”这是一首以七夕穿针为描写背景的闺怨诗。诗中的主人公全无佳节的兴致，只有独居的抑郁。

（王敏）

牵牛答织女

王　筠

新知与生别[①]，由来傥相值[②]。
如何寸心中，一宵怀两事。
欢娱未缱绻[③]，倏忽成离异。
终日遥相望，秖益生愁思[④]。
犹想今春悲，尚有故年泪。
忽遇长河转，独喜凉飙至[⑤]。
奔情翊凤轸[⑥]，纤阿警龙辔[⑦]。

【作者简介】

王筠(481—549)，南朝梁文学家。字元礼，一字德柔。祖籍琅琊临沂（今属山东）。王僧虔之孙。曾任昭明太子萧统的属官。梁武帝中大通三年（531），萧统卒，出为临海太守。还京，任秘书监、太府卿、度支尚书、太子詹事。侯景之乱，坠井而亡。

【注释】

①“新知”句：《九歌·少司命》：“悲莫悲兮生别离，乐莫乐兮新相知。”朱熹注曰：“适相知而遽相别，悲莫甚焉。于是乃复追念始者相知之乐也。” ② 傥：同“倘”，如果，假使。值：相逢，遇着。 ③ 缱绻：固结不解之意。《诗经·大雅·民劳》：“无纵诡随，以谨缱绻。”后多用来形容情意深厚。韩愈《赠别元十八协律》诗：“临当背面时，裁诗示缱绻。” ④ 秖：同“只”。益：更加。 ⑤ 凉飙：凉风。 ⑥ 翊(yì)：辅助。 ⑦ 纤阿：古代神话中善驾车的人。《史记·司马相如列传》：

"阳子骖乘,纤阿为御。"司马贞索隐:"乐彦曰:'纤阿,山名,有女子处其岩,月历岩度,跃入月中,因为月御也。'郭璞云:'纤阿,古之善御者。'"

【题解】

此诗与上首相对,前面是以织女的口吻,用大量文字描写牛郎织女离别后牛郎的具体行为和心理活动,终日相望,愁苦思念,以至落泪,情之深也,竟至如此。后四句,也是写相见即将来临,他兴奋地驾车急驰的情景。

(王敏)

咏 织 女

刘孝仪

金钿已照曜①,白日未蹉跎②。
欲待黄昏后,含娇渡浅河。

【作者简介】

刘孝仪(484—550),南朝梁代文学家。名潜,以字行。刘孝绰弟。初为始兴王萧憺法曹行参军,随同出镇益州,兼记室。后又随晋安王萧纲出镇襄阳。曾出使北魏。累迁尚书左丞,兼御史中丞。历任临海太守、豫章内史。后来侯景叛乱,州郡失陷。大宝元年(550)病逝。

【注释】

① 钿(diàn):用金片做成的花朵形状的饰物。曜(yào):照耀。 ② 蹉跎:让时间白白地过去。

【题解】

《艺文类聚》和《初学杂记》作刘孝威诗。"女为悦己者容",织女花费一整天的心思去打扮,为的就只是一年一次的七夕之夜与牛郎相见。"含娇"一词,把织女那种即将见到牛郎的娇羞状态和喜悦心情无言地传递出来。

(王敏)

七月七日咏织女诗

苏　彦

火流凉风至[1],少昊协素藏。
织女思北沚[2],牵牛叹南阳。
时来嘉庆集,整驾巾玉箱。
琼佩垂藻蕤[3],雾裾结云裳。
金翠耀华辎,軿辕散流芳[4]。
释辔紫微庭,解衿碧琳堂[5]。
欢燕未及究,晨晖照扶桑[6]。
仙童唱清道,盘螭起腾骧[7]。
怅怅一宵促,迟迟别日长。

【作者简介】

苏彦,孝武时为北中郎参军,有《苏子》七卷,集十卷。

【注释】

① 火流:犹流火,指火星渐向西下,是暑退将寒的时候。火,东方心星,大火星。流,下。 ② 沚:水中的小洲。 ③ 蕤(ruí):指下垂的装饰品。《礼记·杂记》:"大白冠、缁布之冠,皆不蕤。"孙希旦集解:"蕤者,冠缨之结于颐下而垂余以为饰者也。" ④ 軿(píng):古代贵族妇女乘坐的有帷幕的车子。 ⑤ 碧琳:碧玉。《文选·司马相如〈上林赋〉》:"玫瑰碧琳。"吕向注:"碧琳,玉也。" ⑥ 扶桑:神话中树名。《淮南子》:"日出于阳谷,浴于咸池,拂于扶桑。" ⑦ 骧(xiāng):奔驰。《文选·张衡〈西京赋〉》:"乃奋翅而腾骧。"薛综注:"骧,驰也。"

【题解】

此诗在内容上沿袭了咏七夕的传统内涵,写相思之情,仍然是欢乐促,离别苦的永恒主题,然中间大量细致描写相见的盛况,能与离别的凄清形成鲜明的对比。

（王敏）

庾肩吾诗二首

【作者简介】

庾肩吾(487—553?)(据袁行霈主编的《中国文学史》第二卷),字子慎,一字慎之,梁南阳新野(今河南新野)人。多年追随萧纲,历任幕府官、东宫通事舍人、太子率更令、中庶子、度支尚书等职,是梁宫体诗的代表之一。有集十卷,已佚。明人辑有《庾度支集》。

七 夕

玉匣卷悬衣①,针楼开夜扉。
姮娥随月落②,织女逐星移。
离前忿促夜,别后对空机。
倩语雕陵鹊③,填河未可飞。

【注释】

① 悬衣:悬挂着的衣服。古乐府《东门行》:"还视架上无悬衣。"旧俗七月七日家家都要晒衣服。《竹林七贤论》:"阮咸好酒而贫,旧俗七月七日晒衣,诸阮庭中烂然,莫非绨锦。咸乃竖长竿,以大布犊鼻裈曝于庭中,曰:'未能免俗,聊复尔尔。'" ② 姮娥:即嫦娥,中国神话人物,后羿妻子,其夫从西王母处得不死之药,她偷吃后,遂飞升月宫。 ③ 倩(qìng)语:恳切地告诉。倩,请,恳求。语,告诉。雕陵鹊:指衔枝搭鹊桥的喜鹊。相传牛郎织女被王母娘娘分隔在天河两边,每年七月初七才能通过鹊搭成的桥相会一次。

【题解】

写七夕牛郎织女相会之事。对织女心理刻画细致入微:还未相见之时,按捺不住内心的激动,希望早点相见,倾吐相思,可恨夜晚来得太迟,时间过得太慢,令此刻不能早到。七夕过后,织女又是面对织机,忍受着一整年的相思煎熬,失魂落魄,久久沉醉在七夕之夜的欢会之中而无法自拔。如果喜鹊可以不用飞走,那么鹊桥就一直在河上，自己又何必受这样的煎熬。这首诗声律讲究，对仗工整，对织女心理刻画真实细腻，人物鲜活，有血有肉，有唐人之风。

（汪智超　王敏）

奉使江州舟中七夕

九江逢七夕，初弦值早秋①。
天河来映水，织女欲攀舟。
汉使俱为客，星槎共逐流②。
莫言相送浦③，不及穿针楼④。

【注释】

① 初弦：指阴历每月初七、八的月亮。其时月如弓弦，故称。　② 星槎：神话中往来天上的木筏。　③ 浦：水滨。　④ 穿针楼：相传南朝齐武帝建层城观，七夕宫女登之穿针，称为“穿针楼”。

【题解】

这是一首行舟至九江（今属江西）逢七夕而作的诗，借七夕夜表达了作者的所见所感。起二句点明地点、时间、季节。三、四句写所见天空景色，又发挥想象，“织女欲攀舟”，形象奇特。五、六句结合到自己的奉使，又想到天上星槎的泛流，虽有客愁，又怀玄想，意境颇为玄妙。末二句抒怀，“莫言相送浦，不及穿针楼”，还是离不如聚。肩吾诗多写宫体，此诗则为风俗画，给人以新奇之感。

（王敏）

捣　衣①

温子昇

长安城中秋夜长，佳人锦石捣流黄②。
香杵纹砧知近远③，传声递响何凄凉。

七夕长河烂[4]，中秋明月光。

蠮螉塞边绝候雁[5]，鸳鸯楼上望天狼[6]。

【作者简介】

温子昇(495—547)，北朝魏文学家，字鹏举。济阴冤句(今山东菏泽)人。出身寒门，早年在北魏广阳王元渊门下为贱客。孝明帝熙平二年(517)，东平王元匡试选御史，应试者800多人，温子昇中选，从此文名大著。历任诸王幕僚、台阁郎官，执掌文翰。孝武帝永熙二年(533)，为侍读兼舍人，迁散骑常侍、中军大将军。后领本州大中正。东魏武定五年(547)，因嫌疑参与元瑾等谋害高澄之案，被高澄逮捕，饿死在晋阳(今山西太原)狱中。温子昇是北魏代表作家之一，名列北朝"三才"。《魏书·温子昇传》载，他的文笔曾被梁武帝萧衍称赞为"曹植、陆机复生于北土"；流传到西域吐谷浑，更被北朝文官同僚夸为"陵颜(延之)轹谢(灵运)，含任(昉)吐沈(约)"，可见当时极负盛誉。温子昇"全不作赋"(《北齐书·魏收传》)。他的文章大都是骈体章表碑志，其中以《寒陵山寺碑》最有名，庾信曾手写此篇，认为北朝仅此"堪共语"(《朝野佥载》)，它虽属歌颂高欢功业之作，但辞藻绚丽，用典雅赡，与庾信、徐陵的骈文类似，是北魏后期文风接近南朝的标志。他的诗也与南朝齐梁绮丽诗风相近，如《春日临池》对仗工整，以写景见长。但他的乐府《敦煌乐》《凉州乐歌》写凉州的繁华，为南朝所未道，风格也较遒劲。《白鼻䯄》写少年豪侠气，较有北朝生活情调。《捣衣》五七言杂用，沈德潜以为其风格"直是唐人"(《古诗源》)。《温子昇传》载其集编为三十五卷，另撰《永安记》三卷；《隋书·经籍志》著录其集三十九卷。但今存其诗仅十首，文二十多篇。明代张溥辑有《温侍读集》，入《汉魏六朝百三家集》。

【注释】

① 本诗写思妇秋夜捣衣，思念征夫。意境凄美，七言、五言相间，音调悠长宛转。捣衣，古时衣料质地粗硬，须用木杵在捣衣石上捣软，方可缝制。 ② 锦石：即下句中的纹砧。流黄：一种杂色的丝织品。 ③ 纹砧(zhēn)：有美丽花纹的砧石。砧，捣衣石。 ④ 七夕：指七月七日牛郎织女渡河相会之夜。长河：银河。⑤ 蠮螉(yē wēng)塞：今居庸关，在今北京市昌平区西北。绝候雁：指音信断绝。候雁，雁为候鸟，秋天南飞，故云。 ⑥ 天狼：星宿名。古人认为此星现隐主战事

有无。

【题解】

一个佳人独自于秋夜捣衣。凄凉的捣衣声，孤清的月光，代表离情的银河，长长的七夕夜，所有的一切格外地让人感到那份无以言明的孤寂。结尾更是反映佳人的苦楚，战事依旧，然而可以传递音信的候雁却绝了。诗用五言七言相间的形式，较有特色。全诗情景交融，声调协畅，沈德潜评之为“直是唐人”。

（项波）

萧纲诗二首

【作者简介】

萧纲(503—551)，即梁简文帝。字世缵(zuǎn)，小字六通，南朝兰陵(今江苏武进)人。梁武帝第三子，武帝中大通(531)，太子萧统卒，他被立为太子。太清三年(549)，武帝被囚饿死，侯景立他为帝，后被废，不久遇害。他是梁宫体诗的倡导者，主张“文章且须放荡”，诗作颇伤于轻艳。有集一百卷，已佚。明人辑有《梁简文帝御制集》。

七夕穿针

怜从帐里出，想见夜窗开。
针欹疑月暗①，缕散恨风来②。

【注释】

① 欹(qī)：歪斜。 ② 缕散：指线头分披。缕，线。

【题解】

本篇写一个妇女在七夕之夜黯然无绪的心境。古代有七月七日夜，妇女结彩缕，穿七孔针的习俗。女主人公自己心事重重而无法穿针引线，却因针斜而“疑月暗”，因线头分披而“恨风来”。

（王敏）

七　夕　诗

秋期此时浃①,长夜徙河灵②。
紫烟凌凤羽,红光随玉軿③。
洛阳疑剑气④,成都怪客星⑤。
天梭织来久⑥,方逢今夜停。

【注释】

① 浃(jiā):周匝,环绕一周。　② 徙:迁移。河灵:天河的神灵。　③ 軿(píng):古代贵族妇女乘坐的有帷幕的车子。　④ 剑气:宝剑的光芒。　⑤ 客星:古代指新星和彗星。张华《博物志》:"旧说云天河与海通。近世有人居海渚者,年年八月有浮槎去来,不失期,……去十余日,奄至一处,有城郭状,屋舍甚严。遥望宫中多织妇,见一丈夫牵牛渚次饮之。牵牛人乃惊问曰:'何由至此?'此人具说来意,并问此是何处?,答曰:'君还至蜀郡,访严君平则知之。'竟不上岸,因还如期。后至蜀,问君平,曰:'某年月日,有客星犯牵牛宿。'计年月,正是此人到天河时也。"　⑥"天梭"句:与鲍照《堂上歌行》"纷纷织女梭",意思相同。

【题解】

这首诗咏七夕的着眼点与其他诗的不同之处在于,通过描写各种与以往不同的现象,预示出这是一个特别的日子——"天梭织来久,方逢今夜停",即今夜是织女停止织梭,与牛郎相会的日子,有一种为之喜悦的心情。

(王敏)

七　夕　诗

何　逊

仙车驻七襄①,凤驾出天潢②。
月映九微火③,风吹百合香④。
来欢暂巧笑⑤,还泪已啼妆。

依稀犹洛汭[⑥],倏忽似高唐[⑦]。
别离不得见[⑧],河汉渐汤汤[⑨]。

【作者简介】

何逊,生年不详,卒于梁武帝天监十七年(518)(据朱东润《中国历代文学作品选》上编第二册,上海古籍出版社),字仲言,东海郯(今山东郯城县)人,宋御史中丞何承天曾孙。八岁能诗,弱冠举秀才。为范云所赏识,结为忘年交。梁天监中,为建安王萧伟水曹参军,兼尚书水部郎。天监十六年,除庐陵王萧续记室,复随府至江州,未几卒。其诗以俊朗秀逸见长,有《何水部集》。

【注释】

① 驻七襄:即移动七次车驾。七襄,七驾。《诗经·小雅·大东》:"跂彼织女,终日七襄。""虽则七襄,不成报章。"郑玄笺:"襄,驾也。驾谓更其肆也。从旦至暮七辰,辰一移,因谓之七襄。"朱熹《诗集传》注:"盖天有十二次,日月所止舍,所谓肆也。经星一昼一夜,左旋一周而有余,则终日之间,自卯至酉,当更七次也。" ② 天潢:一说,潢,池;天潢,指天河。一说,天潢,星名,《史记·天官书》:"王良……旁有八星,绝汉,曰天潢。"上两句是说牛郎织女星在移动、靠近。 ③ 九微火:灯名。《汉武内传》:"七月七日设座大殿上,以紫罗荐地,燔百木之香,燃九光九微之灯,以待王母。" ④ 百合香:香名,由多种香料配制。《汉武内传》:"至七月七日,乃修除宫掖之内。""燔百和之香,张云锦之帐。" ⑤ 巧笑:《诗经·卫风·硕人》:"巧笑倩兮,美目盼兮。"形容笑容很美好。 ⑥ 洛汭(ruì):洛水入黄河处,今河南省汜水县西北。汭,河流曲处。传说曹植在此遇见洛水女神宓妃而作《洛神赋》,赋中有"悼良会之永绝兮,哀一逝而异乡"之句,慨叹欢会之短促。这句说牛郎织女的欢聚如曹植遇到宓妃那样短暂。 ⑦ 高唐:台名,相传楚怀王游于此而梦见巫山神女,与之欢会,醒来俱失。 ⑧"别离"句:用《古诗十九首》"盈盈一水间,脉脉不得语"之意。 ⑨ 河汉:天河。汤汤(shāng):水急流貌,此用作水声。这句说两人走上归路,越离越远。

【题解】

本篇《玉台新咏》题作《咏七夕》。牛郎织女是古代劳动人民想象的结晶,它给历代人们提供了一个驰骋神思的天地。本篇虽写天上,却不乏人间气息。"仙车"二句,落笔不凡。"来欢"二句,慨叹美不常驻。结句含蕴很深,无穷悔憾尽在无言中,尽得《古诗十九首》风韵。

(王敏)

答唐娘七夕所穿针[①]

刘令娴

倡人助汉女[②]，靓妆临月华。
连针学并蒂，萦缕作开花[③]。
孀闺绝绮罗[④]，揽赠自伤嗟[⑤]。
虽言未相识，闻道出良家。
曾停霍君骑[⑥]，经过柳惠车[⑦]。
无由一共语，暂看日升霞。

【作者简介】

刘令娴，南朝梁女文学家。彭城(今江苏徐州)人。刘孝绰第三妹，徐悱妻，世称刘三娘。《梁书》谓其文“清拔”。悱卒，所作《祭夫文》，辞旨凄怆，悱父勉本欲作哀词，及见此文，遂搁笔。原有集，已散佚，今存诗歌十余首。

【注释】

① 唐娘：人名，生平不详。 ② 倡人：演奏音乐的艺人。这里指唐娘。 ③“连针”二句：写女子穿针引线学绣并蒂花。并蒂，并蒂花。 ④ 孀闺：孀居的女子，作者自指。 ⑤ 嗟：叹息。 ⑥ 霍君：霍光，汉代大将军。《汉书·霍光传》载：霍光“每出入，下殿门，止进有常处。郎仆射窃识视之，不失尺寸，其资性端正如此。” ⑦ 柳惠：柳下惠，字禽，名展禽，因食邑柳下，谥号为“惠”，故后人称他为“柳下惠”。春秋时鲁国大夫，以慧德著称。

【题解】

本诗前四句写乞巧之事：歌舞艺人唐娘盛装来到皎洁的月光下，穿针引线，向织女乞求智巧。“连针”两句，一方面写唐娘女工精巧，同时又含寓意，为下文写伤怀埋下伏笔。以下两句写诗人睹物伤情。孀居的诗人已禁绝乞巧之事，唯揽赠自伤。接下来四句写所闻唐娘的品性，端直自好。然而如此心灵手巧、品行端直的女子，却只能让心目中的并蒂花盛开在针头线端。诗人对此更多的当是同病相怜的感伤。自己自然无缘与其“共一语”，或许只能一夜耿耿不眠，直到天亮，“暂看日升霞”。结尾两句透出“欲说还休，却道天凉好个秋”的意味。

（宋锡玲）

七　夕

庾　信

牵牛遥映水，织女正登车。
星桥通汉使，机石逐仙槎①。
隔河相望近，经秋离别赊②。
愁将今夕恨，复著明年花。

【作者简介】

庾信（512—580），北周文学家，字子山，南阳新野（今属河南）人。庾肩吾之子。初仕梁，后出使西魏，值西魏灭梁，遂羁留北方。历仕西魏、北周，官至骠骑大将军、开府仪同三司，世称庾开府。善诗赋骈文。在梁时作品绮艳轻靡，与徐陵皆为宫廷文人代表，时称“徐庾体”。晚年所作，内容上起明显变化，如《哀江南赋》《枯树赋》等，自伤遭遇，并对社会动乱有所反映，风格转为萧瑟苍凉，为后来杜甫等所推崇。明人辑有《庾开府集》。

【注释】

① 槎（chá）：木筏。据《荆楚岁时记》载：“汉武帝令张骞使大夏，寻河源，乘槎经月，而至一处，见城郭知州府，室内有一女织，又见一丈夫牵牛饮河，骞问曰：此是何处？答曰：可问严君源。织女取机石与骞俱还。后至蜀问君平，君平曰：某年某月客星犯牛女。机石为东方朔所识。”　② 赊：长久。

【题解】

七夕佳节，牛郎织女终于得以相会，诗人首先描写了其相聚之前“遥映水”“正登车”的准备，进而想到虽然只是一河之隔，遥遥相望却终年不得相见。一“近”一“赊”形成鲜明对比。结尾句更生感叹，今夜的离愁别恨，明年依旧。

（宋锡玲）

江总诗二首

【作者简介】

江总(519—594),南朝陈诗人,字总持。祖籍济阳考城(今河南兰考)。他出身高门,早年即以文学才能被梁武帝赏识,官至太常卿。侯景之乱后,他避难会稽,又转到广州,至陈文帝天嘉四年(563)才被征召回建康,任中书侍郎。陈后主时,官至尚书令,“总当权宰,不持政务,但日与后主游宴后庭”,“由是国政日颓,纲纪不立”(《陈书·江总传》)。隋文帝开皇九年(589)灭陈,江总入隋为上开府,后放回江南,去世于江都(今江苏扬州)。江总是陈代亡国宰相,后宫“狎客”,宫体艳诗的代表诗人之一,在历史上声名不佳。但随着国家兴亡和个人际遇的变化,他的诗也渐渐洗去浮艳之色,而时有悲凉之音。《陈书·江总传》载有集三十卷。但今存明代张溥《汉魏六朝百三家集》中所辑《江令君集》仅一卷。

七 夕 诗

汉曲天榆冷①,河边月桂秋②。
婉娈期今夕③,飘摇渡浅流④。
轮随列宿动,路逐彩云浮。
横波翻泻泪,束素反缄愁⑤。
此时机杼息⑥,独向红妆羞。

【注释】

① 汉:指银河。天榆:又称白榆,天上星名。此处泛指仙境中所植的珍异卉木。乐府《陇西行》:“天上何所有,历历种白榆。桂树夹道生,青龙对道隅。”《玉台新咏》吴兆宜注:“白榆,星名也。” ② 河:银河。月桂:传说月亮中有桂树,故云。 ③ 婉娈:缠绵情深。 ④ 浅流:亦指银河。 ⑤ 束:捆。素:没有染色的丝绸。 ⑥ 息:停。

【题解】

白榆泛凉，月桂含秋，诗人由此想到今夕为牛郎织女相会之日，一年的苦苦相思，一年的漫漫期待，此刻该是怎样一种心情？诗人大胆想象，经久不息的银河波浪是织女日日翻滚的眼泪；平日里织素成章，束素之时反倒束起了自己无处倾诉的愁思。唯有今日停机抛杼，独自含羞整妆。一句“独向红妆羞”，织女之情态呼之欲出。

（宋锡玲）

秋日游昆明池

灵沼萧条望①，游人意绪多。
终南云影落，渭北雨声过。
蝉噪金堤柳②，鹭饮石鲸波③。
珠来照似月④，织处写成河。
此时临水叹，非复采莲歌。

【注释】

① 灵沼：即昆明池。张衡《西京赋》：“乃（nǎi）有昆明灵沼，黑水玄阯。周以金堤，树以柳杞。”《三辅黄图》云：“汉昆明池，武帝元狩三年穿，在长安西南，周回四十里。西南夷传曰：‘天子遣使求身毒国（即天竺）市竹，而为昆明池所闭。天子欲伐之，越嶲（xī）昆明国有滇池，方三百里，故作昆明池以象之，以习水战，因名曰昆明池。’”《汉书·食货志》曰：“时越欲与汉用船战逐，乃大修昆明池。”《嘉靖长安县志》卷十四《山川志》下，引王森文在长安斗门镇北见残碑，记昆明池界址云：“北极丰镐村，南极石匣，东极园柳坡，西极斗门。”据胡谦盈踏察：汉昆明池遗址就是今长安区斗门镇东的一片洼地，地势比周围低二至四米，总面积约十平方公里。又《关辅古语》曰：“昆明池中有二石人，立牵牛、织女于池之东西，以象天河。” ② 金堤柳：见注释①。 ③ 石鲸：《西京杂记》载：“昆明池刻玉石为鲸鱼，每至雷雨常鸣吼，鬐尾皆动。” ④ 珠：《艺文类聚》卷九十六载：“《三秦记》曰：昆明池人钓鱼，纶绝而去。梦于汉武帝，求去其钩。明日，帝游于池，见大鱼衔索，帝曰，昨所梦也。

取而去之。帝后得明珠。”

【题解】

秋日游昆明池，诗人意绪万千。汉昆明池，武帝元狩三年穿，在长安西南。昆明池中有二石人，立牵牛、织女于池之东西，以像天河。牛郎、织女的神话传说，由来已久。《诗经·小雅·大东》已叙述这一神话的雏形。秦把都城从渭北扩到渭南时，即宣扬是“引渭水贯都，以象天汉。横桥南渡，以法牵牛。”就是附会牛郎、织女鹊桥相会的神话，企图赋予都城一种神秘色彩。汉武帝在建昆明池时也采用了牛郎、织女的神话，体现了统治阶级在池沼规划中的象天思想。牛郎、织女石像魏晋时有著录，《文选》卷十潘安仁西征赋云：“昔豫章之名宇，披玄流而特起。仪景星于天汉，列牛女以双峙”。《西征赋》注引《宫阁疏》云：“昆明池有二石，牵牛、织女像也。”昆明池中的牵牛、织女石像在民间俗称石父、石婆，今石像尚存。诗歌巧妙运用典故，使得历史、传说与现实景物融为一体，景中融情。结尾两句“此时临水叹，非复采莲歌”，更是言尽而意无穷。

（宋锡玲　段永升）

陈叔宝诗五首

【作者简介】

陈叔宝(553—604)，即陈后主，南朝陈皇帝，字元秀。公元582年至589年在位。在位时大建宫室，生活奢侈，日与妃嫔、文臣游宴，制作艳词。隋兵南下时，恃长江天险，不以为意。祯明三年(589)，隋兵入建康(今江苏南京)，被俘。后在洛阳病死，追封长城县公。

七夕宴重咏牛女各为五韵诗

明月照高台，仙驾忽徘徊①。
雷徙闻车度②，霞上见妆开。
房移看动马，斗转望斟杯。
靥色随星去③，鬟影杂云来④。
更觉今宵短，只遽日轮催⑤。

【注释】

① 仙驾:指织女所乘之车。 ② 徙:迁移。 ③ 靥:面庞。 ④ 髻:发髻。⑤ 遽:恐惧、担心。

【题解】

本诗为七夕宴饮所作。前八句铺陈叙述,从多个角度着力刻画牛郎织女相会的情形。最后两句承前而来,如此隆重地为相会精心准备,可怎奈韶光易逝,良宵苦短。短短的相聚之际,却不得不时时忧虑旭日催别。

(宋锡玲)

同管记陆琛七夕五韵

亭亭秋月明,团团夕露轻。
凤驾今时度①,霓骑此宵迎。
疏上采霞动,粉外白云生。
故娇隔分别,新欢起旧情。
含笑不终夜,香风空自停。

【注释】

① 凤驾:传说中凤凰神鸟驾驶的车,指织女所乘之车。

【题解】

诗歌前两句写"秋月""夕露",既写景,又交代出时节。三、四句写牛郎织女渡河相会,接下来写相会时的情形,并想象牛郎织女相会的心情。只可惜,相逢太短,短短的一夜,欢聚的笑声戛然而止,来时的香风空自停住。

(宋锡玲)

同管记陆瑜七夕四韵

河汉言清浅,相望恨烟宵。

云生剑气没，槎还客宿遥[①]。
月上仍为镜，星连可作桥。
唯当有今夕，一夜不迢迢[②]。

【注释】

①“槎还”句：张华《博物志》：“旧说云天河与海通。近世有人居海渚者，年年八月有浮槎去来，不失期。……去十余日，奄至一处，有城郭状，屋舍甚严。遥望宫中多织妇，见一丈夫牵牛渚次饮之。牵牛人乃惊问曰：‘何由至此？’此人具说来意，并问此是何处，答曰：‘君还至蜀郡，访严君平则知之。’竟不上岸，因还如期。后至蜀，问君平，曰：‘某年月日有客星犯牵牛宿。’计年月，正是此人到天河时也。” ② 迢迢：路途遥远。

【题解】

天河清浅，牛郎织女却只能相望而不得相见。七夕之夜，二人终于能够相见，所以诗人说“唯当有今夕，一夜不迢迢”，似乎天河两岸的距离在今夜一下子缩短了。本诗语言浅近，明白易懂。

（宋锡玲）

七夕宴玄圃各赋五韵

殿深炎气少，日落夜风清。
月小看针暗，云开见缕明[①]。
丝调听鱼出，吹响间蝉声。
度更银烛尽，陶暑玉卮盈[②]。
星津虽可望，讵得似人情[③]。

【注释】

① 缕：线。这句和上句都是就七夕穿针乞巧的风俗而言。 ② 卮（zhī）：古代盛酒的器皿。 ③ 讵：岂，表示反问。

【题解】

本诗为七夕宴饮之作。诗歌开头两句，写日落之后，深殿之中，夜风吹过，暑气消退，清凉舒适之感读来如同身受。三、四句写女子穿针乞巧之事，应七夕之题。接下来四句写宴席之间的情形，笙歌美酒，银烛玉卮，欢乐舒畅之景如在眼前。结尾两句由此感叹：天上的牛郎织女今夜虽可渡河相见，又怎能比得上人间的这种欢乐？

（宋锡玲）

七夕宴乐修殿各赋六韵

秋初芰荷殿[①]，宝帐芙蓉开。
玉笛随弦上，金钿逐照回。
钗光摇玳瑁，柱色轻玫瑰。
笑靥人前敛，衣香动处来。
非同七襄驾[②]，讵隔一春梅[③]。
神仙定不及，宁用流霞杯。

【注释】

① 芰(jì)：古书上指菱。 ② 七襄：襄，驾，指移动。织女星从旦至暮（共七个时辰）移动其位置七次。 ③ 讵：岂，表示反问。

【题解】

本诗也是七夕宴饮所作，诗歌内容虽没与前面一首《七夕宴玄圃各赋五韵》联系在一起，却告诉我们一个事实：在南朝陈时，七夕宴饮已经比较普遍了。在此之后，历代文人七夕之时宴饮赋诗之风经久不衰。

（宋锡玲）

中妇织流黄

卢询祖

别人心已怨,愁空日复斜。
然香望韩寿[①],磨镜待秦嘉[②]。
残丝愁绩烂,余织恐缣赊[③]。
支机一片石[④],缓转独轮车。
下帘还忆月,挑灯更惜花。
似天河上景,春时织女家。

【作者简介】

卢询祖,北齐人,范阳涿人。有术学,文辞华美。与族人思道俱为北州人俊。历太子舍人、司徒记室卒。有集十卷。

【注释】

①《晋书·贾谧传》、南朝宋刘义庆《世说新语·惑弱》载:晋韩寿美姿容,贾充辟为司空掾。充少女午见而悦之,使侍婢潜修音问,及期往宿,家中莫知,并盗西域异香赠寿。充僚属闻寿有奇香,告于充。充乃考问女之左右,具以状对。充秘其事,遂以女妻寿。　②“磨镜”句:《艺文类聚》记载:秦嘉在外做官,寄妻子珍稀明镜,“明镜可以鉴形”,其妻回曰“明镜之鉴,当待君还”。以示思念和盼归之情。　③ 缣(jiān):双丝的细绢。赊(shē):长。　④ 支机石:《太平御览》卷五一引《荆楚岁时记》:“张骞寻河源得一石,示东方朔,朔曰:‘此石是天上织女支机石,何至于此?’”

【题解】

《三妇艳诗》属于《乐府诗集》相和歌辞、清调曲。又名《中妇织流黄》,系闺怨之辞。本诗写男女相思,纯洁健康而又令人愁肠百结。主要通过对织女身处的环境以及织女的动作行为进行浓墨重彩的描绘,营造出凄清的意境;运用多种意象,如镜、独轮车、月,烘托寂寞的心境。结尾巧妙地嵌入牛郎织女的典故,不露痕迹。

(杨文学　项波)

七　夕

邢　邵

盈盈河水侧①,朝朝长叹息。
不吝渐衰苦②,波流讵可测③。
秋期忽云至④,停梭理容色⑤。
束衿未解带⑥,回銮已沾轼⑦。
不见眼中人,谁堪机上织⑧。
愿逐青鸟去⑨,暂因希羽翼⑩。

【作者简介】

邢邵,北朝齐文学家,字子才,河间鄚(今河北任丘北)人。十岁能作文,为当时名士所赏识。北魏明帝初,授奉朝请,迁著作佐郎。后任中书侍郎、国子祭酒等职。北齐时累官骠骑将军、西兖州刺史,太常卿兼中书监,后授特进,死于任上。《隋书·经籍志》载,《邢邵集》原有三十一卷,已佚。明代张溥辑有《邢特进集》,收入《汉魏六朝百三家集》中 。

【注释】

① 盈盈:仪态美好的样子。河水侧:指银河边。　② 吝:指悔恨,遗憾。衰苦:衰老愁苦。　③ 讵:岂,表示反问。　④ 秋期:此指七夕。云:语助词,无义。⑤ 停梭:指停下织机。理容色:指梳妆打扮。容色,容貌神色,此指容貌。　⑥ 束衿(jīn):穿好衣服。衿,衣襟。　⑦ 回銮:旧指帝王或后妃车驾外出返回。此处泛指车驾返回。沾轼:指河水浸湿了车架。轼,古代设在车厢前供立乘者凭扶的横木。　⑧ 谁堪:谁能忍受。　⑨ 青鸟:神话传说中为西王母取食传信的神鸟。⑩ 暂因:姑且凭借。希羽翼:希有鸟的翅膀。《神异经·中荒经》说昆仑之山"上有大鸟,名曰'希有'。南向,张左翼覆东王公,右翼覆西王母。背上小处无羽,一万九千里,西王母岁登翼上会东王公也。"

【题解】

此诗借牛郎织女的传说，写人间的离愁别恨。前四句写织女满怀哀怨，苦苦等待与一河之隔的牛郎相会。中四句写相会的短暂，分别的容易。末四句写织女无心织布，愿随鸟飞抵牛郎身边。

（林萍）

七夕观织女诗

王　鉴

牵牛悲殊馆，织女悼离家[1]。
一稔期一宵[2]，此期良可嘉。
赫奕玄门开[3]，飞阁郁嵯峨[4]。
隐隐驱千乘，阗阗越星河[5]。
六龙奋瑶辔，文螭负琼车[6]。
火丹秉瑰烛[7]，素女执琼华[8]。
绛旗若吐电，朱盖如振霞。
云韶何嘈嗷[9]，灵鼓鸣相和[10]。
停轩纡高眄[11]，眷予在岌峨[12]。
泽因芳露沾，恩附兰风加[13]。
明发相从游，翩翩鸾鹭罗[14]。
同游不同观，念子忧怨多。
敬因三祝末[15]，以尔属皇娥[16]。

【作者简介】

王鉴，生卒不详。字茂高，堂邑人，少以文笔著称。初为元帝琅琊国侍郎，后拜驸马都尉，出补永兴令。大将军王敦请为记室参军，未就而卒，时年四十一。有集传于世。

【注释】

① 悼:一作"怨"。曹植《九咏》注:"织女牵牛之星,各处河之旁。" ②"一稔"句:传说牛郎织女每年七月七日鹊桥相会。稔,《左传》,叔向曰:"所谓不及五稔者。"杜预曰:"稔,年也。" ③ 赫奕:又作"赫弈",闪闪发光。魏陈琳《武军赋》:"光赫奕以烛花。"玄门:幽深之门。高允《鹿苑赋》:"涉玄门之幽奥。" ④ 嵯峨:很高的样子。秦嘉诗:"磐石郁嵯峨。" ⑤ 阗阗(tián):盛貌。 ⑥ 螭(chī):传说中一种没有角的龙。郭璞《游仙诗》:"云螭非我驾。" ⑦ 火丹:仙女名。 ⑧ 素女:传说中的女神名,与黄帝同时。 ⑨ 云韶:音乐名。云,《云门》,黄帝乐。韶,《九韶》,舜乐。嘈嗷:形容乐声嘹亮。 ⑩ 灵鼓:古乐器,一种六面鼓。潘岳《金谷集诗》:"扬桴抚灵鼓。" ⑪ 纡:一作"伫"。 ⑫ 岌峨:高危。 ⑬ 兰风:七月的风。古称七月为兰月。 ⑭ 鸾鷟(zhuó):均是像凤者,鸾多青色,鷟多紫色。⑮ 三祝:即祝长寿、祝富贵、祝多子。《庄子》:"尧观乎华。华对人曰:'嘻!圣人,请祝圣人,使圣人寿。'尧曰:'辞。''使圣人富。'尧曰:'辞。''使圣人多男子。'尧曰:'辞。'" ⑯ 皇娥:传说中的古帝少昊之母。

【题解】

此篇用大量的篇幅描写了织女出动时的盛大景象,因为一年就这一个晚上才可以和牛郎相会,正因如此,"此期良可嘉"。但遗憾的是,这个良期是如此的短暂,很快就要分离了,只有表达对其的思念和祝愿。

(王敏)

隋唐五代

赋昆明池一物得织女石诗

虞世基

隔河图列宿①,清汉象昭回②。
支机就鲸石③,拂镜取池灰④。
船疑海槎渡,珠似客星来⑤。
所恨双蛾敛⑥,逢秋遂不开。

【作者简介】

虞世基(?—618)(据钱仲联、傅璇琮等主编《中国文学大辞典》),隋朝大臣,字茂世,会稽余姚(今慈溪市观海镇)人。父荔,陈太子中庶子。少与弟世南同师事顾野王。性恬静,喜愠不形于色,博学,善草隶。陈时,任太子中舍人、尚书左丞。隋时,为通直郎、直内史省、内史舍人,受炀帝器重,专典机密,参掌朝政。隋大业八年(612),从炀帝出征高丽,以功进金紫光禄大夫。后数次劝谏均不纳,又见大臣相继诛戮,惧祸及己,遂唯诺取容,不敢逆帝,为时人所讥。大业十四年(618),宇文化及于江都兵变,杀隋炀帝,他同被杀。纂有隋朝《区宇图志》,是较早的全国性区域志。

【注释】

① 列宿:诸星宿,指二十八宿。《史记·天官书》:"天则有列宿,地则有州域。" ② 昭回:谓星辰光耀回转。《诗经·大雅·云汉》:"倬(zhuō)彼云汉,昭回于天。"孔颖达疏:"见倬然而明大者,彼天之云汉;其水气精光,转运于天,未有雨征。"后亦指日、月的光辉。 ③ 鲸石:昆明池有石刻鲸鱼,形象生动逼真,"每至雷雨,常鸣吼,鳍尾皆动。" ④ 池灰:即劫灰。《搜神记》卷十三载:"汉武帝凿昆明池,极深,悉是灰墨,无复土。举朝不解,以问东方朔。朔曰:'臣愚不足以知之。'曰:'试问西域人。'帝以朔不知,难以移问。至后汉明帝时,西域道人入来洛阳,时有忆方

朔言者，乃试以武帝时灰墨问之。道人云：‘经云：‘天地大劫将尽，则劫烧。’此劫烧之余也。’乃知朔言有旨。” ⑤“船疑”二句：张华《博物志》：“旧说云天河与海通。近世有人居海渚者，年年八月有浮槎去来，不失期，……去十余日，奄至一处，有城郭状，屋舍甚严。遥望宫中多织妇，见一丈夫牵牛渚次饮之。牵牛人乃惊问曰：‘何由至此？’此人具说来意，并问此是何处，答曰：‘君还至蜀郡，访严君平则知之。’竟不上岸，因还如期。后至蜀，问君平，曰：‘某年月日，有客星犯牵牛宿。’计年月，正是此人到天河时也。” ⑥双蛾：双眉。敛：聚。

【题解】

此诗前三联句句用典，但落笔仍回到织女的愁怨，这种愁怨似乎深不可解。诗人借咏昆明池中的织女石来抒情，借织女之愁写自我之愁，构思精致，意味隽永。

（王敏）

薛道衡诗二首

【作者简介】

薛道衡(540—609)，隋代诗人。字玄卿，河东汾阴(今山西万荣)人。历仕北齐、北周。隋朝建立后，任内史侍郎，加开府仪同三司。炀帝时，出为番州刺史，改任司隶大夫。后为炀帝所杀。他和卢思道齐名，在隋代诗人中艺术成就最高。有集三十卷，已佚。今存《薛司隶集》一卷。

豫　章　行①

江南地远接闽瓯②，东山英妙屡经游③。
前瞻叠障千重阻，却带惊湍万里流。
枫叶朝飞向京洛④，文鱼夜过历吴洲⑤。
君行远度茱萸岭，妾住长依明月楼。
楼中愁思不开嚬，始复临窗望早春。
鸳鸯水上萍初合，鸣鹤园中花并新。
空忆常时角枕处⑥，无复前日画眉人⑦。
照骨金环谁用许，见胆明镜自生尘。

荡子从来好留滞，况复关山远迢递。
当学织女嫁牵牛，莫学姮娥叛夫婿。
偏讶思君无限极，欲罢欲忘还复忆。
原作王母三青鸟，飞来飞去传消息。
丰城双剑昔曾离[8]，经年累月复相随。
不畏将军成久别，只恐封侯心更移。

【注释】

① 豫章：今江西南昌一带。《豫章行》：本来是汉乐府诗题，一般用来表现伤离别、惜华年，感叹时节如流、生命短促。 ② 闽瓯：闽，福建的简称；瓯，浙江温州的别称。 ③ 东山英妙：指中原地区的英俊少年。古时候的山东是指函谷关以东的广大地区。 ④ 京洛：指京都。 ⑤ 文鱼：有彩色花纹的鱼。吴洲：吴江边，这里指江南。 ⑥ 角枕：用兽角作装饰的枕头。 ⑦ 画眉人：汉代张敞为妻子画眉，历来传为佳话。后来"画眉人"就成了丈夫的代称。 ⑧ 丰城双剑：相传晋代张华见斗、牛二星之间有紫气，后使人于丰城狱中掘地得二剑，一曰龙泉，一曰太阿（见《晋书·张华传》）。又丰城属于豫章，用以点染文意。

【题解】

这是少妇对远方游子的思念之诗。这个英俊的中原少年要远行江南，此行千里迢迢，要翻过重重高山，渡过条条激流。当红叶纷纷飘落京都的时候，大概他已经随着水中的鱼儿在吴江边靠岸了；当他艰难地翻越茱萸岭的时候，她也正好在明月之夜登上高楼苦苦地思念着他啊！愁思使她紧锁双眉，郁郁寡欢，只是依在窗边独赏春色，但看到了鸳鸯戏水，仙鹤长鸣，满池浮萍，又更让她加深了对远行人的思念，使她不由得回忆起了昔日枕旁的柔情蜜意。如今她的那个"画眉人"却远在千里之外，她还有什么心思去梳妆打扮呢？只是浪迹在外的游子，本来就容易耽搁行程，而他远在江南，一时不能回来，也就可以理解了。想到这些，她暗下决心自己要学牛郎织女，终有相见的一天，莫学嫦娥的背叛，就只能独处月宫。从相思中清醒过来，她自己也觉得很惊讶：说过不想他了，可总是什么也忘记不了。她幻想自己变成西王母身边的三只青鸟，可以飞到他的身边传递消息，又想到了丰城的雌雄双剑，纵然时有分离，最后还是会合在一起的。她不怕暂时的分离，怕的只是丈夫得到功名后将她抛弃。诗歌哀婉缠绵，充分体现了少妇情意缠绵，愁肠百结的心理。

（杨文学　项波）

秋游昆明池

灞陵因静退，灵沼暂徘徊[1]。
新船木兰楫，旧宇豫章材[2]。
荷心宜露泫[3]，竹径重风来。
鱼潜疑刻石，沙暗似沉灰[4]。
琴逢鹤欲舞，酒遇菊花开。
羁心与秋兴，陶然寄一杯[5]。

【注释】

① 灵沼：即昆明池。张衡《西京赋》："乃有昆明灵沼，黑水玄阯。" ②"旧宇"句：张衡《西京赋》："乃有昆明灵沼，黑水玄阯。周以金堤，树以柳杞。豫章珍馆，揭焉中峙。"即皆用豫章木为台馆。 ③ 泫（xuàn）：水珠下滴。 ④ 沉灰：《搜神记》卷十三载："汉武帝凿昆明池，极深，悉是灰墨，无复土。举朝不解，以问东方朔。朔曰：'臣愚不足以知之。'曰：'试问西域人。'帝以朔不知，难以移问。至后汉明帝时，西域道人入来洛阳，时有忆方朔言者，乃试以武帝时灰墨问之。道人云：'经云：'天地大劫将尽，则劫烧。'此劫烧之余也。'乃知朔言有旨。" ⑤ 陶然：闲适欢乐的样子。

【题解】

此诗为诗人秋日游览昆明池而作。诗中巧妙用典，所写景物既有眼前之景，又联想到传说、典故："木兰楫"与"豫章才"、"荷心"与"竹径"、"刻石"与"沉灰"、琴与酒、鹤与菊，巧妙相对，在这些对举之中，怡然自适之情油然而生。结尾两句则直接抒写这种心情。

（宋锡玲）

秋游昆明池

元行恭

旅客伤羁远，樽酒慰登临。
池鲸隐旧石[①]，岸菊聚新金。
阵低云色近，行高雁影深。
欹荷泻圆露[②]，卧柳横清阴。
衣共秋风冷，心学古灰沈[③]。
还似无人处，幽兰入雅琴。

【作者简介】

元行恭，北齐洛阳人，官至中书舍人。美姿貌，兼俊才，善正行书。

【注释】

①“池鲸”句：《西京杂记》记载：“昆明池刻玉石为鲸鱼，每至雷雨常鸣吼，鬐尾皆动。” ②欹(qī)：倾斜，歪。 ③古灰：《搜神记》卷十三载：“汉武帝凿昆明池，极深，悉是灰墨，无复土。举朝不解，以问东方朔。朔曰：‘臣愚不足以知之。’曰：‘试问西域人。’帝以朔不知，难以移问。至后汉明帝时，西域道人入来洛阳，时有忆方朔言者，乃试以武帝时灰墨问之。道人云：‘经云：‘天地大劫将尽，则劫烧。’此劫烧之余也。’乃知朔言有旨。”

【题解】

这首诗也是诗人秋日游览昆明池所作。诗歌开头两句“旅客伤羁远，樽酒慰登临”为整首诗营造出了一种旅客伤怀、登临思乡的基调。下文虽在写景，却是景中含情，句句都透出诗人的羁旅之情，尤其“衣共秋风冷，心学古灰沈”两句，更是将羁旅之人的秋思与感伤写得淋漓尽致。

（宋锡玲）

和许侍郎游昆明池

李百药

神池望不极①,沧波接远天。
仪星似河汉,落景类虞泉②。
年深平馆宇③,道泰偃戈船④。
差池下凫雁⑤,掩映生云烟。
浪花开已合,风文直且连⑥。
税马金堤外⑦,横舟石岸前。
羽觞倾绿蚁⑧,飞日落红鲜。
积水浮深智,明珠曜雅篇⑨。
大鲸方远击⑩,沉灰独未然⑪。
知君啸俦侣⑫,短翮徒联翩⑬。

【作者简介】

李百药(565—648),字重规,安平(今河北安平)人,唐初史学家。其父李德林隋时任内史令,曾编撰《齐史》。他在隋时任太子舍人、建安郡丞等职。隋末农民大起义时,他辗转于李子通、杜伏威营中。唐时,任中书舍人、散骑常侍等职。授命修订五礼、律令。贞观元年(627)奉诏撰修《齐书》。他根据父亲的旧稿,兼采他书,历经十年,修成《齐书》五十卷。现称为《北齐书》,为二十四史之一。

【注释】

① 神池:《三辅黄图》卷四引《三秦记》曰:"昆明池中有灵沼,名神池。尧时治水,尝停船于此池。" ② 虞泉:即虞渊,古神话中称日入之处。唐人避李渊讳,改作虞泉。《淮南子·天文训》:"日入于虞渊之汜。" ③ 平馆宇:谓当年平馆宇已夷为平地。 ④ 道泰:世道太平。戈船:即战船。汉武帝建昆明池,意在习水战。 ⑤ 差池:参差。 ⑥ 风文:波纹。 ⑦ 税马:驻马。金堤:喻池堤坚固。 ⑧ 羽觞:雀鸟状酒器,左右形如两翼。一说插鸟羽于觞,促人速饮。绿蚁:酒面的浮沫,代指酒。 ⑨ 明珠:喻许侍郎的原唱。 ⑩ 大鲸:昆明池有石刻鲸鱼,形象生动逼

真,"每至雷雨,常鸣吼,鳍尾皆动。" ⑪ 沉灰:此指劫灰。然:同"燃"。 ⑫ 啸俦侣:呼引同类。 ⑬ 短翮(hé):比喻自己才智庸弱。

【题解】

昆明池,汉武帝时建,故址在今西安市西南。许多人用同一题目作诗,第一个人作的第一首诗,称为"首唱";大家跟着作,称为"和"。这整个赛诗的行动,称为"唱和"。和诗也有几种不同的情况。用同样的题目,同样的诗体,但不用同样的韵脚,这是"和诗"。题目、诗体、韵脚,全都与原唱一样,这是"和韵"。在唐代,"和诗"与"和韵",意义不同。既为和诗,又是描写游乐,难免不细致地描摹刻画。此诗多用与昆明池有关的典故,组织工致,但内容却很空虚。

(王敏)

月夜观星诗

杨　广

团团素月净,翛翛夕景清①。
谷泉惊暗石,松风动夜声。
披夜出荆户,蹑履步山楹②。
欣睹明堂亮③,喜见泰阶平④。
觜参犹可识⑤,牛女尚分明。
更移斗柄转,夜久天河横。
徘徊不能寐,参差几种情。

【作者简介】

杨广(569—618),隋文帝杨坚次子。在周,以高祖勋封雁门郡公。开皇元年(581)立为晋王。开皇八年冬,大举伐陈,杨广为行军元帅。陈灭,进位太尉。每以矫情饰行,暗怀野心。开皇二十年(600),以阴谋导致文帝废掉太子杨勇,十一月得立为皇太子。仁寿四年(604)弑父自立,改元大业。即位后,杨广好大喜功,多次对外用兵,攻吐谷浑,击流求,伐辽东,征高丽,兵卒死伤甚多。又大治宫室,广兴土木，建西苑，造离宫四十余所，开运河，筑长城。又骄怠，不问政事，荒淫暴虐，滥杀无辜。又东西游幸，居处不定、耗费无度，使得赋重役繁，民不堪命，农民起义接连不断。大业十二年(616)南巡至江都，沉迷酒色，无意北归。隋恭帝义宁二年(618)为禁军将领宇文化及缢杀于行宫温室。在位十四年，年五十，谥炀皇帝。《北史》《隋书》皆有纪。炀帝少好学，善属文，有集五十五卷。

【注释】

① 翛翛(xiāo)：犹翛然，无拘无束，自由自在的样子。 ② 山楹：指山中房屋。③ 明堂：上古，明堂是天子理政、百官朝见的场所，风水中的明堂是穴前之地，诸山聚绕，众水朝拱，生气聚合，这里借指宫廷。 ④ 泰阶：古星座名，即三台。上台、中台、下台共六星，两两并排而斜上，如阶梯，故名。这里借指朝廷。 ⑤ 觜参：属道教二十八宿之西方七宿，四象之一——白虎。西方七宿位于西方，其形似虎，属金，色白，总称白虎。

【题解】

此诗充分体现出隋初南北诗风融合的趋势，隋炀帝在诗歌创作上力图融南北诗风之长，此作即将北方诗人的慷慨意气和南方诗人的细腻情怀结合在一起，创造出深沉、蕴藉的诗境来：写秋夜月明的景色，清切而泠然；写景后的抒情含蓄、蕴藉，淡淡的喜悦夹杂着些许惆怅，令人回味。

（高晓庆）

七夕诗二首

王　眘

其一

天河横欲晓，凤驾俨应飞①。

落月移妆镜，浮云动别衣。

欢逐今宵尽②，愁随还路归。

犹将宿昔泪，更上去年机③。

【作者简介】

作者生平事迹不详。

【注释】

① 凤驾:传说中凤凰神鸟驾驶的车,指织女所乘之车。俨:俨然。 ② 今宵:指七夕。 ③ 机:织女的织机。

【题解】

天河横斜,凤驾待飞,月落天欲晓,短暂的相逢即将结束,又该开始一年的苦苦相思和漫长期待了。欢尽愁归,一夜的欢乐之后,将是漫长的愁思。最后两句“犹将宿昔泪,更上去年机”,作者运用丰富的想象,将织女的心情刻画得细致入微,让人读来感同身受。

(宋锡玲)

其二

终年恒弄杼①,今夕始停梭。

却②镜看斜月③,移车渡浅河。

长裙动星佩④,轻帐掩云罗⑤。

旧愁虽暂止,新愁还复多。

【注释】

① 杼:机杼,织具。 ② 却:推开。指装扮完毕。 ③ 斜月:暗指夜幕即将降临。 ④ 星佩:以星星为佩饰。 ⑤ 掩:遮蔽。

【题解】

本诗同前面一首所传达的感情较为类似,都表达了对牛郎织女相聚而又匆匆分别、欢娱总被离愁遮蔽的感慨。前面六句写牛女相会的情形,后两句直接抒发作者感慨。既有想象又有实写,虚实结合,感情细腻委婉。

(宋锡玲)

七夕观新妇隔巷停车

陈子良

隔巷遥停幰[①],非复为来迟。
只言更尚浅[②],未是渡河时。

【作者简介】

陈子良(575—632),吴人。在隋时为杨素记室。入唐,官右卫率府长史,与萧德言、庾抱同为隐太子学士。贞观六年卒。有集十卷,今存诗十三首。

【注释】

① 停幰(xiǎn):停车。幰,车前的帷幔。 ② 更:古代夜间计时单位。一夜分为五更。

【题解】

此诗借用七夕牛郎织女渡银河相会的传说,指新妇归夫家。写出新妇的焦急相见之情。

(叶姝)

许敬宗诗四首

【作者简介】

许敬宗(592—672),字延族,杭州新城(今浙江富阳西南)人。经历隋唐,历任给事中、检校中书侍郎、礼部尚书、郑州刺史、太子宾客、侍中、中书令、太子少师等职,进封郡公,卒赠开府仪同三司,扬州大都督,初谥曰缪,改谥曰恭。曾预修《晋书》《文思博要》《文馆词林》等书。今存诗四十五首。

奉和七夕宴悬圃应制二首

其一

牛闺临浅汉[1],鸾驷涉秋河[2]。
两怀萦别绪,一宿庆停梭。
星模铅里靥[3],月写黛中蛾[4]。
奈许今宵度,长婴离恨多[5]。

【注释】

① 牛闺:即牛、女,牛郎与织女。汉,指银河。 ② 鸾驷:挂有鸾铃的马车。 ③ 靥:面颊的笑窝,以星状其明丽。 ④“月写”句:指新月形的眉妆。 ⑤ 婴:遭受。

【题解】

这是一首七夕宴会时的奉和诗,诗人通过大胆想象,勾画了牛郎、织女相见前的情形,层层递进,尾联笔锋一转,欢快之时又令人想起长期的离愁别恨,感人至深。全诗对仗工整、韵律协调、富有音乐感,特别是比喻手法和动词的运用,使得本诗特色鲜明、成就不凡。

(张华)

其二

婺闺期今夕[1],娥轮泛浅潢[2]。
迎秋伴暮雨,待暝合神光[3]。
荐寝低云鬓[4],呈态解霓裳。
喜中愁漏促[5],别后怨天长。

【注释】

① 婺:婺女,二十八宿之一。《史记·天官书》:“婺女,其北织女。织女,天孙也。”此以婺女代指织女。 ② 娥轮:织女之车。世称织女为星娥。潢,天潢,星名。因位跨银河,此借指银河。 ③ 暝:天黑。 ④ 荐:侍奉。 ⑤ 漏:古计时器,代指时间。

【题解】

这是一首七夕宴会时的奉和诗,上半部分主要运用白描手法,陈述了七夕牛女鹊桥相会的传说。接下来诗人展开了大胆的想象,运用了几个动作细节的描写将二人相见后的多情姿态刻画得淋漓尽致。尾联笔锋一转,叹相见时光之难得易失,想到又要忍受漫漫相思之苦,不由又愁上心头。全诗对仗工整、韵律协调、富有音乐感,具有较强的艺术感染力。

(张华)

七夕赋咏成篇

一年抱怨嗟长别,七夕含态始言归。
飘飘罗袜光天步,灼灼新妆鉴月辉。
情催巧笑开星靥[①],不惜呈露解云衣。
所叹却随更漏尽,掩泣还弄昨宵机。

【注释】

① 巧笑:美好的笑貌。《诗·卫风·硕人》:"巧笑倩兮,美目盼兮。"靥(yè):酒窝儿,嘴两旁的小圆窝儿。

【题解】

这首七律运用了大胆的想象向我们勾勒了传说中七夕牛女相会的全过程,从未见之怨到见时之喜,又到别后之痛,层层递进,使人读后有身临其境之感。尤其写将见和见时织女的情态十分生动、细致,其喜悦之情跃然纸上。

(张华)

奉和秋日即目应制[①]

玉露交珠网,金风度绮钱[②]。
昆明秋景淡[③],岐岫落霞然[④]。
辞燕归寒海,来鸿出远天。
叶动罗帷飏,花映绣裳鲜。

规空升暗魄⑤,笼野散轻烟。
鹊度林光起,凫没水文圆。
无机络秋纬⑥,如管奏寒蝉。
乃眷情何极,宸襟豫有旃⑦。

【注释】

① 应唐太宗《秋日即目》而作。日,一作月。 ② 绮钱:雕有连钱形图案的窗户。 ③ 昆明:即昆明池,故址在今陕西西安西南。 ④ 岐岫:岐山,在今陕西岐山县北。然:通"燃"。 ⑤ 规空:圆圆的天空。暗魄:有暗影的月亮,指上弦月或下弦月。 ⑥ 络秋纬:虫名。即莎鸡,俗称络丝娘、纺织娘。夏秋夜间振羽作声,声如纺线,故名。 ⑦ 宸襟:天子胸怀。旃:之。

【题解】

此诗奉和太宗《秋日即目》而作,极致笔墨写景咏物,内容空泛;最末句为皇上歌功颂德,也是应制诗的常套。

(高晓庆　段永升)

冬日临昆明池

李世民

石鲸分玉溜①,劫烬隐平沙②。
柳影冰无叶,梅心冻有花。
寒野凝朝雾,霜天散夕霞。
欢情犹未极,落景遽西斜③。

【作者简介】

李世民(599—649),即唐太宗,讳世民,谥曰文,是唐朝第二位皇帝。于开皇十八年(599)出生,是唐高祖李渊与窦皇后的次子。他是唐朝军事家、政治家、书法家,是中国历史上功业赫赫的皇帝之一,在位二十四年。在位期间,政治修明,经济发展,有"贞观之治"之誉。先后开设文学馆、弘文馆,招延文士,讨论典籍,编撰类书，吟咏唱和，对唐代三百年风雅之盛，有启迪倡导之功。原有《唐太宗集》三十卷，又撰《帝范》四卷，俱散佚。

【注释】

① 石鲸：昆明池有石刻鲸鱼，形象生动逼真，“每至雷雨，常鸣吼，鳍尾皆动”。玉溜：指池水。 ② 劫烬：即劫灰。《搜神记》卷十三载：“汉武帝凿昆明池，极深，悉是灰墨，无复土。举朝不解，以问东方朔。朔曰：‘臣愚不足以知之。’曰：‘试问西域人。’帝以朔不知，难以移问。至后汉明帝时，西域道人入来洛阳，时有忆方朔言者，乃试以武帝时灰墨问之。道人云：‘经云：‘天地大劫将尽，则劫烧。’此劫烧之余也。’乃知朔言有旨。” ③ 落景：落日。

【题解】

昆明池，在今陕西省西安市西南。这首诗描写冬天游历昆明池的情景。从池中之遗迹到池上之景物，写景清淡明净，末一句感叹冬日之时促，欢情易逝。使人不由感叹，作为一位位高权重的天子，又何尝没有悲花叹月的情怀呢？

（王敏　段永升）

奉和秋日即目应制①

上官仪

上苑通平乐②，神池迩建章③。
楼台相掩映，城阙互相望。
缇油泛行幔④，箫吹转浮梁。
晚云含朔气，斜照荡秋光。
落叶飘蝉影，平流写雁行。
槿散凌风缛⑤，荷销裛露香。
仙歌临枍诣⑥，玄豫历长杨⑦。
归路乘明月，千门开未央⑧。

【作者简介】

上官仪(608？—664)，字游韶，陕州陕县(今属河南)人，家于江都。贞观初擢进士第，召授弘文馆直学士，迁秘书郎。太宗时，常参加宫中宴会，又曾参与《晋书》的编撰工作。高宗时为秘书少监，龙朔二年(662)，迁西台侍郎、同东西台三品，位居宰相。因建议高宗废皇后武则天，为武氏嫉恨。后又因梁王李忠谋反事受牵连，下狱死。上官仪擅写五言诗，格律工整，内容多为应制奉命之作，不脱齐梁诗风，如《八咏应制》二首，即颇浮靡。《旧唐书》本传称他的诗“好以绮错婉媚为本”，因他地位显贵，一时人多仿效，号为“上官体”。《全唐诗》录其诗一卷。事迹见新、旧《唐书》本传。

【注释】

① 应唐太宗《秋日即目》而作。日，一作月。 ② 上苑：即上林苑，是汉武帝刘彻于建元二年(前138)在秦代的一个旧苑址上扩建而成的宫苑，地跨长安、咸阳、周至、户县、蓝田五县县境，纵横三百里，有灞、浐、泾、渭、沣、滈(hào)、涝、潏(yù)八水出入其中。上林苑内容，据《汉书·旧仪》载：“苑中养百兽，天子春秋射猎苑中，取兽无数。其中离宫七十所，容千骑万乘。”可见仍保存着射猎游乐的传统，但主要内容已是宫室建筑和园池。据《关中记》载，上林苑中有三十六苑、十二宫、三十五观。平乐：即平乐观，在上林苑中，未央宫北。 ③ 神池：指太液池。迩：近。建章：汉宫名，在未央宫西。 ④ 缇：橘红色。 ⑤ 槿：木槿，落叶灌木，夏秋开花。缛：繁密。 ⑥ 柃诣：汉建章宫中有柃诣宫，因美木茂盛而得名。 ⑦ 玄豫：玄游。长杨：指长杨宫，汉宫名。本秦旧宫，汉时重加修饰，为秦、汉时游猎的地方，内有垂杨绵亘数亩，故称为长杨宫。 ⑧ 千门：传说千门创始于远古帝王大禹，世代相传，影响和左右着天下大势。

【题解】

此诗奉和太宗《秋日即目》而作，极致笔墨写景咏物，辞藻华丽，语句婉转流丽，是宫廷诗中描写秋景的佳作，末句虽入应制诗常有的俗套，但婉转寄寓了自身的期许，也算是宫体诗中的突破了。

(高晓庆)

七夕宴悬圃二首①

李　治

其一

羽盖飞天汉②，凤驾越层峦③。
俱叹三秋阻，共叙一宵欢。
璜亏夜月落④，靥碎晓星残⑤。
谁能重操杼⑥，纤手濯清澜。

【作者简介】

李治(628—683)，太宗第九子，始封晋王，贞观十七年(643)立为皇太子。二十三年即位。今存诗九首。

【注释】

① 悬圃：即玄圃，园名，在洛阳东宫之北。　② 羽盖：闲人的车驾，这里指织女所乘之车。　③ 凤驾：传说中凤凰神鸟驾驶的车，指织女所乘之车。　④ 璜亏：形容七夕月亮形状。璜为半璧，古人或称玦(jué)。　⑤ 靥：本指脸庞，这里指月魄。⑥ 杼：织布梭。

【题解】

本诗为七夕宴请群臣时席间所作，宴饮席间赋诗吟咏为古代文人间的重要传统。而古代七夕节日之隆重也由此可见一般。诗句首联、颔联想象牛郎织女驾车渡河相会、共叙离别之情、相聚之欢的情形；颈联、尾联则写夜已渐尽，遥想织女与牛郎再度分别后的情形，想象细腻委婉。

(宋锡玲)

其二

霓裳转云路①，凤驾俨天潢②。
亏星凋夜靥③，残月落朝璜④。
促欢今夕促⑤，长离别后长。
轻梭聊驻织，掩泪独悲伤。

【注释】

① 霓裳：仙人以云霓为衣裳。 ② 俨：临。天潢：天河。 ③ 夜靥：指夜幕。靥：本指脸庞，此处为拟人手法。 ④ 璜：形容七夕月亮形状。 ⑤ 促：短促。

【题解】

本诗亦为七夕宴饮所作，与前面一首内容类似。首联写牛郎织女相会的情形；颔联写月落夜残，短暂的夜晚即将结束；于是颈联转为感慨，欢乐太短而离别太长；尾联想象别后织女独自掩泪悲伤。颔联、颈联对仗工整，尤其颈联中一“促”、一“长”，鲜明的对比中传达出牛女的不舍和别怨。

（宋锡玲）

咏牛应制

许圉师

逸足还同骥①，奇毛自偶麟②。
欲知花迹远，云影入天津③。

【作者简介】

许圉师（？—679），安州安陆（今湖北安陆）人。有器干，博涉艺文，举进士。显庆中，累迁黄门侍郎，同中书门下三品，四迁为左相。坐事，贬刺史。吏有犯赃，圉师赐《清白诗》以激之，犯者愧惧，遂改节为廉士，其宽厚如此。诗一首。《新唐书》卷九〇、《旧唐书》卷五九有传。

【注释】

① 逸足：快步。傅毅《舞赋》：“良骏逸足。” ② 偶麟：与麒麟相匹。 ③ 天津：银河。

【题解】

这虽是一首咏物诗，但借物言志，字里行间寄寓了诗人自身不甘平庸的人生理想和政治抱负。

（高晓庆）

帝　京　篇[1]

骆宾王

山河千里国，城阙九重门[2]。
不睹皇居壮，安知天子尊[3]！
皇居帝里崤函谷[4]，鹑野龙山侯甸服[5]。
五纬连影集星躔[6]，八水分流横地轴[7]。
秦塞重关一百二[8]，汉家离宫三十六[9]。
桂殿嵚岑对玉楼[10]，椒房窈窕连金屋[11]。
三条九陌丽城隈[12]，万户千门平旦开。
复道斜通鳷鹊观[13]，交衢直指凤凰台[14]。
剑履南宫入，簪缨北阙来[15]。
声名冠寰宇，文物象昭回[16]。
钩陈肃兰戺[17]，璧沼浮槐市[18]。
铜羽应风回[19]，金茎承露起[20]。
校文天禄阁[21]，习战昆明水。
朱邸抗平台[22]，黄扉通戚里[23]。
平台戚里带崇墉[24]，炊金馔玉待鸣钟[25]。
小堂绮帐三千户，大道青楼十二重[26]。
宝盖[27]雕鞍金络马[27]，兰窗绣柱玉盘龙[28]。
绣柱璇题粉壁映[29]，锵金鸣玉王侯盛[30]。
王侯贵人多近臣，朝游北里暮南邻[31]。
陆贾分金将宴喜[32]，陈遵投辖正留宾[33]。
赵李经过密[34]，萧朱交结亲[35]。
丹凤朱城白日暮[36]，青牛绀幰红尘度[37]。
侠客珠弹垂杨道[38]，倡妇银钩采桑路。
倡家桃李自芳菲[39]，京华游侠盛轻肥[40]。

延年女弟双凤入[41]，罗敷使君千骑归[42]。
同心结缕带，连理织成衣[43]。
春朝桂尊尊百味[44]，秋夜兰灯灯九微[45]。
翠幌珠帘不独映[46]，清歌宝瑟自相依。
且论三万六千是[47]，宁知四十九年非[48]。
古来荣利若浮云，人生倚伏信难分。
始见田窦相移夺[49]，俄闻卫霍有功勋[50]。
未厌金陵气[51]，先开石椁文[52]。
朱门无复张公子[53]，灞亭谁畏李将军[54]！
相顾百龄皆有待[55]，居然万化咸应改[56]。
桂枝芳气已销亡[57]，柏梁高宴今何在[58]？
春去春来苦自驰，争名争利徒尔为[59]。
久留郎署终难遇[60]，空扫相门谁见知！
当时一旦擅豪华，自言千载长骄奢。
倏忽抟风生羽翼，须臾失浪委泥沙[61]。
黄雀徒巢桂[62]，青门遂种瓜[62]。
黄金销铄素丝变[64]，一贵一贱交情见[65]。
红颜宿昔白头新[66]，脱粟布衣轻故人[67]。
故人有湮沦，新知无意气。
灰死韩安国[68]，罗伤翟廷尉[69]。
已矣哉，归去来！
马卿辞蜀多文藻[70]，扬雄仕汉乏良媒[71]。
三冬自矜诚足用[72]，十年不调几邅回[73]。
汲黯薪逾积[74]，孙弘阁未开[75]。
谁惜长沙傅[76]，独负洛阳才[77]！

【作者简介】

骆宾王(640？—684)，唐著名文学家，婺州义乌(今浙江义乌)人。七岁能诗，目为神童。初为道王李元庆府属，转奉礼郎、东台详正学士，曾从军蜀中。后历任武功、长安主簿，入朝为侍御史。唐高宗调露元年(679)，因上疏言事，被诬入狱。次年贬任临海丞，世称“骆临海”，后弃官而去。唐睿宗文明元年(武则天光宅元年，公元684年)，武则天临朝称制，徐敬业于扬州起兵讨武后，骆宾王参与其事，起草了著名的《代徐敬业传檄天下文》。徐敬业兵败，骆宾王下落不明，一说被杀，一说隐匿。骆宾王诗文俱佳，才情纵放，为“初唐四杰”之一。他的诗笔调宏肆，风格雄放，精炼缜密。五言律诗精工谐亮，更擅长七言歌行，《帝京篇》是其代表作，是初唐仅有的大篇，当时被称为“绝唱”。《代徐敬业传檄天下文》，是通畅的新骈体，义正词严，声韵铿锵，连被声讨的武则天也不禁表示赞赏，责问：“宰相安得失此人?”今传《骆临海集》，现存诗一百一十余首。

【注释】

①帝京篇：乐府旧题，本诗作于上元三年(676)。 ②城阙：城门两边的楼观。这里引申为京城。九重门：天子居住的地方，宋玉《九辨》：“君之门以九重。”。③睹：看见。皇居：皇帝居住的地方。这两句化用了《史记·高祖纪》中的典故：“萧丞相作未央宫，立东阙、北阙、前殿、武库、太仓。高祖见丞阙壮甚，怒。萧何曰：‘天子以四海为家，非壮丽无以重威，且无令后世有以加也。’高祖乃悦。” ④崤函谷：崤山和函谷关。 ⑤鹑野：星宿鹑首的分野，指秦地。龙山：即龙首山，在今陕西省西安市西北。侯甸服：泛指京郊地区。 ⑥五纬：金、木、水、火、土五星。《周礼·春官·大宗伯》：“以实柴祀日月星辰。”汉郑玄注：“星谓五纬，辰谓日月。”贾公彦疏：“五纬，即五星：东方岁星，南方荧惑，西方太白，北方辰星，中央镇星。言纬者，二十八宿随天左转为经，五星右旋为纬。”汉张衡《西京赋》：“五纬相汁，以旅于东井。” ⑦八水：指的是渭、泾、沣、涝、潏、滈、浐、灞八条河流，它们在西安城四周穿流，均属黄河水系。西汉文学家司马相如在著名的辞赋《上林赋》中写道，“荡荡乎八川分流，相背而异态”，描写了汉代上林苑的巨丽之美，以后就有了“八水绕长安”的描述。 ⑧“秦塞”句：《史记·高祖本纪》：“秦，形胜之国，带山河之险，悬隔千里，持戟百万，秦得百二焉。” ⑨“汉家”句：班固《西都赋》：“离宫别馆，三十六所。” ⑩桂殿：汉宫殿名。嵚岑：高貌。玉楼：指玉堂，在建章宫南，台高三十丈。⑪椒房：汉殿名，后妃所居，以椒和泥涂壁，故称。窈窕：深貌。 ⑫三条九陌：泛言长安街道纵横交错。 ⑬复道：连结楼阁之间的空中走廊，有上下两层。鸡鹊观：

汉宫观名，在长安甘泉宫。见《三辅黄图》卷二。 ⑭交衢：纵横交错的街道。⑮簪缨：古代官员的冠饰，因以代指显贵。 ⑯文物：指礼乐典章制度。昭回：谓星辰光耀回转。 ⑰钩陈：这里指后宫仪仗。兰戺（shì）：指宫中的台阶，戺是台阶两端的斜石。 ⑱壁沼：即壁池。槐市：汉代长安读书人聚会、贸易之市。因其地多槐而得名。后借指学宫学舍。 ⑲铜羽：指相风鸟，羽，一作雀。 ⑳金茎：用以擎承露盘的铜柱，有时也指承露盘或盘中的露。 ㉑天禄阁：汉代宫中藏书、校书之处，刘向、扬雄曾校书于此。 ㉒朱邸：汉代诸侯王宅第，以朱红漆门，故称朱邸。后泛指贵官府第。平台：汉梁孝王建，故址在今河南商丘。 ㉓黄扉：古代丞相、三公、给事中等高官办事的地方，以黄色涂门上，故称。戚里：帝王外戚聚居的地方。㉔崇墉：高墙。 ㉕炊金馔玉：极言食品之精美。鸣钟：古代贵族之家用饭时要击钟。《左传·哀公十四年》："左师每食击钟。" ㉖大道青楼：贵族居处。曹植《美女篇》："青楼临大路，高门结重关。" ㉗宝盖：以珠宝装饰的车篷。金络：饰以黄金的马笼头。 ㉘兰窗：有兰花图案装饰的窗户。绣柱玉盘龙：绘有盘龙图案的柱子。鲍照《代陈思王京洛篇》："绣桷金莲花，桂柱玉盘龙。" ㉙璇题：饰玉的椽头。绣：一作绮。粉：一作彩。 ㉚锵金鸣玉：古代贵族身佩金玉，走路时铿锵作响。㉛北里：唐长安平康里位于城北，称北里，其地为妓院所在地，用以泛称娼妓聚居之地。 ㉜陆贾句：汉高祖时，陆贾使南越，南越王赠以千金，后免官，将千金分予五子，每人二百金，陆贾轮流到五子家宴饮，见《史记·陆贾列传》。 ㉝陈遵投辖：《汉书·游侠传·陈遵》："遵耆酒，每大饮，宾客满堂，辄关门，取客车辖投井中，虽有急，终不得去。"后遂用"陈遵投辖"为好客留宾的典故。 ㉞"赵李"句：阮籍《咏怀诗》："平生少年时，轻薄好弦歌。西游咸阳中，赵李相经过。"颜延年注谓：赵李指赵飞燕与李夫人，二人皆以善歌舞得宠。后以"赵李"泛指乐妓。 ㉟萧朱：指萧育、朱博，二人交谊深厚，闻名当世，见《汉书·萧育传》。 ㊱丹凤朱城：指京都长安。 ㊲绀幰（xiǎn）：红黑色的车幔。 ㊳珠弹：用宝珠为弹以射雀。 ㊴桃李：比喻容貌艳丽。 ㊵京华游侠：郭璞《游仙诗》："京华游仙窟。"轻肥：轻裘肥马。 ㊶延年女弟：《史记·佞幸列传》："延年善歌，为变新声，而上方兴天地词，欲造乐诗歌弦之。延年善承意，弦次初诗。其女弟亦幸，有子男。"双凤入：前秦苻坚时，有慕容冲者，与其姐妹清河公主俱得苻坚之宠幸，民谣云："一雌复一雄，双飞入紫宫。"见《晋书·苻坚载记》。凤，一作飞。 ㊷罗敷：汉乐府《陌上桑》之女主人公,为拒绝太守调戏,夸夫云:"东方千余骑,夫婿居上头。"使君:即太守。㊸连理:此指有连理枝图案的丝织品。 ㊹桂尊:即桂酒。尊,同"樽",酒杯。㊺九微:一干九支的华灯。 ㊻翠幌:饰以翠鸟图案的帷帐。 ㊼三万六千:指百年时光,有三万六千日。 ㊽四十九年非:《淮南子·原道训》:"蘧伯玉年五十,而知四十九年非。" ㊾田窦:指西汉时外戚武安侯田蚡与魏其侯窦婴。汉景帝时,婴为大将军,诸游士宾客争归之。武帝时,蚡为丞相,诸游士宾客皆去婴而归蚡,唯灌夫与婴善。后田蚡劾灌夫骂座不敬,婴受株连被杀。事见《史记·魏其武安侯列传》。移夺:一作倾代。 ㊿卫霍:汉武帝时名将卫青、霍去病。 51厌:通"压"。金陵气:指帝王所在地金陵的祥瑞之气。金陵,今之南京。战国时楚威王埋金以镇王气,故曰金陵。后三国吴、东晋、宋、齐、梁、陈六朝皆建都于此。 52"先开"句:"夫灵公也死,卜葬于故墓,不吉,卜葬于沙丘而吉。掘之数仞,得石椁焉,洗而视之,有铭焉,曰:'不冯其子,灵公夺而埋之。'"见《庄子·则阳》。 53张公子:汉成帝宠幸富平侯张放,"每微行出,常与张放俱,而称富平侯家,故曰张公子",见《汉书·外戚传》。 54灞亭:西汉名将李广曾被朝廷罢官,一日,他带随从前往蓝田南山中打猎,因饮酒迟归,回到灞桥稽查亭时,天色已晚。当时亭尉也醉了,就呵斥他们不让通过。随行的人告诉亭尉说:"这是故将军李广。"亭尉对道:"今将军尚不得过,何况故将军。"李广只得宿于亭下,待天明方返回家中。他由此怀恨这个亭尉。后来李广再次受命带兵出征,他指名要霸陵尉同去,路上借故杀了亭尉。55百龄:百年,指人之一生。有待:有所凭借,语出《庄子·逍遥游》。 56万化:万物之变化。咸:皆。 57"桂枝"句:汉武帝《伤悼李夫人赋》:"秋气憯以凄泪兮,桂枝落而消亡。" 58柏梁高宴:泛指御宴,朝廷宴会。柏梁,指柏梁台,汉代台名,故址在今西安市西北汉长安故城内,武帝元鼎二年建造,因以香柏为梁,故名。59徒尔为:徒然,无用。 60"久留"句:《文选·思玄赋》李善注引《汉武故事》载:颜驷于汉文帝时为郎,历景帝至武帝时,仍为郎官,"三世不遇,故老于郎署"。61失浪委泥沙:化用《淮南子·主术训》:"吞舟之鱼,荡而失水,则制于蝼蚁。"62黄雀桂巢:《汉书·五行志》载成帝时歌谣:"桂树花不实,黄雀巢其颠。故为人所羡,今为人所怜。"雀,一作鹤,桂,一作柱。 63青门:汉长安城东南门,本名霸城门,因其门色青,故俗呼为"青门"或"青城门",后泛指退隐之处。 64素丝:本色的丝,白丝,用作对清廉者的誉辞。 65"一贵"句:见《史记·张冯汲郑传》:"始翟公为廷尉，宾客阗门；及废，门外可设雀罗。翟公复为廷尉，宾客欲往，翟公乃大署其门曰：'一死一生，乃知交情。一贫一富，乃知交态。一贵一贱，交情乃见。'"后因以"翟门"为门庭盛衰之典实。 ⑯白头新：汉邹阳《狱中上梁王书》："白头如新，倾盖如故。" ⑰脱粟布衣：《西京杂记》卷二："公孙弘起家于齐，为丞相，故人高贺从之。弘食之脱粟，覆以布被，贺怒曰：'何用故人，富贵为脱粟布被，我自有之。'……弘闻叹曰：'宁逢恶宾，不逢故人。'"脱粟，糙米。 ⑱"灰死"句：《史记·韩安国列传》："安国坐法抵罪，蒙狱吏田甲辱安国。安国曰：'死灰独不复然乎？'田甲曰：'然即溺之。'" ⑲"罗伤"句：见⑮。 ⑳马卿：即司马相如，字长卿，西汉辞赋家，蜀郡成都人。 ㉑"扬雄"句：扬雄于汉成帝时为郎官，历哀、平二帝，"三世不徙官"，见《汉书》本传。无良媒：没有得力的荐举之人。 ㉒"三冬"句：见《汉书·东方朔传》："年十三学书，三冬，文史足用。" ㉓"十年"句：见《汉书·张冯汲郑传》："事文帝，十年不得调，之所知名。"调，升迁。邅回：徘徊。按骆宾王《上吏部裴侍郎书》："宾王一艺罕称，十年不调。" ㉔"汲黯"句：汲黯为九卿时，公孙弘、张汤皆为小吏。后弘为丞相，汤为御史大夫，汲黯心中不满，见帝乃曰："陛下用群臣，如积薪耳，后来者居上。"见《史记·汲黯列传》。 ㉕孙弘：即公孙弘，弘开阁事据《汉书·公孙弘传》：公孙弘少时家贫，放猪于海上。四十多岁方学春秋杂说，六十岁以贤良徵为博士。元朔中为丞相，平津侯。"于是起客馆，开东阁以延贤人，与参谋议"。 ㉖长沙傅：指西汉贾谊。文帝时贾谊被谪为长沙王太傅，故称。 ㉗洛阳才：见《史记·屈原贾生列传》：贾谊年少敢言，朝廷公卿如绛灌之属尽害之，终遭贬谪为长沙王太傅。后因以"洛阳才"比喻遭贬谪、流放之才人。

【题解】

该诗约作于上元三年担任明堂主簿时，诗前有《启》，介绍说是应吏部侍郎"垂索"而作的。取材于汉代京城长安的生活故事，以古喻今，抒情言志，气韵流畅，有如"缀锦贯珠，滔滔洪远"，在当时就被视为绝唱。它不仅是诗人的代表作，更是初唐长篇诗歌的代表作之一，堪与卢照邻的《长安古意》媲美，被称为姊妹篇。

全诗分为四大部分。第一部分（从"山河千里国"至"黄扉通戚里"），状写长安地理形势的险要奇伟和宫阙的磅礴气势，为其后的铺叙揭开了序幕，从一个侧面显示了大唐帝国国力强盛、蓬勃向上的时代风貌。第二部分（"平台戚里带崇墉"到"宁知四十九年非"）重点描绘长安上流社会王侯贵戚骄奢纵欲的生活，这是朝廷之外的另一番热闹景象。诗人由表面的繁荣昌盛落笔，意在阐释兴衰祸福相倚伏的哲理。现实是残酷的，乐极必定生悲。因而诗人在第三部分（从“古来荣利若浮云”至“罗伤翟廷尉”）以其精练灵活的笔触，描绘出一幅动人心弦的历史画卷，把西汉一代帝王将相、皇亲国戚你死我活的残酷的斗争景象和世态人情的炎凉，状写得淋漓尽致。考究用典，精到的议论，生动的描绘，细腻的抒情，惊醒的诘问，交叉使用，纵横捭阖，举重若轻地记录了帝京上层社会的生活史。这部分重点揭示了封建统治阶级的腐朽和无法逃脱的没落命运。

“古来荣利若浮云，人生倚伏信难分。”从古到今，统治阶级都是一样的。诗人生活的武则天时代，朝廷内部争权夺利激烈，酷吏罗织罪名陷害忠良，正所谓“倏忽抟风生羽翼，须臾失浪委泥沙。”有谁能够掌握自己的命运呢？面对唐朝的现实，诗人发出无可奈何的慨然而叹：“已矣哉，归去来！”继而诗人列举了汉代著名的贤才志士，他们的升迁湮滞，都不取决于个人学识才智的高低，而取决于统治者的好恶，扬雄、张释之、汲黯、贾谊都是史证。这一结尾，婉转地表达了忠直之士难以被容纳之意。

沈德潜曾这样评论《帝京篇》：“作帝京篇，自应冠冕堂皇，敷陈主德。此因已之不遇而言，故始盛而以衰飒终也。首叙形势之雄，次述王侯贵戚之奢侈无度。至古来以下，慨世道变迁。已矣哉以下，伤一己之湮滞，此非诗之正声也。”诗论家评诗，立场不同，标准各异，结论自然相左。陈熙晋曾反驳沈说：“窃谓不然，夫陈思王京洛之篇，每涉斗鸡走马；谢朓金陵之曲，不离绿水朱楼，未闻例效班、张，同其研铄。此诗为上吏部而作，借汉家之故事，喻身世于本朝，本在摅情，非关应制。……篇末自述邅回，毫无所请之意，露于言表。显以贾生自负，想见卓荦不可一世之概。非天下才不能作是论也。沈说非是。”按如今的理解，沈德潜所说的“次述王侯贵戚之奢侈无度”，并不是该诗的缺点，反而是其生命力之所在。诗人以汉事讽唐，大胆揭露统治阶层的荒淫腐败，以至于“衰飒”，也正是其最富有现实意义之处。文中有“习战昆明水”一句，采用汉武帝昆明池习水战的典故，大量描写体现了唐代昆明池周围的景象。

《帝京篇》的特色，正像闻一多先生所评论的那样，是“洋洋洒洒的鸿篇巨作，为宫体诗的一个巨变。仅仅篇幅大没有什么，要紧的是背面有厚积的力量撑持着。这力量是前人谓之‘气势’，其实就是感情。所以卢骆的到来，能使人麻痹了百余年的心灵复活。卢骆的作品有感情，正如杜甫所预言的‘不废江河万古流’。”

（高晓庆）

七夕泛舟二首

卢照邻

其一

汀葭肃徂暑①,江树起初凉。
水疑通织室②,舟似泛仙潢③。
连桡渡急响④,鸣棹下浮光⑤。
日晚菱歌唱⑥,风烟满夕阳。

【作者简介】

卢照邻,唐代诗人。字升之,自号幽忧子。幽州范阳(今河北汤州)人。与王勃、杨炯、骆宾王并称"四杰"。曾为邓王府典签及新都尉。咸亨三年(672)染风疾,上元元年(674)入太白山服饵中毒,风疾转笃。武后垂拱二年(686)前后,自投颍水而卒。《旧唐书·经籍志》著录文集二十卷。新、旧《唐书》均有传。

【注释】

① 汀葭(jiā):洲中芦苇。葭,初生的芦苇。徂(cú)暑:指六月。徂,开始。《诗经·小雅·四月》:"四月维夏,六月徂暑。" ② 织室:织女所居之室。 ③ 仙潢:银河。 ④ 桡(ráo):船桨。 ⑤ 棹(zhào):船桨。同上句"桡",都用来指代船。 ⑥ 菱歌:采菱之歌。

【题解】

本诗为七夕之际,诗人泛舟江上所作。前两句写丛生的芦苇和树为盛暑带来凉意,写景同时交代时令。中间四句写泛舟江上的情形,诗人想象犹如泛舟在天河之中,同时照应题中"七夕"。最后两句,暮色四起,菱歌唱晚,夕阳的余晖洒满江面,意境优美而余味无穷。

(宋锡玲)

其二

凤杼秋期至①，凫舟野望开②。

微吟翠塘侧③，延想白云隈。

石似支机罢④，槎疑犯宿来⑤。

天潢殊漫漫⑥，日暮独悠哉。

【注释】

① 凤杼：刻有凤纹的织布梭。 ② 凫(fú)舟：凫形之舟，即青雀舫。 ③ 翠塘：一名东塘，又名茱萸湾，在扬州江都市。 ④ 支机：支机石。《太平御览》卷八引《荆楚岁时记》："张骞寻河源，得一石，示东方朔，朔曰：'此石是天上织女支机石，何至于此？'" ⑤ 槎(chá)：木筏。张华《博物志》："旧说云天河与海通。近世有人居海渚者，年年八月有浮槎去来，不失期，……去十余日，奄至一处，有城郭状，屋舍甚严。遥望宫中多织妇，见一丈夫牵牛渚次饮之。牵牛人乃惊问曰：'何由至此？'此人具说来意，并问此是何处，答曰：'君还至蜀郡，访严君平则知之。'竟不上岸，因还如期。后至蜀，问君平，曰：'某年月日，有客星犯牵牛宿。'计年月，正是此人到天河时也。" ⑥ 天潢：天河，指银河。

【题解】

本诗与上首同为作者七夕泛舟所作，意趣也较类似。尤其中间两联，以牛郎织女的神话传说，写自己泛舟江上的情形与心境，联想丰富贴切，对仗工整。结尾两句则以天河喻自己所泛舟的江水，既写实又妙合七夕泛舟之题。"日暮独悠哉"，轻灵而悠远，婉转地传达出诗人的心境和志趣。

（宋锡玲）

和长孙秘监七夕①

任希古

二秋叶神媛②，七夕望仙妃。

影照河阳妓③，色丽平津闱④。

鹊桥波里出，龙车霄外飞。

露泫低珠佩，云移荐锦衣。
更深黄月落⑤，夜久靥星稀。
空接灵台下⑥，方恧辨支机⑦。

【作者简介】

任希古，唐代诗人，名敬臣，棣州（今山东阳信东南）人，历任著作局正字、秘书郎、弘文馆学士等职，终太子舍人。今存诗六首。

【注释】

① 长孙秘监：即长孙冲，长孙无忌子，官秘书监，驸马都尉。 ② 神媛：仙女。 ③ 河阳：县名。旧址在今河南孟州市西。 ④ 平津阃：汉公孙弘封平津侯，起客馆。此以平津阃泛指高级官吏的府邸。 ⑤ 黄月：即约黄，古代妇女的一种妆饰样式。梁简文帝《美女篇》："约黄能效月，裁金巧作星。" ⑥ 灵台：仙台。 ⑦ 支机：即支机石。

【题解】

这是一首七夕时节的应和诗。全诗主要运用了白描的手法，勾勒了人间、天上七夕牛女鹊桥相会时的情景。人间为此刻热闹了起来，天上更是一片欢欣之景。但诗的后面笔锋一转，写到更深之后又将面临长久分离，不由又由喜转忧。诗人大胆想象，欢快、惆怅之情对比强烈，具有较强的艺术感染力。

（张华）

李峤诗四首

【作者简介】

李峤（645—714），字巨山。赵州赞皇（今河北石家庄境内）人。儿时梦人遗双笔，由是有文辞。弱冠擢进士第，始调安定尉，举制策甲科。武后时，官凤阁舍人。每有大手笔，皆特命峤为之。累迁鸾台侍郎，知政事，封赵国公。景龙中，以特进守兵部尚书同中书门下三品。睿宗立，出刺怀州。明皇贬为滁州别驾，改卢州。峤富于才思，初与王杨接踵，中与崔苏齐名，诸人死后，峤独为文章宿老，一时学者取法焉。集五十卷，今编诗五卷。

奉和七夕两仪殿会宴应制

灵匹三秋会①,仙期七夕过②。
查来人泛海③,桥渡鹊填河④。
帝缕升银阁,天机罢玉梭⑤。
谁言七襄咏⑥,重入五弦歌⑦。

【注释】

①灵匹:指牛郎、织女。 ②仙期:牛郎织女七夕相会之期。 ③“查来”句:查,同“槎”,木筏。张华《博物志》:“旧说云天河与海通。近世有人居海渚者,年年八月有浮槎去来,不失期,……去十余日,奄至一处,有城郭状,屋舍甚严。遥望宫中多织妇,见一丈夫牵牛渚次饮之。牵牛人乃惊问曰:‘何由至此?’此人具说来意,并问此是何处,答曰:‘君还至蜀郡,访严君平则知之。’竟不上岸,因还如期。后至蜀,问君平,曰:‘某年月日,有客星犯牵牛宿。’计年月,正是此人到天河时也。” ④“桥渡”句:《白孔六帖·鹊部》引《淮南子》:“乌鹊填河成桥而渡织女。”《岁华纪丽》卷三引《风俗通》:“织女七夕当渡河,使鹊为桥。”按:今本《淮南子》《风俗通》无此文。 ⑤天机:织女所用的织机。 ⑥七襄咏:《诗·小雅·大东》:“跂彼织女,终日七襄。虽则七襄,不成报章。”七襄,织女星从旦至暮(共七个时辰)移动其位置七次。 ⑦五弦歌:即熏风歌。相传舜作五弦琴,唱《南风歌》,其词曰:“南风之薰兮,可以解吾民之愠兮。”见《孔子家语·辨乐解》。

【题解】

本诗作于唐景龙二年(708)七月七日,为七夕奉和之作。诗人主要运用白描手法描述了七夕佳节天上人间欢庆的景象,两相对照,生动传神,热闹场景如在眼前。全诗韵律和谐、对仗工整、节奏欢快,有较强的艺术感染力。

(张华 叶姝)

同赋山居七夕

明月青山夜,高天白露秋。

花庭开粉席，云岫敞针楼[1]。
石类支机影[2]，池似泛槎流[3]。
暂惊河女鹊[4]，终狎野人鸥[5]。

【注释】

①“花庭”句：《荆楚岁时记》：“七月七日，为牵牛织女聚会之夜。是夕，人家妇女结彩缕，穿七孔针，或以金银鍮石为针，陈瓜果于庭中以乞巧，有喜子（蜘蛛的一种）网于瓜上，则以为符应。” ②“石类”句：《荆楚岁时记》：“张骞寻河源，得一石，示东方朔，朔曰：此石是天上织女支机石，何至于此？” ③槎：木筏。 ④河女鹊：《淮南子》：“乌鹊填河成桥而渡织女。” ⑤狎：亲近而不庄重。

【题解】

这是一首写七夕感触的佳作。金秋时节，山景如画，此刻一年一度的鹊桥会即将开始，但诗人并没有去想象天上的情景，而是描绘了人间的场面，人们纷纷陈瓜果于庭中以乞巧，就连平常司空见惯的东西似乎也与此佳节有关。全诗韵律和谐、对仗工整，且富有浓郁的生活气息，不失为一篇佳作。

（张华）

桥

乌鹊填应满[1]，黄公去不归[2]。
势疑虹始见，形似雁初飞。
妙应七星制，高分半月辉。
秦王空构石，仙岛远难依[3]。

【注释】

①“乌鹊”句：《白孔六贴·鹊部》引《淮南子》：“乌鹊填河成桥而渡织女。”《岁华纪丽》卷三引《风俗通》：“织女七夕当渡河，使鹊为桥。”按：今本《淮南子》《风俗通》无此文。 ②黄公：指黄石公。 ③“秦王”二句：传说“（秦）始皇造石桥，欲过海看日出之处。于时有神人，能驱石下海，城阳一山石，尽起立，嶷嶷东倾，状似相

随而去，云石去不速，神人鞭之，尽流血，石莫不悉赤，至今犹尔。”见(《艺文类聚》卷七九引《三齐略记》)。

【题解】

这首诗虽题为咏桥，诗中却将桥抽象化为个人的主观努力与现实之间的距离符号，似隐含着对自身境遇的某种期许。

(高晓庆)

鹊

不分荆山抵①，甘从石印飞②。
危巢畏风急③，绕树觉星稀。
喜逐行人至④，愁随织女归。
倘游明镜里，朝夕动光辉。

【注释】

①不分：不料。荆山：指荆山玉璞。《盐铁论·崇礼》：“昆山之旁，以玉璞抵乌鹊。”抵：掷，击。 ②石印：指鹊印。张颢为梁相，有鸟如鹊，飞翔入市，忽然堕地，人争取之，化为圆石。颢破石得一金印，文曰，“忠孝侯印”。颢以上闻，藏之秘府，后颢官至太尉，事见《搜神记》卷九。 ③危巢：高巢。《淮南子·谬称训》：“鹊巢知风之所起。” ④“喜逐”句：《西京杂记》卷三：“乾鹊噪而行人至，蜘蛛集而百事喜。”

【题解】

咏物诗多寄情于物，借物抒情，这首咏鹊诗中流露出一种不畏艰险劳碌，喜乐自得的积极人生态度。

(高晓庆)

杜审言诗二首

【作者简介】

杜审言(645？—708?)，字必简，(据佟培基主编《全唐诗精华》，太白文艺出版社2000年版)，祖籍襄阳(今湖北襄阳市)，迁居巩县(今河南巩义市)。高宗时进士,历任尉丞、著作侍郎、修文馆学士等官,一生两度被贬。是杜甫祖父,其五言律诗格律谨严。

奉和七夕侍宴两仪殿应制[①]

一年衔别怨,七夕始言归。
敛泪开星靥[②],微步动云衣[③]。
天迥兔欲落[④],河旷鹊停飞[⑤]。
那堪尽此夜,复往弄残机[⑥]。

【注释】

① 两仪殿:在长安太极宫中,甘露殿南。据《唐诗纪事》卷九《李适(kuò)》,诗作于景龙二年(708)七月七日。 ② 星靥:面颊的笑窝,以星状其明丽。 ③ 云衣:如云一样飘逸的衣裙。 ④ 迥,原作"逈",据宋刻本,明铜活字本《杜审言集》改。兔:玉兔,代指月亮。 ⑤ "河旷"句:《淮南子》:"乌鹊填河成桥而渡织女。" ⑥ 机:织布机。

【题解】

本诗作于唐景龙二年(708)七月七日,为七夕奉和之作。全诗主要运用了白描的手法,描述了牛女鹊桥相见的全过程,层层递进,以一种平淡自然的笔调展开描写,笼罩着淡淡的愁绪,使人不但为两人绵绵深情所打动,而且形成了一种"相见时难别亦难"的艺术效果,具有较强的艺术感染力。

(张华)

七　夕

白露含明月,青霞断绛河[①]。
天街七襄转[②],阁道二神过[③]。
袨服锵环珮[④],香筵拂绮罗。
年年今夜尽,机杼别情多[⑤]。

【注释】

① 绛河:银河。 ② 天街:星名。《史记·天官书》:“昂、毕间为天街。”七襄:织女星从旦至暮(共七个时辰)移动其位置七次。 ③ 阁道:星名,属奎宿。二神:指牛郎、织女。 ④ 袨服:盛服。 ⑤ 机杼:织布机。

【题解】

这首诗运用了丰富的想象,刻画了七夕牛女相会的全过程。前面营造了非常欢快的喜庆氛围,露含明月,霞断绛河,袨服香筵,环珮绮罗,但这一切都会随时间而逝去,留下的离愁别绪总是那样的多。全诗以陈述语气委婉道来,令人不但为牛女的忠贞爱情所折服,而且对他们长久不能团聚而感到深深的惋惜。

(张华)

秋夜望月

姚崇

明月有馀鉴①,羁人殊未安②。
桂含秋树晚,波入夜池寒。
灼灼云枝净③,光光草露团④。
所思迷所在⑤,长望独长叹。

【作者简介】

姚崇(651—721),初名元崇,又名元之,陕州(今三门峡市陕州区)人。贞观中,应下笔成章举,授濮州司仓,五迁夏官郎中。时契丹扰河北,军机填委,姚崇剖析若流,则天奇之,超迁夏官侍郎,寻同凤阁鸾台平章事。中宗朝,出为刺史。睿宗立,拜兵部尚书,同中书门下。进中书令,后复贬刺史。先天中,还为尚书。知政事,迁紫微令。开元中,与卢怀慎、源乾曜同居宰执。崇独当重任,明于庶务,断割不滞,号称名相。开元九年卒,今存诗六首。

【注释】

① 馀鉴:犹馀光。 ② 羁人:羁旅之人。 ③ 灼灼:鲜明貌。《诗·周南·桃夭》:“桃之夭夭,灼灼其华。” ④ 团:圆。 ⑤ 所思:所想念的人。

【题解】

此诗将相思远游的落寞之情寄予天上明月，羁旅之人只身在外，所见所感都蒙上了一层凄清的色调，目之所见徒增愁苦，化作心中长叹。

（高晓庆）

沈佺期诗四首

【作者简介】

沈佺期（656？—713？），（据佟培基 主编《全唐诗精华》，太白文艺出版社 2000 年版），字云卿，相州内黄（今河南内黄）人。上元二年（675）进士，授协律郎。武则天时迁通事舍人、考功员外郎、给事中。中宗时贬，旋赦迁台州录事参军，后召拜起居郎，历中书舍人、太子少詹事。沈佺期与宋之问同为武后、中宗朝宫廷诗人，并称“沈宋”。

七夕曝衣篇①

君不见昔日宜春太液边②，披香画阁与天连③。
灯火灼烁九微映④，香气氛氲百和然⑤。
此夜星繁河正白，人传织女牵牛客。
宫中扰扰曝衣楼，天上娥娥红粉席⑥。
曝衣何许曛半黄，宫中彩女提玉箱。
珠履奔腾上兰砌，金梯宛转出梅梁。
绛河里⑦，碧烟上，
双花伏兔画屏风⑧，四子盘龙擎斗帐。
舒罗散縠云雾开⑨，缀玉垂珠星汉回。
朝霞散彩羞衣架，晚月分光劣镜台。
上有仙人长命绺⑩，中看玉女迎欢绣。
玳瑁帘中别作春，珊瑚窗里翻成昼。
椒房金屋宠新流，意气娇奢不自由。

汉文宜惜露台费，晋武须焚前殿裘。

【注释】

① 曝衣：《初学记》卷四引《四民月令》：“七月七日暴（曝）经书及衣裳。” ② 宜春：汉宫苑名。 ③ 披香：汉殿名，汉武帝后宫八区之一。 ④ 九微：灯名。 ⑤ 百和然：百和，百和香，用多种香料配制而成的香料。然，同“燃”。 ⑥ 娥娥红粉：《古诗十九首》之二：“娥娥红粉妆，纤纤出素手。” ⑦ 绛河：银河。 ⑧ 伏兔：草名，又名飞廉草，花紫色。 ⑨ 縠（hú）：绉纱。 ⑩ 长命绺（liǔ）：即长命缕。

【题解】

这是一首描写前代宫廷七夕时曝晒衣裳盛况的长诗。在古代，有农历七月七日曝晒经书和衣服的风俗，连宫廷之内也不例外，可见这一风俗影响之巨。其器物皆与传说七夕鹊桥会相关，不难看出古人对牛女爱情的向往。同时对曝晒器物的奢华的描写也寄托了作者对历史问题的看法。

（张华）

凤笙曲①

忆昔王子晋②，凤笙游云空。
挥手弄白日，安能恋青宫③。
岂无婵娟子④，结念罗帐中。
怜寿不贵色⑤，身世两无穷。

【注释】

① 凤笙曲：乐府清商曲名。 ② 王子晋：即王子乔、周灵王太子。好吹笙作凤凰鸣，遇道士接以成仙，后于七月七日乘鹤驻缑氏山顶，与时人作别，见《列仙传》卷上。 ③ 青宫：太子之宫。《初学记》卷十引《神异经》：“东方东明山有宫，青石为墙，面一门，门有银榜，以青石碧镂，题云天地长男之宫。” ④ 婵娟子：美女。 ⑤ 怜：爱惜。

【题解】

王子晋七月七日成仙的传说总是让人神往:吹着笙,在天上游走,远离世俗的生活;虽然身为太子,可那又有什么可以留恋的呢?挥挥手就告别了那些让人羡慕的尘世之物,虽有美色的诱惑,但是他更加珍惜的是长寿。留下的这个传说,至今还是让人那么的倾慕!这是一首典型的游仙诗。

(杨文学　项波　段永升)

七　　夕

秋近雁行稀,天高鹊夜飞。
妆成应懒织,今夕渡河归①。
月皎宜穿线②,风轻得曝衣③。
来时不可觉,神验有光辉。

【注释】

① 渡河:《白孔六帖·鹊部》引《淮南子》:"乌鹊填河成桥而度织女。"《岁华纪丽》卷三引《风俗通》:"织女七夕当渡河,使鹊为桥。"按:今本《淮南子》《风俗通》无此文。　② 穿线:穿针。　③ 曝衣:按王子阳《园苑疏》:太液池边有汉武帝曝衣阁,帝至七月七日夜,宫女出后登楼曝衣,因赋《曝衣篇》。

【题解】

这是抒发七夕感想的一首诗。前半部分,诗人由所见而大胆猜想天上此时牛女应该快相会了吧。后半部分转到人间,劝人们趁此刻乞巧曝衣,不要不相信,天上牛女二星应该是有神验的。全诗将传说与风俗相结合,字里行间显露出对牛女鹊桥相会传说故事的深信不疑,由此可见其对古人生活的影响。

(张华)

昆明池侍宴应制①

武帝伐昆明,穿池习五兵。
水同河汉在,馆有豫章名。

我后光天德，垂衣文教成。
黩兵非帝念，劳物岂皇情。
春仗过鲸沼[2]，云旗出凤城[3]。
灵鱼衔宝跃，仙女废机迎。
柳拂旌门暗，兰依帐殿生。
还如流水曲，日晚棹歌清[4]。

【注释】

① 昆明池：见前注。 ② 春仗：帝王春日行幸的仪仗。 ③ 凤城：京都的美称。 ④ 棹歌：亦作“櫂歌”，行船时所唱之歌。有《櫂歌行》曲，《南史·羊侃传》：“（侃）性豪侈，善音律，自造《采莲》《櫂歌》两曲，甚有新致。”

【题解】

沈佺期因依附武氏与二张，其政治人格向来为后人所诟病，这首应制诗，更是直接将武后之治与汉代圣主武帝并提，虽有一定的现实依据，亦不免阿谀之嫌。

（高晓庆　段永升）

宋之问诗五首

【作者简介】

宋之问(656？—712)字延清，一名少连，汾州西河（今山西汾阳市）人。弱冠知名。武后时，因谄事张易之、武三思，官至考功员外郎、修文馆学士。玄宗时赐死。与沈佺期齐名。宋长于五绝，沈长于七绝。

七　夕

传道仙星媛[1]，年年会水隅[2]。
停梭借蟋蟀[3]，留巧付蜘蛛[4]。
去昼从云请，归轮伫日输[5]。
莫言相见阔[6]，天上日应殊。

【注释】

① 仙星媛:指织女星。 ② 水隅:指银河。 ③ 蟋蟀:又名促织。 ④ 留巧:即乞巧。 ⑤ 输:运输,输送。 ⑥ 阔:稀。牛女一年一度相会,故云“相见阔”。

【题解】

这首五律主要写了传说中七夕牛女相会时的感想。天上牛女会,人间乞巧忙,这是一个多么值得庆贺的节日啊!诗人一改他人于此日多有的叹息口气,末尾写到不要叹息相会太少,今夕天上想必应该是另一番景象吧!本诗构思奇特、见解不凡,读来令人耳目一新。

(张华)

牛　　女①

粉席秋期缓②,针楼别怨多③。
奔龙争度日,飞鹊乱填河④。
失喜先临镜⑤,含羞未解罗。
谁能留夜色,来夕倍还梭。

【注释】

① 牛女:指牛郎织女。 ② 粉席:梳妆台。 ③ 针楼:南朝齐武帝起层城观,七夕令宫人登以穿针,因名穿针楼,见《岁时广记》卷二六引《舆地志》。 ④ 飞鹊:《淮南子》:“乌鹊填河成桥而渡织女。” ⑤ 失喜:喜不自禁。

【题解】

这首五律主要写了传说中七夕牛女相会时的情景。其中最为可贵的是,将环境描写和心理描写结合起来了,写织女的动作、心情和神态,以及长留此夜的强烈愿望。多种描写方式并用,将七夕牛女会时的热闹与喜庆描写得淋漓尽致,具有较强的艺术感染力。

(张华)

奉和晦日幸昆明池应制

春豫灵池会①,沧波帐殿开②。
舟凌石鲸度③,槎拂斗牛回④。
节晦蓂全落⑤,春迟柳暗催。
象溟看浴景,烧劫辨沉灰⑥。
镐饮周文乐⑦,汾歌汉武才⑧。
不愁明月尽,自有夜珠来⑨。

【注释】

① 豫:巡游。灵池:指昆明池。见前注。 ② 帐殿:皇帝出行休息时作为行宫的帐幕。 ③ 石鲸:昆明池有石刻鲸鱼,形象生动逼真,“每至雷雨,常鸣吼,鬐尾皆动。” ④ 槎拂:张华《博物志》:“旧说云天河与海通。近世有人居海渚者,年年八月有浮槎去来,不失期,……去十余日,奄至一处,有城郭状,屋舍甚严。遥望宫中多织妇,见一丈夫牵牛渚次饮之。牵牛人乃惊问曰:‘何由至此?’此人具说来意,并问此是何处?,答曰:‘君还至蜀郡,访严君平则知之。’竟不上岸,因还如期。后至蜀,问君平,曰:‘某年月日,有客星犯牵牛宿。’计年月,正是此人到天河时也。”斗牛:二十八星宿中的斗宿和牛宿。昆明池立牛郎织女于池之东西,以象天河。 ⑤“节晦”句:传说中的瑞草,王者德至地则出。每月一日至十五日,每天生一荚;十六日至三十日,每天落一荚。蓂(míng),蓂荚。 ⑥“烧劫”句:《搜神记》卷十三载:“汉武帝凿昆明池,极深,悉是灰墨,无复土。举朝不解。以问东方朔。朔曰:‘臣愚不足以知之。’曰:‘试问西域人。’帝以朔不知,难以移问。至后汉明帝时,西域道人入来洛阳,时有忆方朔言者,乃试以武帝时灰墨问之。道人云:‘经云:‘天地大劫将尽,则劫烧。’此劫烧之余也。’乃知朔言有旨。” ⑦“镐饮”句:镐(hào),即镐京,周武王迁都于此。故址在今西安市西南。《诗经·小雅·鱼藻》:“王在在镐,岂(恺)乐饮酒。”王,指周文王。 ⑧“汾歌”句:汉武帝幸河东,济汾河,作《秋风辞》,其中有:“秋风起兮白云飞”“泛楼船兮济汾河”“箫鼓鸣兮发棹歌”之句。 ⑨ 夜珠:夜明珠。

【题解】

据《唐诗纪事》卷九《李适》,此诗作于景龙三年(709)正月晦日。《纪事》云:中宗正月晦日幸昆明池赋诗,群臣应制百余篇。帐殿前结彩楼,命上官昭容选一首为新翻御制曲,群臣悉集其下。须臾,纸落如飞,唯沈、宋二诗不下。又移时,一纸飞坠,乃沈诗也。及闻其评曰:"二诗工力悉敌,沈诗落句词气已竭,宋犹健笔。"沈乃伏,不敢复争。这是一首为皇帝晦日游昆明池而作的诗,题材中主要部分当然是皇帝、晦日、昆明池三项,宋之问这首诗就使用了与此三者有关的典故。而像这样的诗,全靠运用适当的典故,工致地组织起来,内容是非常空虚的,不能说它有什么中心思想。这就是宫廷文学的特征。

(王敏)

王　子　乔①

王子乔,爱神仙,七月七日上宾天②。
白虎摇瑟凤吹笙,乘骑云气吸日精③。
吸日精,长不归,遗庙今在而人非。
空望山头草,草露湿君衣。

【注释】

① 王子乔:即王子晋、周灵王太子。好吹笙作凤凰鸣,游于伊、洛之间。遇道士接以成仙,后于七月七日乘鹤驻缑氏山顶,与时人作别,见《列仙传》卷上。 ② 宾天:指仙人升天。 ③ 日精:太阳的精华。

【题解】

王子乔是一个神话传说中的人物,后来在七月七日这天升天成为神仙,这是古代很多人所羡慕的,但都是已经过去的事了。作者看到的,却只是一座庙宇在叙说那个故事,想来颇有物是人非的感觉。环顾四周,哪有王子乔的踪迹呢?也只有芜杂野草,似是少有人来。

(杨文学　项波)

明　河　篇[①]

八月凉风天气晶[②]，万里无云河汉明。
昏见南楼清且浅，晓落西山纵复横[③]。
洛阳城阙天中起，长河夜夜千门里。
复道连甍共蔽亏[④]，画堂琼户特相宜。
云母帐前初泛滥[⑤]，水精帘外转逶迤。
倬彼昭回如练白[⑥]，复出东城接南陌。
南陌征人去不归，谁家今夜捣寒衣[⑦]。
鸳鸯机上疏萤度[⑧]，乌鹊桥边一雁飞。
雁飞萤度愁难歇，坐见明河渐微没。
已能舒卷任浮云，不惜光辉让流月。
明河可望不可亲，愿得乘槎一问津。
更将织女支机石，还访成都卖卜人[⑨]。

【注释】

① 唐代孟棨《本事诗·怨愤》记载："宋考功（按：即宋之问），天后（按：即武则天）朝求为北门学士，不许，作《明河篇》以见其意。……则天见其诗，谓崔融曰：'吾非不知之问有才调，但以其有口过。'盖以之问患齿疾，口常臭故也。之问终身惭愤。"所载未必属实，但诗中的确蕴含着某种怨愤情绪。　② 晶：一作"清"。③"南楼""西山"：借用了两个典故。《世说新语·容止》载："庾太尉在武昌，秋夜气佳景清，使吏殷浩、王胡之之徒登南楼理咏。音调始遒，闻函道中有屐声甚厉，定是庾公。俄而率左右十许人步来，诸贤欲起避之。公徐曰：'诸君少住，老子于此处兴复不浅！'因便据胡床，与诸人咏谑，竟坐甚得任乐。"另《世说新语·简傲》载："王子猷作桓车骑参军。桓谓王曰：'卿在府久，比当相料理。'初不答，直高视，以手版拄颊云：'西山朝来，致有爽气。'"诗人借用这两个典故，抒发自己希望像魏晋名士那样，纵情山水的心愿，寄寓着对美好事物的向往和追求。清且浅：《古诗十九首》其十："河汉清且浅"。　④ 甍：屋脊。蔽亏：遮掩。　⑤ 泛滥：光彩四溢。

⑥ 倬彼昭回：见于《诗·大雅·云汉》："倬彼云汉，昭回于天。"倬(zhuō)，高大、显明。 ⑦ 寒衣：民间习俗，旧时，妇女们要亲手缝制冬衣，送给远方的亲人，称为寒衣。 ⑧ 鸳鸯机：饰有鸳鸯图案的织机。 ⑨ "明河"四句：晋张华《博物志》卷十载："旧说云天河与海通。近世有人居海渚者，年年八月有浮槎去来，不失期，……去十余日，奄至一处，有城郭状，屋舍甚严。遥望宫中多织妇，见一丈夫牵牛渚次饮之。牵牛人乃惊问曰：'何由至此?'此人具说来意，并问此是何处?，答曰：'君还至蜀郡，访严君平则知之。'竟不上岸，因还如期。后至蜀，问君平，曰：'某年月日，有客星犯牵牛宿。'计年月，正是此人到天河时也。"又据《太平御览》卷八引刘义庆《集林》："昔有一人寻河源，见妇人浣纱，以问之，曰：'此天河也。'乃与一石而归。问严君平，云：'此支机石也 。'"此四句中诗人把这两个故事糅合到一起，自然委婉地表明了自己执着地追求美好明河的强烈意愿。

【题解】

宋之问曾经备受宠幸，武则天时任尚方监丞，后因依附张易之，被贬到泷州(今广东罗定市)做参军，不久逃回北方，匿居洛阳。这首《明河篇》，很可能作于匿居洛阳之时，透过令人目眩神迷的表象，我们可以从诗中感受到他因仕途失意而产生的苦闷与忧愁，以及对于当时政治的不满情绪。

这首诗疏密有致，摇曳生姿，既有跨越天上人间的宏大境界，又有对思妇之情的细致剖析，结构上波澜变化：诗人以神奇瑰丽的笔调，咏赞了秋夜银河的美好，在扑朔迷离的氛围中 ，抒写了天上、人间的离愁别恨，充满浓郁的浪漫主义色彩，流溢出凄迷、伤感的情调，隐隐透露出志不得扬的怅惘。开始四句，以写景落笔：以风凉、气清和万里无云，来衬托河汉之"明 "；接着把银河比作一条清浅的河流，还赋予它以"纵复横"的动势，使之更显清莹可爱，而典故的运用，使诗意更为深厚，所抒之情更加含蓄、婉转。接着八句，诗人描绘在洛阳城中观看明河的情景：诗人以"画堂琼户""云母帐""水晶帘"等华美的辞藻，给帝都蒙上了一层朦胧、幽深而又神秘的色彩，使天上、人间连为一体。接着诗人在以下的八句中，想象在银河的映照下，思妇对征人的思念，诗人从万户捣衣声中，想到了一去不归的征人，并进而想到了正在"鸳鸯机"上刺绣的女子，从点点萤光中，抬头看到了空中明亮的银河，勾起对征人的无尽思念。这一段是上文的转折和深入，它由单纯对明河的赞美，转入对人事的感叹，进一步把人间、天上融为一体。赋予明河以人的崇高感情，使得它本来就美好的风采更为美好。最后四句，诗人以神话故事，作了精彩而又富有深意的收结。诗情几经曲折，终于从地下跃升到了渺远的空中，天上、人间，到此合而为一，使诗歌充满了神奇、幽远的艺术魅力。

（高晓庆）

恩敕尚书省僚宴昆明池应制同用尧字

张嘉贞

灵沼初开汉①，神池旧浴尧②。
昔人徒习武③，明代此闻韶④。
地脉山川胜，天恩雨露饶。
时光牵利舸⑤，春淑覆柔条。
芳酝醒千日⑥，华笺落九霄⑦。
幸承欢赉重⑧，不觉醉归遥。

【作者简介】

张嘉贞(665—729)，唐蒲州猗氏(今山西临猗)人，他历仕武则天、唐睿宗、中宗和玄宗四朝，官至中书令，累封河东侯，是唐朝颇有影响的大臣。卒赠益州大都督，谥曰恭肃。今存诗三首，句一联。事见《旧唐书》卷九九、《新唐书》卷一二七本传。

【注释】

① 灵沼：即昆明池。 ② 神池：《三辅黄图》卷四引《三秦记》曰："昆明池中有灵沼，名神池。尧时治水，尝停船于此池。" ③ "昔人"句：据《三辅黄图》："汉昆明池，武帝元狩三年穿，在长安西南，周回四十里。"《西南夷传》曰："天子遣使求身毒国市竹，而为昆明所闭。天子欲伐之，越巂(xī)昆明国有滇池，方三百里，故作昆明池以象之，以习水战，因名曰昆明池。" ④ 明代：修明的时代。此指唐代。韶：《九韶》，舜乐名。 ⑤ 利舸：快船。 ⑥ "芳酝"句：《搜神记》卷一九："狄希，中山人也，能造千日酒，饮之千日醉。"《博物志·杂说下》载，刘玄石饮于中山酒家，

归尔醉,家人以为死,葬之。三年后,酒家往视之,命开棺,玄石始醒,故俗云:“玄石饮酒,一醉千日。”酲(chéng),醉。 ⑦ 华笺:小幅而华贵的纸张,多用于题诗或书信。九霄:喻指皇帝。 ⑧ 赉(lài):赏赐。

【题解】

苏颋有同题之作。这也是一首“应制诗”。多用典故,没有多大的思想内容。

(王敏)

苏颋诗四首

【作者简介】

苏颋(670—727),唐代文学家。字廷硕。京兆武功(今属陕西)人。其父苏瓌,封许国公。苏颋自幼敏悟,弱冠登进士第,授乌程尉,举贤良方正。神龙中,历官至中书舍人。当时苏瓌同中书门下三品,父子同掌枢密。景云中,苏瓌去世,苏颋袭父封爵。玄宗爱其文,擢中书侍郎,与李乂对掌文诰,号为“苏李”,玄宗以为比得上苏味道、李峤。迁紫微侍郎,同紫微黄门平章事。后罢为益州长史,复入朝知吏部选事。去世后赠尚书右丞相,谥文宪。有集三十卷,已佚。现存诗文分别收在《全唐诗》《全唐文》中。事迹见新、旧《唐书》本传。

恩制尚书省僚宴昆明池同用尧字

露渥洒云霄[①],天官次斗杓[②]。
昆明四十里,空水极晴朝。
雁似衔红叶,鲸疑喷海潮[③]。
翠山来彻底,白日去回标[④]。
泳广渔杈溢[⑤],浮深妓舫摇[⑥]。
饱恩皆醉止[⑦],合舞共歌尧。

【注释】

① 露渥:雨露充沛,喻天子之恩厚。 ② 天官:此指天文。次:位居。斗杓:又

称斗柄，指北斗七星之第五至第七颗星。古人认为北斗星下应尚书省。③ 鲸：指昆明池之石鲸。④ 标：树梢，此指若木，神话中日入之处。⑤ 渔杈：刺鱼的工具。⑥ 妓舫：载歌妓的船。⑦ “饱恩”句：《诗·大雅·既醉》：“既醉以酒，既饱以德。君子万年，介尔景福。”止，语助词。

【题解】

张嘉贞有同题之作。“恩制”，说明这也是一首“应制诗”。这种诗大多是五言四韵的五律，或六韵至十二韵的长律，偶尔也有绝句。由于这是君臣之间的文字酬答，措辞立意，必须顾到许多方面。要选择美丽吉祥的辞藻，要有颂扬、祝贺、箴规的意义，要声调响亮，要对仗精工，要有富贵气象，切忌寒酸相。这样，它就成为一种典型的宫廷文学。唐代诗人官位高的，差不多人人有这种诗。后世皇帝爱好文学者少，自己能作诗的更少，这种君臣唱和的风气就衰竭了。

（王敏）

奉和晦日幸昆明池应制

炎历事边陲①，昆明始凿池②。
豫游光后圣③，征战罢前规④。
霁色清珍宇，年芳入锦陂⑤。
御杯兰荐叶⑥，仙仗柳交枝⑦。
二石分河泻⑧，双珠代月移⑨。
微臣比翔泳，恩广自无涯。

【注释】

① 炎历：指汉朝。事边陲：有事于边疆，指汉武帝欲伐昆吾夷。② 始凿池：《汉书·武帝纪》载：汉武帝元狩三年，“谪吏穿昆明池。”臣瓒注：“《西南夷传》有越巂、昆明国，有滇池，方三百里。汉使求身毒国，而为昆明所闭。今欲伐之，故作昆明池以象之，以习水战。”③ 豫游：即逸游。后圣：谓当今天子，即唐中宗。④ 前规：前代规则。⑤ 锦陂（bēi）：花草如锦的山坡。⑥ 兰荐叶：以兰叶为垫，取其香。《楚辞·九歌·东皇太一》：“蕙肴蒸兮兰藉，奠桂酒兮椒浆。”⑦ 仙

仗：天子的仪仗。 ⑧ 二石：指昆明池的牛郎织女石像。 ⑨ 双珠：用昆明池大鱼报恩事。

【题解】

题目“奉和”，这个“奉”字，如果按照它的本义来讲，就是“捧”字。意思是双手捧了皇帝的原作，照样也做一首，但现在，它已成为恭敬的礼貌词，如“奉答”“奉命”“奉询”，等等。许多人用同一题目作诗，第一个人做的第一首诗，称为“首唱”；大家跟着做，称为“和”。晦日是每月最后一日，大月是三十日，小月是二十九日。前面不标明月份，就是正月晦日。唐代的礼俗，以正月晦日、上巳和重阳定为三大节日。在这三天，公私休假，官吏和人民都郊游宴乐。“幸”是一个封建政治动词，皇帝到了什么地方，就说是“幸某处”，因为这是某处的荣幸。“应制”也是一个封建政治语词。皇帝的命令，称为“制”或“诏”。其书面文件称为“制书”或“诏书”。昆明池在长安西南，原是汉武帝所开，以训练水军的。在唐代，成为一个名胜的游览区。这也是一首为皇帝晦日游昆明池而作的诗，多用典故，没有多大的思想内容。

（王敏）

昆明池宴坐答王兵部珣三韵见示

画舸疾如飞[①]，遥遥泛夕晖。
石鲸吹浪隐[②]，玉女步尘归。
独有衔恩处，明珠在钓矶[③]。

【注释】

① 舸（gě）：大船。 ② 石鲸：昆明池有石刻鲸鱼，形象生动逼真，“每至雷雨，常鸣吼，鳍尾皆动。” ③ “独有”二句：用昆明池大鱼献珠报恩事。据说，汉武帝曾救过一条大鱼，后来在昆明池旁得到一双夜光珠，是大鱼报恩献给他的。

【题解】

王珣，字伯玉，并州祁（今晋中市祁县）人。天授初进士及第，历任长安尉、河南丞、侍御史、秘书少监，官终右散骑常侍。此诗虽非应制，但结尾也是落到了“衔恩”二字，思想实质与应制诗大致相同。

（王敏）

奉和七夕宴两仪殿应制①

灵媛乘秋发②，仙装警夜催。
月光窥欲渡，河色辨应来。
机石天文写③，针楼御赏开④。
窃观栖鸟至，疑向鹊桥回。

【注释】

①两仪殿：在长安太极宫中，甘露殿南，据《唐诗纪事》卷九《李适》，诗作于景龙三年(708)七月七日。 ②灵媛：谓织女星。 ③机石：传说为天上织女用以支撑织布机的石头。《太平御览》卷八引南朝宋代刘义庆《集林》：“昔有一人寻河源，见妇人浣纱，以问之，曰：‘此天河也。’乃与一石而归。问严君平，云：‘此支机石也。’”一说，其人为汉代张骞，谓骞奉命寻找河源，乘槎经月亮至天河，在月亮见一女织，又见一丈夫牵牛饮河，织女取支机石与骞。 ④针楼：《西京杂记》卷一：“汉彩女常以七月七日穿七孔针于开襟楼，俱以习之。”《太平御览》卷八三〇引南朝梁顾野王《舆地志》：“齐武起曾城观，七月七日宫人登之穿针，世谓穿针楼。”后以“针楼”谓妇女所居之楼。

【题解】

此诗描写七夕夜牛郎织女相会之情之景，星、月、河、石、楼、鹊等，都融入了鲜活的情感，情景交融。

（高晓庆）

奉和初春幸太平公主南庄应制①

李　邕

传闻银汉支机石②，复见金舆出紫微③。

织女桥边乌鹊起[④],仙人楼上凤凰飞[⑤]。
流风入座飘歌扇,瀑水侵阶溅舞衣。
今日还同犯牛斗,乘槎共逐海潮归[⑥]。

【作者简介】

李邕(678—747),字泰和,广陵江都(今扬州江都区)人,兰台郎善之子。长安中,李峤、张廷圭荐其词高行直,拜左拾遗。宋璟劾奏二张,邕于天后前抗言助之。开元初,历殿中侍御史,执政忌其才,频被贬斥。后为北海太守,李林甫傅以罪,杖杀之。邕早擅才名,尤长碑颂,虽贬职在外,中朝衣冠及天下寺观,多赍金帛往求其文,馈遗至巨万。自古鬻文获财,未有其比。尝撰《六公咏》,杜甫《八哀诗》所谓"朗咏六公篇,忧来发蒙蔽"是也。今不传,存诗四首。

【注释】

① 此诗作于景龙三年(709)二月十一日。 ② 支机石:《太平御览》卷五一引《荆楚岁时记》:"张骞寻河源得一石,示东方朔,朔曰:'此石是天上织女支机石,何至于此?'" ③ 金舆:皇帝的车驾。紫微:星座名,天帝所居,后指皇宫。 ④"织女"句:《白孔六贴·鹊部》引《淮南子》"乌鹊填河成桥而渡织女";《岁华纪丽》卷三引《风俗通》"织女七夕当渡河,使鹊为桥"。按:今本《淮南子》和《风俗通》并无此文。 ⑤ 仙人:春秋时,箫史善吹箫,与秦穆公之女弄玉结为夫妻,数年后,弄玉啸声似凤,有凤凰来止其屋,穆公为止作凤台,后夫妇皆成仙,随凤凰而去。载《列仙传》卷上。南北朝时期写成的《荆楚岁时记》里有这么一段:"天河之东,有织女,天帝之子也。年年织杼劳役,织成云锦天衣。天帝怜其独处,许嫁河西牵牛郎。嫁后遂废织纴。天帝怒,责令归河东。唯每年七月七日夜,渡河一会。" ⑥"今日"二句:见张华《博物志》"旧说云天河与海通。近世有人居海渚者,年年八月有浮槎去来,不失期,……去十余日,奄至一处,有城郭状,屋舍甚严。遥望宫中多织妇,见一丈夫牵牛渚次饮之。牵牛人乃惊问曰:'何由至此?'此人具说来意,并问此是何处?,答曰:'君还至蜀郡,访严君平则知之。'竟不上岸,因还如期。后至蜀,问君平,曰:'某年月日,有客星犯牵牛宿。'计年月,正是此人到天河时也。"槎(chá),木筏。

【题解】

诗人以想象的笔调,描绘了一幅人间美景,表现了太平公主南庄的富丽堂皇、歌舞升平。题目说时间是初春，但整首诗中却没有描绘春色，只用了牛郎与织女的故事，还有弄玉吹箫成仙的传说，来形容作者到太平公主南庄后，正似乘槎到银河一般，游历了人间仙境。

（杨文学）

秋夕望月

张九龄

清迥江城月，流光万里同①。
所思如梦里，相望在庭中。
皎洁青苔露，萧条黄叶风。
含情不得语，频使桂华空②。

【作者简介】

张九龄(678—740)，字子寿，韶州曲江(今广东韶关市)人。七岁知属文。擢进士，始调校书郎，以道侔伊吕科为左拾遗，进中书舍人，出为冀州刺史。以母不肯去乡里，表换洪州都督，徙桂州兼岭南按察选补使。以张说荐，为集贤院学士，俄拜中书侍郎，同平章事，迁中书令。为李林甫所忮，改尚书右丞相，罢政事，贬荆州长史，请归还展墓。卒，谥文献。九龄风度酝藉，在相位有謇谔匪躬之诚，以直道黜，不戚戚婴望，唯文史自娱。尝识安禄山必反，请诛，不许。后明皇在蜀思其言，遣使致祭，恤其家。有《张曲江集》二十卷，《全唐诗》编存其诗为三卷。

【注释】

① 流光：月光。曹植《七哀诗》："明月照高楼，流光正徘徊。" ② 桂华：传说月中有桂，故以桂华代指月亮。

【题解】

这是一首月夜怀念远人的诗。写景抒情并举，情景交融。诗人望见明月，立刻想到远在天边的亲人，此时此刻正与我同望。有怀远之情的人，难免终夜相思，彻夜不眠，意境幽静秀丽，情感真挚。层层深入有条不紊，语言明快铿锵，细细品味，如尝橄榄，余甘无尽。

（高晓庆）

闰月七日织女

王　湾

耿耿曙河微①，神仙此夜稀。
今年七月闰，应得两回归。

【作者简介】

王湾（693—751），洛阳（今河南洛阳）人。登先天元年（712）进士第。开元初，为荥阳主簿。五年至九年，参与编撰《群书四部录》集部书目，书成，任洛阳尉。湾词翰早著，其“海日生残夜，江春入旧年”之句，当时称最，张说手题于政事堂，每示能文，令为楷式。诗十首。

【注释】

① 耿耿：微明的样子。

【题解】

此诗咏七夕牛郎织女相会事。写得简洁，饶有趣味。

（叶姝）

奉和七夕宴两仪殿应制

刘　宪

秋吹过双阙①，星仙动二灵②。
更深移月镜，河浅度云軿③。
殿上呼方朔④，人间失武丁⑤。
天文兹夜里，光映紫微庭⑥。

【作者简介】

刘宪（？—711），字元度，宋州宁陵（今属河南）人。弱冠擢进士第，累迁左台监察御史。天授年间，奉召推按来俊臣，反为所陷，贬潾水令。来俊臣死后，召为给事中，转凤阁舍人。神龙初，自吏部侍郎出刺渝州。不久入京为太仆少卿，兼修国史。景龙二年(708)加修文馆学士，景云元年(710)迁太子詹事，次年卒。《新唐书·艺文志》著录其集三十卷，已散佚。今有诗一卷，《全唐文》录其文三篇。

【注释】

① 秋吹：指秋风。双阙：皇宫门前两边的楼观。 ② 二灵：指牵牛星和织女星。 ③ 河：银河。云軿(píng)：天女所乘带有帷幕的车。 ④ 方朔：指东方朔。《博物志》卷八载，七月七日夜漏七刻，王母降乘紫云车而至于殿西，与汉武帝共食仙桃，时东方朔窃从殿南厢朱鸟牖中窥母，母顾之，谓帝曰："此窥牖小儿，尝三来盗吾此桃。"帝乃大怪之。由此世人谓东方朔神仙也。 ⑤ 武丁：仙人名。南朝吴均《续齐谐记》："桂阳成武丁有仙道，常在人间，忽谓其弟曰：'七月七日，织女当渡河，诸仙悉还宫，吾向已被召，不得停，与尔别矣。'弟当问：'织女何事渡河？兄当何还？'答曰：'织女暂诣牵牛，吾去后三十年当还耳。'明旦，成武丁失所在。" ⑥ 紫微：星座名，太一之精，天帝所居。见《史记·天官书》，后借指皇宫。

【题解】

两仪殿，在长安太极宫中，甘露殿南。据《唐诗记事》卷九《李适》，本诗写于景龙二年(708)七月七日，为唐中宗宴请群臣时的应制之作。秋风吹过，七夕又至，作者由此想到了相关的种种传说：天上织女渡河，武帝尝宴王母、人间曾失武丁。而今夜的皇宫依然掩映在如镜的月光下。

(宋锡玲)

他乡七夕

孟浩然

他乡逢七夕，旅馆益羁愁①。

不见穿针妇②，空怀故国楼。

绪风初减热③，新月始临秋。

谁忍窥河汉，迢迢问斗牛④。

【作者简介】

孟浩然(689—740),以字行,名不详,襄州襄阳(今湖北省襄阳市)人,唐代著名山水田园诗人。少时隐居鹿门山,四十岁时到长安应进士举,失意而归。张九龄镇荆州时,招至幕府。后病疽死。孟浩然作诗意境清远,多自然超妙之趣,一向与王维并称。诗歌艺术造诣较高,多写隐居闲适和羁旅愁思,有《孟浩然集》四卷。

【注释】

① 羁愁:羁旅之愁。 ② 穿针:《荆楚岁时记》:“七月七日为牵牛织女聚会之夜。是夕,人家妇女结彩缕,穿七孔针,或以金银鍮(tōu)石为针,陈瓜果于庭中以乞巧,有喜子(蜘蛛)网于瓜上,则以为符应。” ③ 绪风:秋风。《楚辞·九章·涉江》:“乘鄂渚而反顾兮,欸秋冬之绪风。” ④ 迢迢:遥远。

【题解】

作者旅居他乡,在客店度过七夕。鹊桥会的故事引起诗人的乡愁,于是遥指斗牛,问自己何时才能与亲人团聚。借七夕写乡思、乡愁,也是古代诗歌中一个比较常见的主题。

(宋锡玲)

李白诗五首

【作者简介】

李白(701—762),字太白,号青莲居士。李白是唐朝著名诗人,也是中国最著名的诗人之一,是我国文学史上继屈原之后又一伟大的浪漫主义诗人,有“诗仙”之称。李白和杜甫合称“李杜”。祖籍陇西成纪(今甘肃静宁西南),隋末其先人流寓碎叶(今吉尔吉斯斯坦北部托克马克附近)。幼时随父迁居绵州昌隆县(今四川江油)青莲乡,二十五岁起“辞亲远游”,仗剑出蜀。天宝初供奉翰林,因遭权贵谗毁,仅一年余即离开长安。安史之乱中,曾为永王璘幕僚,因璘败系浔阳狱,远谪夜郎,中途遇赦东还。晚年投奔其族叔当涂令李阳冰,后卒于当涂,葬龙山。唐元和十二年(817),宣歙池观察使范传正根据李白生前“志在青山”的遗愿,将其墓迁至青山。有《李太白文集》三十卷行世。

凤吹笙曲[①]

仙人十五爱吹笙，学得昆丘彩凤鸣[②]。
始闻炼气餐金液[③]，复道朝天赴玉京[④]。
玉京迢迢几千里，凤笙去去无穷已[⑤]。
欲叹离声发绛唇，更嗟别调流纤指。
此时惜别讵堪闻，此地相看未忍分。
重吟真曲和清吹[⑥]，却奏仙歌响绿云。
绿云紫气向函关[⑦]，访道应寻缑氏山[⑧]。
莫学吹笙王子晋，一遇浮丘断不还[⑨]。

【注释】

① 凤吹笙曲：乐府《清商曲辞》旧题。 ② 仙人：指王子乔，周灵王太子。好吹笙作凤凰鸣。昆丘：昆仑山。 ③"炼气"句：道家的一种修炼服食之法。金液，元君传授给老子的仙丹，入口则全身都是金色。服用半两就成地仙，服用一两就成天仙。见《抱朴子·金丹》。 ④ 玉京：道家书上说天上有白玉京，为天帝所居。⑤ 穷："一作边"。 ⑥ 清吹：清雅的管乐。 ⑦"紫气"句：《艺文类聚》载：老子西游，函谷关关令尹喜登楼四望，看见有紫气东来，知道有异人过此。至期乃斋戒，果然见老子乘青牛来到。函谷关在今天的河南灵宝市西南。 ⑧ 缑氏山：即缑岭，在今河南偃师。 ⑨ 王子晋：即王子乔、周灵王太子。好吹笙作凤凰鸣，遇道士接以成仙，后于七月七日乘鹤驻缑山顶，与时人作别。见《列仙传》卷上。浮丘：据传，王子乔就是在路上遇到道士浮丘得以成仙的。

【题解】

这是写给一位道友应诏入京的送别诗。诗中写王子乔七月七日的成仙，其实是写那位奉诏入京的道友。这首离别诗兼有诗家豪情与道家风范，虽然是写离别，却有着一点"仙风道骨"的洒脱；也有着离别的不舍，并在结尾处叮嘱：不要像吹笙的王子乔一样，遇到了浮丘就一去不再复还了。

（杨文学　段永升）

白微时募县小吏入令卧内尝驱牛经堂下令妻怒将加诘责白亟以诗谢云

素面倚栏钩，娇声出外头。
若非是织女，何得问牵牛？

【题解】

才子风流，正是天性，李白从小就表现出天赋。明人蒋一葵在《尧山堂外纪颠末卷二十六》中，记载了李白的一段往事，可看出才子的风流不羁："李太白微时，募县小吏，入令卧内，尝驱牛经堂下。令妻怒，将加诘责。太白亟以诗谢云：'素面倚栏钩，娇声出外头。若非是织女，何得问牵牛？'"诗中还充满调戏之意，李白自称为"牛郎"，把县令夫人喻成"织女"。

（叶姝）

长　相　思①

长相思，在长安。
络纬秋啼金井阑②，微霜凄凄簟色寒③。
孤灯不明思欲绝，卷帷望月空长叹。
美人如花隔云端！
上有青冥之高天，下有渌水之波澜。
天长地远魂飞苦，梦魂不到关山难。
长相思，摧心肝！

【注释】

① 长相思：本汉代诗中语（《古诗》："客从远方来，遗我一书札。上言长相思，下言久离别。"），属乐府《杂曲歌词》。六朝诗人多以名篇（如陈后主、徐陵、江总等均有作），并以"长相思"发端。现存歌辞多写思妇之怨。李白此诗即拟其格而别

有寄寓。 ② 络纬：虫名。即莎鸡，俗称络丝娘、纺织娘。夏秋夜间振羽作声，声如纺线，故名。 ③ 阑：本义为门前的栅栏，引申为栏杆。金井阑指精美的井阑。④ 簟色寒：指竹席的凉意。

【题解】

此诗大致可分两段。一段从篇首至"美人如花隔云端"，写诗中人"在长安"的相思苦情。诗中描绘的是一个孤栖幽独者的形象。作者通过环境气氛层层渲染的手法，来表现人物感情。第二段写一场梦游式的追求，诗人的想象奇妙飞动，通过绵延不断之声音以状关山迢递之愁情，辞清意婉，十分动人。由于这个追求是没有结果的，于是诗以沉重的一叹作结："长相思，摧心肝！"诗中反复抒写的似乎只是男女相思，但是"美人如花隔云端"就不像实际生活的写照，而显有托兴意味。

（高晓庆）

子夜吴歌① · 秋歌

长安一片月，万户捣衣声②。
秋风吹不尽，总是玉关情③。
何日平胡虏④，良人罢远征⑤。

【注释】

① 子夜吴歌：一作《子夜四时歌》，共四首，写春夏秋冬四时，李白的《子夜吴歌》也是分咏四季，这是第三首咏秋，并由原来的五言四句扩展为五言六句。因属吴声曲，故又称《子夜吴歌》，六朝乐府《清商曲·吴声歌曲》有《子夜四时歌》，多是描写男女恋情的。 ② 捣衣：将洗的衣服放在石砧上捶打去碱质。 ③ 玉关：玉门关。这两句说飒飒秋风，驱散不了内心的愁思，而是更加勾起了对远方征人的怀念。 ④ 虏：对敌人的蔑称。 ⑤ 良人：古代妇女对丈夫的称呼。

【题解】

《子夜吴歌》是六朝时南方著名的情歌，向作四句，内容多写女子思念情人的哀怨，表现得非常真诚缠绵，诗人正是把握这一感情特点，成功地描写了闺中思妇那种难以驱遣的愁思，着力勾勒出了一幅情意深浓的妇女捣衣怀远图。王夫之说：

"前四句是天壤间生成好句,被太白拾得。"(《唐诗评选》)千家万户的捣衣声,传出妇女多少哀怨思恋;萧萧的秋风吹不尽怀念玉关的深情厚谊,这都是战争给人民带来的愁苦。沈德潜指出本诗:"本闺情语而忽冀罢征。"(《说诗晬语》)使诗歌思想内容大大深化,更具社会意义,表现出古代劳动人民冀求过和平生活的善良愿望。

(高晓庆)

拟古十二首(其一)

李　白

青天何历历①,明星如白石②。
黄姑与织女③,相去不盈尺。
银河无鹊桥,非时将安适。
闺人理纨素,游子悲行役。
瓶冰知冬寒④,霜露欺远客。
客似秋叶飞,飘飖不言归。
别后罗带长,愁宽去时衣。
乘月托宵梦,因之寄金徽⑤。

【注释】

① 历历:分明可数。　② 如白:一作"白如"。　③ 黄姑:星名,又称河鼓,即牵牛星。　④"瓶冰"句:语本《淮南子·说山》:"睹瓶中之冰而知天下之寒。"⑤ 金徽:瞿蜕园、朱金城注:"金徽指琴。李商隐诗云:'金徽自是无情物,不许文君忆故夫'是也。"

【题解】

本诗拟汉末古诗十九首而成,借牛郎织女之事言游子思妇难舍难分之情,由于客观原因,相亲相爱的两人不得不分处两地,日逝天寒,只得将牵挂之情寄予天上明月,聊缓相思愁苦。

(高晓庆)

储光羲诗二首

【作者简介】

储光羲(707？—766?)(据《全唐诗大辞典》,语文出版社2000年版),字不详,润州延陵县庄城(今江苏金坛市)人,郡望兖州。开元年间中进士后,曾任太祝、监察御史。安史乱中,储光羲被俘,被迫接受伪职,安史之乱平定后,被定罪流放岭南。储光羲和王维是好友,擅长作山水田园诗,体裁多为五言古诗,格调高逸,意趣深远。

同诸公登慈恩寺塔

金祠起真宇①,直上青云垂②。
地静我亦闲,登之秋清时。
苍芜宜春苑③,片碧昆明池④。
谁道天汉高⑤,逍遥方在兹⑥。
虚形宾太极⑦,携手行翠微⑧。
雷雨傍杳冥⑨,鬼神中躨跜⑩。
灵变在倏忽⑪,莫能穷天涯。
冠上闻阖开⑫,履下鸿雁飞⑬。
宫室低逦迤⑭,群山小参差⑮。
俯仰宇宙空,庶随了义归⑯。
崱屴非大厦⑰,久居亦以危。

【注释】

① 金祠、真宇:对慈恩寺及塔的美称。 ② 青云垂:青云旁边。 ③ 宜春苑:秦汉离宫,故址在唐长安东南隅曲江池。 ④ 片碧:一片碧绿。昆明池:见前注。⑤ 天汉:指银河。 ⑥ 逍遥:闲适自得的样子。 ⑦ 虚形:指塔身。佛教认为,有形的万物,皆虚幻不实,故曰“虚”。太极:指宇宙天地。 ⑧ 翠微:青绿的山色。

此指青云。 ⑨ 杳冥：指高空。 ⑩ 躨跜（kuí ní）：行动的样子。 ⑪ 灵变：指在高空俯视景色变化。 ⑫ 阊阖（chāng hé）：天门。 ⑬ 鸿雁飞：即岑参同题诗“下窥指高鸟”之意。 ⑭ 逦迤（lǐ yǐ）：曲折连绵。 ⑮ 参差：不整齐的样子。 ⑯ 庶：表示希望的副词。了义：佛家语，指明了说示究竟真实之理，而非隐蔽实义为方便、权宜之说。 ⑰ 崱屴（zè lì）：高峻的样子。

【题解】

此诗颇似王孟之诗。清新自然却又不乏灵动飘逸之感。此诗记述登游慈恩寺塔之事，却又似庄子逍遥而游。物中有我，我中有物，现实中又到处充满想象，亦真亦幻，读之令人流连忘返，情不能自已，身心俱逸，沉醉其中。遂有清新自然，心旷神怡之感。诗中兼有老庄之清净与佛教之释然，众味皆陈，相得益彰，意味深长。

（汪智超　叶姝　段永升）

官庄池观竞渡①

落日吹箫管，清池发棹歌②。
船争先后渡，岸激去来波。
水叶藏鱼鸟，林花间绮罗③。
踟蹰仙女处④，犹似望天河。

【注释】

① 官庄池：即定昆池。竞渡：古时端午节有龙舟竞渡的习俗。 ② 棹歌：船歌。棹，桨一类的划船工具。 ③ 绮罗：这里指身穿绮罗的女子。 ④ 仙女：即织女，这里指美女。

【题解】

端午节的下午，龙舟竞赛开始了，水波荡漾，箫管声声，船歌嘹亮。岸边的树林花丛中站满了美丽的女子，娇羞半遮，就像藏在水中落叶下的鱼一样。而我不停地向她们那里张望，却就像远望天河一样，距离是那样的遥远。诗歌写得热烈活泼，颇富生活气息。

（杨文学　项波　段永升）

淮南秋夜呈周侃①

李　嶷

天净河汉高，夜闲砧杵发②。
清秋忽如此，离恨应难歇。
风乱池上萍③，露光竹间月。
与君共游处，勿作他乡别。

【作者简介】

李嶷，籍贯、字号、生平均不详。唐玄宗开元十五年(727)丁卯科状元及第。同榜有王昌龄、常建等共十九人。李嶷曾任右武卫录事参军官职，为一时名士。擅诗，今《全唐诗》存其诗六首。《全唐诗》殷璠称其鲜洁有规矩。

【注释】

① 淮南：指淮河以南、长江以北一带。诗题一作“呈同僚”。　② 砧杵：捣衣声。　③ 萍：一作“萤”。

【题解】

诗人在秋天的夜晚与友人观月，天空明净，银汉高悬。远处，捣衣声声，叫人不胜悲切，一时离愁别绪，不禁涌上心头。一阵微风，吹乱池水的平静，吹落竹叶上的露珠，作者希望与友人的这次相聚游历，不会是他乡之别。作者由银河的远隔，而联想到不愿与友人在他乡分别。诗歌写得情景交融，颇为感人。

（杨文学　项波）

杜甫诗二首

【作者简介】

杜甫(712—770)，字子美，祖籍襄阳(今湖北襄樊)，出生于巩义市(今属河南)。早年南游吴越，北游齐赵，裘马轻狂而科场失利，未能考中进士。后入长安，困顿十年，以献三大礼赋，始博得看管兵器的小官。安史乱起，为叛军所俘，脱险后赴灵武,麻鞋见天子,被任为左拾遗,又贬为华州司功参军。后弃官西行,客秦州,寓同谷,入蜀定居成都浣花溪,枕江结草堂。严武镇蜀,荐授检校工部员外郎。次年严武死,即移居夔州。后携家出峡,漂泊鄂湘,死于舟中。诗人迭经盛衰离乱,饱受艰难困苦,写出了许多反映现实忧国忧民的诗篇,被称为“诗史”。他集诗歌艺术之大成,是继往开来的伟大现实主义诗人。

牵牛织女

牵牛出河西,织女处其东。
万古永相望,七夕谁见同。
神光意难候,此事终蒙胧①。
飒然精灵合②,何必秋遂通。
亭亭新妆立③,龙驾具曾空④。
世人亦为尔,祈请走儿童⑤。
称家随丰俭⑥,白屋达公宫⑦。
膳夫翊堂殿⑧,鸣玉凄房栊⑨。
曝衣遍天下⑩,曳月扬微风。
蛛丝小人态,曲缀瓜果中⑪。
初筵裛重露⑫,日出甘所终。
嗟汝未嫁女,秉心郁忡忡⑬。
防身动如律⑭,竭力机杼中⑮。
虽无姑舅事⑯,敢昧织作功⑰。
明明君臣契⑱,咫尺或未容。
义无弃礼法,恩始夫妇恭⑲。
小大有佳期⑳,戒之在至公㉑。
方圆苟龃龉㉒,丈夫多英雄。

【注释】

① 终蒙胧:指事不可确信。 ② 飒然:飘动貌。精灵合:指牛郎织女相会。

③ 亭亭:高远貌。指织女。 ④ 龙驾:龙拉的车。曾空:高空。 ⑤ 走儿童:孩子们奔走相告。 ⑥ 丰俭:指供品果馔的厚薄。 ⑦ 白屋:古代平民住房不施采,故称。公宫:指皇宫。 ⑧ 膳夫:官名,掌天子及后妃的饮食。翊殿堂:指陈设馔具。 ⑨ 鸣玉:妇女身上的环佩之声。凄房栊:指房内空无一人,共在庭院之中。房栊,窗户。 ⑩ 曝衣:即晒衣。《太平御览》卷三一引《四民月令》:"七月七日曝经书及衣裳,习俗然也。" ⑪ "蛛丝"句:《荆楚岁时记》:"七月七日,为牵牛织女聚会之夜。是夕,人家妇女结彩缕,穿七孔针,或以金银鍮石为针,陈瓜果于庭中乞巧,有喜子(蜘蛛的一种)网于瓜上,则以为符应。"喜子,即蟢子,蜘蛛的一种。 ⑫ 初筵:筵席初始。裛:沾湿貌。 ⑬ 忡忡:忧愁貌。 ⑭ 动如律:一举一动都有律令规诫。 ⑮ 机杼:织布机。 ⑯ 姑舅事:出嫁后侍奉公婆之事。 ⑰ 敢:岂敢。昧:失,误。 ⑱ 君臣契:喻夫妇之道,有如君臣,臣一失身,君将不容。 ⑲ 咫尺:喻距离很近。八寸为咫。 ⑳ 夫妇恭:夫妇相敬如宾。 ㉑ 小大:小指婚配,大指仕进。 ㉒ 至公:极公正。 ㉓ 龃龉(jǔ yǔ):齿参差不齐。喻抵触,不合。

【题解】

此诗于大历元年(766)初至夔州时作。老杜之诗对仗工整,格律规矩,就诗歌的艺术成就而言,不愧有"诗圣"之名。全诗以白描的手法描绘出七夕之夜,上自天子嫔妃,下到黎庶百姓,尽皆聚会祈祷,曝衣乞巧。当时民俗可见一斑。既而开始对一未嫁女进行描写,细腻地刻画少女未嫁时对未来生活的想象及由此而产生的忧虑,感叹其务必勤劳织功,明了夫妻间戒律礼法,见出老杜一片爱怜之情。其言也真,其情也切。无丝毫矫饰,无半点雕琢,而待嫁少女形象跃然纸上。

(汪智超　叶姝　段永升)

秋　　兴(其七)

昆明池水汉时功①,武帝旌旗在眼中②。
织女机丝虚夜月③,石鲸鳞甲动秋风④。
波漂菰米沉云黑⑤,露冷莲房坠粉红⑥。
关塞极天惟鸟道⑦,江湖满地一渔翁⑧。

【注释】

① 昆明池：在长安之西，方圆四十里。汉武帝元狩三年修昆明池，以操练水军。见前注。 ② 武帝：指汉武帝刘彻。旌旗：指汉武帝水军战船上的旗帜。③ 织女机丝：指昆明池畔的织女、牛郎二石雕。班固《西都赋》："集乎豫章之馆，临乎昆明之池，左牵牛而右织女，若云汉之无涯。"虚夜月：空对夜月。 ④ 石鲸：石刻鲸鱼。《西京杂记》卷上云："昆明池刻玉石为鲸鱼，每至雷雨，常鸣吼，鳍尾皆动。" ⑤ 菰(gū)：又称茭白，水生植物，可食。其实称菰米，亦可食。此句是说，菰米漂在波面，菰影沉入水中，望去如一片黑云。 ⑥ 莲房：莲蓬。 ⑦ 鸟道：高峻险要的山路，唯飞鸟可越。此句是说，从夔州远望长安，重峦叠嶂，关塞极天，唯有鸟道可度，意指恨身无羽翼，不能奋飞。 ⑧ 江湖满地：意谓处处漂泊。渔翁：作者自指。杨伦曰："言江湖虽广，无地可归，徒若渔翁之漂泊。"(《杜诗镜铨》)

【题解】

大历元年(766)秋，杜甫流寓夔州，因秋而兴家国身世之感，写下了杜诗七律中的代表作之一的《秋兴八首》，此八首诗皆因秋遣兴而作，脉络贯通，首尾相连，是一个整体。本诗是其中的第七首。诗前六句想象昆明池景象，妙在翻用古语，含蓄地表达了思古悲今的情绪。卒章二句思绪由昆明池回到"关塞鸟道"的夔州，扣紧《秋兴》望京华，思念故国的主题，更觉顿挫有力。

昆明池，在城西的沣水、潏水之间，面积约十平方公里，以为天河的象征。池址附近有石雕人像一对：东牵牛，西织女。昆明池乃是西汉时在今西安西南斗门镇东南洼地开湖，周围四十里。在上林苑之南，引沣水而筑成昆明池，原是为了练习水战之用，后来变成了泛舟游玩的场所。

(王敏　段永升)

勤政楼观乐[①]

贾　至

银河帝女下三清[②]，紫禁笙歌出九城[③]。

为报延州来听乐[④]，须知天下欲升平[⑤]。

【作者简介】

贾至(718—772),字幼邻,洛阳(今河南洛阳)人。父曾,开元初掌制诰。至擢明经第,为单父尉,拜起居舍人、知制诰。父子继美,帝常称之。肃宗擢为中书舍人。坐小法,贬岳州司马。宝应初,召复故官,除尚书左丞。大历初,封信都县伯,迁京兆尹、右散骑常侍。卒,谥曰文。集十卷。今编诗一卷。

【注释】

① 勤政楼:勤政务本楼的简称。在兴庆宫内西南。 ② 银河帝女:天上仙女。这里指歌舞伎。帝,天帝。三清:道教指玉清、上清、太清三清境,即天界。 ③ 紫禁:宫禁。九城:指京都。 ④ 延州:春秋时吴公子季札,本封延陵,又封州来,因此称延州。季札精通音乐,出使鲁国时,观周代乐舞,一一加以品评,至舞《韶》,叹曰:"德至矣哉!……其蔑以加于此矣,观止矣。"见《左传·襄公二十九年》。⑤ 升平:太平。

【题解】

勤政楼前的音乐响起,似乎引得天上的仙女都来到了人间,在那里翩翩起舞。悠扬的笙歌飘出了皇宫,整个京城都沉浸其中,一派歌舞升平的迹象。要想让季札来听这些音乐,就要让天下太平啊!此诗以季札观乐之典赞颂乐舞之美妙,意在歌颂升平。

(杨文学　项波)

七　夕

祖　咏

闺女求天女[①],更阑意未阑[②]。
玉庭开粉席[③],罗袖捧金盘。
向月穿针易[④],临风整线难。
不知谁得巧,明旦试相看。

【作者简介】

祖咏(699—746),唐代诗人,洛阳(今属河南)人。少有文名,擅长诗歌创作。

与王维友善。王维在济州赠诗云:“结交二十载,不得一日展。贫病子既深,契阔余不浅。”(《赠祖三咏》)其流落不遇的情况可知。开元十二年(724),进士及第。后入仕,又遭迁谪,仕途落拓,后归隐汝水一带。代表作有《终南望馀雪》《望蓟门》《七夕》《汝坟秋同仙州王长史翰闻百舌鸟》《陆浑水亭》《家园夜坐寄郭微》《送丘为下第》《古意二首 》等,其中以《终南望馀雪》和《望蓟门》两首诗为最著名。

【注释】

① 闺女:闺中之女,犹闺秀。 ② 更阑:更残,夜深。阑,残、尽。意,指乞巧的意兴。 ③ 粉席:妇女乞巧之席。 ④“向月”句:《荆楚岁时记》:“七月七日,为牵牛织女聚会之夜。是夕,人家妇女结彩缕,穿七孔针,或以金银鍮石为针,陈瓜果于庭中以乞巧,有喜子(蜘蛛的一种)网于瓜上,则以为符应。”

【题解】

乞巧可以说是七夕最重要的传统活动之一,活动之盛在本诗作者的笔下可见一斑。夜已深,而闺中女子乞巧的热情丝毫不减。张粉席,捧金盘,穿针整线,乞巧的女子认真而虔诚。不知今夜得巧者是谁?

(宋锡玲)

奉和七夕两仪殿会宴应制①

赵彦昭

青女三秋节②,黄姑七日期③。
星桥度玉珮④,云阁掩罗帷。
河气通仙掖⑤,天文入睿词⑥。
今宵望灵汉⑦,应得见蛾眉⑧。

【作者简介】

赵彦昭(? —714?),字焕然,甘州张掖(今甘肃)人。进士及第,授南部县尉,后自新丰丞入为左台监察御史,累迁兵部侍郎。景龙三年(709),拜中书侍郎,同中书门下平章事,充修文馆大学士。睿宗立,出为宋州刺史,坐累贬归州迁凉州都督,入为吏部侍郎,迁御史大夫。开元元年(713)迁刑部尚书,封耿国公。会姚崇执政,恶其为人,贬江州别驾,卒。今存诗一卷。

【注释】

① 两仪殿:在长安太极宫中,甘露殿南。据《唐诗纪事》卷九《李适》,诗作于景龙二年(708)七月七日。 ② 青女:霜雪之神。《淮南子·天文》:"青女乃出,以降霜雪。"三秋:秋季的三个月。 ③ 黄姑:即牛郎。 ④ 星桥:指鹊桥。玉珮:代指织女。 ⑤ 河:银河。仙掖:指中书省与门下省,两省在宫中左右掖,接近皇帝,官职清要,故称。 ⑥ 睿词:指唐中宗《七夕两仪殿会宴》诗,已佚。 ⑦ 灵汉:银河。 ⑧ 蛾眉:代指织女。

【题解】

本诗作于唐景龙二年(708)七月七日,为七夕奉和之作。全诗大胆想象勾画了七夕牛女鹊桥会时天上的场景,不但天上如此,人间的凡人也为此刻庆贺,就连九五之尊的帝王也设筵赋诗庆祝这一美好时刻的到来,可见七夕传说对古人生活影响之大。本诗格调欢快、韵律和谐,巧妙地刻画出了七夕圣筵时的愉悦心情。

(张华)

七　夕①

崔　颢

长安城中月如练②,家家此夜持针线③。
仙裙玉佩空自知,天上人间不相见。
长信深阴夜转幽④,瑶阶金阁数萤流。
班姬此夕愁无限⑤,河汉三更看斗牛⑥。

【作者简介】

崔颢(? —754)(据陈贻焮主编《增订注释全唐诗》,文化艺术出版社 2001 年版),汴州(今河南省开封市)人。开元十年(722)或十一年(723)登进士第。曾任太仆寺丞。颢足迹遍及吴越荆鄂,天宝初曾在河东军幕任职,官终司勋员外郎,天宝十三载(754)卒。今存诗四十余首,编为一卷。

【注释】

① 七夕:农历七月七日夜,古代民间故事传说,牛郎、织女于此夜在天河相会。后遂有妇女穿针乞巧、祈祷福寿等习俗。 ② 练:白色的绢。 ③ 持针线:指“七夕乞巧”的风俗。 ④ 长信:汉宫名。 ⑤ 班姬:汉成帝时,班婕妤始以德才得幸,赵飞燕入宫后,班婕妤失宠,自求供养太后于长信宫,乃作赋自伤悼。见《汉书·外戚传下》 ⑥ 河汉:银河。斗牛:二十八星宿中斗宿和牛宿。斗宿即南斗星,牛宿即牵牛(牛郎)星。

【题解】

这是一首七夕怀古、抒发感慨的诗。七夕家家穿针乞巧、祈祷福寿,就连那分隔天河两岸的牵牛、织女也要于此夜相见,这本是多么美好的时刻啊! 然而,人间却有此刻也不能得见的夫妻,那深居长信宫中的班姬此刻会是什么心情呢? 大概只有空对天河独自愁了吧! 诗人巧妙地将传说故事与历史人物联系起来,作一对比,寄托了作者愿天下有情人永不分离的美好愿望。

(张华)

七夕泛舟①

梁锽

云端有灵匹②,掩映拂妆台。
夜久应摇珮,天高响不来。
片欢秋始展③,残梦晓翻催。
却怨填河鹊④,留桥又不回。

【作者简介】

梁锽,生卒年、籍里不详。开元二十三年(735)年进士,做过幕府掌书记,曾任执戟官。

【注释】

① 七夕:农历七月七日夜,古代民间故事传说,牛郎、织女于此夜在天河相会。
② 灵匹:指牛郎、织女。谢惠连《七夕咏牛女》:“云汉有灵匹,弥年阙相从。”
③ 片欢:牛郎、织女,一年只七夕一会,故言片欢。 ④ 填河鹊:《淮南子》:“乌鹊

填河成桥而渡织女。"

【题解】

这是诗人七夕泛舟抒发感慨的一首诗。又是一年七月七,天上牛女应该又会见面了,只是凡间看不到那拂妆之台,听不见那摇佩之音罢了!只可惜片欢之后又将长久分离,为什么那填河之鹊不赶快回来呢?好让两位有情人旦暮相处、永不分离。全诗展开了丰富的联想,尤其尾联一怨颇有情趣、意味深长,寄托了诗人对有情人不能长相厮守的感慨与惋惜之情。

(张华)

早秋京口旅泊,章侍御寄书相问,因以赠之,时七夕①

李嘉祐

移家避寇逐行舟②,厌见南徐江水流③。

吴越征徭非旧日④,秣陵凋弊不宜秋⑤。

千家闭户无砧杵⑥,七夕何人望斗牛⑦。

只有同时骢马客⑧,偏宜尺牍问穷愁⑨。

【作者简介】

李嘉祐,生卒年不详。字从一,赵州(今河北赵县)人,天宝七年(748)进士,历官秘书正字、台州刺史、司勋员外郎、袁州刺史,世称李袁州,与钱起、郎上元、刘长卿并称"钱郎刘李"。

【注释】

① 京口:今江苏镇江市。侍御:唐人称殿中侍御史与监察御史,见《因话录》卷五。 ② 避寇:指袁晁农民起义军。 ③ 南徐:州名,东晋置,治所在京口。④ 征徭:赋税与徭役。 ⑤ 秣陵:今江苏南京市。 ⑥ 砧杵:捶衣的石头与棒槌。⑦ 斗牛:二十八星宿中斗宿和牛宿。斗宿即南斗星,牛宿即牵牛(牛郎)星。⑧ 骢马客:指章侍御。东汉桓典为侍御史,执法严正,不避权贵,常乘骢马,京师畏惮,为之语曰:"行行且止,避骢马御史。"见《后汉书·桓典传》。 ⑨ 尺牍:书信。

【题解】

这是诗人于七夕时写给章侍御的赠诗,当时正在逃避袁晁农民起义军之乱,客居他乡。本是天上人间同欢庆的时刻,然而诗人却背井离乡,所见皆为民生凋敝、千门闭户的场景,没有了往日七夕的热闹景象,此时此刻又有谁还有兴致去眺望那斗牛星呢?慌乱之中音信全无,只有那重情谊的章侍御还写信问候!诗人将七夕这一美好时刻与残酷的现实对比,抒发了对战乱的怨恨和对和平生活的向往,同时也表达了对友人深切关怀的感激之情。

(张华)

织 女 词

戴叔伦

凤梭停织鹊无音①,梦忆仙郎夜夜心②。

难得相逢容易别,银河争似妾愁深③。

【作者简介】

戴叔伦(732—789),唐代诗人。字幼公,一说次公。润州金坛(今属江苏)人。大历年间,在刘晏盐铁转运使府中任职。建中至贞元间,历任东阳县令、抚州刺史。为官清明仁恕。诗多反映农村生活,触及时弊。多为七言歌行,"即事名篇"。如《女耕田行》《屯田词》《边城曲》等。五律《除夜宿石头驿》等,情景交融,为历来传诵。《全唐诗》录诗两卷,但其中杂入他人之作。《全唐文》存文两篇。

【注释】

① 鹊无音:反用鹊桥事。七月七日夜,乌鹊搭桥以渡织女。 ② 仙郎:指牛郎。 ③ 争:怎,怎么。

【题解】

此诗意思明显,与大多咏织女的诗一样,重在表达相思及对相逢之难和深似银河的愁绪的叹息。愁之深不仅仅是因为相逢难,更是因为深深的思念。

(王敏 段永升)

韦应物诗二首

【作者简介】

韦应物(735？—792？)(据《全唐诗大辞典》,语文出版社2000年版),京兆杜陵(今陕西西安)人。早年当过唐玄宗的侍卫,终官苏州刺史,晚居苏州,世称韦苏州。有《韦苏州集》十卷。

七　　夕

人世拘形迹,别去间山川①。
岂意灵仙偶②,相望亦弥年③。
夕衣清露湿④,晨驾秋风前⑤。
临欢定不住⑥,当为何所牵。

【注释】

① 间:隔。　② 灵仙偶:神仙伴侣,指牛郎、织女。　③ 弥:经年,整年。　④ 夕衣:指晚服。牛郎织女相会于七月七日夜,所以晚服被清露打湿。　⑤ 晨驾:早晨整驾返回。　⑥“临欢”句:指牛郎织女临到欢会时总是不能久留。

【题解】

山水之隔,笑靥不见,而有相思牵挂。相思之苦非独凡世,亦及天人。织女牛郎,饱受整年相思煎熬,方有一夕之会。前三联点到为止,无冗言赘语,恬淡中透出一丝忧愁。而此三联却也并不十分出众,独“临欢定不住,当为何所牵”句为点睛之笔,非常人所能道也。经年翘首期待却为何早早结束?言尽于此,而意犹未尽也。白乐天云:此时无声胜有声。诚然,经年之思又岂一夕能解,越是纠缠越是伤心,不如早早结束,以免徒添伤心。韦苏州为诗恬淡高远,言尽而意不尽,余音袅袅,绕梁不止,岂常人所能及也?

(汪智超　段永升)

新秋夜寄诸弟

两地俱秋夕，相望共星河①。
高梧一叶下②，空斋归思多。
方用忧人瘼③，况自抱微痾④。
无将别来近，颜鬓已蹉跎⑥。

【注释】

①“两地”二句：谢庄《月赋》：“美人迈兮音尘阙，隔千里兮共明月。”此化用其意。星河，银河。 ②“高梧”句：《淮南子·说山训》，“见一叶落而知岁之将暮”，此用其意。 ③ 方用：正需要。忧人瘼：忧念民生疾苦。瘼，病。 ④ 抱微痾：生小病。 ⑤ 无将：不要以为。近，指时间短。 ⑥ 蹉跎：原指虚度光阴，此处意谓变得衰老。

【题解】

本诗中，秋、月被作为一种时间符号，诗人正要一展人生抱负，却发现已是时不假年，因此希望弟弟以他为鉴，不要蹉跎岁月。

（高晓庆）

七　夕

卢　殷

河耿月凉时，牵牛织女期。
欢娱方在此，漏刻竟由谁①。
定不嫌秋驶②，唯当乞夜迟。
全胜客子妇，十载泣生离。

【作者简介】

卢殷（746—810），一作卢隐，乃避宋讳改。范阳（今河北涿州范阳县）人。元和初为登封尉，以病去官，客住登封以终。与孟郊、韩愈友善。今存诗十四首。

【注释】

① 漏刻：时刻。 ② 驶：快。

【题解】

这首诗通过写七夕牛女会感慨人间生离情，对七夕牛女能相会表示了深深的羡慕之情，为什么一年仅有一天才可以相见的牛女也值得羡慕呢？正是因为人间还有十载不得相见的夫妻啊！通过天上人间的对比，表达了诗人对有情人团聚的祝愿和对夫妻彼此生离不得见的惋惜与哀叹。

（张华）

卢纶诗二首

【作者简介】

卢纶(748？—798?)（据陈贻焮主编《增订注释全唐诗》，文化艺术出版 2001 年版），字允言，河东蒲州（今山西永济）人，为“大历十才子”之一。早岁避安史之乱，客居鄱阳，曾游吴越。约大历六年(771)，由宰相元载、王缙举荐为阌乡尉，旋任密县令，后为集贤学士、秘书省校书郎、监察御史等。十二年(777)，坐元载、王缙党，下狱去官。建中元年(780)，任钊应县令。贞元十三、十四(797—798)年间，因舅氏韦渠牟荐，拜户部郎中，世因称“卢户部”，未几卒。《全唐诗》录其诗五卷。

七　夕　诗

祥光若可求[①]，闺女夜登楼[②]。
月露浩方下，河云凝不流[③]。
铅华潜警曙[④]，机杼暗传秋[⑤]。
回想敛馀眷[⑥]，人天俱是愁。

【注释】

① 祥光：《初学记》引《风土记》曰：“七月七日，其夜牛郎、织女二星神当会。

守夜者感怀私愿,或云见天汉中有奕奕正白气,有耀五色,以此为征应。" ②"闺女"句:指七夕乞巧。《西京杂记》卷一:"汉彩女常以七月七日穿七孔针于开襟楼,俱以习之。"《开元天宝遗事》卷九:"(七夕)嫔妃各以九孔针、五色线向月穿之,过者为得巧之候。" ③河云:指银河。 ④铅华:古代妇女化妆用的铅粉,此处代指女子。 ⑤机杼:织布机与织梭,织女所用。 ⑥敛余眷:梁代王筠《代牵牛答织女诗》:"欢娱未缱绻,倏忽成离异",此处用其意。眷,眷恋。

【题解】

本诗借用王筠《代牵牛答织女诗》"欢娱未缱绻,倏忽成离异"诗句句意,写牛郎织女相见而不得长久的的无限遗憾和悲愁,是历代七夕诗中比较常见的主题。

(宋锡玲)

七　夕　诗

凉风吹玉露①,河汉有幽期②。
星彩光仍隐,云容掩复离。
良宵惊曙早③,闰岁怨秋迟④。
何事金闺子⑤,空传得网丝⑥。

【注释】

①"凉风"句:指秋天已到。《礼记·月令》:孟秋之月,"凉风至,白露降"。 ②河汉:银河。幽期:幽会之期,指牛郎织女的相会。 ③曙:天亮。 ④"润岁"句:闰年多一月,所以说"秋迟"。 ⑤金闺子:闺房中的女子。 ⑥网丝:蛛丝。《荆楚岁时记》:"七月七日,为牵牛织女聚会之夜。是夕,人家妇女结彩缕,穿七孔针,或以金银鍮石为针,陈瓜果于庭中以乞巧,有喜子(蜘蛛的一种)网于瓜上,则以为符应。"

【题解】

凉风吹,白露降,正是牛郎织女的幽会佳期。首联交代时令,颔联、颈联则写牛女相会时的情形,想象其心境。尤其颈联:平素空闺独守,总叹长夜漫漫;而今夕欢聚竟如此匆匆,两相对比,故"惊曙早"。一个"惊"字,韵味无穷。

(宋锡玲)

权德舆诗三首

【作者简介】

权德舆(759—818),字载之,天水略阳(今甘肃秦安县)人,其父权皋于天宝末年移家润州丹阳(今江苏丹阳县)。七岁丧父,少时即以文章驰名。元和五年(810),入阁为相,封扶风郡公。元和八年罢相,出为东都留守。元和九年后,历太常卿、刑部尚书。元和十一年冬,出为山南西道节度史兼兴元尹。元和十三年,因病乞还,卒于归途。今存《权载之文集》五十卷,其诗编为十卷。

七　夕

佳期人不见,天上喜新秋。
玉珮沾清露,香车渡浅流①。
东西一水隔,迢递两年愁。
别有穿针处②,微明月映楼。

【注释】

① 浅流:指天河。　② 穿针:古代七夕风俗。传说旧历七月七日夜天上牛郎、织女相会,妇女于当晚向月穿针,向织女乞求智巧,称为乞巧。

【题解】

这是一首七夕抒怀的诗。传说七夕分别一年的牛郎、织女鹊桥相会,但是诗人却不能与所思念的人相见,两相对比,更添了些许惆怅,牛女此时喜,诗人此时愁。后面借牛女天河相阻,喻自己与所思之人不得相见,并展开了丰富的联想,想象所思之人在他乡穿针乞巧的情景。那绵绵的情思于平淡舒缓的表述中渗透到字里行间,感人至深。

(张华)

七　　夕

今日云軿渡鹊桥①，应非脉脉与迢迢②。
家人竞喜开妆镜，月下穿针拜九霄③。

【注释】

① 云軿(píng)：神仙所乘的车。 ② 脉脉：含情不语貌。《古诗十九首·迢迢牵牛星》："迢迢牵牛星，皎皎河汉女。……盈盈一水间，脉脉不得语。" ③ 见上首诗注释②。

【题解】

这首诗写了七夕诗人家里的热闹场景。上半部分写这是一个值得庆贺的节日，牛女此刻相会，那天河该不再那样长了，言两人相见之心切。后半部分写了家人欣喜，望天河穿针以乞巧的场面，全诗洋溢着浓郁的喜悦之情，可见牛女传说于民间的广泛流传以及人们对忠贞爱情的向往。

（张华）

七夕见与诸孙题乞巧文①

外孙争乞巧，内子共题文②。
隐映花奁对③，参差绮席分④。
鹊桥临片月，河鼓掩轻云⑤。
羡此婴儿辈，吹呼彻曙闻⑥。

【注释】

① 乞巧：古代七夕风俗。传说旧历七月七日夜天上牛郎、织女相会，妇女于当晚向月穿针，向织女乞求智巧，称为乞巧。 ② 内子：妻子。 ③ 奁(lián)：盛香器或梳妆用品的匣具。 ④ 绮席：华丽精美的席具。 ⑤ 河鼓：属牛宿，在牵牛之北，一说即牵牛。 ⑥ 彻曙：直到天明。犹言"彻夜"。

【题解】

此诗选取生活中极为有趣的片段表现了七夕民间欢庆的热闹场面。旧俗妇女于七夕乞巧,但是诗人并未写,而是别出心裁写了小孙子也受此俗影响争着乞巧并彻夜不眠的事实,读来令人莞尔。从侧面可以看出,七夕在百姓心中的重要影响,颇具生活情趣。

(张华)

七　夕　曲

王　建

河边独自看星宿,夜织天丝难接续。
抛梭振镊动明珰,为有秋期眠不足①。
遥愁今夜河水隔②,龙驾车辕鹊填石③。
流苏翠帐星渚间④,环珮无声灯寂寂。
两情缠绵忽如故,复畏秋风生晓路。
幸回郎意且斯须⑤,一年中别今始初⑥,
明星未出少停车⑦。

【作者简介】

王建(766—?)(据佟培基主编《全唐诗精华》,太白文艺出版社2000年版),字仲初,颍川(今河南许昌)人,元和中为昭应县丞,历迁太府寺丞、秘书郎。大和中出为陕州司马,曾从军塞上,弓不离身。晚年告归咸阳后,卜居原上,穷困以终。王建与张籍交厚,皆擅长乐府诗,同为中唐新乐府运动的名家,世称"张王乐府"。建所作《宫词》百首,颇为时人传诵。

【注释】

① 秋期:指七夕牛郎、织女相会。　② 河水:银河。　③ 鹊填石:《淮南子》:"乌鹊填河成桥而渡织女。"　④ 流苏:用五彩羽毛为垂饰,谓之流苏。翠帐:翠羽装饰的罗帐。星渚:星河中的小洲。　⑤ 斯须:顷刻、片刻。　⑥ 一年中别:一年

中的漫长的分别。今始初：今天又是长别的起始。 ⑦ 明星未出：指天未破晓。明星，即太白金星，早晨出现在东方叫启明星。少：稍微。

【题解】

这首诗写了七夕时的所为、所感。前两联写独自看星，想象天上场景，为此牛女会而不去休息。接下来写感想，虽不见天空异常，实际早已准备好了，今夜牛女两人终于可以缠绵如故了。后面笔锋一转，道出了对再次“生别离”的畏惧。全诗由所见生发出所想，层层递进，赋予了牛女以人世间纯朴的感情，具有浓郁的生活气息。

（张华）

莺　莺　歌①

李　绅

伯劳飞迟延飞疾②，垂杨绽金花笑日③。
绿窗娇女字莺莺，金雀娅鬟年十七④。
黄姑上天阿母在⑤，寂寞霜姿素莲质。
门掩重关萧寺中⑥，芳草花时不曾出。

【作者简介】

李绅（772—846），唐代诗人。字公垂，祖籍亳州谯县（今安徽省亳州市谯城区）人。元和初，擢进士第，补国子助教，穆宗召为右拾遗、翰林学士，与李德裕、元稹同时号三俊，后进尚书右仆射，封赵郡公。卒，赠太尉，谥文肃。李绅与白居易、元稹交游甚密，他们一起倡导了“新乐府运动”。《悯农》一诗，铸为格言，传诵不衰。今有《追昔游诗》三卷，《杂诗》一卷。

【注释】

① 清编《全唐诗》。在《董解元西厢记》中录入者有卷二计十二句，卷三计十句，卷四计十二句。诗题一作《东飞伯劳西飞燕歌，为莺莺作》。 ② 伯劳：鸟名。比喻男女双方之别离。 ③ 绽金：柳芽初发时呈黄色。 ④ 金雀：钗上的饰品，这里指金雀钗。娅鬟：少女所梳的双髻。 ⑤ 黄姑：牵牛星，这里指莺莺的父亲已去

世。 ⑥ 重关：重门。萧寺：佛寺。

【题解】

作者曾为元稹《莺莺传》命题，又作《莺莺歌》，相得益彰。元稹的《莺莺传》乃一曲始乱终弃的悲歌。在封建社会以男权主义为中心的背景下，妇女的命运往往不能自己掌握。诗歌以精练的手法浓缩了《莺莺传》全部内容，并且把大量笔墨用在对莺莺的外貌描写上。末句抒情“门掩重关萧寺中，芳草花时不曾出。”凄美婉转，“庭院深深深几许”是对莺莺不幸命运的凭吊，令人生发惆怅之感。

（杨文学）

刘禹锡诗四首

【作者简介】

刘禹锡(772—842)，字梦得，洛阳（今河南省洛阳市）人。贞元九年(793)进士，又登博学鸿词科。贞元十一年(795)授太子校书，后曾入淮南节使幕为掌书记。十八年调补渭南主簿，累迁至检校礼部尚书兼太子宾客。会昌二年(842)七月卒，年七十一。与白居易颇多唱和，有“诗豪”之称。今有《刘禹锡集》三十卷，外集十卷。

七夕二首

其一

河鼓灵旗动①，嫦娥破镜斜②。
满空天是幕，徐转斗为车③。
机罢犹安石④，桥成不碍槎⑤。
谁知观津女⑥，竟夕望云涯⑦。

【注释】

① 河鼓灵旗：皆为星名。《晋书·天文志上》：“河鼓三星，灵旗九星，在牵牛北。” ② 破镜：指半月。 ③ 斗：北斗。《史记·天官书》：“斗为帝车，运于中央，

临照四乡。” ④ 机罢：停机罢织。 ⑤ 桥成：传说牛郎、织女相会，群鹊衔接成桥以渡银河。 ⑥ 观津女：《汉书·外戚传》：“窦皇后早卒，葬观津。” ⑦ 竟夕：终夜。

【题解】

这是一首七夕怀古之作。前三联写了七夕牛女即将相会，车、桥已备，就等候那一美好时刻的到来了。到此读者可以想象下面一定是一个激动人心的时刻，但是作者却笔锋一转，想到了历史人物的悲剧故事，言虽然牛女一年一见已足可悲，而人间却有此时也不得见的夫妻，两相对比，意味深长，发人深思。

（张华）

其二

天衢启云帐①，神驭上星桥②。
初喜渡河汉，频惊转斗杓③。
馀霞张锦幛，轻电闪红绡。
非是人间世，还悲后会遥。

【注释】

① 天衢：天空。 ② 驭：车驾。 ③ 斗杓：北斗柄。

【题解】

全诗运用大胆的想象刻画了传说中七夕鹊桥会的情景，描绘了那神奇瑰丽的场面，但末句却又回到现实，感叹天上非比人间，别后的时光是那么的遥遥无期！诗人借此曲折表达了对牛女忠贞爱情的肯定和对天规天法的不满。

（张华）

酬乐天七月一日夜即事见寄①

夜树风韵清，天河云彩轻。
故苑多露草，隔城闻鹤鸣。

摇落从此始[2]，别离含远情。
闻君当是夕，倚瑟吟商声[3]。
外物岂不足，中怀向谁倾。
秋来念归去，同听嵩阳笙[4]。

【注释】

① 这首诗作于大和七年(833)。 ② 摇落：宋玉《九辨》"悲哉，秋之为气也。萧瑟兮草木摇落而变衰。" ③ 商声：秋声。《礼记 · 月令》"孟秋之月……其音商。" ④ 嵩阳笙：白居易原作《立秋夕有怀梦得》云："回灯见栖鹤，隔竹闻吹笙。"嵩阳，唐县名，在今河南登封市。

【题解】

作者与白居易二人同在宦海中沉浮，因上书言事均遭到贬谪。刘曾贬朗州司马，白曾贬江州司马。晚年二人在洛阳颇多唱和。此诗是作者晚年的酬唱之作。在静谧的夜色中，作者仿佛体味出了一种融入大自然的宇宙意识，遂起素衣风尘之叹。"故苑多露草，隔城闻鹤鸣"，写景清淡缥缈，以有声衬无声，弥觉其静。后半段议论兼抒情，是作者在厌倦了官场生活后的有感而发，深挚动人。诗歌沉着稳练，格律谨严。

（杨文学）

秋夜安国观闻笙[1]

织女分明银汉秋[2]，桂枝梧叶共飕飗[3]。
月露满庭人寂寂，霓裳一曲在高楼[4]。

【注释】

① 笙：管乐器，常见的有大小数种，用若干根装有簧的竹管和一根吹气管装在一个锅形的座子上制成。 ② 银汉：银河。 ③ 飕飗(sōu liú)：形容风雨声。④ 霓裳：仙人以云霓为衣裳。

【题解】

本诗为秋夜闻笙所作。诗歌并不像多数七夕诗歌,抒写牛女故事。而是借用织女的传说,营造出一种清寂的秋夜气氛。

(宋锡玲)

七 夕

白居易

烟霄微月澹长空,银汉秋期万古同[①]。

几许欢情与离恨[②],年年并在此宵中。

【作者简介】

白居易(772—840),字乐天,晚年自号香山居士、醉吟先生,排行第二十二。祖籍太原(今属山西)人,后迁下邽(今陕西渭南北)。贞元十六年(800)进士及第。十八年,登书判拔萃科。次年,授秘书省校书郎。元和元年(806)登才识兼茂明于体用科,累迁至刑部尚书。会昌六年(846)卒,赠尚书左仆射,谥曰文,世称白文公。有集七十五卷,现存《白氏长庆集》七十一卷。

【注释】

①银汉:天河。 ②秋期:指牛郎、织女七夕相会。 ③几许:几多,多少。

【题解】

这是一首七夕抒发感慨的诗。年年都有七夕,万古如斯。短短的一夜对久别未见的有情人是喜还是忧呢?好像很难说清。“相见时难别亦难”正是因为他们彼此忠贞万古不易的崇高爱情。通过情感的抒发也体现了诗人对忠贞爱情的肯定和对造成两人分离原因的深思与愤慨。

(张华)

元稹诗三首

【作者简介】

元稹(779—831),字微之,别号威明,鲜卑族后裔。世居京兆万年县(今陕西西安)。贞元九年(793)以明经擢第,十九年登书判拔萃科。元和元年(806),登才识兼茂明于体用科,勇于弹劾,得罪权贵。长庆三年(822),以工部侍郎同平章事。居相位三月。后为武昌军节度使,卒于镇。元稹为著名的传奇作家和诗人,其诗与白居易齐名,并称"元白",风格亦相近,合称"元和体"。著《元氏长庆集》一百卷,现仅存六十卷,今编诗二十八卷。

古决绝词①

其一

乍可为天上牵牛织女星,不愿为庭前红槿枝。
七月七日一相见,相见故心终不移。
那能朝开暮飞去,一任东西南北吹。
分不两相守,恨不两相思。
对面且如此,背面当可知。
春风撩乱伯劳语②,况是此时抛去时。
握手苦相问,竟不言后期。
君情既决绝,妾意已参差③。
借如死生别,安得长苦悲。

【注释】

① 此诗作于贞元十九年(803)。详见《年谱》。 ② 伯劳:鸟名。古诗《东飞伯劳歌》:"东飞伯劳西飞燕,黄姑织女时相见。"故常以伯劳之飞喻分离。 ③ 参差:差池,表示事情乖迕,不如人意。

【题解】

这段词饱含深情地赞美了牛郎、织女的忠贞爱情。词中高度赞颂了牛女彼此忠贞不渝的相爱之心,批判了那种“朝开暮飞去”式的感情,表达了对爱情专一的肯定和对无情无义之人的愤恨与批判。

其二

噫春冰之将泮,何予怀之独结。
有美一人,于焉旷绝。
一日不见,比一日于三年[①],况三年之旷别。
水得风兮小而已波,笋在苞兮高不见节。
矧桃李之当春,竞众人而攀折。
我自顾悠悠而若云,又安能保君皑皑之如雪。
感破镜之分明[②],睹泪痕之余血。
幸他人之既不我先,又安能使他人之终不我夺。
已焉哉,织女别黄姑[③]。
一年一度暂相见,彼此隔河何事无。

【注释】

①“比一”句:《诗·王风·采葛》:“一日不见,如三岁兮。” ②破镜:常以破镜喻夫妻离散。 ③黄姑:指牵牛星。

【题解】

这是一首写初春时节一位女子思念久别未见的丈夫的词。词中大量运用比兴手法表达对丈夫的深深眷念之情,同时又透露出对久别未见的丈夫对自己情感是否依然如故的疑虑,从侧面表现了她对感情的忠贞不渝,心理描写细致入微,有较强的艺术感染力。

其三

夜夜相抱眠,幽怀尚沉结。
那堪一年事,长遣一宵说。
但感久相思,何暇暂相悦。虹桥薄夜成[①],龙驾侵晨列[②]。

生憎野鹤性迟回[3],死恨天鸡识时节。
曙色渐曈曈,华星欲明灭[4]。
一去又一年,一年何可时彻[5]。有此迢递期,不如死生别。
天公隔是妒相怜[6],何不便教相决绝。

【注释】

① 虹桥:横曲如虹的长桥。此指牛、女渡河相会的鹊桥。 ② 龙驾:即龙车,指神仙所乘的车。 ③ 生憎:最憎。与下句“死恨”意义相同。天鸡鸣则牛、女别,故云。 ④ 华星:明星。 ⑤ 彻:终结。 ⑥ 隔是:已是。相怜:相爱。

【题解】

这段词以议论的口气表达了对牛女那般有情之人不能长相厮守的惋惜和对造成两情分离原因的深思与愤慨。说理详尽、感情充沛,寄托了诗人愿天下有情人永不分离的美好愿望。

(张华)

七　夕

李　贺

别浦今朝暗[1],罗帷午夜愁。
鹊辞穿线月[2],花入曝衣楼[3]。
天上分金镜[4],人间望玉钩[5]。
钱塘苏小小[6],更值一年秋。

【作者简介】

李贺(790—816),字长吉,河南福昌(今河南宜阳)人。宪宗元和初,往来于洛阳、长安间,应试求仕,尝以诗谒韩愈,受赏识。因父名晋肃,争名者以犯父讳为由毁阻其应试,韩愈为之作《讳辨》,终不得举进士。元和十一年(816)卒于故里。贺才名早著,与李益齐名,称“二李”,长于乐府诗。今编诗五卷。

【注释】

① 别浦:指天河。浦,水边。 ②“鹊辞”句:传说牛郎、织女相会,群鹊衔接成桥以渡银河。传说旧历七月七日夜天上牛郎、织女相会,妇女于当晚向月穿针,向织女乞求智巧,称为乞巧。 ③ 曝衣:古人常在农历七月七日曝晒衣裳。 ④ 金镜:圆月。七夕月未圆,故云“分金镜”。又借用陈代徐德言与妻子乐昌公主分镜的故事(《本事诗》),暗寓自己与妻子不能团圆。 ⑤ 玉钩:状缺月。望月而冀其复圆,寓人间别而重逢意。 ⑥ 苏小小:钱塘名娼,南齐时人。本诗喻其妻。

【题解】

这是诗人七夕抒发对妻子思念之情的一首诗。前三联人间天上对照来写,牛女鹊桥相会,人间曝衣乞巧,本是一个多么值得庆贺的节日,然而诗人此时却不能与久别的妻子团圆,此情此景更引起了诗人对妻子的思念。全诗对比强烈,感人至深。

(张华)

七　夕　歌

刘言史

星寥寥兮月细轮,佳期可想兮不可亲。
云衣香薄妆态新[①],彩軿悠悠度天津[②]。
玉幌相逢夜将极[③],妖红惨黛生愁色[④]。
寂寞低容入旧机,歇着金梭思往夕。
人间不见因谁知,万家闺艳求此时[⑤]。
碧空露重彩盘湿,花上乞得蜘蛛丝[⑥]。

【作者简介】

刘言史(?—812)(据佟培基主编《全唐诗精华》,太白文艺出版社2000年版),邯郸(今属河北)人。少曾隐居,建中至贞元初,游贝州、潞州、恒州,尝为恒冀观察使幕宾。元和七年(812)卒。其诗精丽恢赡,不失为大历后佳作。

【注释】

① 云衣：云彩。想象为织女穿的衣服。 ② 彩軿(píng)：彩车。天津：天河。 ③ 玉幌：窗帘，此指闺室。 ④ 妖红：鲜红。惨黛：深黑。二语指其容饰。 ⑤ 闺艳：闺中女子。 ⑥“花上”句：写乞巧。《荆楚岁时记》：“七月七日，为牵牛织女聚会之夜。是夕，人家妇女结彩缕，穿七孔针，或以金银鍮石为针，陈瓜果于庭中以乞巧，有喜子（蜘蛛的一种）网于瓜上，则以为符应。”

【题解】

这是七夕想象牛女鹊桥相会的景象，寄托诗人感慨的一首诗。诗中写出了相会之欢，又重点道出了别离之苦，心理描写合情合理、细腻传神。后面写人间不知道牛女此时的心思感受，纷纷等待此刻蛛丝成网乞得巧来。天上人间对照，意味深长、发人深省。

（张华）

七　夕

清　江

七夕景迢迢，相逢只一宵。
月为开帐烛，云作渡河桥。
映水金冠动①，当风玉珮摇。
惟愁更漏促②，离别在明朝。

【作者简介】

清江，会稽（今浙江绍兴）人。幼年出家，代宗大历初至杭州天竺寺，从名僧守真求法。归越州开元寺后，又从昙一学《四分律》。大历八年(773)至南阳从慧忠习禅观。以能诗闻名于江南，与诗人皎然（清昼）齐名，时称“会稽二清”，晚年居襄州辨觉寺，卒。事迹见《宋高僧传》卷一五《唐才子传》卷三。今存诗一卷。

【注释】

① 金：全诗校：“一作花”。 ② 惟：全诗校：“一作预”。

【题解】

此诗在内容上沿袭了七夕节的传统内涵，写相思之情，仍然是：欢乐聚，离别苦的永恒主题。无新颖之处，唯颔联“月为开帐烛，云作渡河桥”采用暗喻手法，尚清新可人。

（高晓庆）

宫词五首（其一）

顾况

玉楼天半起笙歌①，风送宫嫔笑语和。
月殿影开闻夜漏②，水精帘卷近秋河③。

【作者简介】

顾况（？—806?），唐代诗人，字逋翁，苏州（治所在今江苏苏州市）人，或说苏州海盐（今属浙江）人。至德二载（757）登进士第。官场很不得意。晚年定居茅山。顾况的生卒年，传世的《瘗鹤铭》定为开元十三年（725）至元和九年（814），但据宋代董逌、黄伯思和清人顾炎武考证，《瘗鹤铭》非顾况所作。今从顾况《送宣歙李衙推八郎使东都序》考订，顾况于757年登第后约五十年，即大致在806年前后尚在人世。有《顾逋翁诗集》四卷，辑入《唐诗百名家全集》，《华阳集》三卷，辑入《四库全书》。《全唐诗》编录其诗四卷，《全唐文》编录其文三卷。

【注释】

① 玉楼：宫中的楼阁。天半：是极言其高。 ② 漏：滴漏声。 ③ 水精帘：珠帘。

【题解】

这首诗描写了宫中宫女的孤独生活。宫殿里传来了笙歌之声，仿佛是从天上飘来的仙乐。伴随歌声一起飘来的，还有妃子宫女的欢歌笑语。但快乐是别人的，在这冷清的宫中，陪伴我的是声声更漏，与那欢歌笑语的宫殿相隔的虽然只是一层珠帘，但却像是隔着一条无法跨越的银河。

（杨文学）

七夕赋咏成篇

陆　敬

夙驾鸣鸾启阊阖①，霓裳遥裔俨天津②。
五明霜纨开羽扇③，百和香车动画轮。
婉娈夜分能几许④，靓妆冶服为谁新⑤。
片时欢娱自有极，已复长望隔年人⑥。

【作者简介】

陆敬（一作凌敬），约唐高祖武德元年前后去世。初仕窦建德为祭酒。秦王军武牢，曾游说建德自太行上党进，乘唐之虚以取山北，建德不从，最终失败，后归唐。集十四卷，今存诗四首。

【注释】

① 夙驾：早起驾车出行。夙，早。阊阖（chāng hé）：天宫之门。屈原《离骚》有："吾令帝阍开关兮，倚阊阖而望予。"　② 霓裳：仙人以云霓为衣裳。天津：天河。　③ 五明：扇名。卢思道《美女篇》："时摇五明扇，聊驻七香车。"霜纨：洁白如霜的丝织品。　④ 婉娈（luán）：缠绵情深。　⑤ 冶服：艳丽的衣装。冶，形容女子装饰艳丽。　⑥ 隔年人：因牛郎织女隔年才得以相见，所以称"隔年人"。

【题解】

开头四句，作者写织女一大早便打开天宫之门，盛妆冶服而行，与牛郎相会。后面四句为作者的议论感慨。所谓"女为悦己者容"，只可惜相聚太短。短短一夜的缠绵缱绻之后，靓妆冶服又有谁人欣赏？片刻的欢娱之后，又是经年怅然相望。

（宋锡玲）

七　　夕

张文恭

凤律惊秋气①,龙梭静夜机②。
星桥百枝动③,云路七香飞④。
映月回雕扇⑤,凌云曳绮衣。
含情问华幄⑥,流态入重闱⑦。
欢余夕漏尽⑧,怨结晓骖归。
谁念分河汉⑨,还忆两心违⑩。

【作者简介】

张文恭,生卒年不详,太宗贞观时人。曾预修《晋书》,事见《新唐书·艺文志二》。今存诗二首。

【注释】

① 凤律:指节气时令。 ② 龙梭:织梭。传说晋陶侃少时在雷泽打鱼,网得一织梭,挂于壁,须臾雷雨大作,织梭化龙飞去。事见《晋书·陶侃传》。 ③ 星桥:即鹊桥。 ④ 七香:即香车。用多种香料涂饰或用多种香木制作的车。云,御览作"霜"。 ⑤ 雕扇:画扇。 ⑥ 问:御览作"向"。 ⑦ 流态:做出风流体态。 ⑧ 漏尽:夜尽。 ⑨ 河汉:指银河。 ⑩ 忆:御览作"意"。

【题解】

这首诗写的是传说中牛郎、织女七夕鹊桥相会的故事。金秋七月,忙碌了一年也期盼了一年的牛女急切地等待着这美好时刻的到来,好像那乌鹊云霓也知晓此情,纷纷为此刻做好了准备,多情的织女为此也精心打扮,等待去会那日日思念的夫君。前半部分写了相见前的环境,为下来的相会做好了铺垫。后半部分两人相见,多情倾诉,只惜时光如此短暂,不觉又至拂晓,欢乐之后迎来的又是长久的相思之苦,但是那横斜的河汉终不能阻断二人彼此绵绵的情思。全诗想象了相会前后的场景,后又由想象转至现实,对比强烈,环境的描写有力地衬托了两人的离愁别绪,全诗对仗工整、韵律协调、富有音乐感,具有较强的艺术感染力。

(张华)

李乂诗二首

【作者简介】

李乂(647—714),字尚真,赵州房子(今河北邢台市临城县)人。年十二,工属文。第进士,茂才异等,调万年尉。长安中,擢监察御史,迁中书舍人,修文馆学士。睿宗朝,进吏部侍郎,改黄门侍郎,中山郡公。开元初,转紫微侍郎,未几,除刑部尚书。卒,年六十八。居官沉正方雅,识治体,时称有宰相器。与兄尚一、尚贞,俱以文章见称。有《李氏花萼集》。乂与苏颋对掌纶诰,明皇比之味道与峤,并称苏李。今编诗一卷。

奉和七夕两仪殿会宴应制①

桂宫明月夜②,兰殿起秋风③。
云汉弥年阻④,星筵此夕同⑤。
倏来疑有处,旋去已成空。
睿作钧天响⑥,魂飞在梦中。

【注释】

① 两仪殿:在长安太极宫中,甘露殿南。据《唐诗纪事》卷九《李适》,诗作于景龙二年(708)七月七日。 ② 桂宫:汉武帝时宫名,在未央宫之北,亦称北宫。见班固《两都赋》。 ③ 兰殿:即猗兰殿。 ④ 云汉:银河。弥年:经年。 ⑤ 星筵:七夕庆贺牛郎织女相聚的宴会。 ⑥ 睿作:指唐中宗《七夕两仪殿会宴》诗,已佚。钧天响:即钧天广乐。

【题解】

本诗作于唐景龙二年(708)七月七日,为七夕奉和之作。这首诗的独特之处在于将七夕人间天上的场景对照而写,不但天上热闹,人间亦然,天河经年阻隔,有情人今晚终于可以片刻团圆,天上人间同欢庆,皇帝也为此美好时刻作诗庆贺、广设星筵,由此可以看出古人对牛女忠贞爱情的肯定和向往,民间如此,朝廷亦然!

(张华)

奉和晦日幸昆明池应制[①]

玉辂寻春赏[②],金堤重晦游[③]。
川通黑水浸[④],地派紫泉流。
晃朗扶桑出[⑤],绵联杞树周[⑥]。
乌疑填海处[⑦],人似隔河秋[⑧]。
劫尽灰犹识[⑨],年移石故留[⑩]。
汀洲归棹晚[⑪],箫鼓杂汾讴[⑫]。

【注释】

① 据《唐诗纪事》卷九《李适》,此诗作于景龙三年(709)正月晦日。 ② 玉辂:玉饰的车,皇帝专用。 ③ 金堤:坚固如金之堤。晦游:晦日之游。 ④ 黑水:《文选·西京赋》:"乃有昆明灵沼,黑水玄址。" ⑤ 晃朗:明亮貌。扶桑:神话中木名,为日出之处。 ⑥ "绵联"句:即《西京赋》所谓"周以金堤,树以柳杞"也。 ⑦ 填海:炎帝少女名女娃,游于东海,溺而不返,遂化为鸟,名曰精卫,常衔西山之木石,以填东海。见《山海经·北山经》。乌,《文苑英华》《唐诗纪事》均作"鸟"。 ⑧ 人:指昆明池之牛郎织女石像。 ⑨ "劫尽"句:《搜神记》卷一三载:"汉武帝凿昆明池,极深,悉是灰墨,无复土。举朝不解。以问东方朔。朔曰:'臣愚不足以知之。'曰:'试问西域人。'帝以朔不知,难以移问。至后汉明帝时,西域道人入来洛阳,时有忆方朔言者,乃试以武帝时灰墨问之。道人云:'经云:'天地大劫将尽,则劫烧。'此劫烧之余也。'乃知朔言有旨。" ⑩ 石:指昆明池之石鲸。 ⑪ 归棹:犹归舟。 ⑫ 汾:水名,在中国山西省。讴:歌谣。

【题解】

此诗为唱和应制而作。写随帝王出游之景。富丽堂皇,绮丽香艳,内容空洞,无甚新意。唯"汀洲归棹晚,箫鼓杂汾讴"意境开阔,可堪入目。

(汪智超　叶姝　段永升)

七月闺情

袁　晖

七月坐凉宵，金波满丽谯[①]。
容华芳意改，枕席怨情饶[②]。
锦字沾愁泪[③]，罗裙缓细腰。
不如银汉女[④]，岁岁鹊成桥[⑤]。

【作者简介】

袁晖，唐代诗人，以魏知古荐，为左补阙。开元中，马怀素请校正群籍，晖自邢州司户参军预焉。诗八首。

【注释】

①金波：月光。丽谯：美丽的高楼。　②饶：多。　③锦字：指锦字书，也可比喻华美的文辞。　④银汉女：织女。　⑤鹊成桥：俗传七夕喜鹊填河成桥以渡牛郎织女。

【题解】

这可以看成一首怨妇诗，诗人想象闺中少妇思念外出远征的情人，泣涕涟涟、容颜憔悴，而团聚却遥遥无期，倒不如织女牛郎，虽不能长相厮守，却有一年一度的鹊桥相会以缓解相思之情。

（高晓庆）

七　夕

窦　常

露盘花水望三星[①]，仿佛虚无为降灵[②]。
斜汉没时人不寐[③]，几条蛛网下风庭[④]。

【作者简介】

窦常,字中行,大历中及进士第。隐居广陵之柳杨著书,二十年不出。后淮南节度杜佑辟为参谋。元和间,自湖南判官入侍御史,转水部员外郎,出刺朗州、固陵、浔阳、临川四郡,入为国子祭酒,卒赠越州都督。有集十八卷,今存诗二十六首。

【注释】

① 三星:天上明亮而接近的三个星星,有参宿三星、心宿三星、河鼓三星。此指河鼓,属牛宿,在牵牛之北,一说即牵牛。 ② 虚无:天空。降灵:降下神仙配偶,指牛、女二星。 ③ 斜汉:天河横斜,指夜深。 ④ 蛛网:《荆楚岁时记》:"七月七日,为牵牛织女聚会之夜。是夕,人家妇女结彩缕,穿七孔针,或以金银鍮石为针,陈瓜果于庭中以乞巧,有喜子(蜘蛛的一种)网于瓜上,则以为符应。"

【题解】

这首诗写了七夕时人间的活动场景。此夜对牛女传说深信不疑的人们抬头望星,就好像牛女二星将要从天而降一样,那些少女们夜深了也不去睡,坚信织女会欣然赐巧,于是十分虔诚地等候蛛网结于风庭。此诗生动刻画了七夕民间的活动,可见牛女传说在古代百姓生活中影响之深。

(张华)

七夕赋咏成篇

沈叔安

皎皎宵月丽秋光①,耿耿天津横复长②。
停梭且复留残纬,拂镜及早更新妆。
彩凤齐驾初成辇③,雕鹊填河已作梁④。
虽喜得同今夜枕,还愁重空明日床。

【作者简介】

沈叔安,吴兴武康(今浙江德清)人。官刑部尚书。武德七年,遣使高丽。后为潭州都督,图形凌烟阁。卒赠荆州大都督,谥曰定。集二十卷,今存诗一首。

【注释】

① 皎皎:洁白明亮的样子。 ② 耿耿:明亮。天津:银河。 ③ 辇(niǎn):古代用人拉的车,后来多指皇帝、皇后坐的车。 ④"雕鹊"句:《白孔六帖·鹊部》引《淮南子》:"乌鹊填河成桥而渡织女。"《岁华纪丽》卷三引《风俗通》:"织女七夕当渡河,使鹊为桥。"按:今本《淮南子》《风俗通》无此文。雕鹊,雕陵之鹊也。见《庄子·山本》。后泛指乌鹊。

【题解】

这首七律生动刻画了七夕牛女相会的感人场面。金秋时节,天河依旧,不同的是两个长久分离的有情人终于可以相见了。多情的织女停下了手中的活,赶快换上那漂亮的衣装,你看那彩凤成辇,雕鹊已作梁,一切都已经准备就绪了。前三联写了相见前的环境,营造了一个欢快的氛围。但是尾联诗人语气一转,"虽喜""还愁"对比强烈,使人在赞美这一美好时刻的同时,更引起对两人分离原因的深思和愤慨,具有较强的艺术感染力。

(张华　叶姝)

七夕赋咏成篇

何仲宣

日日思归勤理鬓,朝朝伫望懒调梭。
凌风宝扇遥临月,映水仙车远渡河。
历历珠星疑掩佩[①],冉冉云衣似曳罗[②]。
通宵道意终无尽,向晓离愁已复多[③]。

【作者简介】

何仲宣(一作谊),武德、贞观间人。诗一首。

【注释】

① 历历:清楚,分明。 ② 冉冉:柔软下垂貌。云衣:神仙以云为衣。 ③ 向晓:拂晓。

【题解】

每日悉心梳妆打扮只为七夕一夜之会，天天思念银河对岸的人而无心织布。七夕之夜，宝扇仙车，云衣珠星，大张旗鼓、声势之隆可见重视程度。终于相见，两人整夜相互慰藉，遗憾天明如此之快，以至于尚未解相思之情又要告别。整年思会，方会又别，让人伤心欲绝，肝肠寸断；来不及伤心，又会陷入无尽的相思和一整年的期待。此诗以牛女相思之长、相会之短来写人间之离愁别恨，哀怨而动人。

（汪智超）

他乡七夕

杨 衡

汉渚常多别，山桥忽重游。
向云迎翠辇①，当月拜珠旒②。
寝幌凝宵态③，妆奁闭晓愁。
不堪鸣杼日，空对白榆秋④。

【作者简介】

杨衡，字仲师，吴兴人。初与符载、崔群、宋济隐庐山，号山中四友。后登第，官至大理评事。诗一卷。

【注释】

① 辇(niǎn)：天子的车。 ② 珠旒(liú)：皇冠前后的珠串，常代指帝王。 ③ 幌：帷幕。凝：凝聚。 ④ 白榆：星名。

【题解】

首二句点题，言他乡七夕，以下代言织女之愁思，写牛、女相会及别离之后的情状。全诗对仗极为工整，句句作对。

（叶姝）

鲍溶诗三首

【作者简介】

鲍溶,字德源,元和进士第,与韩愈、李正封、孟郊友善。集五卷,今编诗三卷。

秋夜闻郑山人弹楚妃怨

明月摇落夜,深堂清净弦。
中间楚妃奏,十指哀婵娟。
寥寥夜含风[①],荡荡意如泉[②]。
寂寞物无象,依稀语空烟。
旅人多西望,客雁难南前。
由来感神事,岂为无情传。
容华能几时,不再来者年。
此夕河汉上,双星含凄然[③]。

【注释】

① 寥寥:稀疏,微和。 ② 荡荡:空旷、空无所有貌 。 ③ 含:心里怀着,怀藏。

【题解】

李贺作《李凭箜篌引》、白居易作《琵琶行》可与此诗并读。月明之夜,风轻人静,郑山人夜弹楚妃怨。微风丝丝,琴声哀怨,如泉水幽咽,寂寞空荡油然而生。遂使得旅人西望、客雁不南,更显琴声之哀婉。闻此哀婉之音,不禁感慨荣华易逝,想来牛郎织女七夕相会也是泪下潸然。音乐确实有着惊人的感染力,无怪乎孔子闻韶而三月不知肉味,其言不虚。

(汪智超)

怀仙二首

其一

昆仑九层台，台上宫城峻[①]。
西母持地图，东来献虞舜[②]。
虞宫礼成后，回驾仙风顺。
十二楼上人，笙歌沸天引[③]。
裴回扶桑路，向日生离恨。
青鸟更不来，麻姑断书信。
乃知东海水，清浅谁能问。

【注释】

① 九层台：《楚辞·天问》："昆仑县圃，其居安在？增城九重，其高几里？"《淮南子·地形》："昆仑虚中有增城九重。" ② 西母：西王母。《风俗通》："《尚书大传》：舜之时，西王母来献其白玉琯。" ③ 十二楼：《汉唐地理书钞》辑《河图括地象》："昆仑之墟，西有五城十二楼，河水出焉。"

【题解】

诗题"怀仙"，诗中当然不能没有仙人的痕迹。诗中用了许多的神话传说，描绘了神仙的逍遥的生活：居住在缥缈的山峰上，仙游四方，笙歌凤舞……虽然沧海桑田，人间已经几度变换了模样，只有那些仙人依旧，而尘世依然在流传着他们的故事。

（杨文学　项波）

其二

阆峰绮阁几千丈[①]，瑶水西流十二城[②]。
曾见周灵王太子[③]，碧桃花下自吹笙[④]。

【注释】

① 阆峰：昆仑山之一峰。见《异文类聚》。 ② 十二城：指五城十二楼。

③ 周灵王太子:即王子晋,传说中的神仙。《列仙传》称其"好吹笙作凤凰鸣。"
④ 碧桃花:即千叶桃花,重瓣的桃花。这里指昆仑山仙境中的仙桃花。

【题解】

传说中的仙人,总是居住在那些缥缈的山上,云雾缭绕,仙鹤陪伴。似乎是在天上,又好像是在人间的桃源仙境,有山有水,还有那些辉煌的宫殿群。恍惚中,好像看到了那七月七日乘鹤仙去的王子乔,还是在桃树下自在地吹箫。只是,现在却也不会有人说他吹箫似凤凰鸣了,而是真的仙音飘飘了!

(杨文学　项波　段永升)

昆明池泛舟

贾　岛

一枝青竹榜[①],泛泛绿萍里。
不见钓鱼人,渐入秋塘水。

【作者简介】

贾岛(779—843),唐代诗人。字阆仙。范阳(今河北涿州市)人。早年出家为僧,号无本。元和五年(810)冬,至长安,见张籍。次年春,至洛阳,始谒韩愈,以诗深得赏识。后还俗,屡举进士不第。文宗时,因被诽谤,贬长江(今四川蓬溪)主簿。曾作《病蝉》诗"以刺公卿"(《唐诗纪事》)。开成五年(840),迁普州司仓参军。武宗会昌三年(843),在普州去世。著有《长江集》十卷,通行有《四部丛刊》影印明翻宋本。

【注释】

① 榜:船桨。

【题解】

昆明池,汉武帝于长安近郊穿地做昆明池,至十六国后秦姚兴时池水涸竭。唐德宗贞元十三年又加以修浚,引交水、沣水河流入池。宋以后湮没。此诗简笔勾勒,却似有无尽的意味深蕴其中。

(王敏)

缑 山 庙[1]

许 浑

王子吹箫月满台[2],玉箫清转鹤裴回[3]。
曲终飞去不知处,山下碧桃春自开[4]。

【作者简介】

许浑(788? —860?),字用晦,一作仲晦,郡望安陆(今属湖北),籍贯洛阳(今属河南)。寓居润州丹阳(今属江苏)丁卯涧,并自名其集为《丁卯集》,故人称"许丁卯"。大和六年(832)进士及第。后授当涂县尉,转令,移摄太平县令。大中初,为监察御史,以疾辞官东归,起为润州司马。后官虞部员外郎、分司东都,历睦、郢二州刺史,世称"许郢州"。浑为晚唐重要诗人,与杜牧关系甚密。诗歌题材广泛,感时伤事、怀古咏史、登临题咏、田园风光、寓兴抒怀,多所吟唱。现存诗约五百首,《全唐诗》编录十一卷,多混入杜牧及他人作品。浑诗误入杜牧集者亦不少。有《许用晦文集》。

【注释】

① 缑山庙:即王子晋庙。缑山,即缑岭。 ② 吹箫:一作"求仙"。 ③ 箫:一作"笙"。裴回:一作"徘徊"。 ④ 碧桃:传说中仙人所食仙桃。见《汉武内传》。

【题解】

此诗写游仙,境界较为清冷。王子乔在月下吹箫,箫声婉转,仙鹤起舞,让人沉醉。王子乔七月七日乘鹤仙去,已经不知有多少岁月了,只有山下的桃花还像当年那样,年年盛开。

(杨文学 段永升)

赵璜诗二首

【作者简介】

赵璜(804—862),字祥牙,其先世居宛县(今河南南阳),后徙居平原(今属山东)。开成三年(838)登进士第,会昌末,授校书郎,后登朝历大理正、秘书丞、吏部员外郎,出为外州刺史,咸通三年(862)卒于任。

题七夕图

帝子吹箫上翠微①,秋风一曲凤凰归。
明年七月重相见,依旧高悬织女机。

【注释】

① 帝子吹箫:帝子,指秦穆公之女弄玉,其夫萧史善吹箫,教弄玉吹箫引凤,后二人成仙而去。见《列仙传》上。 ② 翠微:轻淡青葱的山色,此指青色的天空。

【题解】

这是一首在七夕图上的题诗,借"秦穆公之女弄玉,其夫萧史善吹箫,教弄玉吹箫引凤,后二人成仙而去"的传说作比,歌颂了牛女分别长久仍感情依旧,年年七夕鹊桥相会的忠贞爱情,体现了诗人对专一爱情的肯定与向往之情。

(张华)

七夕诗

乌鹊桥头双扇开①,年年一度过河来。
莫嫌天上稀相见,犹胜人间去不回。
欲减烟花饶俗世②,暂烦云月掩楼台。
别时旧路长清浅③,岂肯离情似死灰④。

【注释】

① 乌鹊桥:传说牛郎、织女相会,群鹊衔接成桥以渡银河。 ② 烟花:犹风月、情爱。饶:让。 ③ 长清浅:《古诗十九首·迢迢牵牛星》:“迢迢牵牛星,皎皎河汉女。……河汉清且浅,相去复几许。盈盈一水间,脉脉不得语。” ④ 死灰:火灭后的冷灰。死灰不能复燃。

【题解】

这是一首赞美牛女爱情故事的诗。又是一年七夕,牛女此时相逢,不要感叹相见太少,君不见人间还有一去不回的薄情之人,牛女即使分别后,他们仍是“脉脉不得语”依旧深深爱着对方,不像一些夫妻离别后就情如死灰了。通过天上人间的对比,赞美了牛女“金风玉露一相逢,便胜却人间无数”的忠贞不渝,寄托了诗人对专一爱情的向往和对薄情之人的批判之情。

(张华)

七　夕

刘　威

乌鹊桥成上界通①,千秋灵会此宵同②。
云收喜气星楼晓,香拂轻尘玉殿空。
翠辇不行青草路,金銮徒候白榆风③。
采盘花阁无穷意,只在游丝一缕中。

【作者简介】

刘威,唐武宗会昌时诗人。今存诗二十七首。事见《唐诗纪事》卷五六。

【注释】

① 乌鹊桥:传说牛郎、织女相会,群鹊衔接成桥以渡银河。 ② 灵会:指七夕牛郎、织女相会。 ③ 翠辇、金銮:皆指帝王所乘的车。白榆:指白榆星。

【题解】

本诗写了牛女七夕鹊桥相会的传说故事。千秋灵会,千秋分别,分而又别,对两个彼此深深眷恋的人来说,此种感受又有谁人晓得?然此刻人间却是另一番景象，人们纷纷穿针乞巧，牛女多少深情厚谊就在那等待一宿希冀出现的一缕游丝之中。诗人没有明言两人情感之深，而是将其委婉曲折地表达出来，给人留下了更多的想象空间，意味深长。

（张华）

秋　夕

杜　牧

银烛秋光冷画屏①，轻罗小扇扑流萤②。
天阶夜色凉如水③，坐看牵牛织女星④。

【作者简介】

杜牧(803—852)，字牧之，京兆万年(今陕西西安)人。宰相杜佑之孙。大和中进士，授弘文馆校书郎。后赴江西观察使幕，转淮南节度使幕，又入宣歙观察使幕。文宗朝任左补阙，转膳部、比部员外郎。武宗时出任黄、池、睦三州刺史。宣宗时入为司勋员外郎，史馆修撰，又出为湖州刺史，召为考功郎中知制诰，官至中书舍人。其为诗注重文意词采，追求高绝绮丽，于晚唐浮靡诗风中自树一帜。擅长近体，绝句尤为出色。

【注释】

① 红烛：一作“银烛”，白蜡烛。 ② 画屏：有彩画的屏风。 ③ 轻罗小扇：轻薄的丝质团扇。流萤：飞动的萤火虫。 ④ 天阶：皇宫中的台阶。 ⑤ 坐看：一作“卧看”。

【题解】

秋夕，即七夕，题一作《七夕》。此诗仿佛一幅着色的人物画。小诗巧妙地选取一个宫女秋夜乘凉的情景，通过“扑流萤”“坐看”含蓄地表达出宫女们宫中生活的寂寞、无聊、苦闷，以及对幸福生活的向往。杜牧诗以拗峭险侧的风格著称于世，而《秋夕》却是典型的清婉平丽之作，代表了杜牧的另一种风格。这是写失意宫女生活的孤寂幽怨。首句写秋景，用一“冷”字，暗示寒秋气氛，又衬出主人公内心的孤凄。二句写借扑萤以打发时光，排遣愁绪。三句写夜深仍不能眠，以待临幸，以天街如水，暗喻君情如冰。末句借羡慕牵牛织女，抒发心中悲苦。蘅塘退士评曰："层层布景，是一幅着色人物画。只'卧看'两字，逗出情思，便通身灵动。"

（叶姝）

温庭筠诗五首

【作者简介】

温庭筠(812？—870？)（据佟培基主编《全唐诗精华》，太白文艺出版社2000年版），本名歧，字飞卿，太原祁（今山西祁县）人。文思敏捷，精通音律。每入试，押官韵，八叉手而成八韵，时号"温八叉"。胸次倨傲，数讥刺权贵，故屡试不第。曾任方城尉，世称温方城。咸通七年为国子助教，故又称温助教。晚年竟流落而终。其诗华艳绮丽，为晚唐绮艳诗风代表。亦善填词，他是第一个专力"倚声填词"的作家，其词多写花间月下、闺情绮怨，形成了绮艳香软为特征的花间词风，被称为"花间派"鼻祖。

七　夕

鸣机札札停金梭，芙蓉澹荡生池波。
神轩红粉陈香罗①，凤低蝉薄愁双蛾。
微光奕奕凌天河，鸾咽鹤唳飘飖歌。
弯桥销尽愁奈何②，天气骀荡云陂陁③。
平明花木有秋意，露湿彩盘蛛网多④。

【注释】

①"神轩"句：旧俗七月七日设酒脯时果，散香粉于筵上，以祈请牵牛、织女。②弯桥：传说牛郎、织女相会，群鹊衔接成桥以渡银河。③骀荡：舒缓荡漾。陂陁：倾斜貌。④蛛网多：《荆楚岁时记》："七月七日，为牵牛织女聚会之夜。是夕，人家妇女结彩缕，穿七孔针，或以金银鍮石为针，陈瓜果于庭中以乞巧，有喜子（蜘蛛的一种）网于瓜上，则以为符应。"

【题解】

这首诗运用了丰富的想象,生动刻画了牛女相会复又分离的全过程,用环境描写侧面烘托出牛女七夕时的依依惜别之情,尤其是动词的巧妙运用,有力地塑造出了那种情感氛围,最后将无尽情思寄托于那浓浓秋意和彩盘蛛网之中,意味深长。全诗含蓄平缓,虽未明写,但是牛女七夕那复杂的情感却体现得淋漓尽致,具有较强的艺术感染力。

(张华)

池塘七夕

月出西南露气秋,绮罗河汉在斜沟①。
杨家绣作鸳鸯幔,张氏金为翡翠钩②。
香烛有花妨宿燕,画屏无睡待牵牛。
万家砧杵三篙水,一夕横塘似旧游。

【注释】

① 绮罗:绮窗。针楼,即窗针乞巧之楼。 ② 翡翠钩:《搜神记》载,京兆张氏,独处一室,有鸠自外飞入其怀,以手探之,得一金钩。

【题解】

本诗写的是七夕牛女鹊桥会时的民间场景,取名大抵由于是在池塘边而作。此夜人们或纷纷穿针乞巧或整宿不眠等候那牵牛星的出现,万家相会池塘,好一番热闹的景象。通过环境描写侧面反映出七夕牛女鹊桥会的传说对古人生活的影响。

(张华)

七　夕

鹊归燕去两悠悠①,青琐西南月似钩②。
天上岁时星右转,世间离别水东流。
金风入树千门夜③,银汉横空万象秋。
苏小横塘通桂楫④,未应清浅隔牵牛⑤。

【注释】

① 鹊归：传说七夕织女渡银河以会牛郎，使鹊为桥。 ② 青琐：刻镂成格的窗户。 ③ 金风：秋风。 ④ 苏小：李贺《七夕》："钱塘苏小小，更值一年秋。"以苏小小喻织女。 ⑤ "未应"句：《古诗十九首·迢迢牵牛星》："迢迢牵牛星，皎皎河汉女。……河汉清且浅，相去复几许。盈盈一水间，脉脉不得语。"

【题解】

这首诗描写了七夕鹊桥会时的热闹场景，主要运用了白描的手法，刻画了一个颇类传说中的景象，此夜千门不寐，金风送爽，多么美好的时刻！尾联联想到鹊桥已成，猜想牛女应该相逢了吧！全诗对仗工整、韵律和谐，具有较强的艺术感染力，同时也寄托了诗人对有情人永不分离的祈愿和祝福。

（张华）

昆明池水战词

汪汪积水光连空①，重叠细纹晴漾红。
赤帝龙孙鳞甲怒②，临流一盼生阴风。
鼍鼓三声报天子③，雕旌兽舰凌波起④。
雷吼涛惊白石山，石鲸眼裂蟠蛟死⑤。
溟池海浦俱喧豗⑥。青帜白旌相次来。
箭羽枪缨三百万，踏翻西海生尘埃⑦。
茂陵仙去菱花老⑧，唼唼游鱼近烟岛⑨。
渺茫残阳钓艇归，绿头江鸭眠沙草。

【注释】

① 光连：一作"连碧"。 ② 赤帝：指汉高祖。汉高祖行泽中，有大蛇当道，挥剑斩之，卧梦一老妪哭曰："吾子，白帝也，化为蛇，当道，今为赤帝子斩之，故哭。" ③ 鼍（tuó）鼓：用鼍皮蒙的鼓。 ④ 雕旌：有彩画的旗。兽舰，船头画作兽形的战舰。 ⑤ 石鲸：昆明池有石刻鲸鱼，形象生动逼真，"每至雷雨，常鸣吼，鬐尾皆

动。” ⑥ 溟池：即滇池，也称昆明池、昆明湖、滇南泽，周三百里，在云南昆明市西南。海浦：通海之口。喧豗(huī)：轰响声。 ⑦ 西海：古时以为中国四周皆为海，西海在西方。 ⑧ 茂陵：汉武帝陵墓。 ⑨ 唼唼(shà)：拟声词。游鱼吃鱼的声音。

【题解】

昆明池在长安西南，原是汉武帝所开，以训练水军的。在唐代，成为一个名胜游览区。这首诗着眼于“水战”二字，想象了当年汉武帝在昆明池中训练水军的盛大阵容和磅礴气势。结尾回到现实，盛境不再，只剩动植物还能悠然地活动。

（王敏）

瑟 瑟 钗

翠染冰轻透露光①，堕云孙寿有馀香②。

只因七夕回天浪，添作湘妃泪两行③。

【注释】

① 翠：指青、绿、碧色的玉石。 ② 云孙：即天孙，指织女星。堕：掉下来。指织女下凡。 ③ 湘妃：舜二妃娥皇、女英，相传二妃投于湘水遂为湘水之神。

【题解】

织女依旧在，还享有年年的相聚之欢，而那湘水的湘妃岂不羡慕、神伤，如今惹湘妃泪的不是那苍苍翠竹，而是银河天浪。诗意别致，音声错落。

（叶姝）

七 夕

徐 凝

一道鹊桥横渺渺①，千声玉佩过玲玲②。

别离还有经年客③，怅望不如河鼓星④。

【作者简介】

徐凝，唐朝睦州（今浙江建德）人，与施肩吾、白居易、元稹友善，方干曾师事之。长庆三年(823)在杭州，以“千古长如白练飞，一条界破青山色”之句，为白所赏。太和四年(830)赴鄂渚、洛阳等地，谒元、白。后隐居，贫病而终。今存诗一卷。

【注释】

① 渺渺：水面辽阔。 ② 玲玲：玉佩相击之声。 ③ 经年：长年。 ④ 怅望：惆怅相望。 ⑤ 河鼓星：牵牛星。

【题解】

银河浩渺无边，尚有一道鹊桥相连。玉佩声声，人间却有常年不得见的生离，却不如惆怅相望的牛郎织女。本诗借用牛郎织女的传说，抒写了人间别离之怨。

（宋锡玲）

李商隐诗八首

【作者简介】

李商隐(812—858?)，字义山，号玉谿生，怀州河内（今河南省沁阳市）人。开成二年(837)进士，授秘书省校书郎，补宏农尉。当时牛李党争激烈，他被卷入漩涡，在政治上受到排挤，一生困顿失意。晚唐重要诗人，与杜牧齐名。他的诗多写时代乱离的感慨，个人失意的心情，其中有不少借古讽今的咏史诗和缠绵深挚的爱情诗。诗歌想象丰富，语言优美，韵调和谐。各体之中，尤擅长七言律、绝。有《李义山诗集》三卷。

辛未七夕

恐是仙家好别离[①]，故教迢递作佳期[②]。
由来碧落银河畔[③]，可要金风玉露时[④]。
清漏渐移相望久[⑤]，微云未接过来迟[⑥]。
岂能无意酬乌鹊，惟与蜘蛛乞巧丝。

【注释】

① 恐:恐怕。 ②“故教”句:《荆楚岁时记》:“天河之东有织女,天帝之子也。年年织机杼劳役,织成云锦天衣。天帝怜其独处,许嫁河西牵牛郎。嫁后遂废织衽。天帝怒,责其归河东,但许一年一度相会。” ③ 碧落:指天。 ④ 金风玉露:指秋天。金风,秋风。玉露,白露。 ⑤ 清漏渐移:指时间流逝。漏,古代的计时工具。 ⑥“微云”句:崔寔《四民月令》:“见天汉中有奕奕正白气如地河之波,辉辉有光耀五色,以此为征应。”此写银河上微云未接,织女尚未渡河。

【题解】

本诗从猜测仙家的心思入手,通篇抒写对“仙家好别离”和“无意酬乌鹊”的疑问不解。

(宋锡玲)

壬申七夕

已驾七香车[1],心心待晓霞。
风轻惟响佩,日薄不嫣花[2]。
桂嫩传香远[3],榆高送影斜[4]。
成都过卜肆[5],曾妒识灵槎[7]。

【注释】

① 七香车:以七种香木制成的车。 ② 日薄:将晚时日光渐淡。嫣:同“蔫”,蔫萎不鲜活。 ③ 桂嫩:初七之夜,月魄未圆,所以说“桂嫩”。 ④ 榆:白榆,星名。《乐府诗集·陇西行》:“天上何所有,历历种白榆。” ⑤ 卜肆:市集上占卜者的营业处所。汉蜀郡人严君平,卜筮于成都市,日得百钱,足以自养,即闭肆下帘而授《老子》。事见《汉书》王吉等传。 ⑥ 槎:木筏。张华《博物志》:“旧说云天河与海通。近世有人居海渚者,年年八月有浮槎去来,不失期,……去十余日,奄至一处,有城郭状,屋舍甚严。遥望宫中多织妇,见一丈夫牵牛渚次饮之。牵牛人乃惊问曰:‘何由至此?’此人具说来意,并问此是何处,答曰:‘君还至蜀郡,访严君平则知之。’竟不上岸,因还如期。后至蜀,问君平,曰:‘某年月日,有客星犯牵牛宿。’

计年月，正是此人到天河时也。”

【题解】

本诗前两句说织女已驾车渡河，与牛郎相会；三、四句则想象牛女相会时，似闻织女环佩之声，似见其如花之貌。五、六句则写月桂为其传送清香，白榆为其投荫翳蔽。最后两句说双星本不欲人间知其秘密，故深怪成都卜肆的严君平识灵槎而泄其秘密。

（宋锡玲）

壬申闰秋题赠乌鹊[①]

绕树无依月正高[②]，邺城新泪溅云袍[③]。

几年始得逢秋闰，两度填河莫告劳[④]。

【注释】

① 闰秋：闰七月。乌鹊：古代神话传说每年七月七日夜，乌鹊造桥以渡织女与牛郎相会。 ② 绕树无依：曹操《短歌行》：“月明星稀，乌鹊南飞，绕树三匝，何枝可依？” ③ 邺城：魏武帝曹操建都于邺，故城在今河北临漳县西。此以邺城文士自指。新泪：指悼亡未久。 ④ 两度填河：闰秋，有两次七夕，故云。告劳：诉说劳苦。

【题解】

壬申，《通鉴目录》载“大中六年闰七月”，本诗作于这年闰七月初七，当时，作者在梓州幕府。本诗借题乌鹊以寄意。乌鹊失栖，无枝可依，自己亦寄人幕下，悼亡之泪未干，永别之悲仍在。后由自己的哀痛想到牛女一年一度相会的艰难，想到其难得今夕可再度相会，于是寄言乌鹊莫辞劳苦，再度填河，以成牛女之美。

（宋锡玲）

七　夕

鸾扇斜分凤幄开[①]，星桥横过鹊飞回[②]。

争将世上无期别[③]，换得年年一度来[④]。

【注释】

① 鸾扇:羽扇。斜分:左右两面障扇徐徐分开。凤幄:帐篷之美称。 ② 星桥:即鹊桥。传说织女当渡河,使鹊为桥。 ③ 无期别:没有期限的别离,即死别。庾信《拟咏怀诗》:"共此无期别。" ④"换得"句:《述异记》:"天河之东,有美丽女人,乃天帝之子,机杼女工,年年劳役,织成云雾绡缣之衣,辛苦殊无欢悦,容貌不暇整理。天帝怜其独处,嫁与河西牵牛之夫婿,自后竟废绩纴之功,贪欢不归。帝怒,责归河东,但使一年一度相会。"

【题解】

织女已渡河,障扇斜分,凤幄打开,星桥已成,乌鹊飞回,牛郎织女终得相会。而人间的生死之别,却再无会期。怎么才能将死别换得这哪怕是一年只有一次的相会? 本诗当为悼亡之作。

(宋锡玲)

七夕偶题

宝婺摇珠佩①,嫦娥照玉轮。
灵归天上匹②,巧遗世间人③。
花果香千户,笙竽溢四邻。
明朝晒犊鼻④,方信阮郎贫⑤。

【注释】

① 宝婺:即婺女星,古星宿名,即"女宿"。《史记·天官书》:"其北织女。" ② 灵匹:神仙配偶。谢惠连《牛女诗》:"云汉有灵匹。" ③ 巧:乞巧。遗:给予、交付。 ④ 犊鼻:犊鼻裈,形如犊鼻的围裙。 ⑤ 阮郎:阮咸,阮籍之兄子,竹林七贤之一。《晋书·阮咸传》:"咸与籍居道南,诸阮居道北,北阮富,南阮贫。七月七日,北阮盛晒衣服,锦绮粲目。咸以竿挂大布犊鼻于庭,人或怪之,答曰:'未能免俗,聊复尔耳!'"

【题解】

本诗首联说织女嫁与牵牛,婺女近为其摇佩,嫦娥远为其照轮。颔联说牛女这一对仙侣配于天上,而七夕的风俗长留人间。颈联紧接着叙述家家户户乞巧盛况,尾联则由曝衣的风俗,联想到阮咸家贫之事。

(宋锡玲)

海　客

海客乘槎上紫氛①,星娥罢织一相闻②。
只应不惮牵牛妒③,聊用支机石赠君④。

【注释】

① 槎:竹、木筏。紫氛:紫霄。 ② 星娥:织女星。相闻:相见。 ③ 只应:只因。 ④ 支机石:织女所用支机石。《太平御览》卷八引《荆楚岁时记》:"张骞寻河源,得一石,示东方朔,朔曰:'此石是天上织女支机石,何至于此?'"

【题解】

本诗当为相从郑亚而作,通篇用喻是本诗的主要特点。从字面来看,诗写海客乘槎而来,织女取支机石相赠,还愿牛郎不要嫉妒。实则以海客比郑亚,以星娥自比,而牵牛比令狐,支机石比喻自己的文采。郑亚不是李党人,所以难免为令狐所厌恶,因此说"只应不惮牵牛妒"。

(宋锡玲)

马　嵬(其一)

海外徒闻更九州①,他生未卜此生休。
空闻虎旅传宵柝,无复鸡人报晓筹②。
此日六军同驻马③,当时七夕笑牵牛④。
如何四纪为天子⑤,不及卢家有莫愁⑥。

【注释】

①"海外"句:谓海外更有九州,是神仙境界,只是传闻。九州,中国古代的行

政区域，也就是中国的代称。 ②“空闻”二句：写安史乱起，玄宗逃至马嵬坡的景况，暗示杨贵妃中途被杀事。虎旅，指护卫玄宗入蜀的禁兵。柝，即刁斗，军中夜间巡逻时所用。鸡人，宫中掌管时间的卫士。 ③六军驻马：指马嵬坡六军哗变诛杨贵妃事。 ④笑牵牛：意谓玄宗当时以为自己和杨贵妃能相守到老，对天上牵牛、织女的会见予以嗤笑。 ⑤四纪：岁星十二年行天一周，称为一纪。四纪为四十八年。玄宗在位首尾四十五年(712—756)，将近四纪。这里是举其成败。 ⑥“不及”句：意谓不及民间夫妇能长久厮守。莫愁是古洛阳女子，嫁为卢家妇。

【题解】

唐玄宗和杨贵妃的故事，是唐人诗中常见的题材，一般多归罪贵妃，斥为祸首。这首诗却别出新意，把讽刺矛头直指玄宗。诗写得凄美动人，重现当年唐玄宗与杨贵妃恩爱的情景，却也写出今昔分离的残酷。马嵬，即马嵬坡，是杨贵妃被缢杀之地。然而李商隐正是利用这样的今昔对比，婉曲地讽刺了这样的结局其实都是玄宗造成的。没有之前的荒淫，哪来今日的诀别？杨贵妃或许放纵享乐，但身为天下权力的掌握、决策者，实不应、也不该将责任推在一个女子身上。当然，也就像是罗隐《西施》所写：“家国兴亡自有时，吴人何苦怨西施。西施若解倾吴国，越国亡来又是谁?”诗人把六军愤慨之情与长生殿秘密之誓相映成趣，议论深刻，笔锋犀利。最后两句以反诘语气反衬作结，言贵为天子反不如百姓的爱情甜蜜，生活幸福。诗人借“莫愁”以寄托感慨。以“如何”来反问，暗含指责。

（高晓庆）

银河吹笙

怅望银河吹玉笙，楼寒院冷接平明。
重衾幽梦他年断，别树羁雌昨夜惊。
月榭故香因雨发，风帘残烛隔霜清。
不须浪作缑山意[1]，湘瑟秦箫自有情[2]。

【注释】

① 缑山：即缑岭。据说，王子乔好吹笙作凤凰鸣，遇道士接以成仙，后于七月

七日乘鹤驻缑山顶，与时人作别。见《列仙传》卷上。 ② 湘瑟：指湘灵。屈原《楚辞远游》："使湘灵鼓瑟兮，令海若舞冯夷。"秦箫：萧史善吹箫，与秦穆公之女弄玉结为夫妻，数年后，弄玉箫声似凤，有凤凰来止其屋，穆公为止作凤台，后，夫妇皆成仙，随凤凰而去。载《列仙传》卷上。

【题解】

在天色欲明未明时，诗人已经起身。高空的银河映入眼帘，一阵阵吹笙之声传入耳中，身上还感到黎明前的丝丝寒意。也许因为笙声的触发吧，昔日的情事重又浮上心头，而那美好的欢情像一场幽梦，已随爱人的逝去永远破灭了。惆怅之余，诗人不由得转念及窗外枝头惊啼通宵的雌鸟，莫非它也怀有和自己一样的失侣之痛吗？从前和爱人相聚的故园台榭，就闪现在脑海里。那一树繁花，也被近日的雨水催发了吧，芳姿一定很可爱。但是，眼前却只有风帘漂浮，残烛摇曳，映着窗外的一片清霜。愁思难遣，怎么办呢？是追随七月七日骑鹤吹笙的王子乔，去忘记这些烦心事吗？不，还是学湘灵鼓瑟，秦娥吹箫吧，守护这一段痴情，自我吟味吧。此诗看上去内容散乱，结构松散，但若把握住了诗人心理变化，诗的脉络就不难发现。此诗凭借心里直觉反映内心的变化，跳跃性极强。

（杨文学　项波　段永升）

古　别　离（其一）

施肩吾

古人谩歌西飞燕[①]，十年不见狂夫面[②]。
三更风作切梦刀，万转愁成系肠线。
所嗟不及牛女星[③]，一年一度得相见。

【作者简介】

施肩吾(780—861)，字希圣，号栖真子、华阴真人，睦州分水(今浙江桐庐)人。曾寓居吴兴(今浙江湖州)、常州武进(今属江苏)。少时曾隐居四明山，元和十年前后赴长安应举，唐宪宗元和十五年(820)进士及第。不待除授，离京东归。慕洪州(今江西南昌)为十二真君羽化之地，遂栖其山天宝洞，修炼终老。为诗奇丽。

【注释】

① 谩：随意、胡乱。西飞燕：乐府《东飞伯劳歌》："东飞伯劳西飞燕，黄姑织女时相见。"黄姑，即牵牛星。 ② 狂夫：妇人称自己的丈夫。 ③ 嗟：叹息。

【题解】

本诗开头两句写到闺中妇人与其丈夫久已不得相见，因而不由得想到古乐府中的诗句"东飞伯劳西飞燕，黄姑织女时相见"。夜已三更，风吹梦醒，万缕愁绪绕肠。想古人只知谩咏劳燕分飞，却不知牛郎织女尚能一年一度相见，可叹自己竟不如牛、女。

（宋锡玲）

古　相　送①

曹　邺

行人卜去期②，白发根已出。
执君青松枝，空数别来日。
心如七夕女③，生死难再匹④。
且愿车声迫，莫使马行疾。
巫山千丈高，亦恐梦相失⑤。

【作者简介】

曹邺(816? —875?)(据佟培基主编《全唐诗精华》，太白文艺出版社 2000 年版)，字邺之，一作业之，桂州阳朔(今广西阳朔县)人，一说桂林人。宣宗大中四年(850)第进士，曾官天平军幕府掌书记、太常博士、洋州刺史、吏部郎中等职。与刘驾、聂夷中等交游，为诗刺世讥俗，古风尤为所长，在活泼通俗中见出古朴刚健，为人称道。

【注释】

① 此诗为拟古送别诗。 ② 卜去期：占卜离去的日期。 ③ 七夕女：指织女。 ④ 匹：匹配。 ⑤ "巫山"二句：宋玉《高唐赋》记楚王游云梦台馆，梦遇巫山神女。

【题解】

这是一首送别诗，诗人以一位女子自比，道出了丈夫即将离自己远去时的内心感受，她将自己比作多情的织女，以示对丈夫的忠贞之情，同时，字里行间又流露出对彼此即将长久不见的畏惧。诗人通过此女子的陈诉寄托了对忠贞爱情的赞美之情。

（张华）

七　夕

曹　松

牛女相期七夕秋，相逢俱喜鹊横流①。
彤云缥缈回金辂②，明月婵娟挂玉钩③。
燕羽几曾添别恨④，花容终不更含羞。
更残便是分襟处⑤，晓箭东来射翠楼⑥。

【作者简介】

曹松(830？—？)，字梦徵。舒州(今安徽潜山附近)人。早年曾避乱栖居洪都西山，后依建州刺史李频。李死后，流落江湖，无所遇合。光化四年(901)中进士，年已七十余，时号五老榜。特授校书郎而卒。曹松为诗，学贾岛苦吟。工五言律诗，炼字琢句，取境幽深，但题材狭窄，很少接触社会问题，《新唐书·艺文志》著录《曹松诗集》三卷，已散佚，今编诗二卷。事见《新唐书·艺文志四》《唐诗纪事》卷六五、《唐才子传校笺》卷十 。

【注释】

① 鹊横流：谓鹊桥。 ② 彤云：红云。彤，全诗校："一作寒"。金辂：指织女所乘之车。 ③ 婵娟：姣好貌。 ④ 燕：全诗校："一作翠"。 ⑤ 分襟：离别。 ⑥ 晓箭：喻破晓日光。来：全诗校："一作南"。

【题解】

本诗侧重于对牛郎织女相聚场面的描写。前两句是总括。第三联"燕羽几曾添别恨，花容终不更含羞"，相聚永远是那么短暂，除了无穷无尽的相思更无别恨，又哪里能够顾得上含羞腼腆？“更残便是分襟处，晓箭东来射翠楼。”最后两句并没有写分别时的依依离别甚至泪湿沾衣的场面，而是从时间上的更残和日出来暗示昨日已经成为了永远的回忆，令人回味不绝，黯然神伤，不能自已。

（高晓庆）

题缑山王子晋庙①

郑　畋

有昔灵王子，吹笙溯泬寥②。
六宫攀不住，三岛去相招③。
亡国原陵古，宾天岁月遥④。
无蹊窥海曲，有庙访山椒⑤。
石帐龙蛇拱，云栊彩翠销⑥。
露坛装琬琰，真像写松乔⑦。
珠馆青童宴，琳宫阿母朝⑧。
气舆仙女侍，天马吏兵调⑨。
湘妓红丝瑟，秦郎白管箫⑩。
西城要绰约，南岳命娇娆。
句曲觞金洞，天台啸石桥⑪。
晚花珠弄蕊，春茹玉生苗。
二景神光秘，三元宝箓饶⑫。
雾垂鸦翅发，冰束虎章腰。
鹤驭争衔箭，龙妃合献绡。
衣从星渚浣，丹就日宫烧⑬。
物外花尝满，人间叶自凋⑭。
望台悲汉戾，阅水笑梁昭⑮。
古殿香残灺，荒阶柳长条⑯。
几曾期七日，无复降重霄⑰。

嵩岭连天汉，伊澜入海潮[18]。

何由得真诀，使我佩环飘[19]。

【作者简介】

郑畋(824？—882)，字台文，荥阳人，会昌进士第。刘瞻镇北门，辟为从事。瞻作相，荐为翰林学士，迁中书舍人。乾符中，以兵部侍郎同平章事，寻出为凤翔节度使，拒巢贼有功，授检校尚书左仆射。

【注释】

① 缑山：即缑岭，在今河南偃师。王子晋：即王子乔、周灵王太子。好吹笙作凤凰鸣，遇道士接以成仙，后于七月七日乘鹤驻缑山顶，与时人作别。见《列仙传》卷上。 ② 泬漻：空旷清朗。此指天宇。 ③ 三岛：古称蓬莱、方丈、瀛洲三神山为三岛。 ④ 亡国：已经灭亡的朝代。这里指周朝。宾天：为天帝之宾，指王子乔升仙。 ⑤ 山椒：山顶、山陵。 ⑥ 石帐：石雕的神帐。 ⑦ 琬琰：美玉。写：画。松乔：传说中仙人赤松子与王子乔的合称。 ⑧ 珠馆：仙宫。青童：指青童君，传说中的仙人，居东海。琳宫：仙宫。阿母：西王母。 ⑨ 气舆：神仙坐的车子。吏兵：犹言部属。调：驯养、训练。 ⑩ 湘妓：指湘灵。屈原《楚辞·远游》："使湘灵鼓瑟兮，令海若舞冯夷。"秦郎：指萧史。秦穆公时人，善吹箫。见《列仙传》卷上。 ⑪ 句曲：山名，在今江苏句容东南。见《元和郡县图志》卷二五。天台：天台山，浙江天台县北。石桥：《文选》孙绰《游天台山赋》李善注引《会稽记》："赤城山上有石桥悬度，有石屏风横绝桥上，边有过径，才容数人。" ⑫ 二景：指日与月。三元：道教谓玉清天有三元宫，为原始天尊居处。宝箓：道家的书籍或符箓。 ⑬ 星渚：银河。日宫：太阳。 ⑭ 物外：尘世外。 ⑮ 汉戾：《汉书·戾太子传》载：戾太子(刘据)以巫蛊事自杀，后汉武帝知其冤，因作思子宫，又作归来望思之台于湖县(在今河南灵宝境内)。阅水：陆机《叹逝赋》："川阅水以成川，水滔滔而日度，世阅人而为世，人冉冉而行暮。"梁昭：指梁昭明太子萧统。《梁书·昭明太子传》："性爱山水，于玄圃穿筑，更立亭馆，与朝士名素者游其中。尝泛舟后池，番禺侯轨盛称：'此中宜奏女乐'。太子不答，咏左思《招隐诗》：'何必丝与竹，山水有清音。'侯惭而止。" ⑯ 灺：蜡烛的余烬。 ⑰"几曾"句：《列仙传》：浮丘公接王子乔上嵩山，三十馀年后见桓良曰："告我家七月七日待我于缑山。"天汉：银河。 ⑱ 伊：

伊水,源出河南卢氏县熊耳山,东北流经嵩县、洛阳,合洛水,入黄河。 ⑲ 真诀:道家谓不妄示人的真法秘诀。

【题解】

以赋法入诗写游仙,又有纪事的性质,首先点明写作缘由,然后对缑山王子晋庙的环境进行铺写,继而展开想象的翅膀,写想象中的仙境,为我们描绘出一幅众仙同乐图。结尾转入述怀,点出欲升仙之志,结构严谨有序。

(杨文学　段永升)

乞　巧

林　杰

七夕今宵看碧霄①,牵牛织女渡河桥②。

家家乞巧望秋月,穿尽红丝几万条③。

【作者简介】

林杰(831—847),字智周,闽(今福建福州)人。幼而聪敏,五岁就学,未几,有诗盈轴。开成四年,谒福建观察使卢贞,会昌元年,谒观察使黎植,均备受嘉奖。稍长,就列宾佐,年十七,将西入长安,未启程卒。

【注释】

① 碧霄:指浩瀚无际的青天。 ② "牵牛"句:指传说中牛郎织女鹊桥相会。③ 红丝:指乞巧用的红线。

【题解】

《乞巧》是唐代诗人林杰描写民间七夕乞巧盛况的名诗。农历七夕,是传说中隔着"天河"的牛郎和织女在鹊桥上相会的日子。过去七夕的民间活动主要是乞巧。所谓乞巧,就是向织女乞求一双巧手的意思。乞巧最普遍的方式是对月穿针,如果线从针孔穿过,就叫得巧。这一习俗唐宋最盛。七夕来到,这一美丽的传说牵动了一颗颗善良美好的心灵,家家户户的人们纷纷情不自禁地抬头仰望浩瀚的天空。本诗开头两句叙述牛郎织女的民间故事,后两句则描绘乞巧盛况。

(宋锡玲)

七夕寄张氏兄弟

李　郢

新秋牛女会佳期，红粉筵开玉馔时。
好与檀郎寄花朵①，莫教清晓羡蛛丝②。

【作者简介】

李郢（832—?）（据佟培基主编《全唐诗精华》，太白文艺出版社2000年版），字楚望，长安（今陕西西安市）人。宣宗大中十年（856）登进士第。历湖州、信州等州从事，入朝为侍御史，卒于越州从事任所。与贾岛、杜牧、李商隐等交游。工于诗，尤长于七律，极能写景状怀，格调清丽。

【注释】

① 檀郎：潘安小字檀奴，姿容秀美。后因以檀郎为美男子之代称。　② 蛛丝：《荆楚岁时记》："七月七日，为牵牛织女聚会之夜。是夕，人家妇女结彩缕，穿七孔针，或以金银鍮石为针，陈瓜果于庭中以乞巧，有喜子（蜘蛛的一种）网于瓜上，则以为符应。"

【题解】

这是一首七夕赠送友人的赠诗，主要写了七夕天上牛女会，人间乞巧忙的景象，其独特之处在于后半部分向人们提出了规劝：人世间的人儿啊，赶快趁机与爱人分享在一起的美好时光吧，不要等到破晓牛女离别时，去看那庭中的蛛丝了。诗人以此言明共处时光之难得而易失，告诫人们应该倍加珍惜，学习牛女对爱情的忠贞，不要虚度了共处的日子，语言诚挚，具有强烈的警示意义。

（张华）

罗隐诗二首

【作者简介】

罗隐(833—910),字昭谏,号江东生,余杭新城(今浙江富阳)人。本名横,以十年进士不第,乃改名。光启中,入镇海军节度使幕,后迁节度判官、给事中等职。隐自幼聪敏,才气高傲。既不得志,诗便以讽刺为主。诗风近于元白,雄丽坦直,通俗俊爽,诗句脍炙人口,擅长咏史,各体中尤工七律。《全唐诗》存其诗十一首。

七　　夕

络角星河菡萏天①,一家欢笑设红筵。
应倾谢女珠玑箧②,尽写檀郎锦绣篇③。
香帐簇成排窈窕④,金针穿罢拜婵娟⑤。
铜壶漏报天将晓⑥,惆怅佳期又一年。

【注释】

① 星河:银河。菡萏(hàn dàn):荷花。　② 谢女:东晋女诗人谢道韫,陈郡阳夏(今河南太康)人。谢安侄女,王凝之妻,为历史上著名的才女。《晋书》有传。珠玑箧:喻指优美的才思。　③ 檀郎:潘安小字檀奴,姿容秀美。后因以檀郎为美男子之代称。锦绣篇:喻华美的诗篇。　④ 窈窕:窈窕淑女,指年轻女子。　⑤ 金针穿罢:此句写乞巧。《荆楚岁时记》:"七月七日,为牵牛织女聚会之夜。是夕,人家妇女结彩缕,穿七孔针,或以金银鍮石为针,陈几筵酒脯瓜果于庭中以乞巧,有喜子(蜘蛛的一种)网于瓜上,则以为符应。"婵娟:指月亮。　⑥ 铜壶漏:指漏壶,又称漏刻,古代计时器。

【题解】

本诗描述了七夕牛女鹊桥会时人世间的热闹场景。此刻家家设筵庆贺,或赋诗作文以发感慨,或穿针拜月以乞巧智,好一番热闹的景象。但是时光飞逝又近拂晓,一宿欢欣后等待牛女的又将是一年的漫漫相思路。全诗通过人间天上的对照表达了诗人对有情人不能长相厮守的惋惜之情。全诗韵律和谐、对仗工整,具有较强的艺术感染力。

(张华)

七 夕①

月帐星房次第开②,两情惟恐曙光催。
时人不用穿针待③,没得心情送巧来。

【注释】

① 七夕:农历七月七日之夜,传说为牛郎、织女相会之期。 ② 次第:依次。③ 穿针:《荆楚岁时记》:“七月七日,为牵牛织女聚会之夜。是夕,人家妇女结彩缕,穿七孔针,或以金银鍮石为针,陈瓜果于庭中以乞巧,有喜子(蜘蛛的一种)网于瓜上,则以为符应。”

【题解】

这首诗直接描述了七夕牛女相会时既欣喜而又恐时间飞逝的复杂心情,其独到之处在于将神话传说与民间乞巧的风俗巧妙地结合起来,后面用了颇有新意的规劝,艺术地烘托出牛女感情之深、相见之切及对共处时光的珍视之情。牛女一年中难得团圆的一天,说不尽的卿卿我我,道不完的离情别绪,哪有时间向民间送巧呢?诗人一改他人写七夕时的惆怅格调,流露出对夫妻天伦的深深向往和苦苦思恋,风格清丽,构思精巧,颇有生活气息。

(张华)

唐彦谦诗二首

【作者简介】

唐彦谦,生卒年不详,(据陈贻焮《增订注释全唐诗》卷六六五),字茂业,并州晋阳(今山西太原市人)。咸通(860—874)中应进士举,十余年不第。广明元年(880),避乱汉南,隐居鹿门山,以著述为任,自号鹿门先生。中和(881—885)中,河中节度使王重荣辟为从事,历节度副使,晋、慈、绛三州刺史。光启三年(887),重荣遇害,彦谦贬兴元参军事,兴元节度使杨守亮留署判官,寻迁副使,历阆、壁二州刺史,卒。彦谦博学多艺,文辞壮丽,尤工七言诗。卒后其稿散落,郑贻辑得二百余篇,编为《鹿门集》三卷。《新唐书·艺文志》著录《唐彦谦诗集》三卷。今编诗二卷。事见郑贻《鹿门诗集叙》、两《唐书》本传、《唐诗纪事》卷六八、《唐才子传》卷九。

七　　夕①

会合无由叹久违,一年一度是缘非。
而予愿乞天孙巧②,五色纫针补衮衣③。

【注释】

① 七夕:农历七月初七。相传牛郎织女被王母娘娘分隔在天河两岸,每年此日才能通过鹊桥相会一次。　② 天孙:即织女。见《史记·天官书》:七夕妇女要进行对月穿针引线的竞技游戏,以向织女乞求灵巧。　③ 补衮衣:比喻规谏君主的过失。《诗·大雅·烝民》:"衮职有阙,仲山甫补之。"衮,皇帝所穿衮龙衣,仲山甫,周宣王之贤臣。杜牧《郡斋独酌》:"平生五色线,愿补舜衣裳。"

【题解】

此诗借牛郎、织女的故事抒发作者的政治抱负。"会合无由"本是离别之叹。在这里,作者赋予了政治理想不能实现的嗟叹,眼看着时光一年一年的过去,自己治国平天下的抱负却不能实现。结尾两句引用了七夕游戏,以隐喻的手法表达作者情感。新颖独特,颇耐人寻味。

（高晓庆）

七　　夕

露白风清夜向晨,小星垂佩月埋轮①。
绛河浪浅休相隔②,沧海波深尚作尘。
天外凤凰何寂寞③,世间乌鹊漫辛勤④。
倚阑殿北斜楼上,多少通宵不寐人。

【注释】

① 垂佩:如下垂之佩饰。埋轮:喻月没。轮,指明月。 ② 绛河:银河,天河。③ 天外凤凰:指牛郎织女。凤凰,神鸟名,雄曰凤,雌曰凰。 ④ 乌鹊:传说中七夕牛女相会,乌鹊为之群集作桥。见《白孔六帖·鹊部》引《淮南子》,今本《淮南子》无此文。漫,空,徒然。

【题解】

同为描写七夕的作品,这一首不同于上一首。除了隐隐寄寓作者的政治理想外,兼写了人间的离情别恨,诗旨较隐晦,情感较复杂。“天外凤凰何寂寞,世间乌鹊漫辛勤”,似乎是理想不得实现的遗憾。而“倚阑殿北斜楼上,多少通宵不寐人”,作者面对月光如水的七夕之夜是否心中的柔情被触发了呢?

(高晓庆)

七　夕

崔　涂

年年七夕渡瑶轩①,谁道秋期有泪痕?
自是人间一周岁,何妨天上只黄昏②?

【作者简介】

崔涂,生卒年不详,(陈贻焮《增订注释全唐诗》卷六七三)字礼山,江南(今浙江省桐庐、建德)人。中和元年(881)至三年,曾入蜀赴举,落第。光启四年(888)与郑贻矩同榜进士及第。工诗,深造理窟,端能竦动人意,写景状怀,往往宣陶肺腑。亦穷年羁旅,久客巴、蜀、湘、赣、皖、豫、秦、陇等地,壮岁上巴蜀,老大游陇山。家寄江南,每多离怨之作。有诗一卷,今传。

【注释】

① 瑶轩:华美的车,此指织女所乘之车。 ②“自是”二句:即人间一日、天上一年之意。

【题解】

元好问有句话说得好:“悲苦之音易好,欢娱之词难工。”这首诗一反常规,作者把令人垂泪咏叹的七夕悲歌写得轻松诙谐，消解了千古之阴霾。“年年七夕渡瑶轩，谁道秋期有泪痕”，首先以一个反问句发起，便令人耳目一新，一股清新之气迎面扑来。后两句，作者又借用中国人间一年天上一日的神话传说，巧妙地暗示牛郎织女既然天天都能见面，又何必哭哭啼啼呢。戛然而止，意味隽永，是不可多得的作品。这种时间流逝不均匀性在文学上的反映，也正是晋以及南朝宋之际成熟的时间流逝节拍不均匀性猜测在唐代诗歌文学体式上的反映。

（高晓庆）

晦日同志昆明池泛舟

佚　名

灵沼疑河汉[①]，萧条见斗牛[②]。
烟生知岸近，水净觉天秋。
落月低前树，清辉满去舟。
兴因孤屿起[③]，心为白蘋留[④]。
晓吹兼渔笛，闲云伴客愁。
龙津如可上[⑤]，长啸且乘流。

【注释】

① 灵沼：即昆明池。张衡《西京赋》：“昆明灵沼，黑水玄址。” ② 斗牛：二十八星宿中的斗宿和牛宿。昆明池立牵牛织女于池之东西，以像天河。 ③ 孤屿：昆明池中有豫章台。 ④ 白蘋：水草名，一名田字草。 ⑤ 龙津：犹言龙门。

【题解】

晦日是每月最后一日。大月是三十日，小月是二十九日。前面不标明月份，就是正月晦日。唐代的礼俗，以正月晦日、上巳和重阳定为三大节日。在这三天，公私休假，官吏和人民都郊游宴乐。昆明池在长安东南，原是汉武帝所开，以训练水军的。在唐代，成为一个名胜的游览区。这首诗在游览之情中包含着一种想要建功立业的伟大抱负。

（王敏）

昆明池织女石

童翰卿

一片昆明石，千秋织女名。
见人虚脉脉①，临水更盈盈②。
苔作轻衣色，波为促杼声③。
岸云连鬓湿，沙月对眉生。
有脸莲同笑，无心鸟不惊。
还如朝镜里，形影两分明。

【作者简介】

童翰卿，生卒年不详，大中、咸通间人，是宣宗和懿宗年间工于诗词的著名才子。

【注释】

① 虚：空。脉脉：含情不语貌。 ② 盈盈：美好貌。指人之风姿、仪态。《古诗十九首》其十："迢迢牵牛星，皎皎河汉女。……盈盈一水间，脉脉不得语。" ③ 杼：织布梭。

【题解】

诗题全诗注："一作司马复诗。"然全诗无司马复集。汉武帝欲通身毒，元狩三年乃像昆明滇池，于长安近郊穿地作昆明池，以习水战。织女石，武帝立牵牛、织女于池之东西，以像天河。班固《西都赋》："临乎昆明之池，左牵牛而右织女。"此诗《唐诗纪事》卷五六题作《省试昆明池织女石》，文字及句序均与《全唐诗》有出入。其诗曰："一片昆明石，千秋织女名。向风长脉脉，临水更盈盈。有脸莲同笑，无心鸟不惊。岸云连鬓湿，沙月对眉生。苔作轻裙色，波为促杼声。还如明镜里，形影自分明。"

（王敏）

省试晦日与同志昆明池泛舟

朱庆馀

故人同泛处，远色望中明。
静见沙痕露，微思月魄生①。
周回余雪在，浩渺暮云平。
戏鸟随兰棹，空波荡石鲸②。
劫灰难问理③，岛树偶知名。
自省曾追赏，无如此日情。

【作者简介】

朱庆馀，唐诗人。生卒年不详，名可久，以字行，闽中(今福建)人。一作越州(今浙江绍兴)人。登宝历进士第，官秘书省校书郎。其诗多为赠别酬答、行旅题咏之作。尤善五律，其诗辞意清新，描写细致，为张籍所赏识，内容多描写个人日常生活。所著有《朱庆馀诗集》。

【注释】

① 月魄：月亮初生或始缺时不明亮的部分，亦泛指月亮。 ② 石鲸：相传昆明池中筑蓬莱山、豫章台，刻石为鲸鱼，长三丈，每至雷雨，鳍尾皆动。 ③ 劫灰：汉武帝凿穿昆明池底，得黑灰，竺法兰曰："世界终尽，劫火洞烧，此灰是也。"

【题解】

省试，唐代时由尚书省礼部举行的考试。晦日，农历每月最后一日。唐代以正月晦日为三令节之一。昆明池，湖名，在长安近郊。汉武帝时所建，唐贞元年间又加修浚，宋以后湮没。此诗描写正月晦日泛舟昆明池上的情景，辞意清新，描写细致。

(王敏)

曹唐诗四首

【作者简介】

曹唐,唐代诗人,字尧宾。桂州(今广西桂林)人,生卒年不详。初为道士,后举进士不第。咸通(860—874)中,为使府从事。曹唐以游仙诗著称,其七律《刘晨阮肇游天台》《织女怀牵牛》《萧史携弄玉上升》等十七首,世称“大游仙诗”。《唐才子传》称他“作《大游仙诗》五十篇”,则当有遗佚。其七绝《小游仙诗九十八首》,尤为著名。有《曹从事诗集》一卷。事迹见《唐才子传》。

织女怀牵牛

北斗佳人双泪流[①],眼穿肠断为牵牛。
封题锦字凝新恨[②],抛掷金梭织旧愁。
桂树三春烟漠漠,银河一水夜悠悠。
欲将心向仙郎说,借问榆花早晚秋[③]。

【注释】

① 北斗佳人:指织女星。 ② 锦字:古代妻子寄给丈夫的信称锦字。用苏蕙织锦为回文诗事。前秦窦滔妻苏蕙,因滔被徙流沙,音向断绝,遂织五彩锦作《回文璇玑图诗》赠滔,文辞凄婉。 ③ 榆花:榆初秋(阴历七月)开花。又天上有星名。早晚:何时。七月七日牛郎织女相会,正是榆花开放之时。

【题解】

《荆楚岁时记》:“天河之东有织女,天帝之子也,年年织机杼劳役,织成云锦天衣。天帝怜其独处,许嫁河西牵牛郎,嫁后遂废织纴。天帝怒,责其归河东,但许一年一度相会。”“七夕相会”是传说的精美之笔,但更多的却是二人隔河相对,遥望相思。这首诗对织女的活动和心态形容得入木三分。把她对牛郎的思念描绘得凄凄切切,道出了一对有情人,两地相思,愁思满怀的悲凉况味。

(王敏)

小　游　仙(其一)

太子真娥相领行①,当天合曲玉箫清②。

梨花新折东风软,犹在缑山乐笑声③。

【注释】

① 太子:周灵王太子,即王子乔。真娥:仙娥。领:在前面引路。 ② 当天:对着天空。合曲:乐器合奏。 ③ 缑山:即缑岭。刘向《列仙传》曰:“王子乔者,周灵王太子晋也,好吹笙作凤鸣。游伊洛之间,道人浮丘公接以上嵩高山。三十余年后,求之于山上。见桓良曰:‘告我家:七月七日待我于缑氏山巅。’至时,果乘白鹤驻山头,望之不得到,举手谢时人,数日而去。”

【题解】

曹唐的游仙诗取材于王子乔七月七日乘鹤飞升的故事,加以艺术创造,发展变化。所咏仙境及神仙故事,迷离缥缈,瑰奇多彩。而对神仙世界中之宫阙楼台、衣服妆饰、灵禽仙兽、琼花瑶草等,亦多刻画。其诗想象丰富,设色绚丽,对后世游仙诗有一定影响。然而,却没有郭璞《游仙诗》“坎壈咏怀”的痕迹。本诗写游仙重在刻画仙人的闲适逍遥,表达出对仙人生活的无限向往之情。

(杨文学　项波　段永升)

赠郭翰二首

其一

河汉虽云阔①,三秋尚有期②。

情人终已矣,良会更何时③。

其二

朱阁临清汉,琼宫御紫房。

佳期情在此④,只是断人肠。

【题解】此二诗载于《太平广记》卷六十八《女仙十三》。云太原郭翰,偶遇仙女，即织女也。与仙女欢会一夕之后，临别之时，仙女赠其二诗。其一写诗人与仙女后会无期的怅惘；其二写郭翰与仙女情深意浓，怎奈欢会短暂，此后便是无尽之相思，思之令人断肠之哀情。此二诗可与后文《郭翰酬织女》二诗相对参。

郭翰酬织女

佚　名

其一

人世将天上，由来不可期。

谁知一回顾，更作两相思。

其二

赠枕犹香泽，啼衣尚泪痕。

玉颜霄汉里⑤，空有往来魂。

【注释】

① 河汉：天河，即银河。　② 三秋：指秋天。农历七月七日牛郎织女相会。③ 更：又，再。　④ 期：期望，等待。　⑤ 霄汉：犹言云汉。

【题解】

此诗出自《全唐诗》卷八百六十三，是关于织女的诗。据(前蜀)牛峤《灵怪录·郭翰》所载，太原郭翰，少简贵，有清标，姿度美秀，善谈论，工草隶。早孤，独处。盛暑，尝乘月卧庭中。一少女自空中轻盈而下，自称天上织女，愿托情契。后，夜夜皆来。经一年，悲泣而别，约明年某日有书相问。明年至期，果使前日侍女将书函至。郭翰遂开缄，以青缣为纸，铅丹为字，言词清丽，情意重叠。末有诗二首，即上所录之《赠郭翰二首》。郭翰以香笺答书，意情甚切，并有酬赠二诗，即上所录之《郭翰酬织女》。

（王敏）

龙池篇①

姜晞

灵沼萦回邸第前②，浴日涵春写曙天③。
始见龙台升凤阙，应如霄汉起神泉。
石匮渚傍还启圣，桃李初生更有仙。
欲化帝图从此受，正同河变一千年④。

【作者简介】

姜晞，上邽（今甘肃天水市清水县）人。登永隆元年进士第，官工部侍郎、散骑常侍，封金城郡公。现存诗一首。

【注释】

①《唐书·乐志》曰："玄宗龙潜时，宅隆庆坊，宅南坊人所居，忽变为池，望气者异焉。故中宗季年，泛舟池中。玄宗正位，以坊为宫，池水逾大，弥漫数里，因为《龙池乐》以歌其祥。"《新书·礼乐志》曰："《龙池乐》，舞者十二人，冠芙蓉冠，蹑履。备用雅乐，唯无钟磬。"《唐逸史》曰："玄宗在东都昼寝，梦一女子，容艳异常，梳交心髻，大袖宽衣。帝曰：'汝何人？'曰：'妾凌波池中龙女也，卫宫护驾，妾实有功。今陛下洞晓钧天之乐，愿赐一曲，以光族类。'帝于梦中为鼓胡琴，倚歌为凌波池之曲，龙女拜谢而去。及寤，尽记之，命禁乐，自御琵琶，习而翻之。因宴于凌波宫，临池奏新声。忽池波涌起，有神女出于波心，乃梦中之女也。望拜御坐，良久方没。因置祠池上，每岁祀之。"《会要》曰："开元元年，内出祭龙池乐章。十六年，筑坛于兴庆宫，以仲春月祭之。" ② 灵沼：指龙池。 ③ 浴日涵春：形容龙池广阔浩渺。 ④"河变"句：王嘉《拾遗记》卷一："黄河千年一清，至圣之君，以为大瑞。"

【题解】

这是唐玄宗时的郊庙歌辞《龙池章》其中一章，思想内容比较贫乏，同于一般郊庙祭祀内容的歌舞升平之声和对圣皇帝制的期许。

（高晓庆）

鹊

韩　溉

才见离巢羽翼开，尽能轻飏出尘埃。
人间树好纷纷占，天上桥成草草回①。
几度送风临玉户，一时传喜到妆台②。
若教颜色如霜雪，应与清平作瑞来③。

【作者简介】

韩溉，唐代江南人。诗一卷，今存七首。

【注释】

① 天上桥：指神话传说中的鹊桥。每年的七月七日牛郎织女相会，群鹊衔接为桥，以渡银河。 ② 传喜：鹊噪兆喜。 ③ 清平：太平。瑞：祥瑞。鹊色黑，因此古人以白鹊为吉祥之鸟 。

【题解】

鹊在中华民族的文化中是种祥鸟，往往与喜字连用被称为"喜鹊"；喜鹊报枝，是一种喜庆的象征。在诗歌中，作者栩栩如生地描写出了喜鹊的轻盈、敏捷。"人间好树纷纷占，天上桥成草草回。"诗中巧妙引用了农历七月七日，牛郎织女相会，鹊为搭桥的典故，用典自然亲切。末句议论含义隽永。是一首较好的咏物诗。

（杨文学）

理　笙

卓英英

频倚银屏理凤笙①，调中幽意起春情。
因思往事成惆怅，不得缑山和一声②。

【作者简介】

卓英英，成都（今属四川）女郎（万首绝句采入宫闱，以与眉娘、玄士唱和，故载），约唐宪宗元和年间去世。

【注释】

① 凤笙：笙的美称。 ② 缑山：即缑岭。刘向《列仙传》曰："王子乔者，周灵王太子晋也，好吹笙作凤鸣。游伊洛之间，道人浮丘公接以上嵩高山。三十余年后，求之于山上，见桓良曰：'告我家，七月七日待我于缑氏山巅。'至时，果乘白鹤驻山头，望之不得到，举手谢时人，数日而去。"

【题解】

本诗以王子乔游仙事写男女之情。情有多少？一"频"字耐人寻味。可人生的聚合无常，让作者生出些许惆怅，欲学仙人那样抛却世俗烦恼又升天无路。全诗有一种淡淡的无奈之感。

（杨文学　项波　段永升）

王郎中妓席五咏·笙①

顾　况

欲写人间离别心②，须听鸣凤似龙吟③。
江南曲尽归何处④，洞水山云知浅深。

【作者简介】

顾况（725？—814），字逋翁，晚年自号悲翁，苏州海盐恒山（今浙江海宁境内）人。唐肃宗至德二年进士，曾任校书郎、著作郎等职。晚年隐居茅山，"炼金拜斗，身轻如羽。"此诗为顾况《王郎中妓席五咏》之一。

【注释】

① 笙：一种管乐器。 ②"欲写"句：《乐府诗集》卷五十"清商曲辞"有《凤笙曲》《凤吹笙曲》，多写离别之情，李白《凤吹笙曲》有"欲叹离声发绛唇，更嗟别调流纤指。"《凤笙曲》《凤吹笙曲》都是《江南弄》七曲之一。 ③ 鸣凤：传说王子乔好吹笙作凤凰鸣。龙吟：本来是描绘笛声的，刘孝先《咏竹诗》："谁能制长笛，当为作

龙吟。"这里形容笙声的洪亮。 ④ 江南曲:《凤笙曲》《凤吹笙曲》都是《江南弄》七曲之一。

【题解】

虽然传说中王子乔的笙声好似凤凰鸣叫,但那是属于神仙的风流。对于人间来说,笙声更多的是意味着离别,充满了忧愁,龙吟凤鸣正是一种分别的无奈。其实,即使是神仙,也有离别的时候,就像牛郎织女,一年才能相会一次,就算是唱尽了江南离别曲,又怎能完全表达出那如同江水白云一样多的离愁别绪呢?

(杨文学)

缑山月夜闻王子晋吹笙[①]

厉　玄

缑山明月夜,岑寂隔尘氛。
紫府参差曲,清宵次第闻[②]。
韵流多入洞,声度半和云。
拂竹鸾惊侣,经松鹤对群[③]。
蟾光听处合[④],仙路望中分。
坐惜千岩曙,遗香过汝坟[⑤]。

【作者简介】

厉玄,登太和二年进士第,官终侍御史。姚合同时人。

【注释】

① 此为大和二年(828)省试题。见《登科记考》卷二十。缑山:在今河南偃师。王子晋:即王子乔、周灵王太子。好吹笙作凤凰鸣,遇道士接以成仙,后于七月七日乘鹤驻缑山顶,与时人作别。见《列仙传》卷上。 ② 紫府:道教中称仙人所居的地方。参差:指笙。次第:一一。 ③ 对:一作"舞"。 ④ 蟾光:月光。 ⑤ 汝坟:汝水堤岸。这里借指汝州叶县。《后汉书·王乔传》云:乔有神术,显宗时,为叶县令,天下玉棺于堂前,乔寝其中,棺盖立覆,葬于城东,土自成坟。或云乔即王子乔。

【题解】

本诗写仙人王子乔的居住环境,想象力丰富。作者从下到上,视线从人间转到天上,由静到动,写仙境的华丽绚烂。大量使用了色彩、音效都非常鲜明的意象,极力铺张夸写仙境的美好。结尾又回到现实的人间,仙人太邈远了,作者只能是驻足瞻仰其遗迹,徒留嗟叹。

(杨文学　段永升)

缑山月夜闻王子晋吹笙

钟　辂

月满缑山夜,风传子晋笙[①]。
初闻盈谷远,渐听入云清。
杳异人间曲,遥分鹤上情。
孤鸾惊欲舞[②],万籁寂无声。
此夕留烟驾,何时返玉京[③]?
唯愁音响绝,晓色出都城。

【作者简介】

钟辂,唐文宗大和二年戊申(828)进士,崇文馆校书郎。诗一首。

【注释】

① 缑山:即缑岭。据说,王子晋好吹笙作凤凰鸣,遇道士接以成仙,后于七月七日乘鹤驻缑山顶,与时人作别。见《列仙传》卷上。　② 孤鸾:鸾是传说中的凤凰一类的鸟,通常用鸾凤比喻夫妻。　③ 玉京:道家书上说天上有白玉京,为天帝所居。

【题解】

在缑山的月夜,似乎总是有王子乔的笙声在耳边萦绕,一会儿似乎是在山谷的深处,一会儿又似乎是在万里云霄。那笙声能使失伴的鸾鸟起舞,又能让天地万物都寂静无声,只有笙声在风中飘洒。虽然今夜能够听到这仙乐声声,但是,终究是天宫的啊,怎么才能让这乐声常在耳边呢?那就趁着天色未明,访道求仙去吧!

(杨文学)

九日绝句

李　适

禁苑秋来爽气多[①],昆明风动起沧波[②]。
中流箫鼓诚堪赏,讵假横汾发棹歌[③]。

【作者简介】

李适(kuò)(742—805),唐德宗皇帝,讳适,代宗长子。初封奉节郡王。乾元元年,进封鲁王;八月,徙封雍王。广德二年,立为皇太子。善属文,尤长于篇什。每与学士言诗于浴堂殿,夜分不寐。三令节,御制诗敕群臣赓和,品第优劣。四方贡艺者,帝多亲试,或有乖谬,浓点笔抹之;称旨,即翘足朗吟。诧宰相,此朕门生,无不服帝之藻鉴焉。在位二十五年,谥曰孝文。集不传,今存诗十五首。

【注释】

① 禁苑:指皇宫。　② 昆明:池名,故址在今陕西西安西南。　③ 横汾:《汉武故事》中汉武帝尝巡幸河东郡,在汾水楼船上与群臣宴饮,自作《秋风辞》,中有"泛楼舡兮济汾河,横中流兮扬素波"句。后因以"横汾"为典用以称颂皇帝或其作品。棹歌:亦作"櫂歌",行船时所唱之歌。有《櫂歌行》曲。《南史·羊侃传》:"(侃)性豪侈,善音律,自造《采莲》《櫂歌》两曲,甚有新致。"

【题解】

这是一首描写秋日宫廷风景的诗,无甚可取处,只是末句将皇宫禁苑风景与民间风情相联系,视野略有拓宽。

(高晓庆)

七　夕[①]

杨　朴

未会牵牛意若何[②],须邀织女弄金梭。

年年乞与人间巧，不道人间巧已多[3]。

【作者简介】

杨朴(921？—1003？)，字契元，自号东野逸民，宋朝新郑(今河南新郑市人)。他一生大部分时间是在军阀混战的乱世里度过的。常骑牛往来村店，曾入嵩山隐居数年。作诗百余篇。后被皇帝召出，又作《归耕赋》表明自己的归隐志向。

【注释】

① 七夕：节日名。夏历七月初七的晚上。古代神话，七夕牛郎织女在天河相会。 ② 未会：不明白，不理解。 ③ 不道：岂不知道。

【题解】

传说中牵牛，织女于每年的七月七日相会。织女是神话中的“巧”的化身，于是世人便有了于此日乞巧的风俗。诗人在诗中以幽默的口吻责问牛郎，为何让人间年年乞得巧，而人间的巧实际已经很多。人间的“巧”已经很多了吗？应该是投机的“巧”太多了吧。诗人巧妙地运用了词的多义，达到了讽刺的效果。

（项波）

七　夕

吕　岩

四海孤游一野人，两壶霜雪足精神。

坎离二物君收得[1]，龙虎丹行运水银。

野人本是天台客[2]，石桥南畔有旧宅[3]。

父子生来有两口[4]，多好歌笙不好拍[5]。

【作者简介】

吕岩(一作嵒)为五代宋初著名道士。世传“八仙”之一。号纯阳子。一说名洞宾，一说字洞宾。其里籍、生卒年均不详，大约生于唐末，卒于宋初。较早的宋代记载，称他为“关中逸人”或“关右人”，元代以后比较一致的说法，则为河中府蒲坂县永乐镇(今属山西芮城)人，或称世传为东平(治在今山东东平)人。自著《九真玉书》一卷，其丹道思想尚散见于《道枢》之《五戒》《众妙》《指玄》等篇中，诗词有南宋夏元鼎编《金丹诗诀》，单行本《沁园春丹词》有数家注本。

【注释】

① 坎离：谓气功修习。坎为水，离为火，水火相济，龙(阳)虎(阴)交媾，便可炼为内丹，即龙虎丹。 ②“野人”句：句下原注“宾字”。按：即以“客”射“宾”。 ③ 石桥：原注“石桥者，洞也。” ④ 两口：原注“吕也”。 ⑤ 拍：原注“吟也”。也就是说，全诗暗嵌“吕洞宾吟”四字。

【题解】

本诗是一首藏头诗，古代道士常隐居深山以炼丹采药为务。诗中所提及的龙虎丹就是道士修炼的一种方法。诗歌的语言使用上俚俗不雅，符合山野之人洒脱不拘的本性。透露出不羡鸳鸯只羡仙的自在之情。

（高晓庆）

七　夕

李　中

星河耿耿正新秋，丝竹千家列彩楼。
可惜穿针方有兴①，纤纤初月苦难留。

【作者简介】

李中，字有中，九江(今江西九江)人。南唐时，与刘钧共学于庐山国学。元宗时，仕于下蔡。后主时，任吉水县尉。后官晋陵、新喻县令。宋开宝五年(972)，转淦阳县令。著《碧云集》三卷，今编诗四卷。

【注释】

① 穿针：相传农历七月七日夜天上牛郎织女相会，妇女于是夕结彩缕，穿七孔针，谓之乞巧。见《初学记》卷四引《荆楚岁时记》。

【题解】

此诗可谓人间天上，采用了对比的手法，表现出作者心情与环境之间的一种落差，让读者的心情也随之起伏，荡气回肠。前两句“星河耿耿正新秋，丝竹千家列彩楼”，写乞巧节妇女结彩缕，穿七孔针，尽情玩乐，灯火辉煌的热闹场面。后两句“可惜穿针方有兴，纤纤初月苦难留”，笔锋一转，人间自是朝朝暮暮，而谁又能留得住时光，让天上的人儿多相聚片刻呢？这里的“可惜”应该做可恨、可憾、可怜讲。

（高晓庆）

徐铉诗二首

【作者简介】

徐铉(916—991)(据陈贻焮《增订注释全唐诗》卷七四五)，五代宋初文学家。字鼎臣。广陵(今江苏扬州)人。早年仕于南唐，官至吏部尚书。后随李煜归宋，官至散骑常侍，世称徐骑省。淳化二年(991)被贬谪为静难行军司马，不久就死在贬所，年七十六。早岁与韩熙载齐名，江东谓之“韩徐”，又与弟锴并称“二徐”。著有文集三十卷，又有《稽神录》(一说出于门客蒯亮之手)、《质疑论》等。《宋史》卷四四一有传。徐铉诗今存七卷，见于三十卷本《徐公文集》(一名《骑省集》)卷一、卷二、卷三、卷四、卷五、卷二一，卷二二。今以《四部丛刊》影印清黄丕烈校宋本(《徐公文集》三十卷)为底本，校以影印文渊阁《四库全书》本(《骑省集》三十卷，简称四库本)、《四部备要》排印宋明州本(《骑省集》三十卷，简称备要本)、徐乃昌影宋重刊本(《徐公文集》三十卷，简称徐本)，参校《全唐诗》(中华书局排印本)、《玉壶清话》(中华书局排印本)所收诗。并从《东轩笔录》(中华书局排印本)等录得集外诗，编附卷末。

驿中七夕

七夕雨初霁，行人正忆家。
江天望河汉①，水馆折莲花②。
独坐凉何甚，微吟月易斜。
今年不乞巧③，钝拙转堪嗟。

【注释】

① 河汉：即银河，天河。 ② 水馆：水路的驿馆。 ③ 乞巧：七夕民间祈福活动。《荆楚岁时记》："七月七日，为牵牛织女聚会之夜。是夕，人家妇女结彩缕，穿七孔针，或以金银鍮石为针，陈瓜果于庭中以乞巧，有喜子（蜘蛛的一种）网于瓜上，则以为符应。"

【题解】

此诗是诗人的羁旅之作，漂泊在外，陪伴诗人的也许只有浊酒一壶。第一句简要点出写作的缘由和时间。颔联和颈联纯是诗人动作的细节描写：远望河汉、独立中宵、折莲相思、月下微吟，种种细节都刻画出一个心事重重的诗人形象，如此月光如此夜，远方的家人也应该和他正共看一轮月吧。尾联点明思家的心情，干脆利落。另外，作者运用了对偶、谐音等手法，使诗歌意味浓厚，深化了主旨。

（高晓庆）

奉和七夕应令①

今宵星汉共晶光，应笑罗敷嫁侍郎②。
斗柄易倾离恨促③，河流不尽后期长。
静闻天籁疑鸣佩，醉折荷花想艳妆。
谁见宣猷堂上宴④，一篇清韵振金铛⑤。

【注释】

① 应令：应皇太子令。 ② 罗敷：乐府《陌上桑》中女子，自称其丈夫"三十侍中郎，四十专城居。"侍郎，此为"侍中郎"之省文。 ③ 斗柄易倾：指时间过得快。北斗由斗魁四星和斗柄三星组成，绕北极星旋转。 ④ 宣猷堂：东宫太子的殿堂。《南史·姚察传》："梁简文在东宫即引于宣猷堂听讲论难，为儒者所称。" ⑤ 一篇：指皇太子李弘冀原诗。

【题解】

这是一首应制诗，不免有阿谀逢迎之嫌，尤其是后两联。前两联还是写得不错的。"今宵星汉共晶光，应笑罗敷嫁侍郎"，写牛郎织女相会情景，若是两情长久又何必如罗敷侍郎般暮暮朝朝呢？极写出久别重逢的喜悦之情。"斗柄易倾离恨促，河流不尽后期长"，也是写相聚的欢乐，虽然时光是如此的短暂，可是斗转星移，即使分别了，不是还有后会之期吗？写法新颖，自有一种韵致。

（高晓庆）

七　夕

宋　白

纤吹浮云荐，非因散巧楼。

灵俦不可觌①，仙溪泛悠悠。

【作者简介】

宋白(936—1012)，字太素，一作素臣，大名(今属河北)人。太祖建隆二年(961)进士。乾隆三年(965)，授玉津县令。开宝中，连知蒲城、卫南二县。太宗即位，擢左拾遗，拜中书舍人。太平兴国五年(980)，知贡举。八年，改集贤殿直学士。未几，召为翰林学士。至道初，为翰林学士承旨。二年(996)，拜刑部尚书、集贤院学士判院士。四年，以工部尚书致仕。真宗大中祥符五年正月卒，年七十七，谥文安。《宋史》卷四三九有传。

【注释】

①俦：伴侣。觌(dí)：见，相见。

【题解】

微风追逐着纤云，频频地将它引至巧楼。原来，七夕又到了，那不得见的仙侣——牛郎和织女，终于又可以相逢。人间的巧楼，寄托着世人的美好祝愿；那片片白云，肯定可以跨越障碍，让分隔的人儿得以重结连理。该诗以牛女七夕之会引发诗人的人间离愁，寄寓了愿有情人长相厮守的美好愿望。

（项波　宋锡玲）

两　　宋

七　　夕

王禹偁

去年七月七，直庐闲独坐。
西日下紫微①，东窗晖青琐②。
露柳蜩忽鸣，风帘燕频过。
寂寂红药阶，槿花开一朵。
时清无诏诰③，性澹忘物我④。
兀然何所营，横枕通中卧。
梦入无何乡，蛱蝶甚幺么⑤。
孰谓处深严，自得放慵惰。
中官传宣旨，御诗令属和。
惊起俨衣冠，拜舞苍苔破。
逸翰龙蛇走⑥，雅调金石播。
洋洋百世音，乃赓强牵课⑦。
暮随丞相出，自谓天上堕。
归来备乞巧，酒肴间瓜果⑧。
海物杂时味，罗列繁且伙。
家人乐熙熙，儿戏舞娑娑⑨。
宠辱方若惊，倚伏忽成祸。
九月谪商於，羁縻复穷饿⑩。
凤仪困鸱吓⑪，骥足翻鳖跛⑫。
山城已僻陋，旅舍甚丛脞⑬。
夏旱麦禾死，春霜花木挫。

吾亲极衰耄，吾命何轗轲[14]。
稚子啼我前，孺人病我左。
玄发半凋落，紫绶空垂拖。
客计鱼脱泉，年光蚁旋磨。
昨夜枕簟凉，西郊忽流火。
河汉势清浅，牛女姿婀娜。
商土本硗瘠[15]，商民久劳瘅[16]。
霜旱固不支，水潦复无奈。
居人且艰食，行商不通货。
郡小数千家，今夕唯愁呵。
吾儿索来禽，倾市得一颗。
举家成大笑，愁眉略舒軃[17]。
自念一岁间，荣辱两偏颇。
赖大道依据，故得心安妥。
穷乎止旅人，达也登王佐。
匏瓜从系滞，糠秕任扬簸。
批凤不足言，失马聊自贺。
委顺信吾生，无可无不可。

【作者简介】

王禹偁(954—1001)，字元之，济州钜野(今山东巨野)人。太宗太平兴国八年(983)进士。晚年贬居黄州，所以人称王黄州。有《小畜集》三十卷、《小畜外集》二十卷(今残存卷六至卷十三等八卷)。《宋史》卷二九三有传。

【注释】

① 紫微：即紫微垣，星宿名，三垣之一。古人认为，天上紫微为天帝所居，故亦代称帝王的宫殿。 ② 晖(huī)：阳光。这里是阳光照射的意思。 ③ 诏诰：帝王对臣子的命令。 ④ 澹(dàn)：安静。 ⑤ 蛱(jiā)蝶：蝴蝶的一种。 ⑥ 翰(hàn)：毛笔。逸翰，指书法。 ⑦ 赓(gèng)：继续，连续。 ⑧ 乞巧：农历七月七日的晚上，妇女在院子里陈设瓜果，向织女祈祷，请求帮助他们提高刺绣缝纫的

技巧。是古代的一种民俗。 ⑨ 娑(suō):形容舞蹈的样子。 ⑩ 羁縻(jī mí):系住,困住。 ⑪ 鸱(chī):古书上指鹞鹰。 ⑫ 骥足:喻杰出才能的人。骥,良马,喻杰出人才。 ⑬ 脞(cuǒ):琐细。 ⑭ 轗轲(kǎn kě):坎坷。 ⑮ 硗(qiāo):土地不肥沃。 ⑯ 瘅(dān):因劳累而得病。 ⑰ 亸(duǒ):下垂。这里是舒展的意思。

【题解】

诗在七夕时节作。诗人开篇描绘出闲适安逸的心境,用以奠定全诗感情基调。既而进入梦境,大胆地发挥想象:先写自己忽受诏见,于是大放异彩,才华一展,回家之后家人欢笑,其乐融融;忽然又突遭贬谪,妻儿得病,生活艰辛,难以维系,贫困潦倒。明写梦中所遇,黄粱一枕,实则是诗人自身经历的写照。诗的后半部分则是回到现实,诗人所见百姓生活艰难贫苦,和自身遭遇相联系,又表达了对人民疾苦的深切同情。"委顺信吾生,无可无不可。"作为全诗的结局,一种无可奈何之下选择的逃避。全诗也透出一种散文化、议论化的风格特征。

(汪智超)

晏殊诗二首

【作者简介】

晏殊(991—1055),字同叔,北宋抚州临川县文港乡(今南昌进贤)人,北宋前期著名词人。晏词造句工巧浓丽,音韵和谐,风流蕴藉,温润秀洁,原有集,已散佚,仅存《珠玉词》及清人所辑《晏元献遗文》。

七　夕

云幕无多斗柄移①,鹊慵乌慢得桥迟。
若教精卫填河汉②,一水还应有尽时。

【注释】

① 云幕:由云形成的帷幕。斗柄:构成北斗柄部的三颗星。 ② 精卫:鸟名,

它的形状像乌鸦，头部有花纹，白色的嘴，红色的脚，名叫精卫，它的叫声像在呼唤自己的名字。传说这种鸟是炎帝小女儿的化身，名叫女娃。有一次，女娃去东海游泳，被溺死了，再也没有回来，所以化为精卫鸟。经常口衔西山上的树枝和石块，用来填塞东海。

【题解】

七夕之夜，已经斗转星移，夜色入深，但是鹊桥还没搭成，因为乌鹊太慵懒了。那么不如叫精卫过来，因为精卫是个坚持不懈的鸟儿，说不定还有银汉被填满之时呢！诗意别出心裁，令人耳目一新，别有趣味，言语平实晓畅。

（叶姝）

七　　夕

百子池深涨绿苔①，九光灯迥绿浮埃②。
天孙宝驾何年驻，阿母飚轮此夜来③。
空外粉筵和露湿④，静中珠幌彻明开⑤。
秋河不断长相望，岂独人间事可哀。

【注释】

① 百子池：古代宫中池名。《三辅黄图·池沼》："七月七日（高祖）临百子池，作于阗乐。" ② 九光：五光十色，形容光芒色彩绚烂。迥：遥远。 ③ 阿母：神话人物西王母。飚轮：也作"飙轮"，指御风而行的神车。 ④ 筵：指竹席。 ⑤ 幌：帐幔，帘帷。

【题解】

首联写时光漫漫，无人问津样，正喻织女的孤寂，颔联言天孙不见，王母却驾临，两者在诗中相对，或正暗含织女被王母的压制之深，颈联竹席、帷幔也是落寞空寂的样子，尾联叹天上那秋河相隔之凄冷也不比人间。全诗意象纷纭。

（叶姝）

七夕二首

宋祁

其一

西南新月玉成钩，奕奕神光渡饮牛。
素彩低浮承露掌，清香不散曝衣楼。
天边华幄催云卷，星外横桥伴客愁①。
莫使银河到沧海②，人间沟水易东流。

【作者简介】

宋祁(998—1061)，字子京，开封雍丘(今河南杞县)人，后徙安州之安陆(今属湖北)。仁宗天圣二年(1024)与兄庠同举进士，礼部奏名第一，章献太后以为弟不可先兄，乃擢庠第一而置祁第十，时号“大小宋”。初官复州军事推官，累官国子监直讲、三司度支判官、知制诰、翰林学士、史馆修撰，预修《唐书》十余年间出入内外，以史稿自随，成列传一百五十卷。历知寿、陈、许、亳、成德、定、益、郑等军州。官终翰林学士承旨。仁宗嘉祐六年卒，年六十四。谥景文。有集一百五十卷，已散佚。清四库馆臣从《永乐大典》辑得宋祁诗文，编为《景文集》六十二卷。

【注释】

① 星外横桥：指牛郎织女相会的鹊桥。 ②“莫使”句：传说天河与海通，年年八月有浮槎来往，有人乘槎而去。见张华《博物志》。

【题解】

这首诗是诗人赏七夕月时的所感。月光的神采就像即将见到织女的牛郎的容光。织女的风韵依旧超凡脱俗，遗世独立。可惜相逢短暂，鹊桥两地的人儿都有愁心难以排解。不要让知心的人距离越来越遥远，毕竟光阴华年就像那东流水，抓不住，看不穿。

(杨文学)

其二

开秋七夕到佳辰，里俗争夸节物新①。
乌鹊桥头已凉夜②，黄姑渚畔暂归人③。
裴回月御斜光敛，宛转蛛丝巧意真④。
卜肆沈冥谁复问，年年槎路上天津⑤。

【注释】

① 里俗：即乡里的风俗。 ② 乌鹊桥头：传说中每年的七月七日，乌鹊为牛郎织女搭桥，使其相会。 ③ 莫姑渚：即莫愁湖。在今天的江苏南京水西门外。相传六朝时有女子莫愁居于此。 ④ 蛛丝：民间七夕的一种风俗。《西湖游览志馀》载：七夕，以小盒蜘蛛，次早观其结网疏密，以为得巧多寡。 ⑤ 天津：即银河。

【题解】

七夕佳节，在民间是一个重要的节日，有许多相关的传统的风俗。青年男女用以祈求幸福，在那天的夜晚，观月是不可缺少的，看着天上的牛郎织女相会，地上的有情人也各自祈祷，许下自己的心愿，不管究竟这些心愿实现与否——这其实并不重要，这只是一种期望而已——每年的七夕，人们还是虔诚地对着牛郎织女再次乞巧。

（杨文学　项波）

梅尧臣诗三首

【作者简介】

梅尧臣（1002—1060），字圣俞，世称宛陵先生，北宋诗人。宣州宣城（今属安徽）人。早年诗作受西昆体影响，后诗风转变，提出与西昆体针锋相对的主张。强调《诗经》《离骚》的传统，摒弃浮艳空洞的诗风。在艺术上，注重诗歌的形象性、意境含蓄等特点，提倡“平淡”的艺术境界，要求诗写景形象，意于言外。在北宋诗文革新运动中与欧阳修、苏舜钦齐名，并称“梅欧”“苏梅”。刘克庄在《后村诗话》中称之为宋诗的“开山祖师”。

梦登河汉

夜梦上河汉,星辰布其傍,
位次稍能辩,罗列争光芒。
自箕历牛女[①],与斗直相当[②],
既悟到上天,百事应可详。
其中有神官,张目如电光,
玄衣乘苍虬[③],身佩水玉珰[④],
丘蛇与穹鳖,盘结为纪纲,
我心恐且怪,再拜忽祸殃。
“臣实居下土,不意涉此方。
既得接威灵,敢问固不量。
有牛岂不力,何惮使服箱[⑤]?
有女岂不工,何惮缝衣裳?
有斗岂不柄,何惮挹酒浆[⑥]?
卷舌不得言,安用施穹苍。
何彼东方箕,有恶务簸扬?
唯识此五者,愿言无我忘。”
神官呼我前,告我无不臧[⑦]。
“上天非汝知,何苦诘其常?
岂惜尽告汝,于汝恐不祥。
至如人间疑,汝敢问于王?”
扣头谢神官:“臣言大为狂。”
骇汗忽尔觉,残灯荧空堂。

【注释】

① 箕:天上星辰。 ② 斗:天上星辰。 ③ 虬(qiú):传说中有角的小龙。 ④ 珰(dāng):妇女戴在耳垂上的一种装饰品。 ⑤ 服箱:拉车。 ⑥ 挹(yì):舀

取。 ⑦ 臧:好,善。

【题解】

宛陵先生作诗以刺美为要,以鬼神之事言之,言神者实刺于王。颇有屈子《离骚》之风,想象瑰丽,大胆新奇。《离骚》者,犹离忧也。此诗亦是感于时事,讽喻时政。诗人尤长于形象刻画,神官佩玉乘龙,张目如电,形象生动。诗人自己则是战战兢兢,惶恐不定,却应对得当,明显是宦海经历丰富,栩栩如生。全诗貌似荒诞不经而实有所指,对北宋统治者昏庸无能的批判溢于言表。

(汪智超)

七夕咏怀

织女无耻羞,年年嫁牵牛。
牵牛苦娶妇,娶妇不解留。
来往一夕光,奕奕河汉秋①。
轻传人世巧,未知何时休。
喜鹊头无毛,截云驾车辀②。
老鸦少斟酌,死欲同造舟。
明月不到晓,是夜曲如钩。
天意与物理,注错将何求。
尝闻阮家儿,犊鼻竹竿头③。
人生自有分,岂愧曝衣楼④。

【注释】

① 奕奕:高大的样子。 ② 辀(zhōu):小车的车辕。 ③“尝闻”二句:见《世说新语·任涎》:“阮忠容(咸)、步兵(阮籍)居道南,诸阮居道北。北阮皆富,南阮皆贫。七月七日,北阮盛晒衣,皆纱罗锦绮。仲容以竹挂大布犊鼻裈于中庭。人或怪之,答曰:‘未能免俗,聊复尔耳!’”犊鼻裈,带裆的短裤。此为咏贫穷而旷达者的典故。 ④ 愧(kuì):惭愧。曝衣楼:皇宫中七月七日晒衣之楼。

【题解】

此为翻陈出新之作。织女形象转变，牵牛因之受苦，然而喜鹊、老鸦却都奋力促成此夕牛女之欢。诗人以为这是天意、物理之错，于是化典引出诗旨："人生自有分。"亦是说理诗，说理透彻，有理有据，又诙谐幽默，富有情趣，较大部分的宋代说理诗更有韵味。

（汪智超　叶姝）

七　夕

古来传织女，七夕渡明河①。
巧意世争乞，神光谁见过。
隔年期已拙，旧俗验方讹。
五色金盘果，蜘蛛浪作窠②。

【注释】

① 明河：天河，银河。　② "蜘蛛"句：古时妇女于七夕将蜘蛛放置盒内，以结网密疏卜得巧多少。窠：巢穴。

【题解】

诗意在"旧俗验方讹"上，像瓜果满盘、蛛丝卜巧的旧俗并不能成真。全诗语言明白晓畅。

（叶姝）

韩琦诗三首

【作者简介】

韩琦（1008—1075），字稚圭，相州安阳（今属河南）人。仁宗天圣五年（1027）进士。初授将作监丞、通判淄州，不久入直集贤院、监左藏库，历开封府推官、三司度支判官、右司谏。康定元年（1040）出任陕西经略安抚副使，与范仲淹共同指挥防御西夏战事，时称"韩范"。庆历三年（1043），召回朝中任枢密副使，参与范仲淹等人主持的“庆历新政”。新政失败,韩琦出知扬州,后改知定州、并州。在并州时收回契丹冒占的土地。至和二年(1055)知相州。嘉祐元年(1056)入朝为枢密使。英宗时,封魏国公。熙宁八年卒,谥忠献。著有《安阳集》五十卷。

七夕同末伏会众春园

七夕今同末伏辰①,方塘陶暑集珍群。
娇鹦万啭风前曲②,秀岭千层水上云。
幽鹭倚蒲真入画,香荷擎酒不须熏。
天孙莫炫机头巧③,倒载归来岂羡君。

【注释】

① 末伏:三伏一般是一年中天气最热的时期。其中夏至后第三个庚日是初伏第一天,第四个庚日是中伏第一天,立秋后第一个庚日是末伏第一天。初伏、末伏各十天,中伏十天或二十天。 ② 啭(zhuàn):鸟婉转地叫。 ③ 天孙:指织女。

【题解】

本诗为七夕日众人聚会所作。诗歌开头交代了写作的背景,即七夕,同时也是末伏,诗人同友人园中聚会。中间两联写景,娇鹦、秀岭、幽鹭、香荷,景物明丽,美不胜收。最后两句由此展开,说织女不要炫耀自己的智巧 ,如此美景之中相聚宴饮,相比之下,又何须羡慕织女的智巧?

(宋锡玲)

辛亥七夕末伏

二七今同末伏辰,初秋时候暑微熏。
星桥旧说通灵匹①,剑肉何人遗细君?
莹席冰寒心共爽,噪风蝉急耳欣闻。
郢中新曲高难和②,唯付珠喉任遏云。

【注释】

① 灵匹：神仙配偶，此处指牛郎织女。 ② 郢中新曲：本诗后作者有自注云“时签判沈太丞有七夕新曲”，即指此。

【题解】

本诗同样作于七夕兼末伏之时。诗人首先交代了时节，照应诗题，后联想到七夕的相关传说，最后联系当时签判沈太丞的七夕新曲，指出其曲高难和，自己“唯付珠喉任遏云”。这也从一个侧面反映了当时七夕吟咏之风的盛行。

（宋锡玲）

七夕会关亭观莲

陶暑娱宾次水西，满塘莲艳馥轩墀①。
荷坳似学伞翻去，房曲如将盏到垂②。
肯把风流欺俭幕，且凭歌调拟吴姬。
从来拙宦老难巧，任过灵光醉不知。

【注释】

① 馥：香。墀（chí）：台阶上面的空地，台阶。 ② 盏：杯子。

【题解】

本诗为七夕聚会观赏莲花所作。诗歌以写景为主，内容较浅显。

（宋锡玲）

秋　兴（其一）

刘　敞

耿耿河汉辉，中夜西南流。
牛女永相望①，婉娈悲素秋②。
安知乘槎翁③，径出海外游。
天路或幽险，神仙非所求。

【作者简介】

刘敞(1019—1068),字原父,或作原甫,新喻(今江西新余)人。仁宗庆历六年(1046)进士,以大理评事通判蔡州。皇祐三年(1051),迁太子中允、直集贤院。至和元年(1054),迁右正言、知制诰。二年,奉使契丹。三年,出知扬州。岁馀,迁起居舍人徙知郸州、兼京东西路安抚使。旋召还纠察在京刑狱。嘉祐四年(1059),知贡举。五年,以翰林侍读学士充永兴军路安抚使、兼知永兴军府事。英宗治平三年(1066),改集贤院学士、判南京留守司御史台。神宗熙宁元年卒于官,年五十。有《公是集》七十五卷,已佚。

【注释】

① 牛女:即牛郎织女。 ② 婉娈:依恋、缠绵的样子。 ③ 乘槎翁:张华《博物志》:"旧说云天河与海通。近世有人居海渚者,年年八月有浮槎去来,不失期,……去十余日,奄至一处,有城郭状,屋舍甚严。遥望宫中多织妇,见一丈夫牵牛渚次饮之。牵牛人乃惊问曰:'何由至此?'此人具说来意,并问此是何处?,答曰:'君还至蜀郡,访严君平则知之。'竟不上岸,因还如期。后至蜀,问君平,曰:'某年月日,有客星犯牵牛宿。'计年月,正是此人到天河时也。"

【题解】

秋天的夜晚,月明星稀。牛郎织女之间因一直都隔着那宽宽的银河,使得这对有情人不能相聚,不免使人心中徒生悲戚,更何况是在这萧瑟的秋天呢!虽然也曾经有人乘着木筏,经过大海而到了银河,但是,这条路充满了艰险。如果求仙的路上有这么多的困难和危险,那么,不求也罢!

(杨文学 项波)

次韵寄晁以道

黄庭坚

河汉牛与女,咫尺不得语[①]。
欢然共秋盘[②],以兹不忘故。
我友在天末,问天许见否。

云雨隔九关，日月不我与[3]。
念公坐臞禅[4]，守心如缚虎。
颇思携法喜[5]，举案馌南亩[6]。
不闻犯斋收[7]，犹闻画眉诩[8]。
良为鼻祖来[9]，渠伊为伴侣[10]。
我有桂溪刀[11]，聊凭东风去。

【作者简介】

黄庭坚(1045—1105)，字鲁直，自号山谷道人，晚号涪翁，洪州分宁(今江西修水)人。英宗治平四年(1067)进士。哲宗立，召为校书郎、《神宗实录》检讨官，后擢起居舍人。绍圣初，新党谓其修史"多诬"，贬涪州别驾，安置黔州等地。徽宗初，羁管宜州卒。工诗文，早年受知于苏轼，与张耒、晁补之、秦观并称"苏门四学士"。诗与苏轼并称"苏黄"，为江西诗派开山之祖，有《豫章黄先生文集》。词与秦观齐名，有《山谷琴趣外篇》、龙榆生《豫章黄先生词》。词风流宕豪迈，较接近苏轼。晁补之云："鲁直间作小词固高妙，然不是当行家语，自是著腔子唱好诗。"(见《诗人玉屑》)另有不少俚词，不免亵诨。

【注释】

①"河汉"句：《文选·古诗》："迢迢牵牛星，皎皎河汉女……盈盈一水间，脉脉不得语。"此句盖出于此。 ②秋盘：秋天的月亮。 ③"日月"句：《鲁论·阳虎》："日月逝矣，岁不我与。" ④坐臞(qú)禅：即坐禅。臞：清瘦。 ⑤法喜：指见法心中生出喜悦。世人以妻色为悦，菩萨以法喜为悦。 ⑥举案：《后汉书·梁鸿传》："为人赁舂，每归，妻为具食，不敢于鸿前仰视，举案齐眉。"馌(yè)南亩：语出《诗经》："同我妇子，馌彼南亩。"馌，往田野送饭。 ⑦犯斋收：《后汉书·周泽传》："周泽为太常……常卧病斋中，其妻哀泽老病，窥问所苦。泽大怒，以妻干犯斋禁，遂收送诏狱谢罪。" ⑧画眉诩：《汉书·张敞传》："为妇画眉，长安中传张京兆眉怃。"怃即诩，北方人谓眉好为诩。 ⑨鼻：始也。心为万法之祖，以道于法喜爱之深。爱之深则受傅越深。佛法要求不能对任何事物产生执着，包括法本身。⑩渠伊钱：南唐张崇贪纵不法，借故征敛钱财的名目。渠伊，《唐宋遗史》："张崇帅泸州，计口率渠伊钱。"《愣严经》偈曰："心如工技儿，意如和技者。五识为伴侣，妄

想观技众。” ⑪ 桂溪刀:古代名刀。这里是以刀为喻,断其法执。

【题解】

这是一首寄给友人的诗。诗歌的开头用牛郎织女作喻,比喻自己和友人不能相见,表达了思念之情。后面则是关于坐禅修行的建议。

(项波)

七夕歌

张耒

人间一叶梧桐飘,蓐收行秋回斗杓①。
神官召集役灵鹊,直渡银河云作桥。
桥东美人天帝子,机杼年年劳玉指。
织成云雾紫绡衣,辛苦无欢容不理。
帝怜独居无与娱,河西嫁得牵牛夫。
自从嫁得废织纴②,绿鬓云鬟朝暮梳。
贪欢不归天帝怒,谪归却踏来时路。
但令一岁一相逢,七月七日河边渡。
别多会少知奈何,却忆从前恩爱多。
匆匆恩爱说不尽,烛龙已驾随羲和③。
河边灵官晓催发,令严不管轻离别。
空将泪作雨滂沱,泪痕有尽愁无歇。
寄言织女若休叹,天地无情会相见。
犹胜嫦娥不嫁人④,夜夜孤眠广寒殿⑤。

【作者简介】

张耒(1054—1114),字文潜,号柯山,楚州淮阴(今江苏清江)人。神宗熙宁进士,历任临淮主簿、著作郎、史馆检讨。哲宗绍圣初,以直龙阁知润州。徽宗初,召为太常少卿。后被指为元祐党人,数遭贬谪,晚居陈州。苏门四学士之一。诗学白居易、张籍,平易舒坦,不尚雕琢,但常失之粗疏草率;其词流传很少,语言香浓婉约,风格与柳永、秦观相近。代表作有《少年游》《风流子》等。《少年游》写闺情离思,那娇羞少女的情态跃然纸上,让人羡煞爱煞,那份温情美妙真是有点“浓得化不开”。著有《柯山集》《宛邱集》。词有《柯山诗余》,赵万里辑本。

【注释】

① 蓐(rù)收:神话中司秋之神的名称。蓐,陈草复生。引申为草垫子,草席。斗杓(biāo):北斗的第五、六、七颗星的名称。 ② 纴(rèn):织机。这里指纺织。《汉书·严助传》:“男子不得耕稼种树,妇人不得纺绩织纴。” ③ 烛龙:古代神话中的神兽,在西北无日之处,人面蛇身,视则为昼,眠则为夜。一说龙衔烛以照太阳,故名。见《山海经·大荒北经》。羲(xī)和:神话人物,驾日车的神。《离骚》:“吾令羲和弭节兮,望崦嵫而勿迫。”意谓叫羲和不要急于把太阳赶向西山。④ 广寒殿:传说唐玄宗于八日望日游月中,见一大宫殿,榜曰:“广寒清虚之府。”见《龙城录·明皇梦游广寒宫》。后人因称月宫为“广寒宫”,亦称“广寒殿”。

【题解】

六朝梁殷芸的《小说》中称:“天河之东有织女,天帝之子也,年年机杼劳役,织成云锦天衣,容貌不暇整。帝怜其独处,许嫁河西牵牛郎,嫁后遂废织纴。天帝怒,责令归河东,但使一年一度相会。”这首诗显然直用此事。诗歌开始介绍时间,接着写到与神话相关的事,最后点睛。

（项波）

七 夕

李 廌

七夕知何夕,云是牛女期。
俚俗具瓜华,阶除儿女嬉[①]。
繁星烂煌煌[②],流月湛沉辉[③]。
群儿望鹊桥,桥端七宝帷[④]。
仿佛想言笑,芗泽疑烟霏[⑤]。
人间光阴速,天上日月迟。
隔岁等旦暮,会遇未应稀。
愿言停笑矔[⑥],察我心所祈。

我欲赐新巧，智术妙通微。
金针度彩缕，宝奁卜蛛丝[7]。
我嗟儿女愚，勤劳徒尔为。
巧拙天所赋，乞怜真可嗤。
故拙不可厌，吾宁钝如椎。
借云得新巧，无乃醇愈漓[8]。
吾观天垂象，列星有攸司[9]。
牵牛常服箱[10]，织女不下机。
牵牛教人巧，积仓岁无饥。
织女教人巧，笥箧余裳衣[11]。
伊谁询儿女[12]，组绣穷毫厘[13]。
年年渡河汉，秋至次舍移。
宜淫五云上[14]，此论乃吾欺。
吾为牛女辨，欲判千古疑。

【作者简介】

李廌(1059—1109)字方叔，号济南，华州(今陕西华县)人。少以文章谒苏轼，颇受赏识，为“苏门六君子”之一。后苏轼与范祖禹同荐于朝，未果，遂绝意仕进。大观三年卒，年五十一。有文集《济南集》，近人自《永乐大典》辑出。《全宋词》录其词四首。

【注释】

① 除：台阶。 ② 烂：明亮。煌煌：明亮的样子。 ③ 湛：动词，澄清。 ④ 帷：围在四周的幕布。 ⑤ 芗泽：香泽，香气。芗：谷物的香气，通“香”。 ⑥ 驩：同“欢”，欢乐，欢心。 ⑦“金针”二句：《荆楚岁时记》：“七月七日，为牵牛织女聚会之夜。是夕，人家妇女结彩缕，穿七孔针，或以金银鍮石为针，陈瓜果于庭中乞巧，有喜子(蜘蛛的一种)网于瓜上，则以为符应。” ⑧ 漓：通“醨”，薄酒。 ⑨ 攸司：处所，居住的地方。 ⑩ 服箱：驾车。服，驾也；箱，车也。见《诗经·小雅·大东》：“睆彼牵牛，不以服箱。” ⑪ 笥箧：藏物的竹器。笥(sì)：竹制盛器。箧(qiè)：小箱子。 ⑫ 伊：发语词，放句首，无实义。 ⑬ 组：动词，编织。 ⑭ 淫：停留。

【题解】

宋诗多说理议论之作,此诗即是代表。全诗分两部分,前半部分写景铺垫,言及七夕牛郎织女相会,人间儿女乞巧玩乐之事。后半部分转而阐发议论,进入正题。诗人认为一切都不是真实的。牛郎不能使“积仓岁无饥”,织女不能让“笥箧余裳衣”,以此为据驳斥世间乞巧之俗的荒诞。说理透彻,有理有据,令人信服。然而过于注重说理而忽视了情趣。诗歌本是抒发感情的,这样的说理使得诗歌本身缺少诗味。这是说理诗的通病。

(汪智超　叶姝)

朱淑真诗二首

【作者简介】

朱淑真(生卒年不详),宋代女诗人。号幽栖居士,钱塘(今浙江杭州)人,世居桃村。约生活于北宋末年至南宋前期。相传出身仕宦之家,因婚姻不幸,抑郁不得志而殁。诗词之外,擅长绘画,通晓音律。诗词多抒发个人幽怨,过于伤感。有《朱淑真集》。

七夕口占

三秋灵匹此宵期①,万古传闻果是非?
免俗未能还自笑,金针乞得巧丝归②。

【注释】

① 三秋:秋季三个月,指整个秋季。灵匹:神仙匹耦。专指牵牛、织女二星。
② “金针”句:《荆楚岁时记》:“七月七日为牵牛织女聚会之夜。是夕,人家妇女结彩缕,穿七孔针,或以金银鍮石为针,陈瓜果于庭中乞巧,有喜子(蜘蛛的一种)网于瓜上,则以为符应。”

【题解】

口占即不起草而随口诵成,当场赋咏。起句平平而叙,启出下句议论,出语殊俗,对双星传说有无发问,为蹊径独辟处。第三句又兜转回来,自己虽已疑问,但行动上还是跟着传说与风俗走。末句是“俗”字的具体化,诗人和大家一样做乞巧的嬉戏,彩缕穿针,得巧而归。

(叶姝)

七　夕

拜月亭前梧叶稀,穿针楼上觉秋迟①。
天孙正好贪欢笑②,那得工夫赐巧丝。

【注释】

① 穿针楼:南齐武帝起层城观,七夕宫女登之穿针乞巧,谓穿针楼。 ② 天孙:星名,即织女星。

【题解】

此诗反映诗人思想、生活的另一侧面,即诗人不仅徒有文采,一生郁郁不得志,而且在男女情爱上也是红颜命薄,郁郁寡欢。“贪”为诗眼,此贪字大胆而不放纵、贪恋而不贪婪,把织女夫妇恩爱写得淋漓尽致,言出诗人的渴望之情。人们因盼七夕到来而感觉时光过得太慢,这一夕欢笑未免来得太晚,去得太急,有说不尽的卿卿我我,她还怎么能为民间送巧呢?全诗妙在不言情而情深,不诉苦而苦多,不话已而喻已,发自肺腑,令人深思。

(叶姝)

七夕闺意戏范济美

陈　渊

其一

衡阳新雁几时归①,惆怅佳人万事非。
蓬首西风还拜月,夜凉赢得露霑衣。

【作者简介】

陈渊(？—1145)，字知默，初名渐，字几叟，南剑沙县(今福建省南平市境内)人。生年不详，卒于宋高宗绍兴十五年。从学“二程”，又师杨时，学者称默堂先生。绍兴五年(1135)，廖刚、胡寅、朱震权、张致远荐充枢密院编修官。七年，诏举直言极谏之士，胡安国以渊应，改官赐进士出身。九年，除监察御史。寻迁右正言，论秦桧亲党郑亿年尝从贼，乞寝职名。为桧所恶，改宗正少卿。罢，主管台州崇道观，卒。渊著有《默堂集》二十六卷，词三卷，均录入《宋史·艺文志》并传于世。

【注释】

① 衡阳：今湖南衡阳市有回雁峰。据说，大雁南飞至此就不再向南迁徙。

【题解】

七夕是情人相会的日子，即使是天上的牛郎织女也会在这一天踏上鹊桥。但是，总会有一些不如意的事情，就如同刚到衡阳的大雁那么的孤单一样，这位美丽的女子也是那么的惆怅，心中只是默默地思念那个意中人。在这情人相会的夜晚，她独自对着月亮许下心愿，直到夜色深深，直到露水湿了衣服，还久久不愿离去。

(杨文学)

其二

经年不复到庭除①，又见秋风柳欲疏。
看罢巧楼归小阁，床头重捡近来书②。

【注释】

①经年：一年。除：台阶。 ②重：重新。

【题解】

七夕的夜晚，在庭院里赏月，才忽然想起，已经快一年没有到这庭院了。秋夜的凉风吹起，柳树的叶子片片飞落，让人顿生萧瑟之感。那些在今夜互相嬉戏，祈求幸福，许下心愿的姑娘们都已经歇息了，在这神仙相会的佳期，我却只能躺在床上阅读近来的家书以慰相思之苦了。诗歌于浅处动人。

(杨文学 项波)

陆游诗二首

【作者简介】

陆游(1125—1210),南宋诗人。字务观,号放翁,越州山阴(今浙江绍兴)人。他始终坚持抗金,在仕途上不断受到当权派的排斥打击。中年入蜀抗金,军事生活丰富了他的文学内容,作品吐露出万丈光芒,成为杰出诗人。词作量不如诗篇巨大,但和诗一样贯穿了爱国主义精神,“气吞残虏”。有《剑南诗稿》《渭南文集》《南唐书》《老学庵笔记》等。

秋　　夜

老病睡眠少,如斯秋夜何?
长庚未配月①,织女已斜河。
莎径虫吟苦②,柴门叶落多。
谁知穷宁戚,不作饭牛歌③。

【注释】

① 长庚:黄昏时出现在西方天空的金星的名称,亦称“太白”。《诗·小雅·大东》:“东有启明,西有长庚。” ② 莎(sūo)径:长满莎草的路。莎,莎草。③“谁知”二句:《离骚》:“宁戚之讴歌兮,齐桓闻以该辅。”王逸注:“宁戚,卫人。修德不用,退而商贾,宿齐东门外。桓公夜出,宁戚方饭牛,叩角而商歌。桓公闻之,知其贤,举用为客卿,备辅佐也。”饭牛,喂牛。

【题解】

长长的秋夜,对于一个无眠的人来说是格外的漫长了。头上长庚、织女星闪耀,看来时间还早。想出户外走走,看见的却是满目凄凉——长满莎草的小径,苦吟的虫声,堆满落叶的柴门。面对此情此景,诗人心中是不平的,不然怎么会想起古代的宁戚呢?可宁戚终于被用,而自己呢?

(项波)

七月四日夜赋

楼角西南月一钩,晚瓜落刃酒新篘[1]。
仙家又怆银河别,太史新班玉历秋。
衰病岁时良冉冉[2],穷愁身世转悠悠。
莫因乞巧嘲儿女,我亦飘然水上浮。

【注释】

① 篘(chōu):竹制滤酒器,亦称滤酒。 ② 冉冉(rǎn):慢慢地,渐进貌。《离骚》:"老冉冉其将至兮,恐修名之不至。"

【题解】

月儿又是弯弯一钩,眼看便是七夕。瓜果已经成熟,还有新酿的美酒,然而所有这些只能引起作者更多的感慨。岁月流逝,衰老多病的诗人徒感身世悠悠,所以才有最后的自嘲。

(项波)

七　　夕

严　粲

机巧逐时新,谁将大维陈[1]?
天孙古机锦[2],笑杀世间人。

【作者简介】

严粲,字坦叔,一字明卿,学者称华谷先生,邵武(今属福建)人。严羽族弟。登进士第,曾为饶州掾,知清湘县。绍定间为徽州掾。精《毛诗》,著《诗辑》三十六卷。诗文集已佚,仅《两宋名贤小集》存《华谷集》一卷。

【注释】

① 维:法度、纲纪,或指成就帝业。陈:指陈宝。通常用来作帝王的象征。相

传陈穆公时,陈仓人(宝鸡)发现两位仙鸡化作的神童,得雄者王,得雌者霸。这两位神童后来一个飞至南阳,一个落至宝鸡,人称陈宝,见《搜神记》。 ② 天孙:星名,即织女星。

【题解】

命运无常,谁也不能看透将来会是什么样子的,于是人们就把自己的未来与许多的神话传说相联系,希望这样能够提前知道自己未来的命运。而这些能够预示人的命运的"巧合"也总是不停地出现和改变。就像陈宝是帝王的象征一样,织女也是女性心灵手巧的祈求对象。通过在七夕的许愿,女孩就会变得灵巧。其实,这只是人们寄托他们的美好愿望罢了!可笑的是,我辈却对此深信不疑。诗人借陈宝、天孙之典讽喻世人作为,亦可见出宋诗之特点。

(杨文学)

四时田园杂兴·七夕

范成大

朱门乞巧沸欢声①,田舍黄昏静掩扃②。
男解牵牛女能织,不须邀福渡河星。

【作者简介】

范成大(1126—1193)(据《增订注释全宋词》,朱德才主编,文化艺术出版社,1997年版),字致能,号石湖居士。吴县(今江苏苏州)人。宋高宗绍兴二十四年(1154)考中进士,初授户曹,监和剂局。隆兴元年(1163)迁正字,历官著作佐郎、吏部郎官,知处州、起居郎。充金祈请国信使使金。归,除中书舍人,知静江府,移四川制置使。召对,除权吏部尚书。淳熙五年(1178)拜参知政事,仅二月,为言者所论,奉祠。绍熙三年(1192)加大学士,次年卒。有《石湖集》等。

【注释】

① 朱门:红漆大门,指贵族豪富之家。 ② 扃(jiōng):门户。

【题解】

本诗视角独特,也是言理之诗,以朱门之家与田舍之家作比,一个乞巧欢腾,一个静享黄昏，只是因为田舍之中男会牛耕，女会机织，处于自足状态，无须乞巧邀福，含有作者对他们的赞赏与羡慕之情。

（叶姝　段永升）

七夕新凉

杨万里

商量秋思是寒螿[1]，将息荷花得早凉。

五岭从来说炎热[2]，朝来已怯葛衣裳。

【作者简介】

杨万里(1127—1206)，字廷秀，号诚斋，吉州吉水(今江西吉县)人。宋朝杰出诗人，一生力主抗战，反对投降。

【注释】

① 寒螿：也作寒蝉，即寒天的蝉，秋深天寒，蝉即不鸣。　② 五岭：也作“五领”。大庾岭、越城岭、骑田岭、萌渚岭、都庞岭的总称，位于江西、湖南、广东、广西四省之间，是长江与珠江流域的分水岭。

【题解】

诗意似无关七夕，而着墨于“新凉”。一“新”字言明，这或许正是诗人这年第一次感觉到的寒意，因而感受敏锐、深刻。

（叶姝）

七夕有赋

魏了翁

经星不动随天旋[1]，枉被嘲谑千余年。

无情文象岂此较，独嗟陋羽轻相沿[2]。

我尝作诗觝排之[3]，尚有遗恨污陈编[4]。

人於万物为至灵，聪明照彻天地先。
其如形气之所囿⑤，则以学问开蒙颛⑥。
不知谁为乞巧者⑦，乃谓天孙执其权⑧。
天孙能襄不能报⑨，世閒之拙无加焉。
痴儿騃女竞针缕⑩，高楼大第迷管弦。
汉魏以来用一律，无人出语扶其颠。
其间假拙济巧者，又欲托此文奸言。
敢因良会追往事，更发此义声余冤。

【作者简介】

魏了翁(1178—1237)，邛州蒲江(今属四川)人。字华父，世称鹤山先生。1234年以资政殿学士知潭州(长沙)。庆元进士，官至端明殿学士。魏了翁是南宋理学大师，反对佛老"无欲"之说，认为圣贤只言"寡欲"，不言"无欲"，指出"虚无，道之害也"。推崇朱熹理学，但也怀疑朱注各经是否完全可靠。提出"心者人之太极，而人心已又为天地之太极"，提高"心"的作用，又和陆九渊接近。其一生著述宏富，讲学授徒，弟子遍及天下，其学被称为鹤山学派。著有《鹤山全集》。

【注释】

① 经星：古代称二十八宿等恒星为经星。 ② 陋羽：见识不广，目光短浅，学识浅薄。 ③ 觝(dǐ)排：疑为"觝诽"，即讥贬的意思。 ④ 陈编：古籍、古书。 ⑤ 囿：局限、拘泥。 ⑥ 蒙颛(zhuān)：蒙昧，愚昧。 ⑦ 乞巧：民间七月七日的一种风俗习惯。就是向织女乞求一双巧手的意思。乞巧最普遍的方式是对月穿针，如果线从针孔穿过，就叫得巧。 ⑧ 天孙：星名，就是织女星。 ⑨ 襄：辅助。 ⑩ 针缕：也就是乞巧，对月穿针。

【题解】

历代文人都是对牛郎织女的传说吟咏不已，或怨天帝的不近人情，或悲织女的不幸遭遇，或颂牛女的忠贞爱情，或寓人间的悲欢离合。但是，这首诗却与众不同，从天文学的角度出发来解释牵牛织女星之间永恒的距离，并一同将人们在七夕的乞巧等风俗也进行讽刺，将过去的一切传说都贬作"世间之拙"。诗人还预见到自己的这一番话语会遭到后人的唾弃，已经先行为自己申冤。虽然不免有故作惊人之语的嫌疑，但也振聋发聩。

（杨文学　项波）

七　　夕

朱继芳

儿女穿针夜向分①，楼头月落尚炉薰。
凭谁为觅机边石②，留取支床卧白云。

【作者简介】

朱继芳，字季实，号静佳，建安（今福建建瓯）人，理宗绍定五年（1232）进士。历知龙寻、桃源县，调宜州教授未赴。《南宋六十家小集》中存有《静佳龙寻稿》《静佳乙稿》各一卷。

【注释】

①“儿女”句：指民间七月七日的习俗——乞巧。就是向织女乞求一双巧手的意思。乞巧最普遍的方式是对月穿针，如果线从针孔穿过，就叫得巧。　②机边石：也就是支机石。《太平御览》卷五一引《荆楚岁时记》：“张骞寻河源得一石，示东方朔，朔曰：‘此石是天上织女支机石，何至于此？’”

【题解】

诗句描写了七夕时闺中女儿一起嬉闹、乞巧的场面，一直到月亮落下的时候，她们还意犹未尽。那时的姑娘们是很在意这个节日的，这会为她们带来一双巧手，一份好运。要是能够寻到织女的支机石，将它放在床边，就能像仙女一样在天上游走，那该多好啊！

（杨文学）

七夕二首

贾云华

其一

梧桐枝上月明多，瓜果楼前艳绮罗[①]。
不向人间赐人巧，却从天上渡天河。

【作者简介】

贾云华(1314—1368)，元代才女，钱塘(今浙江杭州)人。据明代李昌祺《剪灯余话》云，贾云华为贾平章之女，其母与魏鹏母先有指腹之约。鹏抵杭谒云华母。不料母悔前约，命与云华兄妹相称。二人乃私谐夙愿。未几，鹏以母丧归。云华知死生之诀，不久，郁郁而死。

【注释】

①"瓜果"句：写旧时民间乞巧风俗。妇女于七夕设供向织女星求智巧。《荆楚岁时记》："七月七日，为牵牛织女聚会之夜。是夕，人家妇女结彩缕，穿七孔针，或以金银鍮石为针，陈瓜果于庭中乞巧，有喜子(蜘蛛的一种)网于瓜上，则以为符应。"

【题解】

此诗写少女乞巧时的景况与感想。首句写景：粗枝大叶的梧桐，颇有生气；月明柔和的画面，点出夜色已降临。接下来写妇女们摆上新鲜瓜果，虔诚地表达着心中莫大心愿。可是年年乞巧，似乎依然故我，无大长进。诗人愤怒，却还颇下过一番"侦探"，于是揭出老底"不向人间赐人巧，却从天上渡天河"，显出了一副娇嗔模样。后联对仗工巧而又流转，不可多得。

其二

斜亸香云倚翠屏[①]，纱衣先觉露华零。
谁云天上无离合？看取牵牛织女星。

【注释】

① 亸(dǔo):亦作"嚲",下垂。

【题解】

妇女们等得太久,发髻都累得蓬松了,"香云"斜挂下来,人也倦怠地倚着翠屏了,单薄的纱衣,已抵挡不住孟秋深夜的凉意,由觉得凉而觉得露水下得重,这完全符合人们的感知规律。诗人在疲倦与清冷中等待,也在此中思考,她终于领会牛郎织女在这千金一刻里的心情,想到夫妻分离的婚姻悲剧。但诗人似乎还未将自己介入,因而虽有感触,却并不伤情。

(叶姝)

辽　金

七　夕

边元勋

高楼人散酒樽空，漫拟新文送五穷[①]。
独倚南窗夜岑寂，一勾凉月下疏桐。

【作者简介】

边元勋，字辅臣，丰州（今内蒙古自治区呼和浩特）人，后迁云中。天会十年（1132）登进士。

【注释】

① 漫拟：随意地写。五穷：也叫五鬼。指“智穷、学穷、文穷、命穷、交穷”等五种穷鬼，曾见于韩愈的《送穷文》，文中言：“凡此五鬼，为吾五患”，所以要送而走之。

【题解】

诗言七夕之夜酒散文拟，“空”“漫”“独”“凉”“下”等字传达出诗人孤单寂寥之情，用语平实质朴。

（叶姝）

七　夕

元德明

天河惟有鹊桥通[①]，万劫欢缘一瞬中。
惆怅五更仙驭远[②]，寂寥云幄掩秋风[③]。

【作者简介】

元德明(1155—1203),忻州秀容(今山西忻州)人,元好问之父。自幼嗜读书,屡举不第。泰和初,任陵川令。为人诚实乐易,不以世俗鄙事为怀,放浪山水间,以诗酒自娱。居东山福田精舍,首尾十五年,自号东岩子。有《东岩集》三卷,已佚。

【注释】

① 鹊桥:传说七夕乌鹊成桥以渡织女。 ② 仙驭:这里指织女的车驾。③ 幄:帷幕。

【题解】

天河渺渺唯有鹊桥相通,来之不易的相聚之欢却只有匆匆一瞬间。夜已五更,仙驾渐远,唯留无限惆怅。"寂寥云幄掩秋风",移情于景,无限滋味尽在其中。

(宋锡玲)

七　夕

李俊民

云汉双星聚散频①,一年一度事还新。

民间送巧浑闲事,不见长生殿里人②。

【作者简介】

李俊民(1176—1260),字用章,自号鹤鸣老人。泽州晋城(今山西晋城)人。承安五年经义进士第一,任应奉翰林文字。贞祐中,任沁水令,兼提举长平仓事。未几,弃官教授乡里,隐居嵩山等地达二十年。入元,忽必烈以安车召见,加号庄靖先生,不仕还山。有《庄靖集》,今存。其诗作或抒写亡国之痛,或描写民间疾苦,皆为真情流露。时人评其诗格律清新似坡仙,句法奇杰似山谷。

【注释】

① 双星:指牵牛、织女二星。 ②"不见"句:用唐玄宗与杨贵妃的典故。白居易《长恨歌》有"七月七日长生殿,夜半无人私语时。在天愿作比翼鸟,在地愿为连理枝。"

【题解】

牛郎织女一年一度天河相会，聚散频频。诗人由此想到人间乞巧之事，进而由唐玄宗与杨贵妃在长生殿里盟誓之事，生出几多感慨。诗歌内容简单，构思中却见别致。

（宋锡玲）

七　夕

史　学

箱牛回驭锦机闲①，天上悲欢亦梦间。
月夜并肩人不见，萧萧风叶满骊山。

【作者简介】

史学，字学优，延安（今陕西延安）人。正大间，年五十，省试夺魁，后中进士。曾任武阳主簿、卢氏令，病卒于官。长于史传地理，又工诗。

【注释】

① 箱牛：语出《诗·小雅·大东》："睆彼牵牛，不以服箱。"后因以"箱牛"指牵牛星。锦机：织机。

【题解】

本诗首写天上牛郎织女相会，由此想到现实中"月夜并肩人不见"，无限感慨蕴含其中。尤其结尾一句"萧萧风叶满骊山"，读来更是韵味无穷。

（宋锡玲　段永升）

七　夕

元好问

天街奕奕素光移，云锦机闲漏箭迟①。
谁与乘槎问银河②，可无风浪借佳期。

【作者简介】

元好问(1190—1257),字裕之,号遗山,忻州秀容(今山西忻州)人。祖先出生于北魏鲜卑拓跋氏。他三十二岁登进士第,曾任南阳等县的县令,后入朝任右司都事、东曹都事等职。金亡,他被元兵押解到聊城,后回到家乡从事著述。

【注释】

① 漏:古代滴水计时的仪器。刻,古代置计时器漏壶下用以指示时刻之物。② 槎:木筏。此句用汉张骞乘槎至天河遇织女的典故。

【题解】

与其他许多七夕诗歌一样,本诗也是直接就牛郎织女故事本身而作。天河明亮,月光渐移,锦机暂停,而时光匆匆。于是诗人不禁感叹:谁能乘槎前往,向银河借得一个无风无浪的幽会佳期?

(宋锡玲)

七夕感兴

释性英

清河如练月如舟①,花满人间乞巧楼。
野老家风依旧拙,蒲团又度一年秋②。

【作者简介】

释性英,字粹中,号木庵,从外家辽东。贞祐初至金末在世。弱冠作举子,后为僧人。南渡后,居洛西之子盖,与辛愿、赵元、元好问游,诗道益进。元好问许以"诗僧第一代,无愧百年间。"后住龙门、嵩少二十年,仰山五六年。有《木庵诗集》,已佚。

【注释】

① 练:白绢。 ② 蒲团:用香蒲草、麦秸等编成的一种圆形垫子。

【题解】

天上清河明月,人间花满乞巧楼,而诗人却家风朴拙,蒲团相伴又是一年秋。本诗语言较浅显易懂,读来却别有一番风味。

(宋锡玲)

元　　代

七月七日同宋显夫学士暨经筵僚属游上京西山

周伯琦

盘盘绝顶抚峥嵘①,目尽天涯一掌平。
海气腾空摇铁刹,山风卷雾净金城②。
鞲鹰秋健诸酋帐③,苑马宵肥七校营④。
相顾依然情未已,携壶明日约同倾。

【作者简介】

周伯琦(1298—1369),字伯温,元朝饶州(今江西鄱阳)人,是元代文士重臣。周伯琦仪观温雅,博学工文章,而尤以篆、隶、真、草之书法擅名当时,与赵孟頫一样,是元朝皇帝"字而不名"的人物。

【注释】

① 盘盘:回曲貌。李白《蜀道难》:"青泥何盘盘,百步九折萦岩峦。" ② 金城:坚固的城墙。 ③ 鞲(gōu):用来束衣袖的臂套。 ④ 苑(yuàn)马:王室禁苑中所畜的马。校:古代军营的一种建制。

【题解】

诗人与学士登山,至山顶便见满目的嶙峋怪石。从山顶这至高处看着仿佛只有一掌大的天下,诗人顿生豪气。中间两联笔力雄大劲健。诗末却落入俗套——相约明天再来游山,因为今天尚意犹未尽。

(项波)

明　代

七月七日

刘　基

百年佳会几今宵？脉脉相看一水遥。
漫道天孙解专巧①，却教乌鹊为成桥②。

【作者简介】

刘基(1311—1375)，字伯温，处州青田(今属浙江)人。曾任江浙儒学副提举，不久弃官归隐，著寓言小品《郁离子》以揭露暴政。他通天文、精兵法，受朱元璋之聘，为明朝的开国元勋之一，官至御史中丞，以佐命功，封诚意伯，著有《诚意伯集》。

【注释】

① 漫：没有约束，没有限制，随意。天孙：指织女。《荆楚岁时记》："七月七日，为牵牛织女聚会之夜。是夕，人家妇女结彩缕，穿七孔针，或以金银鍮石为针，陈瓜果于庭中以乞巧，有喜子(蜘蛛的一种)网于瓜上，则以为符应。"　②"却教"句：《淮南子》："乌鹊填河成桥而渡织女。"

【题解】

这首诗主要写了七夕时的感想。七夕牛女相会，一年仅此一夜，难得而易失，故显得尤为可贵，虽有天河相隔，而牛女那浓浓深情却未有丝毫减损，每日依旧含情相向。七夕民间传说，妇女应向织女乞巧，诗人对此却不从俗，劝道不要谈论织女赐巧之事，先让那乌鹊早早结成桥，以让两位有情人尽快相见吧！"多情自古伤离别"，诗人对此真挚感情的珍视之情渗透于字里行间，文约旨远，感人至深。

(张华)

七　夕

黎　贞

蒋陵山下泊行舟，客里惊逢七夕秋。
银汉纵横凉似水，倚篷深夜看牵牛。

【作者简介】

黎贞(1346—1405)，字彦晦，广东新会(今广东江门市新会区)人，洪武初补郡庠生。

【题解】

此为客里七夕，言语平实，“倚篷深夜”句显出客愁。

（叶姝）

七夕大风

魏　观

湖滨风急客衣凉，瓜果谁家月满堂[①]？
五色在天思补衮[②]，七襄报日会成章[③]。
机丝停杼空情绪，星汉乘槎竟杳茫[④]。
世道只今多用巧，人间养拙定何乡？

【作者简介】

魏观，明诗人。字杞山，号梅初，蒲圻(今湖北省东南部)人。元末隐居乡里燕山，明兴，聘为平江学正等职。洪武元年受命侍太子及诸王读书，后致仕。洪武五年又荐授苏州知府，因在张士诚官殿旧址上建府衙而被杀。太祖寻悔之，命致祭归葬，其诗风格浑朴，不从纤靡之习。著有《蒲山牧唱》。

【注释】

①“瓜果”句:《荆楚岁时记》:“七月七日,为牵牛织女聚会之夜。是夕,人家妇女结彩缕,穿七孔针,或以金银鍮石为针,陈瓜果于庭中以乞巧,有喜子(蜘蛛的一种)网于瓜上,则以为符应。” ② 衮:古代帝王或三公(古代最高的官)穿的礼服。 ③ 七襄:织女星从旦至暮(共七个时辰)移动其位置七次。 ④ 槎:木筏。

【题解】

这是七夕抒发个人感慨的一首诗。首联写诗人客居他乡,值此七夕牛女相会之日,却是大风乍起,不由生出凄凉之感。颔联抒发自己欲一展才华的雄心壮志。颈联写怀才不遇、欲出无门的失落之情。尾联巧借七夕人间多乞巧的风俗双关以喻社会黑暗,及多勾心斗角、投机取巧的丑恶现象,继而发出前途何处的提问。字里行间可见诗人刚正之气与孤独之感,与范仲淹“微斯人,吾谁与归?”有异曲同工之妙。

(张华　段永升)

妙声诗二首

【作者简介】

妙声,明代诗僧,字九皋,吴县(今江苏省东南部)人。元末居景德寺,后迁常熟慧日寺,又主平江北禅寺。在元末战乱中比较活跃,与文坛联系颇密切。明洪武三年(1370),与释子万金同被召入京,莅天下释教。卒于洪武十七年(1384)以前。《四库全书总目》谓:“妙声与袁桷、张翥、危素等俱相友善,故所作颇有士风。当元季扰攘之时,感事抒怀,往往激昂可诵,杂文体裁清整,四六俪语亦具有南宋遗风,在缁流之内,虽未能语带烟霞,固犹非气含蔬笋者也。”著有诗文集《东皋集》。生平事迹见《嘉靖常熟县志》卷九、《吴中人物志》卷一。

七　夕

七夕已复至,徂暑适云消①。

候虫依砌响,梧桐带露飘。

双星限河汉[2],孤月丽曾霄[3]。
欻吸仰灵气[4],徘徊望斗杓。
独嗟天路永,空悲秋夜遥。
南飞有乌鹊,惆怅不成桥。

【注释】

① 徂(cú):往。 ② 双星:牵牛星和织女星。河汉:银河。 ③ 曾:通“层”,重叠。 ④ 欻(xū):忽,忽然。

【题解】

这是七夕感事抒怀的一首诗。全诗以一种低沉压抑的格调贯穿,句句皆有悲戚之感,环境的清冷及牛女的天河相阻,孤月照耀等描写,更加烘托出诗人此刻的感触,愁思不解,徘徊不定,只有在秋风秋夜之中独嗟空悲了。诗人缘何而愁呢?没有明言,而是借七夕牛女鹊桥会的传说委婉地表达出来。本能今夜两相见,奈何乌鹊不成桥!本诗作于元末战乱时代,诗人忧国忧民之感隐约可见。

(张华　段永升)

七　　夕

天孙不嫁惜娉婷[1],此夕新妆翳翠軿[2]。
银汉浪传乌鹊影,锦机飘下凤凰翎。
张生槎动秋应返[3],柳子文成梦未醒。
老矣不争儿女巧[4],敢将词笔累仙灵[5]。

【注释】

① 天孙:指织女。娉婷:形容女子姿态美好。 ② 翳(yì):遮蔽。 ③ 槎:木筏。 ④ 儿女巧:《荆楚岁时记》:“七月七日,为牵牛织女聚会之夜。是夕,人家妇女结彩缕,穿七孔针,或以金银鍮石为针,陈瓜果于庭中以乞巧,有喜子(蜘蛛的一种)网于瓜上,则以为符应。” ⑤ 累(lěi):烦劳。

【题解】

这是七夕感事抒怀的一首诗。诗人前半部分勾勒了七夕牛女会前的情景，欢快盛大。继而借用两个典故表达了自己的苦闷心情，“秋应返”而未返，“梦未醒”却应醒，现实总是那么的事与愿违。最后诗人巧借七夕乞巧的习俗，表达了自己年事已高，没有心思去乞巧了，只有借文辞来抒发自己的感受了。全诗风格清丽、委婉含蓄、构思精巧、寄慨遥深，具有较强的艺术感染力。

（张华）

七夕醉答君东①

汤显祖

玉茗堂开春翠屏②，新词传唱《牡丹亭》。
伤心拍遍无人会③，自掐檀痕教小伶④。

【作者简介】

汤显祖(1550—1616)，明代戏曲家，字义仍，号海若，别号若士，晚年自号茧翁。祖籍江西临川。万历十一年(1583)进士。万历十九年因《论覆臣科臣疏》直接抨击首辅申时行等朝廷大员，同时间接批评了褒贬失当的皇上，被贬至广东徐闻县任小吏典史。万历二十六年(1598)辞官，归隐于临川玉茗堂中。汤显祖先后创作了《牡丹亭》《南柯记》《邯郸记》，连同以前所作《紫钗记》，合称“临川四梦”或“玉茗堂四梦”，并在剧作中完整地展示了他的“至情”论。《牡丹亭》是他的代表作。

【注释】

① 君东：作者好友，名刘浙，字君东。 ② 玉茗堂：作者所居之堂名，《牡丹亭》作于此。 ③ 会：领会，理解。 ④ 自掐檀痕：亲自击拍。檀，檀板，击拍打节奏用。痕：形容檀板常年被握，已掐出凹痕。小伶：年少的演员。

【题解】

《牡丹亭》是作者呕心沥血的杰作，它不仅凝结着作者的艺术才华，也体现了作者的社会理想和人格追求。该剧上演传唱，作者自然喜悦难言。但其中包含的深意又有几人领会？七夕醉后，作者向好友倾诉此间种种情愫。

（宋锡玲　段永升）

白门七夕[①]

李流芳

旧日维舟处[②],悬情独柳条。
秋风又京国[③],客思正江潮[④]。
长路有时到,欢期难再邀。
徘徊望牛女,愁绝向中宵[⑤]。

【作者简介】

李流芳(1575—1629),明文学家、画家。字长蘅,号泡庵、慎娱居士,嘉定(今江苏嘉定)人。万历三十四年(1606)举人。诗文多写景酬赠之作,风格清新自然。与程嘉燧、唐时升、娄坚合称"嘉定四先生",善绘山水。明思宗崇祯二年卒,年五十五。

【注释】

① 白门:六朝时称建康城南门为白门,后用作南京的别称。 ② 维:系。 ③ 又京国:又上京国,诗题下原注"时将入燕"。 ④ 正江潮:正如江潮。 ⑤ 中宵:夜半。

【题解】

本诗作于诗人重到南京即将赴北京参加会试之际。诗中撷取与往日一样柔美的柳条,抒写了故地重游、物是人非的感慨与惆怅。而又时逢牛女相会之七夕,自己却要远上京国,不得与伊人相聚,遥望牛女,怎能不愁思如潮?

(宋锡玲)

秋 闺

戴天锡

久病情怀偶自如(元王中),挑灯细读寄来书(元范德机);

苍茫岭海三年别（朱元晦），仿佛尘埃数字余（苏东坡）。
月坠檐牙人睡了（周美成），风生荷叶酒醒初（林霁山）；
分明更想残宵梦（吴商浩），梦里频频却见渠[①]（王十朋）。
碧落香销兰露秋[②]（温庭筠），银河依旧隔牵牛（元郝伯常）；
清风未许同携手（谭用之），好月那堪独上楼（谭用之）。
归信几番劳远梦（高鼎王），愁心一倍长离忧（李从一）；
玉颜自古为身累（欧阳永叔），画向丹青也合羞（花蕊夫人）。

【作者简介】

戴天锡，生卒年不详，据明弘治《长乐县志》点校本载："戴天锡，由举人官至襄府伴读，后升纪，善工诗，有《群珠摘粹诗集》行于世。"且明代郎瑛《七修类稿·集句》载，戴氏有集句诗集《群珠摘粹》。

【注释】

① 渠：他。　② 碧落：道家称天界为碧落。《度人经》："昔于始青天中碧落高歌。"注："始青天乃东方第一天，有碧霞遍满，是云碧落。"

【题解】

此诗出于明郎瑛《七修类稿》中所收的一首集句诗，比较工致。郎瑛（1487—1566）明藏书家，字仁宝，仁和（今浙江杭州）人。因身患疾病而淡于功名。稍长，乃博览艺文，探讨经史。家藏图书有经史文章、杂家之言、乡贤手迹等，每日坐于书斋中诵读，揽其要旨，撮取精华，辨同异，考谬误，著《书史衮钺》六十卷。另著有《萃忠录》两卷、《七修类稿》五十五卷。集句诗，诗体之一。宋蔡绦《西清诗话》："集句自国初有之，未盛也。至石曼卿文物开敏，以文为戏，然后大著。至元丰间，王荆公益工于此。"明徐师曾《文体明辨》："集句诗者，杂集古句以成诗也。自晋以来有之，至宋王安石尤长于此。盖必博学强识，融会贯通，如出一手，然后为工。若牵合傅会，意不相贯，则不足以语此矣。"有化腐朽为神奇的效果。

（王敏）

七夕遇雨

谢五娘

乞巧传杯不暂停①，人间天上两关情。
西风吹断牛郎泪②，洒落帘前作雨声。

【作者简介】

谢五娘，潮州(今广东潮州)才女，生活在万历年间，曾因事下狱。有《读月居诗》一卷。

【注释】

① 乞巧：《荆楚岁时记》："七月七日为牵牛织女聚会之夜。是夕，人家妇女结彩缕，穿七孔针，或以金银鍮(tōu)石为针，陈瓜果于庭中以乞巧，有喜子(蜘蛛的一种)网于瓜上，则以为符应。" ② 西风：秋风。

【题解】

七夕之夜，本为牛女团聚，却正遇下雨。作者于是把帘前的雨想象为与织女遥遥相望、一年只得一次相见的牛郎洒落的眼泪，既喻七夕，又点明为雨夜，含蓄而巧妙地表现了主题。

(宋锡玲)

七夕集元美宅送茂秦

佚名

祖席陈瓜果①，征衣理薜萝②。
云边看露掌，花里出星河。
仙吏挥金碗，佳人罢锦梭。
新知天上少，秀句邺中多③。
疏拙时名弃，欢娱虏骑过。

秋风吹鬓发，落日渡滹沱④。
匕首荆卿赠，刀头桂客歌。
明年见牛女，能不忆羊何。

【注释】

①《荆楚岁时记》："七月七日，为牵牛织女聚会之夜。是夕，人家妇女结彩缕，穿七孔针，或以金银鍮石为针，陈瓜果于庭中以乞巧，有喜子（蜘蛛的一种）网于瓜上，则以为符应。" ② 薜萝：一种木本植物。 ③ 邺中：古地名，在今河南安阳北。④ 滹沱（hū tuó）：水名，在河北。

【题解】

这是一首七夕告别友人的诗。前半部分运用了白描手法，描述了七夕牛女鹊桥会时人间天上的场景。接下来写到自己将与友人分别，互相题赠，感时伤世，在此秋风落日的映照之下，联想到历史上的荆卿、桂客，一位高大的英雄形象呼之欲出，慷慨激昂。七夕别离正值多事之秋，诗人不由愁上心头，感慨良多，如果再看到天上的牛女星，又怎能不触景生情呢？全诗借七夕起兴以写时事，借景抒情，风格豪迈，意境幽远，不失为一篇佳作。

（张华　段永升）

谢榛诗二首

【作者简介】

谢榛（1495—1575），字茂秦，自号四溟山人，又号脱屣山人，临清（今属山东）人。未尝仕进，刻意为诗，在"明七子"中是最有成就者。著有《四溟山人集》和《四溟诗话》。

七夕敬二君饯别，得秋字①

北斗挂城头，明河迴不流②。
人间清露夜，天上白榆秋③。

聚散多歧路,悲欢自女牛。
谁知老来拙,回首故乡楼。

【注释】

① 得秋字:指分韵赋诗,得秋字韵。 ② 明河:指银河。 ③ 白榆:白榆星。

【题解】

这是一首送别诗。多情自古伤离别,奈何离别又值七夕节,诗人从环境描写起笔,借人间天上之景衬此时之情。后面以牛女聚散喻自己别离,比喻贴切,深情款款。最后一句展望未来,以一个极为平常的动作巧妙地传达了不忍离去的情感,与屈原《离骚》中"忽临睨夫旧乡"有异曲同工之妙,感情真挚,耐人寻味。

(张华)

七夕留别汪泊阳、李于麟、王元美得知字[①]

久客言归意,留连几故知。
鹊桥星度夜,燕馆月沉时。
天上才欢和,人间转别离。
情分绛河影,秋动白榆枝[②]。
桂醑还成醉[③],萍踪不可期。
年年湖海上,今夕定相思。

【注释】

① 得知字:指分韵赋诗,得知字韵。 ② 白榆:白榆星。 ③ 桂醑(xǔ):美酒。

【题解】

这是一首送别诗。诗人开篇明义点明主题,留恋之情明明白白地道了出来,后面以七夕牛女会与自己别友人对照,更加衬托出诗人内心的不舍与惆怅。诗人于是借酒浇愁,不知道再见之日,每每到了七夕时,一定会想起这些好友的。全诗运用了白描的手法,人间天上对比鲜明,与友人的深情厚谊溢于言表。

(张华 段永升)

七　　夕

马间卿

灵鹊成桥事有无[①]，人间今夜忆星姑。
倚窗坐久秋声动，一叶西风到碧梧[②]。

【作者简介】

马间卿(1493—1580)，字芷居，金陵(今江苏省南京市)人，有《芷居集》。

【注释】

① 灵鹊成桥:《风俗通》记载，每年七月七日，织女当渡河，使鹊为桥。　② 碧梧:梧桐。

【题解】

本诗由七夕想到鹊桥相会之事，想到人间关于牛女的传说，并由此生发开去，想到秋天已到。整首诗字面意思明白如话，读来却觉言尽而意未穷。

(宋锡玲　段永升)

七　　夕

萧应韶

七月炎方暑未归，竹房清簟对荆扉[①]。
鹊桥渡处云犹湿，雁阵来时雨正霏。
抚景每怜予独拙，倾樽还喜客玄机。
人间感恨知多少，岁岁相思空寄衣。

【作者简介】

萧应韶，曹禺(广州)人，嘉靖三十八年(1549)举人，官湖广宁远知县。

【注释】

① 清簟:竹编凉席。荆扉:柴门。

【题解】

这是炎暑未消的七夕,诗人所居之处清凉可人,当夜或是雨丝绵长之时,诗人言己笨拙,而喜来客言谈玄机。末句正是玄机内容,人间感恨,寄衣无处,相思无地。全诗对仗工整。

(叶姝)

七　　夕

梁梦阳

瑟瑟西风起,柴门寂掩关。
月华凉似水,河汉在人间。

【作者简介】

梁梦阳,字永雅,顺德(今广东省佛山市境内)人。明朝诸生,工诗、画,不乐仕进。

【题解】

诗意重在后一句,即河汉与人间相通,或是西风凉气如河汉,又或是河汉带来的相隔之感与人间相同。

(叶姝)

舟中七夕

邓神骏

向晚孤舟泊,风疏雨渐晴。
起看天转净,遥见月微明。

织女他年意，游人此夕情。
终伤离乱后，刁斗动江声[①]。

【作者简介】

邓神骏，字报超，广东从化（今广州市境内）人。明朝诸生。著有《且一堂稿》。

【注释】

① 刁斗：古代行军用具。斗形有柄，铜质；白天用作炊具，晚上击以巡更。

【题解】

这是傍晚行舟停泊的七夕，前二联言的是舟中所见雨景。三联开始感慨，但诗意重在今夜游子之情。尾联言“情”字内容。此诗或是诗人处在颠沛离乱之境所作，因而孤寂凄凉之情便如刁斗牵动的江声，一圈圈地弥散开来。诗情浓郁，言语晓畅。

（叶姝）

又七夕

李仁

又喜看牛女，今年两渡河。
欢娱知不久，离恨较前多。
暮鹊沉银汉，秋风老芰河[①]。
谁家乞巧妇，玉露湿凌波[②]。

【作者简介】

李仁，字孝先，广东四会（今广东中部、肇庆的东北面）人，明朝太学生，著有《借堂偶编》。

【注释】

① 芰：古书上指菱。 ② 凌波：指美女的脚。

【题解】

诗人所在之年是个闰七夕，牛女又得短暂欢娱，因为相聚美好的感受多了，反而离恨还要比以前更多。夜色已深，乌鹊都快招架不住，要沉入银河，菱花也将被秋风吹老，寒意袭人。此时人间有个乞巧的女子，仍诚心对天，忘了脚已被露水打湿。前二联感情缠绵，十分到位，后二联好比白描图一幅，写来细致入微。

（叶姝）

七夕旅寓作

吴　鳌

儿女穿针绣阁开，吾侪相遇且衔杯。
但存真性何嫌拙，不向天孙乞巧来。

【作者简介】

吴鳌，字同岑，程乡(今广东省梅州市梅县)人，明人。

【题解】

反常意而作，言真性可贵。

（叶姝）

秋　怨

谢肇淛

明月怜团扇，西风怯绮罗[①]。
低垂云母帐，不忍见银河。

【作者简介】

谢肇淛(1567—1624)，字在杭，长乐(今属福建)人，号武林、小草斋主人，明代博物学家、诗人。万历壬辰(1592)进士，累迁工部郎中，出为云南参政、广西按察使，迁布政使，熟悉水利，他是闽派诗人的砥柱，著有《小草斋集》。

【注释】

① 绮罗:泛指华贵的丝织品或丝绸衣服。

【题解】

这是抒发秋思秋怨的一首五言诗。诗人运用了拟人的手法,含蓄地表达出自己的感情,所谓“一切景语皆情语”。“低垂”二字虽是动作,极能传达心理感情,“不忍”二字即为心理描写,看似句句写牛女,实为句句写自己,构思精巧、意境幽远、寄慨遥深、耐人寻味。

(张华)

七　夕

张　乔

四角阑干自了然[①],风吹星宿绕檐前。

谁家夜冷支机石[②],但向河桥鹊翼边[③]。

望到今宵喜定嗔[④],一年此夕说相亲。

天仙遇合犹如此,何况浮萍握手人。

【作者简介】

张乔(1615—1633),字乔婧,号二乔,因幼时爱诵诗词,犹喜“铜雀春深”句而得名。工诗词,工画兰竹,善弹琴,貌美,才色倾动一时。年十九,小病而逝。著有《莲香集》。

【注释】

① 阑干:用竹、木、金属等制成的遮拦物。　② 支机石:传说天上织女用以支撑织布机的石头。　③ 河桥:桥梁。　④ 嗔:怒,生气。

【题解】

首二句是人间景,接下来二句是遥想天上景,正是七夕织女弃织相会时。以下说此夕相会情态,相亲之人,喜嗔交杂,万分可爱。结尾以天仙与世人作比,言人世更应重情。诗意饶有风味,言语晓畅。

(叶姝)

清　　代

七夕即事

吴伟业

其一

羽扇西王母，云軿薛夜来[①]。
针神天上落，槎客日边回[②]。
鹊渚星桥回，羊车水殿开[③]。
只今汉武帝，新起集灵台[④]。

其二

今夜天孙锦，重将聘洛神[⑤]。
黄金装钿合[⑥]，宝马立文茵[⑦]。
刻石昆明水[⑧]，停梭结绮春。
沉香亭畔语[⑨]，不数戚夫人[⑩]。

其三

仙醞陈瓜果[⑪]，天衣曝绮罗。
高台吹玉笛，复道入银河。
曼倩诙谐笑[⑫]，延年婉转歌[⑬]。
江南新乐府，齐唱夜如何。

其四

花萼高楼迥[⑭]，岐王共辇游[⑮]。
淮南丹未熟，缑岭树先秋[⑯]。
诏罢骊山宴，恩深汉渚愁。
伤心长枕被，无意候牵牛。

【作者简介】

吴伟业(1609—1672),明末清初诗人。字骏公,号梅村,江苏太仓人,崇祯四年(1631 年)进士。吴伟业生活在明清易代之际,他屈节仕清,一直认为是“误尽平生”的憾事,在诗文中多有表露。其诗今存一千多首,他与钱谦益、龚鼎孳并称“江左三大家”。

【注释】

① 云軿:神仙所乘之车,以云为之。薛夜来:三国魏文帝曹丕的宠姬。原名薛灵芸,美容貌,魏文帝改其名曰夜来。夜来妙于针工,虽处于深帷之内,不用灯烛之光,缝制立成,宫中号为针神,见晋王嘉《拾遗记·魏》。 ② 槎客:张华《博物志》卷十:“旧说云天河与海通。近世有人居海渚者,年年八月有浮槎去来,不失期,……去十余日,奄至一处,有城郭状,屋舍甚严。遥望宫中多织妇,见一丈夫牵牛渚次饮之。牵牛人乃惊问曰:‘何由至此?’此人具说来意,并问此是何处,答曰:‘君还至蜀郡,访严君平则知之。’竟不上岸,因还如期。后至蜀,问君平,曰:‘某年月日,有客星犯牵牛宿。’计年月,正是此人到天河时也。” ③ 羊车:晋武帝多宠姬,常乘羊车宫内游幸,宫女以竹叶撒盐水以引帝车,羊车到什么地方停了就下来,则与居住在那里的妃子相聚。后用作咏帝王荒淫的典故,也用以咏妃嫔。 ④ 集灵台:汉时台名。 ⑤ 洛神:中国神话人物,即洛水的女神洛嫔。相传她是伏羲的女儿,因溺死于洛水成为洛水之神。 ⑥ 钿合:也作“钿盒”,镶嵌金、银、玉、贝的首饰盒子。 ⑦ 文茵:车中的虎皮坐褥。 ⑧“刻石”句:指汉武帝刻石像于昆明池,石像中有牛郎织女。 ⑨ 沉香亭:古代长安兴庆宫里的一组园林式建筑。 ⑩ 戚夫人:是汉高祖刘邦的宠妃,西汉初的歌舞名家。 ⑪ 仙醖:仙人酿的酒,喻美酒。 ⑫ 曼倩:指东方朔,字曼倩。 ⑬ 延年:即汉武帝时的李延年,其为著名的音乐家。 ⑭ 花萼高楼:此楼乃唐明皇为与兄弟同乐而建于皇宫西侧。 ⑮ 岐王:唐高宗李睿的儿子,喜爱文学。 ⑯ 缑岭:即缑氏山,多指修道成仙之处。

【题解】

梅村诗以指涉宫廷事为特点。见钱仲联《梦苕庵诗话》,其言赞同这是咏董妃事:“考此四章,皆顺治十三年秋妃入宫时作也。近人陈垣据汤若望回忆录,考知董妃原是世祖弟襄亲王妃,世祖与妃热恋,襄亲王于十三年七月初三日发愤而死，二十七日服满，故董妃以八月册立为贤妃。题为七夕，其时适相合，固不必册立之必在七夕也。末首花萼高楼四句，正指襄亲王。结句微词致讽。”

（叶姝　段永升）

吴嘉纪诗五首

【作者简介】

吴嘉纪(1618—1684)，字宾贤，号野人，江苏泰州东淘(今江苏省东台市)人。家境贫寒，刻苦自学，初事科举，不第，遂绝意仕进，隐居东淘，布衣终身。明亡后，曾与抗清人士交游，为人孤狷，穷困一生。他的诗题材广阔，现实性强，感情真切，语言质朴，风格遒劲，在清代诗坛上别具一格。著有《陋轩诗集》。

客中七夕　时与汪长玉别

斜月照天河，牛女遥绻绻①。
如何同此夜，人间天上共欢怨？
昔为深山石，今为出山泉。
可怜皓首飘零客②，来饮君家离别筵。
杯阑慷慨歌一曲，君上扁舟毋踯躅③；
吉水④沟头杨柳黄，望江⑤城外醽醽绿⑥。

【注释】

① 绻绻(quǎn)：即缱绻，形容情意缠绵，难分难舍。　② 皓首：白头。③ 踯躅(zhí zhú)：在一个地方来回走，徘徊。　④ 吉水：吉水县，在江西吉安东北四十五里。　⑤ 望江：望江县，在安庆西南。　⑥ 醽醽(líng rú)：指美酒。

【题解】

这是一首送别诗，作于1664年。朋友离别本来就万分难舍，奈何又值七夕，今夜牛女合而又别，诗人与好友也如此，以牛女难分比与友人难舍，将拳拳深情贴切地表达出来。前面诗人饱含难舍之情巧用比喻、设问，写得凄楚缠绵，而后面笔锋一转，变为激昂慷慨，不再沉浸于离情之中而是举杯痛饮，引吭高歌，劝友人尽快启程。末句环境描写表达了对友人的美好祝愿。缠绵有情,慷慨亦有情,两种格调巧妙结合,更好地传达了情感,加深了主题。

(张华　段永升)

七夕送王阮亭先生[①]

黄河新秋时,凉风吹去舫。
帆底宦游人,欲发重惆怅。
月高银汉斜,双星默相向[②]。
回首望广陵,烟树浮新涨。
一鸟失其群,云霄自飘飏。
官阁风自清,尘务日以寡。
俸米用不足,时时向人假。
清廉闻玉墀[③],琴书赴金马[④]。
刘侯不可留,耆老泪盈把[⑤]。
临行取一钱,赠与钓鱼者[⑥]。

【注释】

① 王阮亭:即王士祯(1634—1711),字贻上,号阮亭,又号渔洋山人,山东新城(今山东省桓台县)人,顺治十二年进士,由扬州司理累官至刑部尚书,论诗继承司空图、严羽之说,主张神韵。王氏一生著述颇丰,有《带经堂全集》。 ② 双星:指牛郎、织女二星。 ③ 墀(chí):台阶上的空地,此指台阶。 ④ 金马:代指朝廷或帝都。⑤ 耆(qí)老:指六十岁以上的老人。 ⑥ 钓鱼者:代指隐士,此处指诗人自己。

【题解】

这是一首送别诗,新秋时节又值七夕牛女相会之日,此时诗人与好友告别,其情感比平时更显浓烈。诗中前半部分的环境描写,以牛女相向,鸟失其群作比,将别离之情淋漓尽致地表达了出来。后半部分则以陈述语气表达了对友人清廉刚正之高尚节操的赞美和对其关心自己的感激之情,字里行间流露出对好友远离的不舍和担忧,款款深情溢于言表,具有较强的艺术感染力。

(张华)

禅智寺送客①

仓皇不肯别，送途多缠绵。
泊船寻古寺，秋萤飞野田。
草深去途隐，处处生寒烟。
山僧惜离人，殷勤煮石泉。
今夕且欢会，新月正娟娟②。
苏公送客处，高岗满荆棘③。
今日别离人，于此重攀陟④。
入户动诗碣，尘埃试拂拭。
作者时已远，宛如见颜色。
江山重文章，斯道迹久熄。
出处虽不同，吾曹各努力。

【注释】

①《渔洋诗话》卷中："余在广陵五年，多布衣交，甲辰内迁，乙巳七夕，诸诗老送别禅智寺。"此诗当作于康熙四年乙巳七夕。 ② 娟娟：美丽的样子。 ③"高岗"句：《渔洋诗话》卷中："东坡送李孝博之岭表诗，石刻在蜀岗禅智东，断仆已久，而字画幸无刓缺。" ④ 陟(zhì)：攀登。

【题解】

这是七夕送别友人的又一首诗。彼此之间深情款款，送了一程又一程，始终难舍难分，到达禅智寺硕公房做最后一别。诗中环境描写苍凉萧瑟，有力衬托出诗人此时的情感，而此时牛女长别重逢，是何等的欢会场面，自己却要忍受这别离之苦，两相对照，使离愁别绪更加突出。诗尾写送别后的情景，友人虽去而诗篇犹存，其音容笑貌亦历历在目，可见情谊之深。最后表达感慨，抒写壮志，知己虽去，志向永存，将缠绵之情上升到更高的层面，进一步深化了主题。

（张华）

七月初六夜　赠吴仁趾移居二首

其一

芜城蟋蟀鸣，节侯傍七夕。
寄寄新月下，家家茉莉白。
炎热复何在？凉飙已瑟瑟[①]。
之子别故邻[②]，是夜迁其宅。
儿女杂琴书，意况各自适。
鲜新石径草，滴沥糟床液。
晨光启双扉，迟而素心客。

【注释】

① 飙(biāo)：暴风。瑟瑟(sè sè)：拟声词，形容风声、落叶声。　② 之子：这个人。之，这。子，古时对男子的尊称。

【题解】

这是七夕前夜题赠友人迁居的一首诗。全诗主要运用了白描的手法，叙述了友人迁居的全过程，虽轻描淡写，然两人的深情厚谊却如涓涓细流缓缓而出，所谓“君子之交淡如水”是也。

其二

尔昔家海滨，来往芦花洲。
陋轩与雪阿[①]，两家寒飕飕。
自尔入城来，时贤尊敝裘。
蒿径弗客履，更为楼上谋。
人生贵适意，居室亦须求。
烹葵召亲昵，种竹耽清幽[②]。
未知风雨夕，几回思旧游。
得新不忘故，庶免前人羞[③]。

【注释】

① 雪阿:当为吴仁趾所居,此诗当作于康熙戊申(1668)。 ② 耽(dān):沉溺入迷。 ③ 庶:表示希望发生或出现某事,进行推测。但愿,或许。

【题解】

这是七夕前夜题赠友人迁居的一首诗。全诗回忆了迁居前与之交游之景,与迁居后对照,表达了对友人乔迁之喜的祝贺,同时也寄托了诗人的深厚情谊,表达了希望远离之后友谊依旧的愿望。

(张华　段永升)

七　夕

吴兆骞

摇落逢佳节[①],空庭片月流。
玉绳低拂树[②],银汉迥涵秋。
客泪他乡洒,羁心故国楼。
凄然望牛女,万里独含愁。

【作者简介】

吴兆骞(1631—1684),字汉槎,江苏吴江(今江苏省苏州市境内)人。年轻时为吴梅村赏识,与彭师度、陈维崧被称为“江左三凤凰”。清顺治十四年(1657)举人,不久即因科场案于顺治十六年(1659)遣戍宁古塔(今黑龙江宁安市),至清康熙二十年(1681)始得入塞归来,南归不到三年即下世,年仅五十四岁。其诗多写塞外风光与流放生活,有《秋笳集》。

【注释】

① 佳节:指七夕。 ② 玉绳:星名。《文选·张衡〈西京赋〉》:“上飞闼而仰眺,正睹瑶光与玉绳。”本句仿谢朓《暂使下都夜发新林至京邑》诗“玉绳低建章”句。

【题解】

作者顺治十六年戍守宁古塔,家人犹在江南,故每当七夕,感触尤深。本诗开头四句写景，时逢七夕佳节，本当有欢筵庆祝，有妇女们热闹的穿针乞巧，而作者却是独对空庭，一个“空”字传达出作者的羁旅之思。后四句为抒情，自己客居异地而羁心故园，面对天上今夕得以团聚的牛郎织女，唯有怅然相望，愁绝中宵。

（宋锡玲）

孔尚任诗四首

【作者简介】

孔尚任(1648—1718)，字聘之，又字季重，号东塘，别号岸堂，自称云亭山人。山东曲阜(今山东省曲阜市)人，孔子六十四代孙。他的一生大概可以分为三个阶段：仕前阶段。三十七岁前，在家过着养亲、读书的生活。他接触了一些南明遗民，了解到许多南明王朝兴亡的第一手史料和李香君的逸事，对写一部反映南明兴亡的历史剧萌发浓厚兴趣，开始了《桃花扇》的构思和试笔，但“仅画其轮廓，实未饰其藻采也”(《桃花扇本末》)。出仕阶段。1684 年康熙南巡北归，特至曲阜祭孔，三十七岁的孔尚任在御前讲经，颇得康熙的赏识，破格授为国子博士，赴京就任。三十九岁，奉命赴江南治水，历时四载。这个时期，他的足迹几乎踏遍南明故地，又与一大批有民族气节的明代遗民结为知交，接受他们的爱国思想，加深了对南明兴亡历史的认识。他积极收集素材，丰富创作《桃花扇》的构思。康熙二十九年(1690)，奉调回京，历任国子监博士、户部主事、广东司外郎。经过毕生努力，三易其稿，康熙三十八年，五十二岁的孔尚任，终于写成了《桃花扇》。一时洛阳纸贵，不仅在北京频繁演出，“岁无虚日”，而且流传到偏远的地方，连“万山中，阻绝入境”的楚地容美(今湖北鹤峰县)，也有演出(《桃花扇本末》)。次年三月，孔尚任被免职，“命薄忍遭文字憎，缄口金人受诽谤”(《容美土司田舜年遣使投诗赞予〈桃花扇〉传奇，依韵却寄》)，从这些诗句看，他这次罢官很可能是因创作《桃花扇》得祸。隐居阶段：罢官后，孔尚任在京赋闲两年多，接着回乡隐居。康熙五十七年(1718)这位享有盛誉的一代戏曲家，就在曲阜石门家中与世长辞了，年七十岁。他的作品还有和顾采合著的《小忽雷》传奇，及诗文集《湖海集》《岸堂文集》《长留集》等，均传世。

历下七夕

微凉新雨后[①],落月定更时。
腹病嫌瓜果[②],灯孤忆女儿。
余生全失巧,浮世更多离[③]。
明日乡关近,羞看鬓上丝。

【注释】

① 新雨:刚下过的雨。 ② 嫌瓜果:指忌食瓜果。 ③ 余生两句:人到老年灵巧正全部失去。在尘世中沉浮不定,更多的是与亲人常常离别。

【题解】

“人到佳节倍思亲”,诗人在七夕这天也不例外,更因为身体的病痛和衰老而倍感凄凉。回到家乡本来是件让人高兴的事,可对于一个落魄的人来说呢?“近乡情更怯”,诗人便只能是“羞看鬓上丝”了。诗歌写得坎壈凄苦。

(项波 段永升)

九华灯七夕分题

九朵芙蕖[①]品字同,冰丝悬在画楼东。
旋开艳影近新月,不定柔枝颤晚风。
照过银河千顷碧,遮来绣帐一层红。
年年此夕双星[②]会,人趁花灯路易通。

【注释】

① 芙蕖:荷花的别称。这里指花灯。 ② 双星:指牛郎织女星。

【题解】

七夕佳节,人们都以各种活动庆贺。一群文人赏灯,自然少不了赋诗了。这是一首分题诗,本身价值不大。最后一句颇有意味。

(项波)

七夕，集贾梅庵斋中，送罗以猷归汉阳

帐望天边好会初，人间且莫叹离居。
寻秋老客星常聚，斗巧新词锦不如①。
万里晴川烟浩渺，两行古驿柳萧疏②。
桥填银汉犹难渡，迢递愁君上蹇驴③。

【注释】

①“寻秋”二句：怜惜秋景的老友们就像天上的星星一样时常聚会。彼此作诗填词，争巧斗奇，胜过织锦。老客，老友。 ②古驿：古老的驿站。驿：驿站。③蹇（jiǎn）驴：跛驴。

【题解】

正所谓“别时容易见时难”，短暂的相会使得离别更显沉重。这样一群志趣相同的老友，他们在一起时是如此快乐，可中途却有人要离去，心怀戚戚，于是周围的一切都变得萧索了。谁说此离情不比牛女呢？

（项波　段永升）

七夕次日同人社集

冷露沾裳玉宇清①，佳期已遂女牛情。
迢遥天上从头恨，迅速尘中过眼惊②。
处处关河分老泪③，年年聚散感浮生。
谁如月殿相逢巧，不架仙桥路自平④。

【注释】

①玉宇清：天空明明净净。 ②“迅速”句：尘世之中不过是过眼云烟，一时之惊。 ③关河：关塞，关防，泛指山河。 ④“谁如”二句：谁能如牛郎织女那样恰在七夕时巧逢月宫，即使是不通过鹊仙桥，那道路原本也是平整的。

【题解】

牛女已经相会,他们正在享受来之不易的短暂的相聚时光。他们的故事让很多人感动,可是在人间,这种聚会分离实在是很平常。诗人于此时发出感叹:山河何处没有分别的泪水,而自己哪一年没有经历聚散分离呢?人世永远不会像天上,还能有鹊桥仙路来填平距离。

(项波　段永升)

汪懋麟诗三首

【作者简介】

汪懋麟(1640—1688),字季角,号蛟门,江苏江都(今属江苏省扬州市)人。生于明崇祯十三年,卒于清圣祖康熙二十七年。康熙六年(1667)进士,授内阁中书。

七夕王司动同诸友入集见山楼分韵

小月光初细,明河景半沉①。
天孙怜此夕,我辈亦高吟。
风入疏帘缓,虫讙老树深②。
乍凉宜薄醉,莫受露华侵。

【注释】

① 明河:指银河。　② 讙(huān):通“喧”,喧哗。

【题解】

新月初上,映着淡淡的银河影,一群诗人于七夕相会吟诗。前四句写时序,作诗缘由;后四句写景,由实及虚。

(项波　段永升)

闰七夕

金风玉露更悠悠①，落叶依然在井头。
翠羽还填新鹊驾，巧丝仍结旧针楼②。
重来不尽前宵意，再别反增后会愁。
天帝亦知离思苦，愿教岁岁两逢秋。

【注释】

① 金风玉露：本指秋天的风、露。露水出现在夜凉时，由地面的水汽生成，古代误以为是从天上降下。金风遇玉露，夜渐深，正是牛郎织女相会之时，故历来以金风、玉露相遇比喻牛郎织女的团圆。 ②“巧丝”句：《荆楚岁时记》：“是夕，人家妇女结彩缕，穿七孔针……以乞巧。”

【题解】

金风玉露又相逢了，此时正是落叶飘零的秋天。因为闰七月，所以这已是今年的第二个七夕，可人们还是在忙碌着准备过节。人间如此，那么天上呢？于是诗人展开想象：反复的聚会分离，长长的等待却只有短暂的相会，连天帝似乎都感受到这种离思之苦，所以闰了七月，让牛女得以再次相会。

（项波　段永升）

七夕入京

京华为客四经秋①，人在穿针乞巧楼②。
此会重来逢七夕，渡河风雨只添愁。

【注释】

① 经：经历。 ②“人在”句：《荆楚岁时记》：“是夕，人家妇女结彩缕，穿七孔针……以乞巧。”

【题解】

对于一个生活四年的地方，诗人对它是不能没有感情的。所以当诗人重来京都的时候，应该是百感交集了吧，何况又是在七夕这样的日子，又是在这样一个有风雨的环境。

（项波）

七夕妙高台坐月

余　京

今夕天风爽，吹余到十洲①。
瑶台孤岛夜②，银汉半轮秋。
潮响龙移窟，江明鹊起楼。
凭栏星斗近，指点说牵牛。

【作者简介】

余京，字文圻，江苏丹徒（今属江苏省镇江市）人。生卒年均不详，约清高宗乾隆十三年前后在世，年七十余岁。京诗格意俱高，尤长近体。沈德潜尝称他与鲍皋、张会为“京口三诗人”。著有《江干诗草》《清史列传》。

【注释】

① 十洲：传说汉武帝听西王母说八方巨海之中有十洲。　② 瑶台：传说中神仙的居处。

【题解】

这是写七夕见闻的一首诗。全诗运用了白描的手法，前三联全为环境描写，尾联点明主题，七夕牛女鹊桥会，千百年来为人们所传颂，或赞美其忠贞，或表达其遗憾，而诗人于此诗中却未指明情感趋向，反而是戛然而止，给读者留下了丰富的想象空间，全诗对仗工整、韵律和谐、言约意丰、耐人寻味。

（张华）

七　　夕

汪　衡

明河漾金波，令节双星渡[①]。
那堪一岁愁，尽向经宵诉[②]。
东方色荧荧[③]，离情复如故。
犹胜远游人，空闺泣朝暮。

【作者简介】

汪衡，字禹吹，江南吴县（今江苏东南部，苏州、无锡之间）人。诸生，钝翁先生之长子，负才早殇。

【注释】

① 双星：指牛郎、织女二星。　② 经宵：通宵。　③ 荧荧：形容闪耀的星光或灯烛光。

【题解】

这是一首写七夕感想的诗。全诗运用白描手法，叙述了七夕牛女相会的传说，相会之少，时间之短，离情之浓，似乎已经很是令人遗憾的事情了。然而，诗人最后笔锋一转，点明主题，即使一年仅有一次机会见面的牛女也比人间远游的人儿好得多，对比强烈，反衬出人间还有更大的不幸，既切合了主题，又深化了主题。

（张华）

七　　夕

马朴臣

何关人事说年年，泼眼银河分外妍。

间杀半湾无主月，幻成一片有情天。
别离最苦仙难免，飘泊经秋客可怜。
夜半那堪邻舍女[①]，喁喁乞巧不知眠[②]。

【作者简介】

马朴臣(1683—1738)，字相如，一字春迟，安徽桐城(今安徽省安庆市北部)人。生于清圣祖康熙二十二年，卒于高宗乾隆三年，年五十六岁。工诗，与同里方贞观友善，一时有"瑜、亮"之目。贞观以事隶旗籍，时从诸贵游，转徙闽、粤、楚、蔡之间。年五十，中雍正十年(1732)举人，屡上春官不第，推荐为中书舍人。乾隆元年，举"博学鸿词"复不遇。不两年，卒于京邸。朴臣著有《春迟诗稿》，未刊行；郑方坤编入《本朝百家诗钞》，始传于世。

【注释】

① 堪：经得起、忍受。 ② 喁喁(yú yú)：形容低声说话。乞巧：《荆楚岁时记》："七月七日，为牵牛织女聚会之夜。是夕，人家妇女结彩缕，穿七孔针，或以金银鍮石为针，陈瓜果于庭中以乞巧，有喜子(蜘蛛的一种)网于瓜上，则以为符应。"

【题解】

这首诗主要写了七夕时自己的感想。前半部分诗人以极爽快之语勾勒牛女鹊桥会时的宏大场面，气势激昂。后半部分由牛女离别联想到自己远客他乡、漂泊羁旅，不由愁上心头，这般情思在金秋牛女相会时反而显得愈加浓烈，两相对照，贴切传神。最后以不忍听邻家女子低声乞巧结尾，更加从侧面反衬了诗人的羁旅之愁，一个"堪"字极为细腻地将难以言说的情感贴切地表达了出来。全诗以极豁达之语写极悲凉之感，构思精巧，寄慨遥深，具有较强的艺术感染力。

(张华)

七夕有感

李　圻

万里晴云澹素秋[1]，海天东望更生愁。
黄姑鸡鹊通斜汉[2]，明月婵娟照戍楼[3]。
剖核谁当来阿母[4]，吹笙何路问浮丘[5]。
可怜携手阑干泪，空拟归来尚黑头。

【作者简介】

李圻，字少樵，山西晋阳（今太原）人。生卒年月不详。

【注释】

① 澹：安定貌。　② 黄姑：牵牛星。鳷（zhī）鹊：鸟名，松鸦的旧称。　③ 戍楼：边防的营垒、城堡。　④ 阿母：通常指母亲，唐诗中又特称成仙的年长妇女，多指西王母。　⑤ 浮丘：借指仙人或形容仙道之事。汉刘向《列仙传》卷上："王子乔者，周灵王太子晋也。好吹笙，作凤凰鸣，游伊洛之间，道士浮丘公接以上嵩山。"

【题解】

此诗通篇沉浸于无尽的哀愁忧伤之中，征人远戍，思妇情愁溢于言表。秋风秋雨愁煞人，开篇即以秋景铺叙，未见下文先已愁。既而言及东望海天，以辽阔悠远之境加深愁意。以下言河汉鹊桥，月宫嫦娥皆使愁情愈愁。"剖核谁当来阿母，吹笙何路问浮丘"句，亦指七夕本是情人相会之期，自己却孤单一人，无以为伴。末句想象相逢之景，携手泪流，互诉衷肠；只是时光易逝，韶华不再，回来相逢怕是已然垂垂老矣。全诗感情过于生涩，过分造境，雕琢明显，失之自然，物极必反！

（汪智超　叶姝　段永升）

七夕立秋

张玉裁

旅榻当筵卧，西风拂小栏。
秋从今夕到，月向异乡看。
有巧输人乞，因贫得梦安。
曝衣问僮仆[①]，预戒早霜寒。

【作者简介】

张玉裁(1639—1674)，字礼存，号退密，江南丹徒(今属江苏省镇江市)人。康熙丁未，赐进士第二人，官翰林编修。

【注释】

① 曝衣：晒衣服。古俗七月七日为曝衣日。

【题解】

七夕与立秋双节同至。此诗写旅人七夕，言安于贫寒生活之意。

(叶姝　段永升)

七　夕

方　观

佳时卧病更添愁，枕簟凉生觉早秋[①]。
莨篋尽教尘网遍[②]，三年不上曝衣楼[③]。

【作者简介】

方观，清人，字叶宾，号伊人，浙江嘉兴籍，侨寓乍浦。善写兰，笔致秀逸，得郑思肖遗意。著有《龙湫嗣音集》。

【注释】

① 簟(diàn):席子。 ② 荩(jìn):草名,俗称黄草。箧(qiè):小箱子。③ 曝衣楼:七月七日晒衣之楼。

【题解】

此诗为诗人七夕卧病所作,言其愁情。卧病之人方更早觉出枕席之凉,知晓秋来,而秋来即愁来。本来七夕有曝衣之俗,而诗人已三年无此,致使尘网遍绕,言卧病之久与疏懒,更显其愁情。

(叶姝)

清镇县七夕

汪应铨

水上浮萍沙上蓬,牂牁江畔晚凉中①。
无双今夕羁孤客,第一春桥系短篷。
银汉碧天斜易晓,芦帘纸阁怅应同。
去年漾水漂流者,已望牵牛向碧空。

【作者简介】

汪应铨(1685—1745),字杜林,号梅林,江苏常熟人。康熙五十七年(1718)状元,历官翰林院修撰,辛丑会试同考官等,晚年主讲于钟山书院。著有《闲绿斋文摘》《容安斋诗集》。

【注释】

①牂牁(zāng kē):古水名,在今贵州。

【题解】

杜牧诗曰:"烟笼寒水月笼沙,夜泊秦淮近酒家。"此诗开篇道:"水上浮萍沙上蓬,牂牁江畔晚凉中。"与杜牧手法颇似而境界迥异。杜诗为淡雅幽静,此诗则是寂寞情怀，以浮萍、蓬及凉此类惆怅之意象，突显寂寞惆怅，开篇即先声夺人，意境全出。七夕孤客，短篷夜泊，望碧天河汉，对芦帘纸阁，自然寂寞惆怅，心绪难平，感慨万千。末句"去年漾水漂流者，已望牵牛向碧空"，前三联已然惆怅无限，一句"去年漾水漂流者"，使人心为之一震，千古惆怅莫过于斯也。虽造境却自然无雕饰之感。王国维《人间词话》曰："大诗人所造之境，必合乎自然。"言此诗乎？

（汪智超　段永升）

七　夕

郑板桥

天上人间尽苦辛，飞桥斜度水粼粼。
一年一会多离隔，好把牛郎觑得真。
漏尽星飞顷别离，细将长夜说相思。
明年又有新愁恨，不得重提旧怨词。

【作者简介】

郑板桥（1693—1675），即郑燮，字克柔，号板桥，江苏兴化（今属江苏省泰州市）人，康熙秀才、雍正举人、乾隆进士。客居扬州，以卖画为生，为"扬州八怪"之一，其诗、书、画世称"三绝"，擅画兰竹。

【题解】

诗言牛女相聚短暂，情意浓浓。诗意平缓，言语平实。

（叶姝　段永升）

七　夕

允　禧

银河脉脉渡云軿[①]，未拟穿针倚画屏。
独向闲阶风露下，夜深无语拜双星。

【作者简介】

允禧(1711—1758),康熙第二十一子,封慎郡王,谥靖。字谦斋,号紫琼,别号紫琼岩道人、春浮居士等。善书画,擅长山水、花卉,“笔致超逸,画风清淡”,时人评为“本朝宗藩第一”。亦能诗,集有《花间堂诗钞》《紫琼崖诗钞》等。

【注释】

①云軿(píng):古代妇女所乘有帷的车。

【题解】

诗言妇女七夕之事。首句点天上之事,下句言人间之事,诗中主人公并不打算穿针乞巧,而是夜深之时,独自无语拜双星,虔诚地希望能得到幸福。诗中人生动形象如跃然纸上。

(叶姝)

七　夕

徐映玉

银汉横斜玉漏催①,穿针瓜果饤妆台②。
一宵要话经年别③,那有工夫送巧来?

【作者简介】

徐映玉(1728—1762),字若冰,昆山(今江苏省苏州市辖区内)人,诸生孔毓艮妻,有《南楼吟稿》。

【注释】

① 漏:古代计时仪器。　② 饤:瓜果的堆垒。　③ 经年:常年。

【题解】

诗的首句写天河渐斜,时光催人,短暂的一夜即将结束;次句写女子乞巧的情形。后两句为作者的议论:牛郎织女一年的长别,难得短短的一宵欢聚,哪有时间送巧于乞巧的世人?

(宋锡玲)

七夕雨中

许廷镤

不见西南玉镜明，佳期迢递隔层城[①]。
频飞千里针楼梦[②]，独听空堂夜雨声。
乌鹊桥成头渐白，银河天远水空盈。
但令此夕常相会，牛女何劳别恨生。

【作者简介】

许廷镤，字子逊，号竹素，长洲(今属江苏省苏州市辖区)人。康熙庚子举人，官武平知县。有《竹素园诗存》。

【注释】

① 迢递：遥远貌。 ② 针楼：南齐武帝起层城观，七夕宫女登之穿针乞巧，谓穿针楼。

【题解】

诗写七夕雨中所感。前六句写山水相隔，则有相思之苦；七夕之夜，而相思尤甚，最是愁人。日有所思则夜有所梦，著一"频"字而知相思之深。梦醒才知方才貌似美好之一切，皆是梦幻泡影。情感落差之大，思念悲伤之情尽数涌上心头。更兼孤身于空堂之中，独听夜雨淅沥，使人读之惆怅伤怀。"独听空堂夜雨声"，意境凄婉，有大家之风，堪比唐人名作。

(汪智超)

七　夕

许　权

七月七之夕，家家望牛女。
神仙不可见，凉风何飗飗[①]。

我疑天孙之巧转近拙，东西隔断难飞越。
一年一度一分离，千古银河响幽咽。
不须乞巧向天孙，若赐巧来愁欲绝。
君不见东家力田妇，耕馌常相随②。
旦暮共苦乐，白首不分离。
又不见西邻有才女，夫婿上玉堂③。
终年不相见，怅望悲河梁。
玉露无声夜清悄，盘中盼断蛛丝绕④。
不知巧思落谁家，只恐巧多人易老。
寄语人间痴女儿，宁为其拙毋为巧。

【作者简介】

许权，字宜媖，清代江州（今江西省九江市）人，进士崔谟妻。

【注释】

① 飕飕（sōu sōu）：风声。 ② 馌（yè）：送饭到田里去吃。 ③ 玉堂：官署，宋代以后专指翰林院。 ④“盘中”句：乞巧节的一种风俗。据《荆楚岁时记》：“七月七日，为牵牛织女聚会之夜。是夕，人家妇女结彩缕，穿七孔针，或以金银鍮石为针，陈瓜果于庭中乞巧，有喜子（蜘蛛的一种）网于瓜上，则以为符应。”

【题解】

此诗非像其他诗词以七夕故事来寄托个人哀怨情怀，而是通过描述牛女相聚的困难，寄语天下乞巧女孩：巧来愁即至，何必向织女乞巧，还是宁拙毋巧。诗开始便创造一种七夕乞巧的特殊氛围，用“神仙不可见”暗示乞巧风俗多此一举。诗人接下来提出诗旨，即“不须乞巧向天孙”，对现实之景的描绘及对牛女千年别离之苦的想象，自然而然地显示出来。以“君不见”一语，巧妙宕开诗笔，使诗作由局促转为开阔。下文中将种田人家的女人和当官人家的才女作了精心比较，从而使上文议论具体形象，令人信服。“玉露”句诗人又将思路收回，描画眼前乞巧情景，同诗首描写相对应，在结构上浑然一体。以秋夜的冷清及女孩乞巧的虔诚，来表示自己对乞巧的否定，驱笔至此，作者寄语自然引发。诗人基于自己的深切感受，对世上“痴女儿”真挚劝告，同时表现诗人对幸福生活的向往，只可惜诗人最后的结局是自缢而死。此诗形式自然流畅,一气呵成,结构完整,内容不拘常规,抒情议论绝无斧凿之迹。

(叶姝　段永升)

七　夕

吴　绡

星光历历汉悠悠,怅望双星独倚楼。
莫谓人间多别恨,便疑天上有离愁。
梁清谪去谁相伴,子晋归来合共游①。
惟有月娥应最妒,一轮风露不胜秋。

【作者简介】

吴绡,吴郡(今江苏省苏州市境内)人,字素公,又号冰仙,字片霞。清代女画家,善花卉,勾勒、设色俱佳。画兰竹有生趣,笔致清秀,亦善琴工诗。时人传云:"吴中闺秀徐小淑能诗文,赵瑞容善画,有盛誉,惟夫人兼此二长。"著有《啸云庵集》。

【注释】

① 子晋:王子乔的字,神话人物。相传为周灵王太子,喜欢笙作凤凰鸣,被浮丘公引往嵩山修炼后升仙。

【题解】

离愁别恨不仅人间独有,梁清、王子晋等天上神仙亦是如此。也许最为寂寞忧伤的要数月宫的嫦娥了,牛郎织女虽说也有相思之苦,毕竟七夕之夜尚有一聚。而嫦娥终日面对凄冷的月宫、桂树,一个人忍受着近乎无边无际的相思,那是一种令人伤心欲绝的孤寂。忍受孤寂的不仅仅有嫦娥,还有倚楼怅望的诗人。"一轮风露不胜秋",谓谁?诗人自谓也!

(汪智超)

明河曲

朱受新

清秋泻影画楼前，一水盈盈耿碧天[①]。
若果此中风浪静，女牛何事别经年？

【作者简介】

朱受新，清代诗人，字念祖，江苏吴县（今江苏省东南部，苏州、无锡之间）人。著有《术茑诗稿》。

【注释】

①盈盈：充满貌。

【题解】

诗疑牛、女之事平静后的不平、哀怨，翻出新意。

（叶姝）

七夕旅怀

汪学金

天末起孤愁，明河入夜流。
今年初作客，此夕最悲秋。
南国无鸿雁，他乡见女牛。
更谁吹玉笛，双泪落芦沟。

【作者简介】

汪学金（1748—1804），字敬箴，号杏江，晚号静厓，江苏镇洋（一作太仓）人。乾隆四十六年（1781）一甲三名进士，授翰林院编修。著有《井福堂文集稿》十卷，《静厓诗初稿》十二卷，《后稿》十二卷，《续稿》六卷，又辑《娄东诗派》二十八卷，均

《清史列传》并传于世。

【题解】

触景生情，望河汉夜流，联想到自己孤独寂寞。羁旅之人，“独在异乡为异客”，举目无亲，乡音不闻。更有笛声随风而来，寂寞惆怅，无可言状，一怀愁绪，向谁倾诉？愁绝！愁绝！

（汪智超　段永升）

七夕次小河汛

潘奕藻

今夕是何夕，萧然旅馆清[①]。
风驱残暑净，月荡一钩明。
瓜果天涯节，云山客子程。
前途烟水阔，好趁布帆轻。

【作者简介】

潘奕藻（1744—1815），字恩质，号畏堂，吴县（今江苏省东南部，苏州、无锡之间）人。奕藻精于书画，著有《听语楼诗稿》八卷。嘉庆二十年（1815）卒于家，享年71岁。

【注释】

①萧然：形容凄凉冷落的样子。

【题解】

诗言旅客七夕，对于天下人来说，是个“瓜果天涯节”，对旅人来说，则是萧然秋季的漫漫长夜。

（叶姝）

七夕忆内

张问陶

漠漠仙云倚玉京①,迢迢香雾满蓉城②。
人间风露遥相忆,天上星河共此情。
帘肆回槎应识我③,针楼向月最怜卿④。
他家儿女无离恨,隔院微闻笑语声。

【作者简介】

张问陶(1764—1814),清诗人。字仲治,号船山,四川遂宁(今四川中部)人。乾隆进士,授检讨,官莱州知府。论诗主张抒写性情,反对模拟,所作为袁枚所赞扬。作品多表现日常生活,情调流于感伤,并能书画。所著有《船山诗草》。

【注释】

① 玉京:道家称天帝所居之处,此指京城。 ② 蓉城:今四川成都。 ③ 帘肆:酒家。回槎:用汉张骞乘槎至天河遇织女的典故。 ④ 针楼向月:古有女子七夕月下穿针乞巧的风俗。

【题解】

应“七夕”题面,用“仙女”“香雾”切合牛郎织女鹊桥相会神话气氛的缥缈之物,写自己所在的北京与妻子所在的成都,“漠漠”“迢迢”见出两地相距极为遥远。三、四句借鉴秦观《鹊桥仙》词“金风玉露一相逢,便胜却人间无数”“两情若是久长时,又岂在朝朝暮暮”的基础上开拓新的意境,让“风露”“星河”成为夫妻间深挚感情的见证。五、六句,“帘肆回槎”“针楼向月”均为悬想之辞,前上承“天上星河”,后上承“人间风露”。最后两句以“他家”之欢乐衬己孤栖之寂寞,尤深得诗家妙法三昧。

(叶姝　段永升)

秋　　夕

何道生

孤寺钟声歇，苍然碧宇空。
峰高迟得月，树老易知风。
客思千山外，秋声一院中。
此时还独醉，倚枕向疏栊[①]。

【作者简介】

何道生(1766—1806)，字立之，号兰士，山西灵石人。乾隆五十二年(1787)进士。官至宁夏府知府，卒于任。道生与法式善、张问陶、杨芳灿等唱和，诸人皆敛手避之。文酒谳集之作，尤多传诵。其诗疏爽雄健，出入昌黎、剑南之间，为王昶所称。著有《双藤书屋诗集》十二卷，《清史列传》行于世。

【注释】

①疏栊：窗格子，借指窗。

【题解】

诗写秋夕羁旅独醉他乡，以孤寺钟歇、苍然碧宇、高山老树、一院秋声极言心中孤寂之情。

（叶姝）

秋　　月

蒋征蔚

秋月如秋女，娥眉见一钩。
含情托斜汉，和恨在高楼。
玉露盈盈泪[①]，金波脉脉愁[②]。
自怜惆怅惯，为尔怨牵牛。

【作者简介】

蒋征蔚，清乾隆时人，一名蔚，字应质，一字起霞，号蒋山，江苏元和(今江苏元和县)人。有经学齐诗集。

【注释】

① 盈盈：充满貌。 ② 脉脉：形容凝视或用眼神传达情意。

【题解】

全诗以秋月比作秋女娥眉一钩，并引出以下联想。接着写织女寄情于银河，独恨在高楼。五、六句两喻极言织女相思之悲愁，诗人不禁要为织女打抱不平，怨起牵牛。诗意曲折、自然。

(叶姝)

七 夕

赵同曜

拜罢双星后[①]，穿针上画楼[②]。

一钩今夜月，万古此时秋。

玉露闲阶湿，金风小院幽[③]。

更深人未卧，何处笛声愁？

【作者简介】

赵同曜，字询娴，清代常熟人，监生赵贵鲲女，举人邵广融室。

【注释】

① 双星：指牛郎织女二星。 ② 穿针：古代妇女于七月七日登楼穿针乞巧。旧题晋葛洪《西京杂记》卷一："汉彩女常以七月七日穿七孔针于开襟楼，俱以习也。" ③ 金风：秋风。

【题解】

此诗写闺怨妇愁。首联呼应标题，写一女子乞巧。颔联写景，该女子望月并产生联想。望月联想到时间永恒，人生短暂，秋季令人感伤，又刚拜过有着离愁别恨、两地相思的牛郎织女，此情此景，虽不着一"愁"字，却已领人进入浓郁忧愁氛围之中。颈联写露水打湿台阶,夜已很深。阵阵秋风飒飒吹过,楼前小院更显幽静。从视觉、听觉上来写凄凉之感,在此细致入微的景物渲染中,正可见她的寂寞无聊之情。尾联叙事,由于上述原因,她在闺房中无丝毫睡意,此时“愁”字终于出现,却又是从“他处”落墨,写“笛声愁”,仍不肯明言己愁。用问句来写含蓄委婉,更能开拓诗的意境,显得诗味隽永,而忧愁又非仅画楼中一女子,诗的容量加大。

(叶姝)

周秀梅诗二首

【作者简介】

周秀梅(1769—1789),温州苍南县兰宋阳(今南宋镇人),嫁蒲城金瑶瑛。卒时仅二十一岁。有《香闺集》。

七夕乞巧

但得随夫婿,无须巧许多。
天孙因伶俐,日夜隔银河。

【题解】

以织女因乞巧而与牛郎分别之意来说夫妇相守更重要,反意为之。

(叶姝)

七夕

闻道仙家才一日,人间岁月合周年。
方知七夕欢相会,牛女何曾别恨牵。

【题解】

以“仙家一日,人间一年”的传说来说牛女相处时光实则悠长,言语浅显,视角独特,有豁然开朗之感。

(叶姝)

七　　夕

陈炜卿

梧桐金井露华秋[①],瓜果聊因节物酬[②]。
却语中庭小儿女,人间何事可干求[③]?

【作者简介】

陈炜卿,余杭女史,名尔士,以字行,为嘉庆给事中钱仪吉之妇,工诗。

【注释】

① 金井:按照阴阳五行之说,金为西,色白,主秋。金井常与梧桐相配,成为咏秋的常用熟典。 ② 聊:姑且。 ③ 干求:谋求。

【题解】

全诗言七夕风俗,秋夜已深,瓜果陈庭,人间儿女乞巧,可末句话锋突转,言人间之事实。全诗不负立意甚高之名。

(叶姝)

吴　　歈[①]

蔡　云

几多女伴拜前庭,艳说银河驾鹊翎[②]。
巧果堆盘卿负腹[③],年年乞巧靳双星[④]。

【作者简介】

蔡云,生平不详。

【注释】

① 吴歈:春秋吴国的歌,后泛指吴地的歌。 ② 艳说:一作"敬祈"。艳,旧时指关于爱情方面的。翎,鸟的翅膀或尾巴上长而硬的羽毛。 ③ 负腹:饥饿。

④ 蕲(qí):古“祈”字,祈求。

【题解】

此诗是一幅七夕时节女孩儿的白描图。古时吴地在七夕这天,女孩儿们打扫庭院或露台,陈瓜果,酒饵,燃香烛,礼拜双星,有的还张挂《七夕牵牛织女图》。礼拜双星时,大家拍手唱《七窍曲》,向双星飞洒香粉。秋夜,天朗气清,星河耿耿,她们就在下面饮食作乐,谈牛郎织女故事和有关巧节的逸闻。

(叶姝)

七夕杂咏

王　銮

其一

瓜果中庭烂熳陈,百方求巧巧难真。

从来上达由心悟,莫乞天孙乞圣人。

其二

少壮豪情老尽慵,阮裈郝腹愧相从[1]。

笔端纵有通天志,只恐青霄少赤龙。

其三

云汉昭回此夕阴,旱余侥倖子遗心。

分明洒泪双星雨,已作人间万斛金[2]。

【作者简介】

王銮,字伯声,号徒州。清湖北蕲州(今蕲春)人。乾隆三十一年(1766)副贡。有《徒州诗集》。清光绪《黄州府志》有传。

【注释】

① 阮裈:《竹林七贤论》:“阮咸好酒而贫,旧俗七月七日晒衣,诸阮庭中烂然,莫非绨锦。咸乃竖长竿,以大布犊鼻裈曝于庭中,曰:‘未能免俗,聊复尔尔。’”裈,有裆的裤子。犊鼻裈,相当于今天的短裤。郝腹:晋朝时候,每年七月七日富豪之家就把衣服拿到太阳下晒,以防发霉或虫蛀。郝隆为桓温南蛮参军,他脱了衣服,

跑到太阳下摩擦着肚皮晒太阳。人家问他干什么,他说:“晒书啊!——我的书都在肚子里。” ② 万斛:极言其多。斛,旧量器,方形,口小底大,容五斗。

【题解】

杂咏一言劝学,二言劝老,三言喜雨。

(叶姝)

林则徐诗四首

【作者简介】

林则徐(1785—1850),字元抚,一字少穆,侯官人(今福建福州)。嘉庆辛未进士,改庶吉士,授编修,官至云贵总督,加太子太保。赠太子少傅,谥文忠。有《云左山房诗钞》。

七夕次嶰筠韵①

其一

金风吹老鬓边丝,如此良宵醉岂辞。
莫说七襄天上事②,早空杼柚有谁知!

其二

漫道星桥彻夕行,汉津波浪恐难平。
银潢只见填乌鹊,壮士何年得洗兵③?

其三

针楼高处傍天墀④,七孔穿成巧不移。
但恐机丝虚夜月⑤,昆明秋冷汉家池。

【注释】

① 嶰筠:即邓廷桢(1776—1846),清末江宁(今南京)人,嘉庆进士。鸦片战争失败后,林则徐与两广总督邓廷桢同时革职,谪戍伊犁。次韵:旧时古体诗词写作的一种方式。按照原诗的韵和用韵的次序来和诗。 ② 七襄:织女星从旦至暮

(共七个时辰)移动其位置七次。 ③ 洗兵:洗刷兵器。据说,周武王伐商纣王时,感动天地,降大雨为武王刷洗兵器,而得此名。 ④ 墀:台阶上的空地。 ⑤ 虚:徒然;白白地。

【题解】

此三首诗写于道光二十三年(1843),正是第一次鸦片战争后第一年,为化七夕景物典故来言己心情之佳作,感染到诗人爱国之赤心。其一言要沉醉良宵,不管七夕天上事务。一"老"字着壮志未酬,却到暮年的沧桑之感。其二言银河或许波浪滔滔不平静,以此正应和诗人心理,用乌鹊、洗兵之典又提诗人的壮士报国之情。其三言壮士无用武之地的担忧。

(叶姝)

七　夕

一穗孤檠对酒消①,旅怀偏是可怜宵②。
人间多少银河隔,乌鹊能填第几桥?

【注释】

① 一穗孤檠:一盏孤灯。檠(qíng),灯台,蜡台。 ② 可怜:可爱。

【题解】

此诗表达了自己为国奔忙,身处他乡而不得与亲人团聚,联想到人间该有多少银河把人们隔离啊,推己及人,境界高超。

(叶姝)

重度七夕

施　钰

乞巧邻闺盛绮筵①,穿针少妇拜神仙。
劝侬莫学天孙巧②,巧似天孙见隔年。

【作者简介】

施钰(1789—1850),字少相,一字霄上,号石房居士,原籍福建晋江,嘉庆八年(1803)赴台。著有《台湾别录》二卷(今仅存一卷),《石房樵唱》四卷。

【注释】

① 盛:大摆。绮筵(yán):华丽丰盛的宴席。 ② 侬(nóng):第二人称,你。

【题解】

以风趣语言来明夫妻恩爱相守最可贵。

(叶姝)

台北七夕书感,调许豫生[①](其一)

林鹤年

早岁才名薄柳州[②],乞将余巧到楼头[③]。
年来坊锦翻花样,搅尽蛛丝万斛愁[④]。

【作者简介】

林鹤年(1846—1901),字鳖云,号铁林,福建安溪(今福建省泉州市境内)人,出生于广东。光绪十八年(1892)年入台,是清末台湾的富商与诗人。

【注释】

① 调:作诗调侃之意。许豫生,名贞幹,侯官(今福建福州)人。光绪年间来台,为作者挚友。 ② 薄:迫近。柳州:柳宗元。 ③"乞将"句:自注"豫生前科新得第"。以借妇女乞巧事喻许生中进士,赞其才华。 ④ 万斛:形容极多。这两句诗意为,近来许豫生诗文如同妇女织锦般不断花样翻新,却是满篇忧愁语,如蛛丝般剪不断理还乱。

【题解】

此诗称赞友人才华,也隐含劝解他解忧释怀之意。作者将其意图与七夕风俗相结合,亦庄亦谐,颇为巧妙。

(叶姝)

郑蕙诗二首

【作者简介】

郑蕙(1850—1872),字雪兰,温州永嘉(今温州市)人。福建候补同知金乡殷执中妾。工诗,好学,尤爱《楚辞》和《杜工部集》。卒时仅二十三岁。有《素心阁诗草》。

七　夕

夜月照针楼,清光一望秋。
凉风鸣玉佩,冷露湿银钩。
云汉飘摇渡,星河汗漫游[①]。
怀人当此夕,多少别离愁。

【注释】

①汗漫:漫无边际,不可知。

【题解】

以景写情之作。前三联言此时环境,秋天一个月色深深的夜晚,沐在针楼的月辉里,玉佩凉风,银钩露湿,云汉一渡,星河漫游,七夕此景,不禁怀人引愁。

(叶姝)

七夕思姊妹

小朵牵牛滴翠浓,蛛丝钿合梦匆匆[①]。
针楼旧事空相忆,独倚银床听露蛩[②]。

【注释】

① 钿合:也作"钿盒",镶嵌金、银、玉贝的首饰盒子。　② 蛩(qióng):蟋蟀。

【题解】

言一种时光已逝，往事缥缈，孤独寂寥之感。前二句绘七夕风俗景物，以“梦匆匆”作结，拉回现实。后二句指旧事是“空相忆”，重现世之描绘，以“听露蛩”的静谧和“独倚”言孤寂之情，这样不禁更思往日姊妹情浓时。

（叶姝）

己未七夕

严　复

露轻河淡月弓弯，佳节如今总等闲①。
投老怕听儿女事，毕生自著黠痴间②。
凄凉旧约留钗钿，仿佛灵风响佩环。
云锦已归韩吏部③，海槎载石是空还④。

【作者简介】

严复（1853—1921），初名体乾，改名宗光，字又陵，入仕后又改名复，字几道，福建侯官（今福州）人。诸生。近代进步思想家。

【注释】

① 等闲：轻易，随便。　② 黠：聪明而狡猾。　③ 韩吏部：韩愈。　④ 海槎载石：用汉张骞乘槎至天河遇织女的典故。

【题解】

全诗思绪荡开，由己入古，随意而至。

（叶姝）

七　夕

沈汝瑾

牛女嘉会当今宵，银潢万里填鹊桥。

天孙翻欲乞人巧，花样百出裁鲛绡[①]。
鸳机锦织本无价，聘钱难偿旧时债。
世间债重倾山河，日拥罗绮听笙歌。

【作者简介】

沈汝瑾(1857—1917)，字公周，号石友，江苏常熟人。诸生。擅长书画，与吴昌硕、赵古泥等为金石文字至交。殁后，吴昌硕为刊其诗稿，曰《鸣坚白斋诗》，凡十二卷。

【注释】

①鲛绡：泛指薄纱。

【题解】

首联平缓，道出七夕，颔联言织女欲乞人巧，别有新意，颈联进而深化织锦之意，言债重难偿，尾联推而至普世间之债，一股难以吐出之气如山河齐压而来时，退而避之为不得已之策。全诗诗意跌宕，步步可观。

(叶姝)

七夕戏作

黄人

耕织难将宿债酬，经年河汉照离愁。
世间何限如鸠妇，富贵齐眉到白头。

【作者简介】

黄人(1866—1913)，初名振元，字慕韩，中年改名人，别字摩西，江苏昭文(今常熟)人。

【题解】

因宿债难酬，而多年别离，愁绪滚滚。那么像世间生命那么短暂的鸠妇，它们也能齐眉而终，倒不如做它们呢！题为戏作，诗有活泼调侃之风，冲淡无奈悲凉之情。

(叶姝)

七　夕

黄　节

苦忆秋宵旧日诗，如何怀抱异当时。
不殊儿女灯前语，独有悲欢老去知。
乍雨乍风过此夜，一年一乱似佳期。
人间尚作天河梦，尽向梨园曲里窥。
（是夜各园皆演《天河配》一剧。）

【作者简介】

黄节(1873—1935)，初名晦闻，后改名节，字玉昆，号纯熙，广东顺德(今属广东省佛山市辖区)人。生平事迹见章炳麟《黄晦闻墓志铭》。今有新编《黄节诗集》行世。为南社成员。

【题解】

诗如一帧白描。正是乍风乍雨的七夕夜，诗人独享老来悲欢，无儿女萦绕灯前，是夜自己回忆旧诗，已非当时味，是夜人间做梦于《天河配》剧中。诗有孤寂寥落之情，却又显得意绪平缓无波。

（叶姝）

金天羽诗二首

【作者简介】

金天羽(1874—1947)，字鹤望，号松岑，别号爱自由者。江苏吴江(今属苏州市辖区)人。诗有《天放楼诗集》二十一卷。

前　七　夕

夏正五月二十九日当公历七月七日，敌军卢沟桥始发难。

天上别多欢会少，牛女相逢苦不早。
南风急转波粼粼，浮槎误着桑乾津。
桑乾河上月色苦，宛平城头夜打鼓。
牛郎改行师战神，当暑横布火牛军①。
将军惯看仇人面，猛士如云骄不战。
轻车一夕渡芦沟，始信银河水清浅。
河流激箭会有时，灵槎击折扶桑枝。

后 七 夕

八一二之明日，上海以虹桥事件开战（七夕当八一二）

金风吹空露华湿，鸩鹊学习鹰隼击。
双星待渡河无梁，借得长虹跨空直。
虹桥知有卑飞翼②，栏楯遮防拒弹射。
惊心一弹起风波，顽仙化作波旬魔③。
穿针楼头恶梦起，悲风猎猎驱驾鹅④。
浦潮鼓角声砰磕⑤，江海襟喉此交会。
冲虚便近斗牛宫⑥，长剑使尔双翮铩⑦。
银浦流云学水声，几时为我洗甲兵，举杯皓月中天明。

【注释】

① 火牛军：形容军队英勇无敌。火牛，一种作战方法。 ② 卑飞翼：形容日寇子弹。卑，卑劣。 ③ 波旬魔：即天魔波旬，在佛家的经典中被列为贪嗔痴恨爱物欲的来源。 ④ 驾鹅：野鹅，指日寇。 ⑤ 砰磕（kē）：拟声词。 ⑥ 斗牛宫：谓二十八宿中之斗宿与牛宿也。古时指牛宿为牵牛，今指河鼓。 ⑦ 翮铩（hé shā）：伤了翅膀，喻失意。翮，指鸟的翅膀。铩，摧残，伤害。

【题解】

近代民主革命者金天羽，其诗作擅长以旧形式写新内容。抗日战争时，他这两首叙写“七夕”的七言古诗，将抗日与七夕的内容相融合，以崭新的题材，凸显时代的精神，表达了诗人慷慨激昂的爱国情怀和对胜利的期盼。两诗音节铿锵有力，感情鲜明，读来神情高涨。

（叶姝）

七夕宿晏城旅舍偶成①

宝　廷

银潢皎皎界空斜，灿烂双星映月华。
如信人间逊天上，良宵如此不还家。

【作者简介】

宝廷（1840—1890），宗室宝廷，全名爱新觉罗·宝廷，字竹坡，号偶斋。隶满洲镶蓝旗，郑献亲王济尔哈朗八世孙。同治七年进士，选庶吉士，授编修。其诗篇颇富，亦能词，有《偶斋诗草》内外集及《偶斋词》传世。

【注释】

①晏城：今山东齐河县。

【题解】

此诗一如宝廷诗风，和平冲淡，不作苦语，自写天机，回味良久。

（叶姝）

和赵铁卿七夕用仲兄韵①

先季父

祷乞年年花果事，何人报赛一斋祠②。
天公不秘真神巧，蟢子安知用意为。

乌雀有情期尚践，银河未堑力徒施。
乘槎倘遇支机石，莫问东方狡狯儿。

【作者简介】

先季父，讳汝纯，字熙甫，晚清人。作诗不多，遗稿十三首。

【注释】

① 赵铁卿：清时诗人，不详。 ② 报赛一斋祠：《公羊传·桓公八年》："烝者何？冬祭也。春曰祠，夏曰礿，秋曰尝，冬曰烝。"祠，犹食也，犹继嗣也。春物始生，孝子思亲，继嗣而食之，故曰祠，因以别死生。

【题解】

前二句言乞巧者多，而能酬报者少。接下来二句，言神巧天公不吝，而固非小虫所能知也。最后二句以微言要旨戒其勿妄传也。

（叶姝）

七　夕

黄淑德

鹊驾成桥事有无①，年年今夕会星娥②。
时人莫讶经年隔③，犹胜人间长别多。

【作者简介】

黄淑德，字柔卿，槜李(今浙江嘉兴)人。学士黄介弟的女儿，参政黄承昊的妹妹，能诗文，通音律。嫁士人屠耀孙为妻。夫亡后长斋礼佛，足迹不出小楼，三十四岁而亡。

【注释】

① 鹊驾成桥：《风俗通》记载，每年七月七日，织女当渡河，使鹊为桥。 ② 星娥：织女。此句指牛郎织女相会。 ③ 讶：惊讶。

【题解】

牛郎和织女相隔，只一年一度的相会，真是望穿双眼，博得古往今来多少诗人同情和感慨。然而在本诗中,诗人一反常规,以此反观现实人间:有多少征夫思妇,连一年一度的相会也不可得,何况还有夫妇永别,则更是此情绵绵,此恨无绝。

(宋锡玲)

咏牛女

叶小鸾

碧天云散月如眉①,汉殿新张翠锦帷②。
只恐夜深还未睡,双双应话隔年悲。

【作者简介】

叶小鸾(1616—1632),字琼章,一字瑶期,吴江(今属江苏省苏州市)人。叶绍袁、沈宜修的幼女。四岁能诵《楚辞》,十岁后工诗,能棋,善琴擅画,十七岁被昆山张立平聘室,将嫁而死。有《疏香阁遗集》,父亲汇刻《午梦堂十集》时,改名为《返生香集》。

【注释】

① 月如眉:月亮细弯像妇女的眉毛,正是初七上弦月。 ② 汉殿:汉朝的宫殿,借指天上宫阙。

【题解】

本诗首句写景,第二句想象,三、四句从想象中进一步拟情:牛女一年只此一次相会,自然深夜未眠,互诉衷肠。可不说相聚的欢乐,却说别时的悲苦,只因为聚时少,别时多,悲情压倒了欢情。虽是悬拟之词,却如感同身受。

(宋锡玲)

七夕

王德宜

云汉横空一叶秋①,仙车欲渡彩云收②。
共传旧例双星会③,又恐新添一度愁。

【作者简介】

王德宜，字云芝，松江（今属上海市）人，王绍曾女。郎中汪农妻，有《语凤巢吟稿》《黔中吟》。

【注释】

① 云汉：指银河。 ② 仙车：传说中织女渡河会牛郎所乘之车。 ③ 双星：指牛郎织女。

【题解】

人间又是一叶知秋至，天河依旧。人间总传说，织女今夜将渡河与牛郎相会，只怕如此短暂的相聚，又要带来无尽的离愁。此诗亦为叹牛女相会而不得长久之作。

（宋锡玲）

癸丑七夕①

翁瑞恩

儿女穿针踏月歌，停梭试问夜如何？
阿侬自被聪明误，愿乞天孙赐拙多②。

【作者简介】

翁瑞恩，字璇华，常熟人，文瑞公翁心存女，状元翁同龢姊，钱振伦室，有《簪花阁诗余》。

【注释】

① 癸丑：1853 年。 ② 天孙：即织女。

【题解】

本诗前两句叙事：七夕之夜，众女子踏月穿针乞巧。后两句则一反常规，写自己不愿乞巧，而唯愿织女赐拙于自己，可谓独出心裁，颇有新意。

（宋锡玲）

七夕怀武林诸姊妹

张　粲

乌鹊桥边夜渡秋[①],穿针记共上高楼[②]。
那知万里银河水,泻入南天尽是愁。

【作者简介】

张粲,字疏影,康熙朝金陵(今南京)人,员外郎许承钦妾,有《适燕吟》。

【注释】

① 乌鹊桥边:传说七夕乌鹊成桥以渡织女。　② 穿针:《荆楚岁时记》:"七月七日,为牵牛织女聚会之夜。是夕,人家妇女结彩缕,穿七孔针,或以金银鍮石为针,陈瓜果于庭中以乞巧,有喜子(蜘蛛的一种)网于瓜上,则以为符应。"

【题解】

本诗为七夕怀人之作。首句通过写乌鹊成桥,交代时间为七夕;次句怀念曾与姐妹们共同穿针登楼乞巧。后两句抒情:银河万里无边,而谁解无尽愁思,却如滔滔银河之水,写出了怀念众姐妹却不得相见的愁思和伤感。

(宋锡玲)

七夕闻纺绩虫

朱雪英

虫吟如纺绩[①],繁响入高楼。
有意催刀尺[②],无心约女牛。
随风来远树,带月报新秋。
只许闺人听[③],休教动旅愁。

【作者简介】

朱雪英,字韵梅,吴江人,周莲洲妻,有《冰心草》。

【注释】

① 绩:把麻搓捻成线或绳。 ② 刀尺:织布所用器具。 ③ 闺人:深闺中之人,此处为作者自指。

【题解】

七夕之夜,虫鸣之声传来,如纺绩之声。作者由此想到了此刻牛郎与织女正当相会。然而自己却空闺独守,所以"无心约女牛"。五、六句写景,风来动远树,一弯月亮挂在天幕,又是秋天了,秋天总是容易引起羁旅之人无限的思归之情。于是诗人不由得祈愿:今夜的虫鸣,只叫自己听见就好了,不要再惹远人的羁旅之愁。情深意切,可见一斑。

(宋锡玲)

七　夕

张昭汉

双星抱恨渡银河①,泪洒长空秋露多。
天上人间痴最苦,盍将慧剑斩情魔②。

【作者简介】

张昭汉(1882—1964),字默君,湘乡人,张伯钝女。父女同为同盟会会员和南社社员。1911年参与策划江苏独立,在上海组织神州妇女协会,创办神州女校。为邵元冲妻,有《白华草堂诗草》。

【注释】

① 双星:指牵牛、织女二星。 ② 盍:何不。

【题解】

本诗由牛郎织女渡河相会、离别相思之苦无尽,引出自己的议论:不管天上还是人间,唯有痴情最苦。既然如此,何不以慧剑斩断情丝?诗人的情感和见解与古代女子迥然不同,有着鲜明的时代印记。

(宋锡玲)

词　曲

唐、五代

更　漏　子(其四)

温庭筠

相见稀，相忆久，眉浅淡烟如柳①。垂翠幕，结同心②，待郎熏绣衾。　城上月，白如雪，蝉鬓③美人愁绝。宫树暗，鹊桥横④，玉签⑤初报明。

【作者简介】

作者简介见155页。

【注释】

①“眉浅”句：形容眉薄如淡烟、形如柳叶。　②结同心：用锦带制成的菱形连环回文结，表示恩爱同心。　③蝉鬓：女性面颊两旁近耳头的头发薄如蝉翼。　④鹊桥横：星星移动。比喻天将晓。　⑤玉签：报更所用的竹签。

【题解】

七月七日，牛郎织女相会之日，谁人不会触景生情，感怀颇多。对于久不见恋人的思妇尤其如此，分别越久则思念越甚，何况七夕之夜。于是辗转反侧，久不能寐。其低头不语，唯剩相思，期待思念之人能够早日归来团聚，抬头望见月光洒落在地上，伤心无限。又见月宫桂树，想到七夕，彻夜不眠，不觉已是天明。一切景语皆情语。温庭筠之词极为绮丽，穷极工巧。

（汪智超　段永升）

浣　溪　沙

毛文锡

七夕年年信不违，银河清浅白云微，蟾光鹊影伯劳飞[①]。　　每恨蟪蛄怜婺女[②]，几回娇妒下鸳机，今宵嘉会两依依。

【作者简介】

毛文锡，高阳（今属河北）人。年十四登进士第，唐时曾入仕，后仕前蜀，任中书舍人、翰林学士。与诗僧贯休时有唱和。（据《中国文学家大辞典·唐五代卷》，周祖撰主编，中华书局出版）

【注释】

① 蟾光：月光。传说月中有蟾蜍，所以称月为蟾。伯劳：鸟名。乐府《东飞伯劳歌》："东飞伯劳西飞燕，黄姑织女时相见。"　② 蟪蛄（huì gū）：蝉的一种。婺（wù）女：古星宿名，即"女宿"。《史记·天官书》："其北织女。"

【题解】

本诗意思较直白，读来明白如话，但风格古朴，饶有兴味。

（宋锡玲　段永升）

两　　宋

二郎神①·七夕

柳　永

炎光谢②。过暮雨、芳尘轻洒。乍露③冷风清庭户，爽天如水，玉钩④遥挂。应是星娥嗟久阻，叙旧约⑤、飙轮⑥欲驾。极目处、微云暗度，耿耿⑦银河高泻。　　闲雅。须知此景，古今无价。运巧思、穿针楼上女，抬粉面、云鬟相亚⑧。钿合金钗⑨私语处，算谁在、回廊影下。愿天上人间，占得⑩欢娱，年年今夜。

【作者简介】

柳永(987？—1053?)(据袁行霈主编《中国文学史》第三卷，高等教育出版社，1999年版)，北宋词人，崇安(今属福建)人。原名三变，字耆卿。排行第七，宋仁宗景佑元年(1034)进士。官至屯田员外郎，世称柳七、柳屯田。为人放荡不羁，一生仕途抑郁不得志。其词多描绘城市风光和歌妓生活，尤长于抒写羁旅行役之情。语言通俗，音律谐婉，在当时流传很广，史称"凡有井水饮处，即能歌柳词"。大量创作慢词，对宋词的发展起了重要推动作用。《雨霖铃》《八声甘州》《望海潮》等颇有名，有《乐章集》。

【注释】

① 二郎神：词牌名。　② 炎光谢：指暑气消退。　③ 乍露：初露。　④ 玉钩：比喻弯月。　⑤ 星娥：指织女。此句意为"此刻应是牛郎织女驾车相会，共叹长久别离，畅叙旧约的时候了。"　⑥ 飙轮：飞快的车子。飙(biāo)，疾风。这里取其迅疾之意。　⑦ 耿耿：微明的样子。　⑧ 相亚：相傍。　⑨ 本句写联想到唐明皇、杨贵妃的故事。天宝十载七月七日夜，明皇与贵妃在骊山华清宫长生殿定情，授金

钗金盒以固之，感牛郎织女之事，密相盟誓，愿世代为夫妻。见白居易《长恨歌》及陈鸿《长恨歌传》。 ⑩ 占得：获得。

【题解】

本词上阕重在写景：暮雨初歇，暑气消退，风清气爽，明月遥挂。极目远望，银河微明，微云暗渡，于是推测此刻当是牛郎织女驾车相会、畅叙旧约的时候。下阕则由景生情，首先感叹此良辰美景，古今无价。接着由眼前之景，想到穿针楼上乞巧的女子，想到唐明皇和杨贵妃长生殿上的海誓山盟，有多少人在今夜虔诚祈求？于是祈愿天上人间今夜均得欢娱。

（宋锡玲）

菩萨蛮·七夕

张　先

牛星织女年年别。分明不及人间物。匹鸟①少孤飞。断沙②犹并栖。　　洗车昏雨③过。缺月云中堕。斜汉④晓依依。暗蛩⑤还促机。

【作者简介】

张先(990—1078)，字子野，乌程（今浙江湖州）人。天圣八年(1030)进士。历任宿州掾、吴江知县、嘉禾（今浙江嘉兴）判官。皇祐二年(1050)，晏殊知永兴军（今陕西西安），辟为通判。后以屯田员外郎知渝州，又知虢州。以尝知安陆，故人称张安陆。治平元年(1064)以尚书都官郎中致仕，元丰元年(1078)卒，年八十九。

【注释】

① 匹鸟：即鸳鸯，因其雌雄偶居不离，故称匹鸟。匹，匹偶。 ② 断沙：被水半淹的小沙洲。 ③ 洗车昏雨：七月七日黄昏所下之雨。《荆楚岁时记》载：“七月六日有雨谓之洒泪雨，七日雨则云洗车雨。” ④ 斜汉：银河斜转，表示夜深天明。⑤ 蛩(qióng)：蟋蟀。

【题解】

词的上阕写到鸳鸯鸟尚不孤飞，被水半淹的小沙洲都可并栖，而天上的牛郎织女却年年分别。下阕写牛郎织女相见，时光飞逝，转眼就是匆匆的别离。银河斜转，天色欲明，就连蟋蟀的叫声都像是在催促织女快快回去，重操机杼。

（宋锡玲　段永升）

鹊桥仙·七夕词

石延年

一分素景，千家新月，凉露楼台遍洗。宝奁①深夜结蛛丝，纴五孔、金针不寐②。

【作者简介】

石延年（994—1041），字曼卿，一字安仁，先世幽州（治所在今北京）人，家于宋城（今河南商丘），是宋代的文学家和书法家。性情豪放，饮酒过人。传说宋仁宗爱其才，劝其戒酒，他戒酒后，酒渴成病，英年早逝。其诗词风格劲健，有《石曼卿诗集》，词集《扪虱长短句》，已佚。

【注释】

① 奁：古代女子梳妆用的镜台。　② 纴（rèn）：纺织。金针：唐冯翊《桂苑丛谈·史遗》载：（郑代）女年十六，名采娘，淑贞其仪，七夕夜陈香筵祈于织女。是夕，梦云舆雨盖蔽空，驻车命采娘曰："吾织女，祈何福？"曰："愿丐巧耳。"乃造一金针，长寸余，缀于纸上，置裙带中，令三日勿语，汝当奇巧。不尔，化成男子。"

【题解】

月光铺洒，白色笼罩，露水滴落，千家共有此月，而千家各有不同之心境。"月儿弯弯照九州，几家欢乐几家愁，几家夫妻同罗帐，几家飘零在外头。"这首南宋时期的民歌颇似本词之境。深夜镜中不见佳人梳妆，唯见穿针引线，纺织不止，彻夜不眠。对此秋凉月明之夜，孤单一人，谁不会思念心中之人？女子无法排遣心中的孤独落寞，遂夜织以寄相思之情。言尽于织衣，而相思之意更在织衣外。

（汪智超　段永升）

欧阳修词四首

【作者简介】

欧阳修(1007—1072),北宋文学家、史学家。字永叔,号醉翁,晚年自号六一居士,庐陵(今江西吉安)人。宋仁宗天圣八年(1030)进士。官馆阁校勘,因直言论事贬知夷陵。庆历中任谏官,支持范仲淹,要求在政治上有所改良,被诬贬知滁州。官至翰林学士、枢密副使、参知政事。王安石推行新法时,对青苗法有所批评。谥文忠。主张文章应“明道”“致用”,对宋初以来靡丽、险怪的文风表示不满,并积极培养后进,是北宋古文运动的领袖。散文说理畅达,抒情委婉,为“唐宋八大家”之一;诗风与其散文近似,语言流畅自然。其词婉丽,承袭南唐余风。曾与宋祁合修《新唐书》,并独撰《新五代史》。又喜收集金石文字,编为《集古录》,对宋代金石学颇有影响。有《欧阳文忠集》。

鹊　桥　仙

月波清霁①,烟容明淡②,灵汉旧期还至③。鹊迎桥路接天津④,映夹岸、星榆点缀⑤。　云屏未卷⑥,仙鸡催晓,肠断去年情味。多应天意不教长,恁恐把、欢娱容易。

【注释】

① 月波:月光。月光似水,故称。 ② 烟容明淡:形容云雾弥漫的景色。 ③ 灵汉:银河。旧期:指七夕。 ④“鹊桥”句:神话传说,每年七夕牛郎织女相会,群鹊衔接为桥以渡银河。天津:天河。 ⑤ 星榆:又称白榆,天上星名。此处泛指仙境所植的珍异卉木。乐府《陇西行》:“天上何所有,历历种白榆。桂树夹道生,青龙对道隅。”《玉台新咏》吴兆宜注:“白榆,星名也。” ⑥ 云屏:云母屏风,喻彩云。

【题解】

本词上阕写景,既交代了时间为七夕,又通过月光、云雾、鹊桥、天河、星榆等一系列景物，渲染出朦胧迷离、缠绵缱绻的气氛。下阕重在议论抒情：韶光易逝，相聚匆匆，不觉又是仙鸡催晓，去年此刻的离愁别绪又上心头，实在欢娱不易。整首词情景交融，浑然一体，有很强的感染力。

（宋锡玲）

渔家傲·七夕

喜鹊填河仙浪浅，云軿[①]早在星桥畔。街鼓[②]黄昏霞尾暗，炎光敛。金钩[③]侧倒天西面。　　一别经年今始见，新欢往恨知何限。天上佳期贪眷恋，良宵短，人间不合催银箭。

【注释】

① 云軿：织女的云车。　② 街鼓：唐宋时悬鼓于街头，每日拂晓与黄昏，有人按时击鼓报时，以戒出入，防盗窃。　③ 金钩：如钩的新月。

【题解】

词的上阕重在写景：喜鹊填河，云軿待发，时间渐晚，暑气渐渐消退。一年一度的幽会佳期缓缓而至。词的下阕写牛郎织女一别经年，今天终于相见。想象二人相见时的种种心情：相见的欢娱，相思的痛苦，以及对短暂欢会的无限眷恋，尽在其中。怎奈良宵苦短，时间匆匆再催别离。词的内容是七夕诗词中常见的题材。

（宋锡玲）

渔　家　傲

乞巧楼头云幔卷[①]，浮花催洗严妆[②]面。花上蛛丝[③]寻得遍，颦笑浅，双眸望月牵红线[④]。　　奕奕[⑤]天河光不断。有人正在长生殿。暗付金钗清夜半[⑥]，千秋愿，年年此会长相见。

【注释】

① 乞巧楼头：据《荆楚岁时记》："七夕妇人结彩缕，穿七孔针，或以金银鍮石为

针。陈瓜果于庭中以乞巧,有喜子网于瓜上,则以为得巧。” ② 严妆:整齐细致地梳妆。 ③ 花上蛛丝:汉魏以下,七夕时妇女放蜘蛛于花、瓜上,或置小盒中,至夜开视。以蛛网密者为得巧多。(事见《荆楚岁时记》《开元天宝遗事》) ④ 红线:成就婚姻的赤绳。唐韦固旋次宋城,遇一老人倚囊坐,于月下检书,固问囊中何物,曰:“赤绳子,以系夫妇之足,虽仇敌之家,贫富悬隔,天涯从宦,吴楚异乡,此绳一系,终不可逭。”(见唐李复言《续幽怪录》)。 ⑤ 奕奕:光彩闪动貌。 ⑥ 唐玄宗与杨贵妃七夕夜半盟誓之事。白居易《长恨歌》:“七月七日长生殿,夜半无人私语时。在天愿作比翼鸟,在地愿为连理枝。”陈鸿《长恨歌传》:“定情之夕,授金钗钿合以固之。”

【题解】

词的上阕写女子乞巧的情形,蛛丝寻遍,最终却是“双眸望月牵红线”,写出女子乞巧行动之后委婉细腻的心思。词的下阕借用唐玄宗与杨贵妃七夕夜半盟誓之事,抒写有情人期待年年七夕都能够相会的心愿。词中的乞巧跳出了单单乞求智巧的窠臼,进而将其与女子的爱情相联系,颇有新意。

(宋锡玲)

渔家傲

别恨长长欢计短,疏钟促漏真堪怨①。此会此情都未半。星初转②,鸾琴凤乐③匆匆卷。 河鼓无言西北盼④,香蛾有恨东南远⑤。脉脉横波珠泪满。归心乱,离肠便逐星桥断。

【注释】

① 疏钟促漏:稀疏的钟声与急促的滴漏声,指时光无情流逝。 ② 星初转:北斗星移动位置,指天色将晚。 ③ 鸾琴凤乐:指优美的琴笙之乐。 ④ 河鼓:即牵牛星,《尔雅》有“河鼓谓之牵牛”。牛郎居银河东南,遥望西北之织女星。 ⑤ 香蛾:女子的蛾眉,借指织女。东南远,织女居银河之西,与东南的牛郎分别。

【题解】

漏促星转,欢会匆匆,鸾琴凤乐匆匆结束,又是一年长长的别离。有恨无言,河鼓香蛾却只能遥遥相望，珠泪随波，离肠寸断。这首词单从牛郎织女欢会后的离别入手，细致入微地道尽了其中的无奈和心酸，语短而情长。

（宋锡玲）

晏几道词四首

【作者简介】

晏几道(1030？—1106？)（据朱东润《中国历代文学作品选》，上海古籍出版社1980年版），字叔原，号小山，晏殊之子。生平在仕途上不得意，曾任颍昌府许田镇（在今河南省许昌市西南）监，职位低微。词与其父齐名，号称“二晏”，风格更接近“花间”。所作多感伤之词，有《小山词》。

鹧鸪天①·七夕

当日佳期鹊误传。至今犹作断肠仙②。桥成汉渚③星波外，人在鸾歌凤舞前。

欢尽夜，别经年。别多欢少奈何天。情知此会无长计，咫尺凉蟾④亦未圆。

【注释】

① 鹧鸪天：词牌名。　② 断肠仙：指牛郎织女不得相聚。　③ 汉渚：银河。④ 凉蟾：指月亮。传说中月有蟾蜍。所以称月为蟾。

【题解】

本词以宋朝关于鹊鸟误传使牛郎织女只有一天相聚时间的说法入手，先写鹊鸟误传的遗憾，接着写牛女的相聚。转而想到一夜的欢聚，却要一年的分别与等待，别多欢少，终究无奈。最后写分别的离愁别恨，指出牛郎织女虽有相会但终归是悲剧。

（宋锡玲）

临　江　仙

斗草阶前初见①，穿针楼上曾逢②。罗裙香露玉钗风③。靓妆眉沁绿④，羞脸粉生红。　　流水便随春远，行云终与谁同⑤。酒醒长恨锦屏空⑥。相寻梦里路，飞雨落花中。

【注释】

① 斗草：又叫斗百草。《荆楚岁时记》："五月五日，四民并踏百草，又有斗百草之戏。"　② 穿针楼：即乞巧楼。相传南朝齐武帝建层城观，七夕宫女登之穿针，称为"穿针楼"。　③ 玉钗风：头上玉钗迎风颤动。　④ 靓(jìng)妆：美丽的妆饰。眉沁绿：以黛螺描眉，其色青绿，故云。　⑤ 行云：暗用"巫山云雨"，"朝为行云，暮为行雨"的典故，喻指朋友的歌伎小云。　⑥ 锦屏：银屏风。

【题解】

作者对那位在斗草阶前、穿针楼上见过的女子有深刻的印象，似乎她的一颦一笑都还在眼前。可如今再不能见到那位女子。一切都变幻流逝，不可捉摸。作者只能在梦中体味当初的情景，而酒醒以后的作者在飞雨落花中更显得落寞。

（项波　段永升）

蝶　恋　花

喜鹊桥成催凤驾①。天为欢迟，乞与初凉夜。乞巧双蛾加意画②。玉钩斜傍西南挂③。　　分钿擘钗凉叶下④。香袖凭肩，谁记当时话⑤。路隔银河犹可借⑥。世间离恨何年罢。

【注释】

① 凤驾：指仙人车驾。　② 乞巧：《荆楚岁时记》："是夕，人家妇女结彩楼，穿七孔针……以乞巧。"　③ 玉钩：弯月。　④ 分钿(diàn)：表示情侣离别。钿，钿合，古代用珠宝镶嵌的一种首饰，用两片合成。擘(bò)：分的意思。　⑤"香袖"二句：陈鸿《长恨歌传》：杨贵妃说："秋七月，牵牛织女相见之夕…时夜殆举，休侍卫于东西厢，独侍上。上凭肩而立，因仰天感牛女事，密相誓心，愿世世为夫妇。"这里的"当时话"便是引用这个故事。　⑥ 借：凭借。

【题解】

又是一个七夕夜。上天似乎都觉得牛郎织女的欢爱来之不易，让这个秋夜格外的凉爽宜人。人间的人儿又在准备乞巧了。便在这个夜晚,词人想起人间那些相爱却要分离的人们。天上的分别还能期望一年一聚,人间的凄苦离恨什么时候才能消除呢?

(项波　段永升)

蝶　恋　花

碧落秋风吹玉树[①]。翠节红旌[②],晚过银河路。休笑星机停弄杼[③]。凤帏已在云深处[④]。　　楼上金针穿绣缕。谁管天边,隔岁分飞苦。试等夜阑寻别绪[⑤]。泪痕千点罗衣露。

【注释】

① 碧落:道家称天界为碧落。　② 翠节红旌(jīng):饰以翠羽的符节和红色的旌旗。均为仙女的仪仗。　③ 星:这里指织女。　④ 凤纬:闺中之帷幕。⑤ 夜阑:即夜深。

【题解】

秋风吹着玉树,又是七月七日牛郎织女相会的日子。对于他们,今晚是一年中最快乐的时光,可对于绣楼上的另一位满怀别愁的女子呢?别人的欢会是否勾起了她更深的痛苦,否则,又怎么会泪痕千点呢?上阕第一句写景,后面虚写,是想象的情景。下阕写人描情。

苏轼词六首

【作者简介】

苏轼(1037—1101),字子瞻,号“东坡居士”,北宋眉州眉山(即今四川眉山)人。他与他的父亲苏洵、弟弟苏辙皆以文学名世,世称“三苏”。嘉祐进士。神宗时曾任祠部员外郎,因反对王安石新法而求外职,任杭州通判,知密州、徐州、湖州。后以作诗“谤讪朝廷”罪贬黄州。哲宗时任翰林学士,曾出知杭州、颍州等,官至礼部尚书。后又贬谪惠州、儋州。北还后第二年病死常州。南宋时追谥文忠。是宋代（北宋）著名的文学家、书画家。其文汪洋恣肆，明白畅达，与唐代的韩愈、柳宗元和宋代的欧阳修、苏洵、苏辙、王安石、曾巩合称“唐宋八大家”。其诗清新豪健，善用夸张比喻，在艺术表现方面独具风格。词开豪放一派，对后代很有影响。《念奴娇·赤壁怀古》《水调歌头·丙辰中秋》传诵甚广。擅长行书、楷书，与蔡襄、黄庭坚、米芾并称“宋四家”。论画主张“神似”，高度评价“诗中有画，画中有诗”的艺术造诣。

菩　萨　蛮

风回仙驭云开扇①，更阑月堕星河转②。枕上梦魂惊。晓檐疏雨零③。　相逢虽草草④，长共天难老。终不羡人间。人间日似年。

【注释】

① 仙驭：仙人车驾。　② 更阑：更残，夜深。星河：银河。　③ 疏雨零：微雨。民俗以为牵牛织女相会夜必有微雨，以为相会之征。　④ 草草：指相会短暂。

【题解】

风回云开，夜阑月堕，牛女再度相逢。开头两句即交代时间，接下来两句写午夜梦回，晓檐零雨，借用传说中牛女相见，眼泪化为人间晓雨之意。下阕转为议论，写牛郎织女相会虽然短暂匆促，终究可以“长共天难老”，总胜过“日似年”的人间。

（宋锡玲）

鹊桥仙①·七夕送陈令举

缑山仙子②，高情云渺，不学痴牛骏女③。凤箫④声断月明中，举手谢时人欲去。客槎曾犯，银河波浪⑤，尚带天风海雨。相逢一醉是前缘，风雨散，飘然何处？

【注释】

① 鹊桥仙：词牌名。本词作于熙宁七年（1074），苏轼与陈令举访李公择于湖

州，既过松江，令举匆匆而去，此词乃送陈之作。 ② 缑山仙子：即缑氏山，在今河南偃师东南。《列仙传》载：仙人王子乔驻缑氏山顶，举手谢世人而去。缑，音(gōu)。 ③ 痴牛骙(ái)女：指牛郎织女。卢仝《月蚀诗》："痴牛与骙女，不肯勤农桑。徒然含淫思，旦夕遥相望。"骙，呆痴。 ④ 凤箫：排箫。古代的箫用长短不同的竹管排列而成，形如鸟翼，故称"凤箫"。 ⑤ 槎(chá)：木筏。传说天河与海相通，年年八月有浮槎来去。有人乘槎而去，至一处，有城郭宫舍，遥望宫中多织妇，又见一丈夫，牵牛饮于河边。乃问此是何处，牵牛者曰："君还至蜀郡，访严君平则知之。"此人还至成都，问君平，答曰："某年月日有客星犯牵牛宿。"事见张华《博物志》。

【题解】

这是一首赠别词，词人一反七夕爱情题材的传统，用来赠别友人，扩大了词的内涵。词的上阕借《列仙传》中关于王子乔"举手谢时人"及牛郎织女的故事传说，否定了牛郎织女由仙趋凡、为世俗之情所苦的痴呆之举，赞颂王子乔摆脱凡尘俗累、飘然仙去的旷达之举，以此宽解友人。下阕借《博物志》中乘槎人的典故，比况与友人的欢聚。人生能够相逢已是前世的缘分；今日一别，谁知何处能再相遇？慰藉之中含无限感慨，然而却没有悲观抑郁，这也正是苏轼的气魄和胸襟。

（宋锡玲　段永升）

渔家傲·七夕

皎皎牵牛河汉女。盈盈临水无由语[①]。望断碧云空日暮。无寻处。梦回芳草生春浦。　　鸟散余花纷似雨。汀洲苹老香风度[②]。明月多情来照户。但揽取。清光长送人归去。

【注释】

① 皎皎句：语出《古诗十九首》："迢迢牵牛星，皎皎河汉女……盈盈一水间，脉脉不得语。" ② 汀洲苹老：水边洲渚上的萍草已经衰老。苹，通"萍"，"浮萍"，亦称"青萍""紫萍"，多用以喻不定的生活或行踪。

【题解】

牵牛、织女情深却不能长久，亘古相望，常常成为文人的书写对象。词由牛女起，到归去止，始终笼罩着淡淡的幽怨。这点幽怨由何而起，又是谁的呢？词中并没有人物出现，只能够靠读者自己慢慢猜度、品味了。

（项波　段永升）

定　风　波

（元丰六年七月六日，王文甫家饮酿白酒，大醉。集古句作墨竹词。）

雨洗娟娟嫩叶光，风吹细细绿筠香[①]。秀色乱侵书帙晚[②]，帘卷，清阴微过酒樽凉[③]。　　人画竹身肥拥肿[④]，何用？先生落笔胜萧郎[⑤]。记得小轩岑寂夜[⑥]，廊下，月和疏影上东墙。

【注释】

①“雨洗”句：用杜甫诗“雨洗娟娟净”句。娟娟，美好的样子。筠（yún）：竹子。　②“秀色”句：用杜诗“色侵书帙晚”句。帙（zhì）：包书卷的套子。　③“清阴”句：用杜诗“阴过酒樽凉”句。　④“人画”句：用白居易诗句。拥肿：过分肥大。　⑤萧郎：白居易《画竹歌》所称赞的那位画竹的萧悦。　⑥小轩（xuān）：长廊或小室。岑（cén）寂：寂寞孤独。

【题解】

苏东坡是个大学士，对诗词歌赋自然是了熟于胸的。这首词巧妙地运用前代大家杜甫、白居易的诗句，稍加改造组合成一首词，却信手拈来，触处成春，不见痕迹，自成一章。

（项波　段永升）

菩萨蛮·新月

画檐初挂弯弯月。孤光未满先忧缺[①]。遥认玉帘钩[②]。天孙梳洗楼[③]。　　佳人言语好。不愿求新巧。此恨固应知[④]。愿人无别离。

【注释】

① 孤光：指月亮。缺：以月缺喻别离。　② 玉帘钩：形如玉钩之月。　③ 天孙：织女星。《史记·天官书》：“织女，天女孙也。”　④ 此恨：指夫妇不能团聚之苦。

【题解】

词由景写起，初上的缺月，银河边的织女牛郎，很普通的景，却因为特定的时间、环境有了不一样的意味，起码词人的此时的心情是不一样的。第二阕由景至情，表达愿望。与其脍炙人口的“但愿人长久”比起来，“愿人无别离”似乎不够大气，却也有异曲同工之妙。

（项波　段永升）

鹊桥仙·七夕和苏坚韵

乘槎归去，成都何在，万里江沱汉漾[①]。与君各赋一篇诗，留织女、鸳鸯机上[②]。

还将旧曲[③]，重赓新韵[④]，须信吾侪天放[⑤]。人生何处不儿嬉，看乞巧、朱楼彩舫。

【注释】

① 江沱：即沱江，长江上游支流。汉漾：即汉水。漾：漾水，汉水上源。　② 鸳鸯机：织锦机。　③ 旧曲：指苏坚先作的《鹊桥仙·七夕》。　④ 重赓(gēng)：重新继续。续别人的诗歌而作的诗歌叫赓歌。新韵：指本首词。　⑤ 吾侪(chái)：我辈，我们这些人。天放：一任自然。

【题解】

七夕乞巧是民间的风俗，七夕也是民间的重要节日之一。这首词一扫牛女带给七夕的别离愁苦之情，而洋溢着节日的欢快热烈气氛。这是一首和词，本身艺术价值不大。

（项波　段永升）

洞仙歌·七夕

黄　裳

世间言笑,天上谁欢聚。河汉涵秋静无暑。望丹霄杳杳[①],云幄[②]俄开,缘会远,空引时情万缕。　　彩楼人送目,今夕无双,巧在灵丝暗相许。爽气御西风,众乐难寻,乘槎[③]看、鹊桥初度。过几刻良时、早已分飞,向月下何辞,十分芳醑[④]。

【作者简介】

黄裳(1044—1130),字冕仲,号演山,延平(今福建南平)人。神宗元丰五年(1082)进士第一。历官端明殿学士、礼部尚书。卒赠少傅。其词语言明艳,如春水碧玉,让人心醉,观赏把玩不已。有《演山先生文集》六十卷。

【注释】

① 杳杳(yǎo):深远幽暗的样子。　② 幄(wò):帷幕。　③ 槎:木筏。④ 醑(xǔ):美酒。

【题解】

七夕之夜,天上牛郎织女相会,地上恋人欢乐言笑,思念之情自然而生。楼上之人和"我"灵犀一通,惺惺相惜。遂一起赏月观星,乘船游冶,兴致十足,心旷神怡。直至分手之时,心中依然十分快乐。诗歌语言明丽,感情投入,如痴如醉。

(汪智超)

黄庭坚词二首

【作者简介】

作者简介见205页。

鹊桥仙·次东坡七夕韵[①]

八年不见,清都绛阙[②],望河汉、溶溶漾漾[③]。年年牛女恨风波,拼此事、人间天上。　　野麋丰草，江鸥远水，老去惟便疏放。百钱端欲问君平④，早晚具、归田小舫。

【注释】

① 鹊桥仙：词牌名。本词作于元符元年七月，时至戎州不久。作者自元祐六年持母丧回家，未再返京。　② 清都绛阙：皇帝所居的京城。清都：本指天帝居住之宫。绛阙：指宫门。　③ 溶溶漾漾：波光浮动的样子。　④ 君平：指严君平。汉蜀郡严君平卜筮于成都市，日得百钱辄闭肆下帘读《老子》。事见《汉书·王吉传序》。

【题解】

词人借七夕之事，抒自身之志。在词中，天上之天宫与人间之皇宫、天上之天河与人间之江水融合在一起，天上人间浑然一体，诗人的意趣也在这样的比照中得以传达。以词应答唱和。

（宋锡玲）

鹊桥仙·席上赋七夕

朱楼彩舫，浮瓜沈李①，报答风光有处②。一年尊③酒暂时同，别泪作、人间晓雨。　　鸳鸯机综④，能令侬巧，也待乘槎仙去⑤。若逢海上白头翁，共一访、痴牛騃女⑥。

【注释】

① 浮瓜沈李：亦作“浮瓜沉李”曹丕《与朝歌吴质书》：“浮甘瓜于清泉，沈朱李于寒水”；孟元老《东京梦华录》：“六月中别无时节，往往风亭水榭，峻宇高楼，雪槛冰盘，浮瓜沉李，流杯曲沼，苞酢新荷，远迩笙歌，通宵而罢。”　② 有处：有所安排。③ 尊：通“樽”，酒器。　④ 鸳鸯机综：绣具。　⑤ 乘槎仙去：张华《博物志》卷十：旧说云：“天河与海通。近世有人居海渚者，年年八月浮槎来去，不失期。”槎：木筏。李商隐《海客》“海客乘槎上紫氛，星娥罢织一相闻。”　⑥ 痴牛騃女：指牛郎织

女。苏轼《鹊桥仙》“缑山仙子，高情云渺，不学痴牛骙女”。

【题解】

本词为席上附和之作。上阕开篇写景，展示出人间欢庆七夕的盛况，接着由席间之酒，想象牛女此刻相会，也当共同把盏，并借用“牛郎织女离别的眼泪化作人间晓雨”的传说，写此刻二人欢聚的深情。下阕重在抒情，借牛郎织女的传说表达自己的志趣。

（宋锡玲）

秦观词二首

【作者简介】

秦观(1049—1100)，字太虚、少游，号淮海居士，扬州高邮(今江苏高邮)人，北宋文学家。宋神宗元丰八年(1085)进士。曾任太学博士(即国立大学的教官)、秘书省正字、国史院编修官。政治上倾向旧党，哲宗时“新党”执政，被贬为监处州酒税，徙郴州，编管横州，又徙雷州，至滕州而卒。他与黄庭坚、晁补之、张耒号称为“苏门四学士”，颇得苏轼赏识。秦观生性豪爽，洒脱不拘，溢于文辞。二十岁，作《浮山堰赋》。二十四岁，作《单骑见虏赋》，为世人所重。其散文长于议论，《宋史》评为“文丽而思深”。其诗长于抒情，敖陶孙《诗评》说：“秦少游如时女游春，终伤婉弱。”他是北宋后期著名婉约派词人，其词大多描写男女情爱和抒发仕途失意的哀怨，文字工巧精细，音律谐美，情韵兼胜。代表作为《鹊桥仙》(纤云弄巧)、《望海潮》(梅英疏淡)、《满庭芳》(山抹微云)等。《鹊桥仙》中“两情若是久长时，又岂在朝朝暮暮”被誉为“化臭腐为神奇”的名句(见《蓼园词选》)。《满庭芳》中的“斜阳外，寒鸦数点，流水绕孤村”被称作“天生的好言语”(《能改斋漫录》引晁补之语)。张炎《词源》说：“秦少游词体制淡雅，气骨不衰，清丽中不断意脉，咀嚼无滓，久而知味。”著有《淮海集》四十卷、《淮海词》(又名《淮海居士长短句》)、《劝善录》、《逆旅集》。又辑《扬州诗》《高邮诗》。其《蚕书》，是我国现存最早的一部蚕桑专著。又善书法，小楷学钟、王，姿媚遒劲可爱，草书有东晋风味，真、行学颜真卿。建炎四年(1130)，南宋朝廷追赠秦观为“直龙图阁学士”。高邮文游台、秦观读书台、《秦邮帖》石刻、扬州云山图、“淮东第一观”石刻，保存至今。

鹊 桥 仙①

纤云弄巧②,飞星传恨③,银汉迢迢暗渡④。金风玉露一相逢⑤,便胜却、人间无数。　　柔情似水⑥,佳期如梦,忍顾鹊桥归路⑦。两情若是久长时,又岂在、朝朝暮暮⑧。

【注释】

① 鹊桥仙:词牌名,又名《鹊桥仙令》《金风玉露相逢曲》《广寒秋》,双调五十六字,前后阕各两仄韵,一韵到底。前后句首两句要求对仗。此调有两体,五十六字者始自欧阳修,因其词中有“鹊迎桥路接天津”句,取以为名;八十八字者始于柳永。此调多咏七夕。《风俗记》:“七夕,织女当渡河,使鹊为桥。”因取以为曲名,以咏牛郎织女相会事。《乐章集》入“歇指调”,较一般所用多三十二字。兹以《淮海词》为准。五十六字,上下片各两仄韵。亦有上下片各四仄韵者。　② 纤云弄巧:是说纤薄的云彩,变化多端,呈现出许多细巧的花样。暗示这是乞巧节。这句写织女劳动的情形。传说织女精于纺织,能将天上的云织成锦缎。　③“飞星”句:谓流星飞越银河,似为牛郎织女传达离恨。飞星传恨,飞奔的牵牛星流露出(久别的)怨恨。作者想象被银河阻隔的牛郎、织女二星,闪现出离愁别恨的样子。④“银汉”句:相传牛郎织女七月初七渡银河相会。　⑤ 金风玉露:秋风白露。金风:秋风,秋天在五行中属金。玉露:秋露,白露。这句是说牛女七夕相会。李商隐《辛未七夕》诗:“由来碧落银河畔,可要金风玉露时。”　⑥“柔情”句:寇准《夜渡娘》:“日暮汀洲一望时,柔情不断如春水。”　⑦“忍顾”句:忍顾,怎忍回顾。鹊桥:韩鄂《岁华纪丽》卷三引《风俗通》:“织女七日当渡河,使鹊为桥。相传七日鹊首无故皆髡,因为梁以渡织女故也。”　⑧ 朝朝暮暮:日日夜夜。这里指日夜相聚。宋玉《高唐赋》:“妾在巫山之阳,高丘之阻,旦为朝云,暮为行雨,朝朝暮暮,阳台之下。”此去时刻不离。

【题解】

《鹊桥仙》原是为咏牛郎、织女的爱情故事而创作的乐曲,本词的内容也正是咏此神话。上片写佳期相会的盛况,下片写依依惜别之情。起句展示七夕独有的抒情氛围,“巧”与“恨”,将七夕人间“乞巧”的主题及“牛郎、织女”故事的悲剧性特征点明,练达而凄美。下片借牛郎、织女悲欢离合的故事,歌颂坚贞诚挚的爱情。回顾佳期幽会,似真似假,如梦如幻,及至鹊桥言别,恋恋之情,以至于极。结句“两情若是久长时,又岂在朝朝暮暮”既指牛郎、织女的爱情模式的特点,又表述了作者的爱情观,最有境界,是爱情颂歌当中的千古绝唱。这首词因而也就具有了跨时代、跨国度的审美价值和艺术品位。明人沈际飞评曰:“七夕往往以双星会少离多为恨,而此词独谓情长不在朝暮,化腐朽为神奇。”此言得之。

此词熔写景、抒情、议论于一炉,叙写牵牛、织女二星相爱的神话故事,赋予这对仙侣浓郁的人情味,讴歌了真挚、纯洁、坚贞的爱情。词中明写天上双星,暗写人间情侣;其抒情,以乐景写哀,以哀景写乐,倍增其哀乐,读来荡气回肠,感人肺腑。作者将画龙点睛的议论与优美的形象、深沉的情感结合起来,讴歌了人间美好的爱情,取得了极好的艺术效果。

(高晓庆　段永升)

渔家傲·七夕立秋

七夕湖头闲眺望。风烟做出秋模样。不见云屏月帐。天滉漾[①]。龙軿[②]暗渡银河浪。　　二十年前今日况。玄蟾乌鹊高楼上。回首西风犹未忘。追得丧。人间万事成惆怅。

【注释】

① 滉漾:水浮动荡漾的样子。　② 軿:古代妇女乘坐的有帷幕的车子。

【题解】

秦观词凄婉缠绵,是婉约派词人的本色当行,有一种感伤美。总体读来,这首词笼罩着一种莫名的淡淡的忧伤。在这样的节日里,烟笼云屏更加有一种阴郁的气氛。“人间万事成惆怅”。这种莫名的惆怅才是最苦的。曹丕《善哉行》有句“高山有崖,林木有枝,忧来无方,人莫知之。”这种无端的惆怅对于多愁善感的诗人而言,是与生俱来无法摆脱的。作者使用了今昔对比、时空倒错的手法,使得抒情味更加浓郁,语尽而情不尽意不尽。

(高晓庆)

贺铸词二首

【作者简介】

贺铸(1052—1125),字方回,越州山阴(今浙江绍兴)人(据《中国文学史》,中国社会科学院文学研究所、中国文学史编写组,人民文学出版社)。在其诗集中自序称“越人”,又号“庆湖遗老”,“庆湖”即“镜湖”也。自言是唐贺知章之后,曾任泗洲、太平州通判,晚年退居苏州。有《东山词》。

乌　啼　月

牛女相望处,星桥不碍东西①。重墙未抵蓬山远②,却恨画楼低。　细字频传幽怨,凝缸长照单栖③。城乌可是知人意④,偏向月明啼。

【注释】

① 星桥:即鹊桥。　② 蓬山:古代神话中的仙山。李商隐诗:“刘郎已恨蓬山远,更隔蓬山一万重。”　③ 缸:灯。　④ 城乌:城中的乌鹊。

【题解】

都说牛郎织女饱尝离别之苦,可他们还可以相望,还可以一年一度的相逢。墙壁虽薄,对于相爱却不得相见的恋人来说,它的距离比隔离蓬山还远。单栖的人怎能不幽怨呢?相思却不得相见,只能用文字传达,仿佛连乌鹊都了解到这深深的幽怨而向着明月啼叫。这是一首典型的闺怨词。

(项波　段永升)

摊破木兰花

南浦东风落暮潮。祓禊人归①,相并兰桡②。回身昵语不胜娇。犹碍华灯,扇影频摇。　重泛青翰顿寂寥③。魂断高城手漫招。佳期应待鹊成桥。为问行云④,谁伴朝朝。

【注释】

① 祓禊(fú xì):古代民俗,三月上巳日至水滨祈福免祸,祀毕,男女相戏。② 兰桡(ráo):船的美称。桡,船桨。 ③ 青翰:船名,刻有鸟形而涂以青色,故名。 ④ 行云:借指情侣。

【题解】

三月古老的祀日,相爱的人于河边相戏,应该是最让人期待的事。可是接下来的孤独寂寥又怎么忍受呢?“为问行云,谁伴朝朝。”正是这个女子的心思。

(项波)

谢薖词三首

【作者简介】

谢薖(1070—1116)(据《增订注释全宋词》,朱德才主编,文化艺术出版社,1997年版),字幼槃,号竹友,抚州临川(今江西抚州)人。屡举进士不第,以布衣终其身,受学于吕希哲,工诗文,与从兄谢逸齐名,时称“二谢”。诗入江西诗派,著有《竹友集》,亦善词,有《竹友词》。

鹊　桥　仙

月胧[①]星淡,南飞乌鹊[②],暗数秋期天上。锦楼[③]不到野人家,但门外、清流叠嶂[④]。　一杯相属[⑤],佳人何在,不见绕梁清唱[⑥]。人间平地亦崎岖,叹银汉、何曾风浪。

【注释】

① 月胧:月色朦胧之意。 ② 南飞乌鹊:三国时曹操《短歌行》之一有“月明星稀,乌鹊南飞”,此处化用其意。 ③ 锦楼:即彩楼。《东京梦华录》载:“至初六、七日晚,贵家多结彩楼于庭,谓之乞巧楼。” ④ 叠嶂:重重叠叠的山峰。 ⑤ 属:劝酒。 ⑥ 绕梁清唱:《列子·汤问》:“昔韩娥东至齐,匮粮,过雍门,鬻歌假食。既去,而余音绕梁欐,三日不绝。”

【题解】

词的上阕写景:月胧星淡,乌鹊南飞,时至农历七夕。然而词人之家却全无节日气氛,彩楼不结,唯有门前清澈的河流与重叠的山峦依然故我的存在。从而为下文埋下伏笔。下阕写词人的感伤。既是节日,总要喝酒的。可往日劝酒的人在哪里?昔日那悦人的歌声又在哪里?结尾两句,"叹银汉、何曾风浪",意即银河没有风浪;而"人间平地亦崎岖",以天上爱情的永恒反衬人间爱情的阻隔。

(宋锡玲)

定 风 波

牛女心期与目成[①]。弥弥脉脉得盈盈。今夕银河凭鹊度。相遇。玉钩[②]新吐照云屏[③]。　　行旆雍容留宴语。将暮。方携珠袖到山亭。寂寞江天正云雾。回顾。不应中有少微星[④]。

【注释】

① 目成:有眉目传情之意。《楚辞·九歌·少司命》有"满堂兮美人,忽独与余兮目成"句。 ② 玉钩:弯月。南朝鲍照《月诗》"始出西南楼,纤纤如玉钩。" ③ 云屏:云母屏风。 ④ 少微:星名,常用以喻处士。唐杜甫《杜工部诗史补遗》三《严中丞枉驾见过》:"寂寞江天云雾里,何人道有少微星。"此处化用杜诗句意用以喻指陈虚中。

【题解】

词的上阕写牛郎与织女两心相悦,却有一水相隔,唯有脉脉无语,眉目传情。今夜终于可以凭借鹊桥渡河相会。相遇之时,正值月照云屏。既照应题目中"七夕",又引出下阕。下阕借用杜甫诗句,以处士喻友人,再次说明为赠友之作。

(宋锡玲)

蝶 恋 花[①]

一水盈盈牛与女。目送经年,脉脉无由语[②]。后夜鹊桥知暗度。持杯乞与开愁绪。　　君似庾郎[3]愁几许。万斛愁生[4],更作征人去。留定征鞍君且住。人间岂有无愁处。

【注释】

① 蝶恋花:词牌名。　②《古诗十九首》有"盈盈一水间,脉脉不得语",此处化用。　③ 庾郎:指庾信。　④《庾子山集注》附录引宋叶廷珪《海录碎事》卷九《愁乐门》等书载,庾信《愁赋》残文"攻许愁城终不破,荡许愁门终不开。何物煮愁能得熟?何物烧愁能得然?闭门欲驱愁,愁终不肯去。深藏欲避愁,愁已知人处。"又"谁知一寸心,乃有万斛愁。"此处说董之南像庾信一样多愁。

【题解】

本词为作者留友人过七夕而作。词的上片引用传说,写牛女一水之隔,经年无语,今夜终可以渡河相会。接着借用民间女子七夕乞巧的习俗,写自己也持杯把盏,以乞为友人开解愁绪。同时引出下片。下片写友人多愁,因愁生而欲"更作征人去"。词人于是劝慰友人,人间哪有无愁处?还是"留定征鞍君且住"吧,照应题目"留"字。

（宋锡玲）

浣　溪　沙

朱敦儒

（赠贾大夫歌者,其人尝在大家）

晚菊花前敛翠蛾[1]。挼花传酒缓声歌[2]。柳枝团扇别离多[3]。拥髻凄凉论旧事[4],曾随织女度银梭。当年今夕奈愁何。

【作者简介】

朱敦儒(1081—1159),字希真,洛阳人。靖康、建炎间,屡召不起。绍兴三年(1133)以荐补右迪功郎,五年(1135)赐进士出身守秘书省正字。历兵部郎中、临安府通判、秘书郎、都官员外郎、两浙东路提点刑狱,致仕,居嘉禾。晚落致仕,除鸿胪少卿,秦桧死,依旧致仕。绍兴二十九年(1159)卒。有词三卷,名《樵歌》。

【注释】

① 翠蛾:妇女细而长曲的黛眉。　② 挼(ruó):揉搓。　③ 柳枝:《杨柳枝》,

曲子词。团扇:乐府歌曲名。因汉班婕妤所作《怨歌行》诗中有“裁为合欢扇,团团似明月”等诗句,故名。南朝梁钟嵘《诗品·汉婕妤班姬》:“《团扇》短章,词旨清捷,怨深文绮。” ④ 拥髻:旧题汉伶玄《赵飞燕外传》:“以手拥髻,凄然泣下,不胜其悲。”

【题解】

由词前的小序可知,本词是作者赠贲大夫的歌者之作。词作开头两句:“晚菊花前敛翠蛾,挼花传酒缓声歌。”一位娇美的歌者形象跃然纸上。接下来借班婕妤、赵飞燕之事,抒写对其身世经历的感慨,联系小序中词人所言,“其人尝在大家”,所以不免感喟:“当年今夕奈愁何。”

(宋锡玲)

鹧鸪天·七夕

周紫芝

乌鹊桥边河汉[①]流。洗车微雨[②]湿清秋。相逢不似长相忆,一度相逢一度愁。云却静,月垂钩。金针穿得喜回头[③]。只应人倚阑干处,便似天孙[④]梳洗楼。

【作者简介】

周紫芝(1082—1155),字少隐,自号竹坡居士。宣州(今安徽宣城)人,少从张耒、李之仪、吕本中游。绍兴中登第。绍兴十二年(1142)始得官,时年已六十一岁。历枢密院编修、右司员外郎,知兴国军。有《竹坡诗话》《竹坡词》。

【注释】

① 乌鹊桥边:传说七夕之时,乌鹊成桥以渡牛郎织女。河汉:银河。 ② 洗车微雨:《荆楚岁时记》载:“七月六日有雨谓之洒泪雨,七日雨则云洗车雨。” ③ “金针”句:指七月七日妇女穿针乞巧之事。 ④ 天孙:指织女。

【题解】

银河乌鹊,微雨清秋,牛郎织女再度相逢。然而如此短暂的相逢,只会徒增一度离愁。词的上片平平道来,却有一番愁绪萦绕。下片写到人间穿针乞巧之事,进而以天上比照人间,以世间乞巧女子的“倚栏杆处”比织女的“梳洗楼”。天上有饱尝别离之苦的织女，人间又何尝没有独倚栏杆的女子？

（宋锡玲）

行　香　子[①]

李清照

草际鸣蛩[②]。惊落梧桐。正人间天上愁浓。云阶月地[③]，关锁千重。纵浮槎来[④]，浮槎去，不相逢。　　星桥鹊驾[⑤]，经年才见，想离情别恨难穷。牵牛织女，莫是离中？甚霎儿[⑥]晴，霎儿雨，霎儿风。

【作者简介】

李清照(1084—1151?)，南宋女词人。号易安居士，齐州章丘(今属山东)人。父李格非为当时著名学者，夫赵明诚为金石考据家。早期生活优裕，与赵明诚共同致力于书画金石的搜集整理。金兵入据中原，流寓南方，明诚病死，境遇孤苦。所作词，前期多写其悠闲生活，后期多悲叹身世，情调感伤，有的也流露出对中原的怀念。形式上善用白描手法，自辟途径，语言清丽。论词强调协律，崇尚典雅、情致，提出词“别是一家”之说，反对以作诗文之法作词。并能诗，留存不多，部分篇章感时咏史，情辞慷慨，与其词风不同。有《易安居士文集》《易安词》，已散佚。后人有《漱玉词》辑本。今人有《李清照集校注》。

【注释】

① 行香子：双调小令，六十六字，上片五平韵，下片四平韵。音节流美，亦可略加衬字。　② 蛩：蟋蟀，立秋后始鸣，人称“秋虫”，是秋天的信号。　③ 云阶月地：以云为阶，以月为地，指天上。唐杜牧《七夕》诗：“云阶月地一相过，未抵经年别恨多。”　④ 浮槎：槎，木筏。晋张华《博物志》：“旧说云：天河与海通，近世有人居海渚者，年年八月有浮槎，去来不失期。人有奇志，立飞阁于槎上，多赍粮乘槎而去。”　⑤ 星桥鹊驾：星桥，银河之桥，即神话中的鹊桥，乌鹊联翅架桥，使牵牛、织女渡过银河相会。　⑥ 霎儿：一会儿，齐鲁方言。

【题解】

这首词《历代诗余》题作“七夕”，有可能是建炎三年（1129）写于池阳的。是年三月赵明诚罢江宁守；五月，至池阳，又被任命为湖州知州，赵明诚独赴建康应召。这对在离乱中相依为命的夫妻，又一次被迫分离。此时，李清照暂住池阳，举目无亲，景况倍觉凄凉。转眼到了七月七日，她想到天上的牛郎织女，今夜尚能聚首，而人间的恩爱夫妻，此刻却两地分离。浓重的离情别绪，对时局的忧虑，二者交融一起，形诸笔端，便铸就了这首凄婉动人词作的基调。

（高晓庆）

鹊桥仙·七夕

朱淑真

巧云①妆晚，西风罢暑，小雨翻空月坠。牵牛织女几经秋②，尚多少、离肠恨泪。

微凉入袂③，幽欢生座，天上人间满意。何如暮暮与朝朝，更改却、年年岁岁④。

【作者简介】

朱淑真（1135？—1180?），号幽栖居士，宋代女作家，钱塘（今浙江杭州）人。一作海宁（今属浙江）人。南宋初年时在世。幼聪慧，善读书。早岁不幸，嫁为市井民家妻，一生抑郁，抱恨而终。词多幽怨，流于感伤。有诗集《断肠诗集》、词集《断肠词》。

【注释】

① 巧云：取自秦观《鹊桥仙》：“纤云弄巧，飞星传恨。” ② 吴均《续齐谐记》：“桂阳成武丁，有仙道，常在人间，忽谓其弟曰：‘七月七日，织女当渡河，诸仙悉还宫。吾向已被召，不得停，与尔别矣。’弟问曰：‘织女何事渡河？去当何还?’答曰：‘织女暂诣牵牛，吾复三年当还。’明日失武丁，至今云织女嫁牵牛。” ③ 袂（mèi）：袖子。 ④ 秦观《鹊桥仙》有：“两情若是久长时，又岂在朝朝暮暮”句，作者在此反用其意。

【题解】

开篇即写景：彩云弄巧，变换出各种形状；西风乍起，暑气消退，微雨轻洒，弦月已坠，接着由景入情，想到长年不得相守的牛郎织女，不知还有多少离肠恨泪。下阕同样由景而起，夜色微凉，座间生欢，想此刻天上牛女也该正幸福欢聚。于是不忍发问：为何要将朝朝暮暮的相守，换了年年岁岁？两情纵在久长时，亦难舍朝朝暮暮。

（宋锡玲　段永升）

向子諲词三首

【作者简介】

向子諲(1085—1152)，字伯恭，号芗林居士，临江(今江西清江)人。元符三年(1099)以恩补官。宣和七年(1125)以直秘阁为京畿转运副使。建炎初，以龙图阁为江淮发运副使，被主和派黄潜善斥黜，后起知潭州，值金人入犯，曾率军民坚守，城陷，坐失守落职。绍兴间，历任江东转运使、徽猷阁待制、两浙路都转运使、户部侍郎等。后因反对和议，忤秦桧意，罢归，闲居清江十余年。著有《酒边集》二卷。

鹊　桥　仙

合卺[①]风流，擘钗情态，压倒痴牛騃女[②]。今年云外果深期[③]，想却笑、人间离苦。

萦愁叠恨，青山绿水，杳杳[④]重重无数。寻常[⑤]犹有梦能来，到此夜、无寻梦处。

【注释】

① 合卺(jǐn)：古时结婚仪式之一。把瓠分成两个瓢，叫卺，新婚夫妇各拿一瓢喝交杯酒，叫合卺。　② 痴牛騃女：指牛郎织女。　③ 果深期：指牛郎织女得以相会。果，实现。深期，约定已久的期会。　④ 杳杳：深暗悠远的样子。　⑤ 寻常：平常。相对七夕而言。

【题解】

此词属七夕怀人之作。上阕以新婚时的甜蜜和分别时的深情，写出这一对恩爱夫妻间胜过牛郎织女的痴情。接下来却笔锋一转，写牛郎织女得以夫妻相会，反笑人间两地相思苦。先扬后抑，笑人与被笑，更突出离别后的愁苦。下阕写情深而隔远,从正面极写相思之苦。青山绿水,在此人看来竟是满目离愁,正是这山高水长阻断了两个有情人。最后,相思不能相见,七夕之夜,人不成眠,连梦都无处可寻。怎不让人愁绝!

(宋锡玲　段永升)

更　漏　子

鹊桥边,牛渚[①]上。翠节红旌相向[②]。承玉露,御金风。年年岁岁同。　　懒飞梭[③],停弄杼[④]。遥想彩云深处。人咫尺,事关山。无聊独倚栏。

【注释】

① 牛渚:山名,在今安徽省当涂县西北,其山脚突出长江的部分,叫采石矶。这里借指牛郎迎候织女的地方。　② 翠节红旌:指牛郎织女的仪仗。　③ 飞梭:织布。　④ 杼:织布梭。

【题解】

本词上片写牛郎织女相会的情形,下片想象相会之后织女的情形。整首词比较简单易懂。"人咫尺,事关山"两句,语言平淡而蕴蓄深沉。

(宋锡玲　段永升)

鹊桥仙·七夕

澄江如练,远山横翠,一段风烟如画。层楼杰阁倚晴空,疑便是、支矶石下。　　宝奁[①]琼鉴,淡匀轻扫,纤手弄妆初罢。拟将心事问天公,与牛女、平分今夜。

【注释】

① 奁:古代女子梳妆用的镜台。

【题解】

美景如画,可惜一人独赏。身边冷清久不见相思之人,不禁思念丛生。然而身边无人诉说愁肠。只好对月神伤,向天诉说衷肠,希望思念之人可以听见。这样的晚上,只能像牛郎织女一样,遥遥相思。如此光景最是难熬,心中有所牵挂的怨妇一阵阵忧伤,一阵阵思念。思念越深,则越是忧伤;越是忧伤,则越是思念。

(汪智超　段永升)

西江月·七夕

陈　东

我笑牛郎织女,一年一度相逢。欢情尽逐晓云空,愁损舞鸾歌凤。　　牛女而今笑我,七年独卧西风。西风还解过江东,为报佳期入梦。

【作者简介】

陈东(1086—1127),字少阳,丹阳(今江苏镇江)人。徽宗时入太学。钦宗即位后,率太学生伏阙上书,请诛蔡京等以谢天下。李纲罢守京城后,复率太学生于宣德门上书,军民从者数万,钦宗乃复李纲职。高宗即位后,又上书力言黄潜善、汪伯彦不可用,李纲不可罢,被斩于市。有《少阳集》十卷。

【题解】

本篇富有情趣,读起来妙趣横生。上阕作者嘲笑牛郎织女每年只有那么一次相会之时。又想象了一下,牛郎织女相会时的情景:哭哭啼啼,愁情满天,全无欢娱可言。可笑他们还为了这个全无欢乐的时候各自苦苦等候,忍受孤独寂寞。下阕则写自己如今却比牛郎织女还要可悲,许多年都是孤独寂寞。想到当年笑话牛郎织女,再想到自己的境况,岂不是要遭牛郎织女的笑话?即便如此,还是像牛郎织女一样,无比期盼着相会。前后对比,自己认为可笑的事情发生在自己身上的时候,自己却做着原本自己认为可笑的事情。一丝丝无奈和悲戚,忽然涌向心头。

(汪智超　段永升)

杨无咎词二首

【作者简介】

杨无咎(1097—1171),字补之,号逃禅老人,又号清夷长者,清江(今江西清江县西南)人,他为人耿直,不慕利禄,诗词书画皆精,尤善画梅,世称“江西墨扬(一作梅)”。有《逃禅词》一卷。

雨 中 花

漠漠[①]云轻,涓涓[②]露重,西风特地飕飕[③]。觉良宵初永,袢暑[④]微收。乘鹤缑[⑤]山,浮槎[⑥]银汉,尚想风流。笑人间儿戏,瓜果堆盘,缯[⑦]彩为楼。 广庭净扫,露坐披衣,细看新月如钩。谁道是、嫦娥不嫁,独守清秋。雅有骚人[⑧]伴侣,长交清影夷犹[⑨]。举杯相属,却应羞杀,騃女痴牛[⑩]。

【注释】

① 漠漠:寂静无声。 ② 涓涓:形容细水缓慢地流。 ③ 飕飕:形容风声。④ 袢(fán)暑:炎热的暑天。 ⑤ 缑(gōu):刀剑柄上所缠的绳。乘鹤缑山:《列仙传》:“王子晋见桓良曰:告我家,七月七日,待我于缑氏山头。果乘白鹤驻山巅,望之不到,举手谢时人而去。” ⑥ 槎(chá):木筏。浮槎银汉:晋张华《博物志》:“旧说云:天河与海通,近世有人居海渚者,年年八月,有浮槎来去,不失期。” ⑦ 缯(zēng):古代对丝织品的统称。 ⑧ 骚人:文人。 ⑨ 夷犹:迟疑不前。 ⑩ 騃(ái):傻、痴。指牛郎织女,溺于情爱。

【题解】

“谁道是、嫦娥不嫁,独守清秋。”诗人出此语足以惊人,却也有趣。庄子曰:子非鱼,焉知鱼之乐?诗人不做常人心思,想象嫦娥不堪凄冷寂寞,以此对比牛郎织女。明是讥笑牛郎织女不知享乐,实则是赞扬牛郎织女痴情一片。语言通俗,使用口语,以俚语入词。也许这就是宋词更能表情达意的地方吧!

(汪智超)

鹊　桥　仙

云容掩帐，星辉排烛，待得鹊成桥后。匆匆相见夜将阑，更应副、家家乞巧。
经年怨别，霎时欢会，心事如何可了。朝朝暮暮是佳期，乍可[①]在、人间先老。

【注释】

①乍可：宁可。

【题解】

这首七夕词词意为，宁可在人间朝暮相处，不愿做织女经年怨别。

（叶姝）

范成大词二首

【作者简介】

作者简介见214页。

鹊　桥　仙

双星良夜[①]，耕慵织懒，应[②]被群仙相妒。娟娟[③]月姊满眉颦[④]，更无奈、风姨[⑤]吹雨。　　相逢草草[⑥]，争[⑦]如休见，重搅别离心绪。新欢不抵旧愁多，倒添了、新愁归去。

【注释】

① 双星：指牵牛、织女二星。良夜：七夕相会之夜。　② 应：恐，推度之词。③ 娟娟：美好的样子。　④ 颦：皱眉。　⑤ 风姨：传说中的司风之神。原为风伯，后衍为风姨。　⑥ 草草：短暂匆促。　⑦ 争：怎。

【题解】

幽会佳期，相逢良夜，本当被群仙所妒。怎奈月姊眉颦，风又吹雨。“娟娟月姊满眉颦，更无奈、风姨吹雨”，既是写景，又是写人。嫦娥因想起人间的爱情而悔恨，风姨因得不到爱情而恼怒，以此反衬牛女爱情的可贵。下阕从牛郎织女角度来写。等待太长，而相逢太短，只空自惹一番离愁别绪。如此匆促地相逢，倒不如不见的好。原本的相思之愁依旧萦绕，却又添了几番新的离别之苦。

（宋锡玲）

南 柯 子①

银渚盈盈渡②，金风③缓缓吹。晚香浮动五云飞。月姊④妒人、颦⑤尽一弯眉。
短夜难留处，斜河欲淡时。半愁半喜是佳期。一度相逢、添得两相思。

【注释】

① 南柯子：词牌名。 ② 银渚：银河。盈盈，水清且浅。 ③ 金风：秋风。古代以西方为秋，而主金，故称秋风为“金风”。 ④ 月姊：指月亮。 ⑤ 颦：蹙眉。

【题解】

天河盈盈，秋风缓缓，又是牛郎织女一年一度的相会。月如弯眉，似月中嫦娥也开始嫉妒牛女的恩爱。只可惜相聚太短，时光难留。斜河欲淡，良夜匆匆。一年的等待，一夕的欢会。苦苦期待一年的幽会佳期，却因短暂而难免忧愁。一度相逢，却只惹两份相思。本词与作者的另外一首七夕词《鹊桥仙》意趣颇似，可谓异曲同工。

（宋锡玲）

满 江 红

赵希蓬

七叶蓂开①，正祈巧、穿针时节②。织女不骖王母驾，谪生名阀③。鹤算七旬书宝箓④，鹊桥千丈飞银阙⑤。更玳筵、银烛照红妆⑥，神仙列。 歌宛转，莺调舌⑦。番舞袖，风回雪⑧。对寿觞频劝，寿星明洁。今日汉宫千岁药⑨，明年唐殿长生月⑩。问斑衣、戏彩是何人⑪，蓝袍客⑫。

【作者简介】

赵希蓬，宋宗室，太祖四子秦王德芳八世孙。与华岳诗词酬唱和往来。有《华赵二先生南征录》，今不传。

【注释】

① 七叶蓂(míng)开：蓂，蓂荚，古代传说中的一种瑞草，每月从初一至十五，每日结一荚；从十六至月终，每日落一荚。因此，从荚数的多少，可以知道是何日。七叶蓂开，说明是七日。 ② 祈巧：即乞巧。《荆楚岁时记》："七月七日为牵牛织女聚会之夜。是夕，人家妇女结彩缕，穿七孔针，或以金银鍮(tōu)石为针，陈瓜果于庭中以乞巧。" ③ 谪生名阅：指寿主是仙人谪生于人间的名门豪族。阅，疑为"阀"。 ④ 鹤算：鹤龄。鹤为长寿之鸟，故用为祝寿之辞。七旬：七十。宝篆：道家的符箓。 ⑤ 银阙：银河。 ⑥ 玳筵：即玳瑁筵，奢华的筵席。 ⑦ 莺调舌：喻指歌女唱起美妙的曲调。 ⑧ 番舞袖，风回雪：舞袖联翩，如风吹雪花之轻盈。 ⑨ 汉宫千岁药：泛指服之可以长生的丹药。 ⑩ 唐殿长生：唐代长生殿，这里只用其字面"长生"之意。 ⑪ 斑衣：《太平御览》卷四一三引《孝子传》云："老莱子者，楚人。行年七十，父母俱存，至孝蒸蒸。常着班兰之衣，为亲取饮。上堂脚跌，恐伤父母之心，因僵仆为婴儿啼。"后用为孝养父母的典故。 ⑫ 蓝袍：旧时八、九品小官所服，这里当指寿主的子孙。

【题解】

本词为贺寿之作。寿主生日恰逢七夕，本词的一个典型特征，便是能巧妙地将七夕传说与祝寿之意融合在一起。如上片与"鹊桥千丈飞银阙"巧妙相对，点明主人的寿龄(鹤算七旬书宝篆)。下片又联系唐玄宗、杨贵妃七月七日长生殿盟誓的典故，巧妙借用"长生"之意，表达对寿主的祝福。词中还描写了寿宴的热闹奢华，以及寿主人子孙的孝道，从不同角度，写尽对寿主的称颂和祝愿。

(宋锡玲　段永升)

二郎神[①]·七夕

张孝祥

坐中客，共千里、潇湘秋色。渐万宝西成[②]农事了，罢亚看黄云阡陌[③]。乔口橘洲风浪稳，岳镇[④]耸倚天青壁。追前事，兴亡相续，空与山川陈迹。　　南国，都会繁盛，依然似昔。聚翠羽明珠三市满，楼观涌参差金碧。乞巧处，家家追乐事，争要做丰年七夕。愿明年强健，百姓欢娱，还如今日。

【作者简介】

张孝祥(1132—1169) 字安国，号于湖居士，简州(今属四川)人，卜居历阳乌江(今安徽和县)。高宗绍兴二十四年(1154)进士，廷试第一。曾因触犯秦桧，下狱。孝宗时，任中书舍人，直学士院。隆兴元年，为建康(今南京市)留守，因赞助张浚北伐而被免职。后任荆南湖北路安抚使，治水有政绩。进显谟阁直学士致仕。其词早期多清丽婉约之作，南渡后转为慷慨悲凉，多抒发爱国思想，激昂奔放，风格近苏轼；但有些词作也有不够清新生动，远离生活之弊。其中代表作有《西江月》(一)、《念奴娇》、《浣溪沙》(一)(二)、《水调歌头》(十一)等，其作与张元幹的爱国辞章一起，对后来辛派词人的创作很有影响。作品有《于湖集》，词集为《于湖词》。

【注释】

①《二郎神》：词牌名，词的内容与民间信仰的二郎神无关。关于这个词牌的由来，南宋吴曾《能改斋漫录》云：本朝乐府有二郎神，非也。按唐《乐府杂录》曰：离别难，天后朝有士人陷冤狱，籍没家族，其妻配入掖庭，善吹筚篥，乃撰此曲，以寄哀情，始名大郎神，盖取良人行第也。乃以大为二，传写之误。(鸥按：《四库全书》本《能改斋漫录》卷一“乐府名大郎神”条云：“盖取良人行第也。既畏人知，遂三易其名，曰悲切子，又曰怨回鹘。乃以大为二，传写之误。”)　② 万宝西成：农作物的秋季收成。《尚书·尧典》：“平秋西成。”传注：“秋，西方，万物成。”　③“罢亚”二句：唐韦庄《稻田》：“极目连云罢亚肥。”罢亚(bà yà)：稻谷名。“罢亚”或作“罢亚”。

又《正字通》:䆉,稻摇动貌,通作"罢亚"。《杜甫诗》:"罢亚百顷稻,西风吹半黄。"黄云:状写成熟的水稻。阡陌:田间小路。 ④ 镇:一方的主山称镇。

【题解】

张孝祥作为一名爱国词人,七夕牛郎织女的题材竟被他用来抒发爱国之情。乞巧节被作者赋予了不同的意义。"愿明年强健,百姓欢娱,还如今日。"读来令人血脉偾张。一种"先天下之忧而忧,后天下之乐而乐"的高尚的爱国为民的情操跃然纸上,激昂奔放,是豪放词派当仁不让的本色。

(高晓庆　段永升)

京镗词四首

【作者简介】

京镗(1138—1200),仲远,豫章(今江西南昌)人。绍兴二十七年(1157)进士。孝宗朝曾为监察御史,累迁左司郎官,中书门下省检正诸房公事。淳熙末,任四川安抚制置使兼知成都府。宁宗即位,除端明殿学士、签书枢密院事,进参知政事。庆元二年(1196)拜右丞相,六年进左丞相。卒年六十三,谥庄定。《宋史》有传。有《松坡集》七卷、《松坡词》一卷。

定风波·次杨茶使①七夕韵

何必穿针上彩楼。剖瓜插竹②诉穷愁。闻道天孙相会处,银汉无津,不待泛兰舟。　　动是隔年寻素约③,何似,每逢清梦且嬉游。但得举杯开笑口,对月临风,总胜鹊桥秋。

【注释】

① 杨茶使:其人不详。茶使:提举常平茶盐公事。 ② 剖瓜插竹:柳宗元《乞巧文》:"饵声香,蔬果交罗。插竹垂绥,剖瓜犬牙。" ③ 动是:常是。素约:旧约。

【题解】

相思之情最为难解。纵然穿针绣衣,寄托相思,剖瓜插竹,诉说愁肠,又怎么能解相思之情？抽刀不能断水，举杯无法消愁，“剪不断，理还乱”。其实，大可不必这样，不如心胸开阔一点，让自己开心一点，总好过每日愁眉紧锁，闷闷不乐。

（汪智超）

念 奴 娇

（七夕，是年七月九日方立秋。）

扪参历井[①]，恰匆匆三见，西州七夕[②]。怪得骄阳回避晚，犹去新秋两日。天上良宵，人间佳节，初不分今昔。夜来急雨，洗成风露清绝。　　因念万里飘零，君平何在[③]，谁识乘槎客。插竹剖瓜休妄想[④]，巧处那容人乞[⑤]。院宇初凉，楼台不夜，漫说经年[⑥]隔。引杯长啸[⑦]，醉看天地空阔。

【注释】

① 扪参历井：摸参星经过井星，比喻时间渐逝。　② 西州：泛指蜀地。　③ 君平：严君平，汉蜀郡严君平卜筮于成都市，日得百钱辄闭肆下帘读《老子》。事见《汉书·王吉传序》。　④ 插竹剖瓜：柳宗元《乞巧文》有：“飨饵馨香，蔬果交罗，插竹垂绥，剖瓜犬牙，且拜且祈。”　⑤“巧处”句：意思是织女的智巧无从乞得。　⑥ 漫说：别说，不要说。经年：整整一年。　⑦ 引杯：持杯。

【题解】

时光渐逝，词人已是三次赶上蜀地的七夕佳节。因为这年的七夕在立秋之前的两天，所以依旧是“骄阳回避晚”。接下来写这样的良宵佳节，古今如一。词的下片由七夕联想到相关的典故，严君平、乘槎客都已成往事传说。词人于是感叹，天上的智巧又如何能够乞得？庭院屋宇渐渐凉爽，乞巧楼台却热闹不绝。不要再说常年的离别了，还是举杯长啸，“醉看天地空阔”吧。语淡而情长，辞尽而意不穷。

（宋锡玲）

满江红·壬子年成都七夕[①]

雨洗新秋，遣凉意、驱除残暑。还又是、天孙河鼓[②]，一番相遇。银汉桥成乌鹊喜,金奁丝巧蜘蛛吐[3]。见几多、结彩拜楼前,穿针女。　　舟楫具,将归去。尊俎胜[4],休匆遽[5]。被西川七夕,四回留住。此地关心能几辈,他年会面知何处。更倚阑[6]、豪饮莫辞频,歌金缕[7]。

【注释】

① 壬子年:宋光宗绍熙三年(1192)。 ② 天孙河鼓:指牛郎织女。 ③ 金奁:装妇女用品的匣子。此句指七夕之夜女子乞巧之事。 ④ 尊俎胜:酒肉美。 ⑤ 匆遽:匆忙、急促。 ⑥ 阑:通“栏”。 ⑦ 金缕:金缕曲。

【题解】

词的上片交代时令:清秋微雨,暑气消退,乌鹊成桥,牛郎织女再度相会。人间女子纷纷结彩缕穿针乞巧。下片重在抒情:在前面一首词中,词人还说“恰匆匆三见,西州七夕”,到这里,已是“被西川七夕,四回留住。”所以“将归去”似乎成了词人的一个心结。然而,尽管如此,词人并没有一味地沉浸于羁旅之愁,而是“豪饮”“歌金缕”,于深沉之中似有几分东坡式的旷达。

（宋锡玲　段永升）

好事近·次卢漕国华[1]七夕韵

急雨逐骄阳,洗出长空新月。更对银河风露,觉今宵都别[2]。　不须乞巧拜中庭,枉共天孙说。且信平生拙极,耐岁寒霜雪。

【注释】

① 卢漕国华:其人不详。漕,转运使,官名。 ② 都别:统统不一样。

【题解】

本词为和韵之作,内容也比较简单。上片写景:急雨赶走了骄阳,雨后的长空中是一弯新月,一个“洗”字平添几分澄澈明净之感。下片重在议论,说无须向织女乞巧,并主张平生极拙,才能“耐岁寒霜雪”。平淡之中蕴含哲理。

（宋锡玲　段永升）

南柯子

王　炎

(秀叔娶妇不令人知,以小词为贺,因戏之。)

对镜鸾休舞,求凰凤自飞。珠钿翠珥密封题①。中有鸾笺细字②、没人知。

环佩灯前结,辎軿月下归③。笑他织女夜鸣机。空与牛郎相望、不相随。

【作者简介】

王炎(1138—1218),字晦叔,婺源(今属江西)人,乾道五年(1169)进士。与朱熹交谊甚笃。所居武水之阳,双溪合流,因以自号。著作甚多,总题为《双溪类稿》,均佚。诗文存者曰《双溪集》。

【注释】

① 珠钿翠珥:均指妇女的首饰。题:书信。　② 鸾笺:彩笺。宋苏易简《文房四谱·纸谱》载:"蜀人造十色笺,凡十幅为一榻……然逐幅于方版之上研之。则隐起花木麟鸾,千状万态。"后人则称彩笺为鸾笺。细字:小字。　③ 辎軿:载嫁妆的车子。

【题解】

词前的小序对于理解这首词有重要作用。"秀叔"娶新妇而没有告知周围的人,于是词人作此小词,既表达祝贺,又有打趣游戏之意。词的上片,"珠钿翠珥密封题。中有鸾笺细字、没人知",写其娶妇而不令人知之事,写得俏皮、灵动;下片借牛郎织女比喻"秀叔"与其新妇,一个"笑"字,打趣之意尽在其中。

(宋锡玲)

绿头鸭·七夕

辛弃疾

叹飘零。离多会少堪惊。又争如、天人有信，不同浮世难凭。占秋初、桂花散彩，向夜久、银汉无声。凤驾催云，红帷卷月，泠泠一水会双星①。素杼冷，临风休织，深诉隔年诚。飞光浅，青童语款，丹鹊桥平。　看人间、争求新巧，纷纷女伴欢迎。避灯时、彩丝未整，拜月处、蛛网先成②。谁念临州，萧条官舍，烛摇秋扇坐中庭。笑此夕、金钗无据，遗恨满蓬瀛③。攲高枕④，梧桐听雨，如是天明。

【作者简介】

辛弃疾(1140—1207)，南宋词人。字幼安，号稼轩，历城(今山东济南)人。南宋伟大的爱国词人，一生坚决主张抗金。其词抒写力图恢复国家统一的爱国热情，倾诉壮志难酬的悲愤，对南宋上层统治集团的屈辱投降进行揭露和批判；也有不少吟咏祖国河山的作品。艺术风格多样，而以豪放为主，是豪放派的代表人物。热情洋溢，慷慨悲壮，笔力雄厚，与苏轼并称为“苏辛”，对当时和后世影响很大。

【注释】

① 泠泠：形容水声清越。“凤驾”二句谓织女赴会。　② 蛛网：据《荆楚岁时记》：“七月七日，为牵牛织女聚会之夜。是夕，人家妇女结彩楼，穿七孔针，或以金银鍮石为针，陈瓜果于庭中乞巧，有喜子网于瓜上，则以为符应。”喜子，即蟢子，蜘蛛的一种。　③ 蓬瀛：即蓬莱与瀛洲。　④ 攲：倾斜。

【题解】

稼轩久不得志，虽有恢复之心而不能实现得偿所愿，耿耿于怀，郁结于心。遂又感慨四处飘零，终不能得志，比起牛郎织女尚且不如。言辞中皆是恨意。牛郎织女双星相会，世间儿女言笑款款，皆是用乐景写悲情，对比反衬。以此衬托孤独落寞、壮志难酬的复杂心境。由乐而悲，悲不胜悲，笔调急转直下，心中不平。而如此悲凄之时，不哭而笑，笑得无奈，笑得辛酸，其悲戚尤甚。“梧桐听雨”，使人读之怅然有失，久久不能自拔。王国维说：一切景语皆情语。“梧桐听雨”，悲戚无尽，不觉又是天明。

（汪智超　段永升）

念奴娇·七夕

刘　过

并肩楼上，小阑干、独记年时凭处。百岁光阴弹指过，消得几番寒暑[①]。鹊去桥空，燕飞钗在，不见穿针女[②]。老怀凄断，夜凉知共谁诉。　不管天上人间，秋期月影，两处相思苦。闲揭纱窗人未寝，泪眼不曾晴雨。花落莲汀，叶喧梧井，孤雁应为侣。浩歌而已，一杯长记时序。

【作者简介】

刘过（1154—1206），南宋文学家，字改之，号龙洲道人。吉州太和（今江西泰和）人。少怀志节，读书论兵，好言古今治乱盛衰之变。曾多次上书朝廷，“屡陈恢复大计，谓中原可一战而取”。为韩侂胄客，不识侂胄之败事，识力远不及辛弃疾。又屡试不第，漫游江、浙等地，依人做客，与陆游、陈亮、辛弃疾等交游。后布衣终身，去世于昆山，今其墓尚在。著有《龙洲集》《龙洲词》。

【注释】

① 消：经受，禁受。　② 穿针女：七夕，人家盛设花果酒肴于庭心或楼台之上，谈牛、女渡河事。妇女对月穿针，谓之“乞巧”。（见《西湖游览志余》）

【题解】

往时美好的记忆往往成了现在痛苦的根源。又是七夕，可曾经一处共度良宵的伴侣呢？人已不在，连周围的景物都变得形单影只。词人只好长叹浩歌，泪如雨下。

（项波）

郭应祥词六首

【作者简介】

郭应祥(1158—?),字承禧,临江军(今江西省清江)人,号遁斋,自名笑笑先生。约宋宁宗嘉定末前后在世。淳熙八年(1181)进士。官楚、越间。其他事迹不可考。应祥能词,有《笑笑词》一卷,《文献通考》多寿词颂语,颇凡庸可厌。

鹊桥仙·甲子七夕

金风淅淅[1],银河耿耿[2],七夕如今又至。人间唤作隔年期,但只似、屈伸指臂[3]。
罗花列果,拈针弄线,等是[4]纷纷儿戏。巧人自少拙人多,那牛女、何曾管你。

【注释】

① 淅淅:形容风声。 ② 耿耿:明亮。 ③ 屈伸指臂:形容时光过得快。 ④ 等是:为何。

【题解】

宋代诗词多注重说理,而情趣不足。此词却极具情趣。全篇通俗易懂,采用许多口语化的词语。七夕虽是"隔年期",不过弹指之间而已。世间拙人甚多,枉自庆贺,殊不知一切皆是儿戏。天上的牛郎织女却从来没有理会过你们。语言虽然流俗,却很有感染力。末句"那牛女,何曾管你",反问结尾,无奈之中带着解嘲的味道,言尽意犹未尽。

(汪智超)

鹧鸪天·戊辰七夕

令节[1]标名自古闻。今宵银汉耿无云[2]。难寻海上乘槎客[3],空诵河东乞巧文[4]。　罗异果,炷名熏[5]。纫针捻线[6]漫纷纷。蓬莱底事回车处,暗想当年钿合分[7]。

【注释】

① 令节：佳节。 ② 银汉：银河。耿：光明，明亮。 ③ 海上乘槎客：张华《博物志》卷十：旧说云“天河与海通，近世有人居海者，年年八月，有浮槎去来，不失期。” ④ 河东：即柳宗元，世称柳河东，有《乞巧文》。 ⑤ 炷：烧香。⑥ 纫针捻线：指乞巧之事。 ⑦“蓬莱”二句：用唐玄宗、杨贵妃定情盟誓之事。白居易《长恨歌》：“含情凝睇谢君王，一别音容两渺茫。昭阳殿里恩爱绝，蓬莱宫中日月长……钗留一股合一扇，钗擘黄金合分钿。但教心似金钿坚，天上人间会相见。”

【题解】

词的上阕首先交代时令，今宵银河依然明亮，能乘槎而去之人已无处可寻，唯有空诵乞巧之文，并由此引出乞巧之事。下阕描写人世间乞巧的种种情形，并由此联想到唐玄宗杨贵妃定情盟誓之事。自白居易《长恨歌》之后，唐玄宗与杨贵妃七月七日长生殿的盟誓屡屡见诸诗词，为历代文人吟咏感喟，成为七夕诗词的重要内容。

（宋锡玲）

西江月·七夕后一日县斋[1]小集

巧节已成昨梦，今宵重倒芳尊。主宾和气敌春温。雄辩高谈衮衮[2]。　　剩把[3]烛花高照，频教舞袖轻翻。笛声幽咽鼓声喧。却恨更筹[4]苦短。

【注释】

① 县斋：县令治所。 ② 衮衮：相继不绝。 ③ 剩把：尽把。晏几道《鹧鸪天》：“今宵剩把银釭照，犹恐相逢是梦中。” ④ 更筹：古代夜间报更的牌，也泛指时间。

【题解】

本词为七夕之后的第二天，词人和友人于县令之所宴饮之作。乞巧佳节虽成昨日之梦，今天却再次欢聚宴饮。席间主宾和气，高谈不绝。烛花高照，舞袖频翻，可谓热闹之极。唯一的遗憾是良宵苦短，时光匆匆。对欢会情景展开充分地铺叙渲染，是典型的宴饮之词。

（宋锡玲）

鹊桥仙·乙丑七夕①

薄云笼月，轻飙却暑，天上人间佳节。银河自有鹊为桥，又那要、兰舟桂楫②。后期③可准，新欢如昨，选甚④轻离易别。姮娥休要妒人呵，待更与、留连一霎⑤。

【注释】

① 乙丑：宋宁宗开禧元年（1205）。 ② 兰舟桂楫：指船。兰舟，木兰舟，船的美称。桂楫，用桂木制成的船桨。 ③ 后期：后会之期。 ④ 选甚：论什么，即不论、不管。 ⑤ 一霎：一会儿。

【题解】

淡淡的云层笼罩着月亮，微风吹过，暑气渐渐消退，又是天上人间共度的七夕佳节。牛郎织女自可渡鹊桥相会。词的下阕为议论，并寄言织女“休要妒人”。词的构思想象较为独特。

（宋锡玲）

鹊桥仙·丙寅七夕①

两情相向②，一年厮睚③，等得佳期又到。休言夜半悄无人，那喜鹊、也须知道④。 来今往古，吟诗度曲，总漫⑤萦牵怀抱。不如乞取巧些些，待见了、分明祷告。

【注释】

① 丙寅：宋宁宗开禧二年（1206）。 ② 相向：相爱。 ③ 厮睚：相盼望。 ④“那喜鹊”二句：用喜鹊成桥，以渡织女的传说。 ⑤ 漫：空、枉、徒然。

【题解】

词的上阕写牛郎织女经过一年的苦苦期盼，终于等到了幽会佳期。并想象即便夜半无人，那填河成桥的喜鹊，也一定知道牛郎织女相会时的幽幽私语。想象活泼而灵动。下阕议论，指出自古以来人们为七夕吟诗赋曲，最终也不过徒然萦牵怀抱。倒不如“乞取巧些些，待见了、分明祷告”。

（宋锡玲　段永升）

鹊桥仙·丁卯七夕[①]

今年七夕，新秋三日[②]，已觉凉生院宇。吾乡风物胜他乡，那更著、莱衣起舞[③]。

泛槎经岁[④]，分钗半夜[⑤]，往事流传千古。独怜词客与诗人，费多少、闲言泼语[⑥]。

【注释】

① 丁卯：宋宁宗开禧三年（1207）。 ② 新秋三日：初秋三日。 ③ 莱衣：用老莱子着彩衣娱亲的典故。 ④ 泛槎经岁：张华《博物志》卷十：旧说云“天河与海通，近世有人居海者，年年八月，有浮槎去来，不失期。” ⑤ 分钗半夜：用唐玄宗杨贵妃七夕定情盟誓之事。“钗留一股合一扇，钗擘黄金合分钿。但教心似金钿坚，天上人间会相见。” ⑥ 独怜：只可惜。

【题解】

初秋时节，凉意初生，七夕节日来临。词人由此想到古代乘槎而去的传说，想到唐玄宗杨贵妃七夕定情盟誓之事。这些往事千古流传，可惜多少诗人词客，徒然费尽吟咏。从前面的乙丑、丙寅，到这首词中的丁卯，可见词人对七夕这一节日的钟情。然而不断吟咏，却又不断感叹这些吟咏的徒然，不知这该作何解？

（宋锡玲）

鹊桥仙·七夕之明日载酒李彭州焘家即席赋

魏了翁

银潢濯月①，金茎团露②，一日清于一日。昨宵云雨暗河桥，似刬地③、不如今夕。　乘查信断④，搘机人去⑤，误了桥边消息。天孙问我巧何如，正为怕、不曾陈乞⑥。

【作者简介】

魏了翁(1178—1237)，字华父，蒲江(今属四川)人。庆元五年(1199)进士。授签书剑南西川节度使判官厅公事。开禧初，以武学博士对策，谏开边事，御史徐相劾其狂妄，遂辞去。出知嘉定府，后辞官，筑室白鹤山下，授徒讲学。寻差知汉州，后历任州郡，凡十七年，嘉定十五年(1222)被召入对，上嘉纳其言，进兵部郎中，旋贬靖州。理宗亲政，迁起居郎，累擢端明殿学士，同签枢密院事，督视京淮军马，卒后诏赠太师，谥文靖，赠秦国公。《宋史》有传，著有《鹤山词》。

【注释】

① 银潢：银河。濯：洗涤。　② 金茎：班固《西都赋》："抗仙掌以承露，擢双立之金茎。"李善注："金茎，铜柱也"。　③ 刬(chǎn)地：依旧。　④ 查：通"槎"。⑤ 搘(zhī)机人：指织女。《太平御览》卷八引《集林》："昔有一人寻河源，见妇人浣纱，以问之，曰：'此天河也。'乃与一石而归。问严君平，曰：'此织女支机石也。'"搘，同"支"，支撑。　⑥ 陈乞：指乞巧之事。

【题解】

本词为七夕过后的第二天所作，亦为酒席应和之作，本身艺术价值不高，但由此却足见当时七夕节日之隆重及时人对七夕的重视。

(宋锡玲　段永升)

鹊桥仙·富沙① 七夕为友人赋

赵以夫

翠绡②心事，红楼欢宴，深夜沉沉无暑。竹边荷外再相逢，又还是、浮云飞去。

锦笺③尚湿，珠香未歇，空惹闲愁千缕。寻思不似鹊桥人④，犹自得⑤、一年一度。

【作者简介】

赵以夫(1189—1256)，字用父，号虚斋，长乐(今福建长乐市)人。嘉定十年(1217)进士，历知邵武(今福建邵武市)、漳州(今属福建)等地，政绩颇显。嘉熙二年(1238)拜同知枢密院事，淳祐初罢。寻迁吏部尚书兼侍读，与刘克庄同修国史。宝祐四年(1256)卒。今存《虚斋乐府》二卷。

【注释】

① 富沙：地名。今属福建福州市。　② 翠绡：碧绿色的丝巾。　③ 锦笺：《晋书·窦滔妻苏氏传》载：前秦秦州刺史窦滔流放异地，其妻思之，遂织锦为《回文璇玑图》诗赠其夫，后因称妻寄夫之书信为锦字。　④ 不似：不如。鹊桥人，指牛郎织女。　⑤ 自得：能够。

【题解】

本词亦为七夕怀人之作。词的上阕叙写欢情。先以倒叙的形式描述了初逢的情景：七夕之夜，酒宴欢快，佳人多情而以丝巾相赠。次写“竹边荷外”再次相逢，浪漫而幽静的环境给读者留下想象的空间。紧接着，以往事如烟、风流云散归结回忆，将时间拉回现在。下阕写离恨。睹物思人，往事历历在目，然而一个“空惹”，却是物是人非，相思之情蕴含其中。结尾以牛女故事反衬，同时暗点七夕题意。

（宋锡玲）

鹊桥仙·七夕送荷花

方　岳

银河无浪，琼楼不暑[①]。一点柔情如水。肯捐兰珮了渠[②]愁，尽闲却、纤纤机杼。　　波心沁[③]雪，鸥边分雨。翦得荷花能楚[④]。天公煞自解风流，看得我、如何销汝。

【作者简介】

方岳(1199—1262)，字巨山，号秋崖，徽州祁门(今属安徽)人。理宗绍定五年(1232)进士，曾为文学掌教，后任袁州太守，官至吏部侍郎。因忤权要史嵩之、丁大全、贾似道诸人，终生仕途失意。工于诗，多描写农村生活与田园风光，质朴自然。其词多抒发爱国忧时之情，风格清健。著有《秋崖集》四十卷，词集有《秋崖词》。

【注释】

① 琼楼：月宫。　② 兰珮：兰草、珮玉，常指男女爱慕、所赠信物。渠，他。③ 沁：渗透。　④ 楚：鲜美。

【题解】

方岳作词大有柳三变“才子词人，自是白衣卿相”之感。世有万象，奈何词人眼中只有伊人，人不风流枉少年。“山无棱，江水为竭，冬雷震震，夏雨雪，天地合，乃敢与君绝”。看来爱情力量着实不同一般。天下之人都是对牛郎织女迎风洒泪，词人此时也不免如此。感情真切，自然质朴。

（汪智超　段永升）

荔枝香近·七夕

吴文英

睡轻时闻，晚鹊噪庭树[①]。又说今夕天津，西畔重欢遇[②]。蛛丝暗锁红楼，燕子穿帘处。天上、未比人间更情苦。　　秋鬓改，妒月姊、长眉妩。过雨西风，数叶井梧愁舞。梦入蓝桥，几点疏星映朱户③。泪湿沙边凝伫。

【作者简介】

吴文英(1207？—1269？)，字君特，号梦窗，晚年又号觉翁，四明(今浙江宁波)人。一生未仕，但交游甚广，作词较多，是一位重要词人。今传有《梦窗集》。在中国词史中，吴文英是一个引起过不少争论的人。南宋词人张炎便曾说吴文英的词"如七宝楼台，眩人眼目。碎拆下来，不成片断"。另一些人对他却备极推崇。清代学者周济在《宋四家词选目录序论》中便曾说"梦窗(即吴文英)奇思壮采，腾天潜渊，反南宋之清，为北宋之秾挚"，又说他"运意深远，用笔幽邃，炼字炼句，迥不犹人。貌观之雕缋满眼，而实有灵气行乎其间"。另外，吴文英因与奸相贾似道关系亲密而受到人们的抨击。

【注释】

① 噪：虫鸟喧叫。　② 天津：天上银河的渡口。　③ 朱户：谓以朱红色所漆之门。

【题解】

在将睡将醒的时候，词人听见晚鹊的叫声，仿佛在说着今晚是牛女相逢的日子。词人在感受牛女的离情的时候，又感叹人间的离情不比天上少。词的下阕借景衬情，凄清感人。

(项波　段永升)

赵长卿词两首

【作者简介】

赵长卿(约1224年前后在世)，号仙源居士，江西南丰人，南宋著名词人。其词模仿张先、柳永，颇得其精髓，能在艳冶中复具清幽之致。喜爱苏轼书文，"文词通俗，善抒情爱"，颇具特色，耐读性强，享誉南宋词坛。著有词集《惜香乐府》十卷，《四库全书总目》对其有评论。《全宋词》收录长卿词作二百六十多首，宋代词人中现存有作品能超过该数者寥寥，有词集《惜香乐府》，按春、夏、秋、冬四季，编为六卷，体例如同《草堂诗余》，为词家所稀有。这首词被编在"春景"一项内，近人俞陛云称它是“《惜香集》中和雅之音”(《宋词选释》),细审其声情,颇觉所言非虚。

满庭芳·七夕①

雨洗长空,风清云路,又还准备佳期。夜凉如水,一似去秋时。渺渺银河浪静,星桥外、香霭霏霏②。霞轺举③,鸾骖鹊驭④,稳稳过飞梯⑤。　　经年⑥,成间阻,相逢无语,应喜应悲。怕玉绳低处⑦,依旧睽离⑧。和我愁肠万缕,姮娥怨⑨、底事来迟⑩。广寒殿⑪,春风桂魄⑫,首与慰相思。

【注释】

① 七夕:农历七月初七。相传牛郎织女被王母娘娘分隔在天河两岸,每年此日才能通过鹊桥相会一次。 ② 霏霏:香气散逸貌。 ③ 霞轺:以霞为马车。 ④ 鸾骖:结有铃铛的马车。“鸾”通“銮”。结在马衔上的铃铛叫鸾。一马结二铃,四马八铃称八鸾。 ⑤ 飞梯:鹊桥。 ⑥ 经年:整整一年。 ⑦ 玉绳:星名。 ⑧ 睽离:分离、离散。 ⑨ 姮娥:月神名,即嫦娥。 ⑩ 底事:何事。 ⑪ 广寒殿:传说中的月中仙宫。 ⑫ 桂魄:月的别称。汉·郭宪《洞冥记》:“冬至后月养魄于广寒宫。”相传月中有桂树,故名。

【题解】

《四库全书提要》说:“长卿恬于仕进,觞咏自娱,随意成吟,多得淡远萧疏之致。”词的上阕,作者以白描的手法描述了七夕鹊桥相会的场景,语言华丽丰赡,烘托出七夕牛郎织女相会的喜悦。下阕笔锋一转,以嫦娥仙子的寂寞自况,由喜转悲,形成强烈的对比,牛女一年一度尚且能相会,而作者只能与嫦娥同病相怜,委婉含蓄地将诗人此刻的感触表现得淋漓尽致。

(高晓庆　段永升)

菩萨蛮①·七夕

绮楼小小穿针女②。秋光点点蛛丝雨。今夕是何宵。龙车乌鹊桥③。　　经年谋一笑④。岂解令人巧⑤。不用问如何。人间巧更多。

【注释】

① 菩萨蛮：唐教坊曲名，后用为词牌，亦作“菩萨鬘”，又名《子夜歌》《花间意》《重叠金》等。双调四十四字，前后阙均两仄韵转两平韵。唐宣宗（李忱）大中年间（公元847—859年），女蛮国派遣使者进贡，她们身上披挂着珠宝，头上戴着金冠，梳着高高的发髻，号称菩萨蛮队，当时教坊就因此制成《菩萨蛮曲》，于是《菩萨蛮》就成了词牌名。另有《菩萨蛮引》《菩萨蛮慢》。又：曲牌名。属北曲正宫。字句格律与词牌前半阕同，用在套曲中。 ② 穿针女：七夕妇女要进行对月穿针引线的竞技游戏，以向织女乞求灵巧。 ③ 乌鹊桥：相传牛郎织女被王母娘娘分隔在天河两边，每年七月初七才能通过鹊搭成的桥相会一次。 ④ 经年：整整一年。⑤ 解：能。

【题解】

这首词是以乞巧节的对月穿针引线的竞技游戏出发。人间天上两个场景相互交替出现，空间变幻令人生层次迭出之感。上阕首先写闺中女子高超的女红手艺，然后点出此时正是七夕牛女相会的佳节。下阕一个转折牛女相会是如此的珍贵短暂，又如何能施巧于人间呢？这样就对闺中女子的高超手艺提出了疑问，最后做出了解答“人间巧更多”。作品语言平淡，构思新颖。

（高晓庆）

锦 堂 春

王沂孙

桂嫩传香，榆高送影，轻罗小扇凉生①。正鸳机梭静②，凤渚桥成③。穿线人来月底④，曝衣花入风庭。看星残靥碎，露滴珠融，笑掩云扃⑤。 彩盘凝望仙子，但三星隐隐⑥，一水盈盈⑦。暗想凭肩私语，鬓乱钗横。蛛网飘丝罥恨⑧，玉签传点催明⑨。算人间待巧，似恁匆匆，有甚心情。

【作者简介】

王沂孙（1230？—1291？），字圣与，号碧山，又号中仙，家住玉笥山，亦号玉笥山人，南宋会稽（今浙江绍兴）人。善文辞，广交游，同代周密称其“结客千金，醉春双玉”(《踏莎行·题中仙词卷》)。元兵入会稽,沂孙与唐珏、周密等结吟社,赋《乐府补题》,托意莲、蝉诸物,寄托亡国之恸。元世祖至元(1271—1294)中,一度出为庆元路学正。晚年往来杭州、绍兴间。工词,风格接近周邦彦,含蓄深婉,如《花犯·苔梅》之类。其清峭处,又颇似姜夔,张炎说他“琢语峭拔,有白石意度”。尤以咏物为工,代表作有《齐天乐·蝉》《水龙吟·白莲》等,皆善于体会物象以寄托感慨。其词章法缜密,是一位有显著艺术个性的词家。词集《碧山乐府》,一称《花外集》,收词六十余首。

【注释】

① 轻罗句:杜牧《秋夕》:“红烛秋光冷画屏,轻罗小扇扑流萤。天街夜色凉如水,卧看牵牛织女星。”词化诗意。 ② 鸳机梭静:谓织女停下了织机。 ③ 凤渚桥成:谓喜鹊在银河上搭好了桥。 ④ 穿线人:七夕,人家盛设花果酒肴于庭院或楼台之上,谈牛、女渡河事。妇女对月穿针,谓之“乞巧”。(见《西湖游览志余》) ⑤ 扃(jiōng):门扇。 ⑥ 三星:谓河鼓三星,即俗谓之牵牛星。 ⑦ 一水:谓银河。 ⑧ 罥(juàn):挂。 ⑨ 玉签:更筹。古时夜间报更的牌。

【题解】

词的上阕交代了时间、地点、环境和人物。七夕的夜晚,周围有桂树飘香,高高的榆树投下影子,一位美人来到月下乞巧。下阕具体写活动感受。看着天上的三星,猜想着他们的相会情景,却很快天明。时间过得太快,乞巧的过程似乎没有让人尽兴。为什么没有尽兴呢?这种感受是来自美人还是作者自己呢?作者自会有自己的解释。

(项波 段永升)

夜飞鹊·七夕

刘辰翁

何曾见飞渡,年又年痴。今古相望犹疑。朱颜一去似流水,断桥魂梦参差。何堪更嗟迟暮,听旁人说与,此夕佳期。深深代籍,盼悠悠、北地胭脂。 谁寄扬州破镜[①],遍海角天涯,空待人归。自小秦楼望巧,吴机回锦[②],歌舞为谁。星萍耿耿,算欢娱、未省流离。但秋衾梦浅,云闲曲远,薄命同时。

【作者简介】

刘辰翁(1231—1297),字会孟,号须溪,南宋庐陵(今江西省吉安市)人。进士出身。生年据《百字令》自注"仆生绍定之五年壬辰",卒年据《天下同文集》卷三七《哭须溪墓》。曾入太学,宋理宗景定三年(1262)廷试对策,因忤权要贾似道,置于丙等。曾任濂溪书院山长。宋亡不仕,隐居而终。其词兼学苏、辛,早期词作以俊逸见长。晚年多感伤时事之作,辞情凄苦,格调悲郁。亦能诗,曾评点杜甫、王维、李贺、陆游诸家之作。著有《须溪集》《须溪四景诗》。后人辑有《须溪词》。

【注释】

① 破镜:《太平御览》卷七一七引汉东方朔《神异经》:"昔有夫妇将别,破镜,人执半以为信。"后遂以喻夫妇分离。　② 回锦:回文锦书,《晋书·窦滔妻苏氏传》载:前秦秦州刺史窦滔流放异地,其妻思之,遂织锦为《回文璇玑图》诗赠其夫。

【题解】

本词借七夕牛郎织女相会的传说,首先提出对"何曾见飞渡"的质疑,然后在此基础上,抒写闺中女子的闺怨:时光如流,朱颜易逝。七夕佳期,更添一份期待与思念。下片运用大量典故,进一步铺叙女子的闺思。婉约而感伤。如此细致地描写闺怨,是众多的七夕诗词中较为少见的。

(宋锡玲　段永升)

花心动·七夕

李弥逊

水馆风亭,晚香浓、一番荷芰新雨。簟枕乍闲①,襟裾初试②,散尽满轩袢暑③。断云却送轻雷去,疏林外、玉钩微吐。夜未阑,秋生败叶,暗摧庭树。　天上佳期久阻。星河畔,仙车缥缈云路。旧恨未平,幽欢难驻,洒落半天风露。绮罗人散金猊冷④,醉魂到、华胥深处⑤。洞户悄,南楼画角自语。

【作者简介】

李弥逊,字似之,吴县(今属江苏)人。宋徽宗大观初登进士第。南渡后,以争和议忤秦桧,乞归田。有《筠溪词》一卷,有《四印斋汇刻宋元三十一家词》本。

【注释】

① 簟(diàn):供坐卧用的竹席。 ② 襟(jīn):古代指衣的交领。后指衣服的前幅。裾(jū):衣服的前襟,也称大襟。 ③ 袢(fán):炎热。 ④ 金猊(ní):香炉的一种。炉盖作狻猊形,空腹。焚香时,烟从口出。 ⑤ 华胥:寓言中的理想国。列子黄帝:"(黄帝)寝而梦,游于华胥氏之国……其国无帅长,自然而已;其民无嗜欲,自然而已;不知乐生,不知恶死,故无夭殇;不知亲己,不知疏物,故无爱憎;不知背逆,不知向顺,故无利害。"

【题解】

上阕写景,下阕开始虚写牛女之事之情,最后写人散后的孤寂。

(项波 段永升)

鹊桥仙·七夕

袁去华

牛郎织女,因缘不断[①],结下生生世世[②]。人言恩爱久长难,又不道、如今几岁。
眼穿肠断[③],一年今夜,且做不期而会。三杯酒罢闭云房,管上得[④]、床儿同睡。

【作者简介】

袁去华,生卒年均不详,字宣卿,江西奉新(一作豫章)人。绍兴十五年(1145)进士。改官知石首(今属湖北)县而卒。善为歌词,尝为张孝祥所称。著有《适斋类稿》八卷、《袁宣卿词》一卷传于世。

【注释】

① 因缘:佛教语。指产生结果的直接原因及促成这种结果的条件。 ② 生生世世:今生、来世以至永世。 ③ 眼穿:喻盼望殷切。肠断:喻悲痛之极。 ④ 管上得:包管抵得上。

【题解】

这首词使用对比手法,颂扬了牛郎织女坚贞不渝的爱情,上阕是对于牛女爱情的正面歌颂,生生世世,岁岁年年。下阕通过写凡夫俗子只求温柔同眠,而不懂得真正海枯石烂的爱情,更反衬出牛女爱情的弥足珍贵。从而可以看出作品渗透出作者坚贞的爱情观,只有能经得起沧海桑田洗礼的爱情,才会坚如磐石。

（高晓庆　段永升）

鹊桥仙·七夕

卢　炳

馀霞散绮①,明河翻雪②。隐隐鹊桥初结③。牛郎织女两逢迎④,却胜似、人间欢悦。　一宵相会,经年离别。此语真成浪说⑤。细思怎得似嫦娥,解独宿、广寒宫阙⑥。

【作者简介】

卢炳,里居及生卒年均不详,字叔阳,自号丑斋,宋宁宗时人。嘉定七年(1214)时,守融州(今属广西融水苗族自治州)。被论凶狠奸贪,放罢。有《哄堂词》一卷。

【注释】

① 馀霞散绮:谢朓《晚登三山还望京邑》:"馀霞散成绮,澄江静如练。"　② 明河:即银河。　③ 鹊桥:神话中传说每年七月七夕,牛郎织女相会之际,群鹊南飞至天河搭成鹊桥以利二人相会。　④"牛郎织女"三句:秦观《鹊桥仙》:"金风玉露一相逢,便胜却,人间无数。"此句盖化用秦观句子而来。　⑤ 浪说:荒诞之言,信口之言。　⑥ 广寒宫阙:月中宫阙,传说月中嫦娥避居处。

【题解】

此词把牛郎织女的爱情与传说中的嫦娥仙子作比,作者以为似嫦娥般独处深宫,抛却人间情欲,境界方高。殊为焚琴煮鹤之论,为一家之言。化用前人诗句,痕迹较为明显。

（高晓庆）

鹊桥仙·七夕

李 漳

迢迢郎意，盈盈妾恨，今夕鹊桥欲度。世间儿女一何痴，斗乞巧、纷纷无数。

遥知此际，有人孤坐，心切天街云路。好因缘是恶因缘，梦魂远、阳台雨暮[①]。

【作者简介】

李漳，宋代词人，生卒年不详，字子清，庐陵（今江西吉安）人。词见《李氏花萼集》。

【注释】

① 阳台雨暮：战国楚宋玉《高唐赋》曰："楚王在高唐梦见巫山神女，去而辞曰：'神女在巫山之阳，高丘之阻，旦为朝云，暮为行雨，朝朝暮暮，阳台之下。'"后以阳台雨暮暗喻男女交合，也称"朝云暮雨""巫山云雨"。

【题解】

古诗十九首《迢迢牵牛星》可与此词并读。上阕描写世间的恋人们在七夕这天情趣相投，欢娱谈笑。其中"痴"字写出恋人们对爱情的坚持和相信，也引出了后文。上阕在于写恋人们的一般情景，下阕则在于写个人的情感际遇。七夕之夜，有情人皆是幸福快乐，然而有人见此情此景，倍感孤独寂寞而思念油然而生，遥遥相思，心寄远方。上阕之乐尤显下阕悲之愈悲，而思念尤甚，使人读之莫不惆怅。"梦魂远、阳台雨暮"，惆怅无限，心绪久不能平。

（汪智超 段永升）

元　代

【商调】集贤宾北·七夕

杜仁杰

暑才消大火即渐西，斗柄往坎宫移[1]。一叶梧桐飘坠，万方秋意皆知[2]。暮云闲聒聒蝉鸣[3]，晚风轻点点萤飞。天阶夜凉清似水[4]，鹊桥图高挂偏宜[5]。金盆内种五生[6]，琼楼上设筵席。

【集贤宾南】今宵两星相会期，正乞巧投机。沉李浮瓜肴馔美[7]，把几个摩诃罗儿摆起[8]。齐拜礼，端的是塑得来可嬉。

【凤鸾吟北】月色辉，夜将阑银汉低，斗穿针逞艳质[9]。喜蛛儿奇，一丝丝往下垂，结罗成巧样势[10]。酒斟着绿蚁[11]，香焚着麝脐[12]，引杯觞大家沉醉[13]。樱桃妒水底红[14]，葱指剖冰瓜脆[15]，更胜似爱月夜眠迟。

【斗双鸡南】金钗坠、金钗坠玳瑁整齐[16]，蟠桃宴、蟠桃宴众仙聚会[17]。彩衣、彩衣轻纱织翠，禁步摇绣带垂[18]，但愿得同欢宴团圆到底。

【节节高北】玉葱纤细，粉腮娇腻。争妍斗巧，笑声举，欢天喜地。我则见管弦齐动，商音夷则[19]。遥天外斗渐移，喜阴晴今宵七夕。

【要鲍老南】团圈笑令心尽喜[20]，食品愈稀奇。新摘的葡萄紫，旋剥的鸡头美[21]，珍珠般嫩实。欢坐间，夜凉人静已，笑声接青霄内。风淅淅，雨霏霏，露湿了弓鞋底[22]。纱笼罩仕女随，灯影下人扶起，尚留恋懒心回。

【四门子北】画堂深，寂寂重门团，照金荷红蜡辉[23]。斗柄又横，月色又西，醉乡中不知更漏迟[24]。士庶每安，烽燧又息，愿吾皇万岁[25]。

【尾】人生愿得同欢会，把四季良辰须记，乞巧年年庆七夕。

【作者简介】

杜仁杰(1201？—1284),字善夫,一字仲梁,号止轩。原名之元,晚年自称散人。济南长清(今属山东省)人。金哀宗正大年间,曾与麻革、张澄隐居内乡(今属河南)。平生酷爱诗歌,商榷风雅。先后与元好问、刘祁、胡祗遹、王恽交游。杜仁杰善谐谑,才学宏博。元好问评他说:"仲梁气锐而笔健,业专而心精。"有《善夫先生集》。作者兼善诗、文、词、曲,而以散曲著称。

【注释】

① 大火:星名,即心宿中的红色星星。斗柄:北斗七星有三颗星像人间斗柄。坎宫:指天空标志北方的坎坛。写斗柄北移,是描绘秋夜景色。 ②"一叶"二句:化用"一叶落而知秋",写秋之寥廓。 ③ 暮云闲:写暮色中白云缓缓移动。聒聒:形容蝉噪不绝于耳。 ④"天阶"句:借用唐人诗句写七夕的夜空。杜牧《秋夕》有"天阶夜色凉如水"句。 ⑤"鹊桥"句:写仰望天空,银河中的牵牛、织女星清晰可见,令人联想到织女渡河会牛郎的故事。 ⑥ 五生:古代习俗,于七夕前在容器中,将小麦、绿豆、红小豆等五谷杂粮浸水生芽,然后束以彩线供七夕祀神,称种五生。 ⑦ 沉李浮瓜:曹丕《与朝歌吴质书》:"浮甘瓜于清泉,沉朱李于寒水";孟元老《东京梦华录》:"六月中别无时节,往往风亭水榭,峻宇高楼,雪槛冰盘,浮瓜沉李,流杯曲沼,苞酢新荷,远迩笙歌,通宵而罢。" ⑧ 摩诃罗:原为佛教一神名的梵文音译,后来在民间被雕塑为童子形象供奉。 ⑨ 夜将阑:夜将尽。杜甫《羌村三首》:"夜阑更秉烛,相对如梦寐。" ⑩ 成巧样势:指结成好看的样式。 ⑪ 绿蚁:指米酒上泛起的淡绿色的酒糟粒。白居易《问刘十九》曾写:"绿蚁新醅酒,红泥小火炉。晚来天欲雪,能饮一杯无?" ⑫ 麝脐:即麝香。 ⑬ 杯觞:杯。 ⑭ 水底红:草名,色淡红,此处用以形容醉后红颜。 ⑮ 葱指:指女子柔嫩光洁的纤指。⑯ 玳瑁:海洋动物名,形似龟,其甲可制华丽的首饰。 ⑰ 蟠桃宴:神话中西王母宴众仙有品尝仙桃的故事,这里借指七夕盛宴。 ⑱ 禁步摇:也叫金步摇,为女子的饰物,上垂珍珠,步行时颤动不止。 ⑲ 则见:只见。商音夷则:形容管弦乐奏出如泣如诉缠绵悱恻的动人乐曲。 ⑳ 团圈:团圆。 ㉑ 鸡头:鸡头米,味美。㉒ 弓鞋:小巧如弓弯曲的女鞋。 ㉓ 画堂:本为汉宫堂名,其堂有壁画。后世成为堂的美称。金荷:这里指荷叶形的烛台。 ㉔ 醉乡:沉醉中。更漏:古代以铜壶滴漏报时。更漏迟:指夜深。 ㉕ 士庶:士人与百姓。每:们。烽燧:烽火。古人以

烽火报警。烽火息,指天下太平,没有战争。

【题解】

本文以七夕佳节为题材,描写的欢乐景象鲜明生动,作者触景生情抒发了对人生的美好祝愿,在元散曲中较有特色。

(宋锡玲　段永升)

夺锦标·七夕

张　埜

凉月横舟,银河浸练①,万里秋容如拭②。冉冉鸾骖鹤驭③,桥倚高寒,鹊飞空碧。问欢情几许?早收拾,新愁重织。恨人间,会少离多,万古千秋今夕。　谁念文园④病客?夜色沉沉,独抱一天岑寂。忍记穿针⑤亭榭,金鸭⑥香寒,玉徽⑦尘积。凭⑧新凉半枕,又依稀行云⑨消息。听窗前,泪雨浪浪⑩,梦里檐前犹滴。

【作者简介】

张埜(yě),字野夫,号古山,元代邯郸(今属河北)人。官翰林修撰。工词,著有《古山乐府》。

【注释】

① 练:多指洁白的熟绢。　② 拭:抹,擦。　③ 冉冉:慢行貌。鸾(luán):传说中的神鸟。骖:驾驭。　④ 文园:指司马相如,他曾为孝文园令。这里作者借以自指。　⑤ 穿针:《荆楚记》:“七夕妇女穿上孔针以乞巧。”　⑥ 金鸭:鸭形金属香炉。　⑦ 玉徽:琴名。　⑧ 凭:靠着。　⑨ 行云:形容男女之间艳情事。⑩ 浪浪:流貌。

【题解】

此词咏七夕。上片遥念仙侣欢会。先写新秋夜色,次写双星相会。下片抒发感怀。夜色沉沉,独感岑寂,回忆昔日,亭榭穿针,金鸭香袅。而今玉徽尘积,新凉半枕。窗外泪雨,檐前犹滴,不禁感慨万千。全词构思精巧,抒情细腻,情景交融,真挚感人。

(叶姝)

沉醉东风·七夕

卢　挚

银烛冷秋光画屏[①]，碧天晴夜静闲亭。蛛丝度绣针，龙麝焚金鼎[②]。庆人间七夕佳令。卧看牵牛织女星，月转过梧桐树影。

【作者简介】

卢挚（？—1314），元文学家，字处道，一字莘老，号疏斋，涿州（州治今河北涿州市）人。至元进士，官至翰林学士承旨。诗文与刘因、姚燧齐名，世称“刘卢”“姚卢”。其散曲今存者均为小令，多写闲情。《全元散曲》收其小令一百二十首，其数量之多，在前期散曲作家中仅次于马致远。所著有《疏斋集》，已佚；清文廷式从《永乐大典》辑其诗文各数十篇，亦未传。

【注释】

①“银烛”句：本曲字面多由杜牧《秋夕》借出，如本句及第六句便是。杜诗云：“银烛秋光冷西屏，轻罗小扇扑流萤。天阶月色凉如水，卧看牵牛织女星。”

②“蛛丝”二句：言七夕乞巧之俗。《荆楚岁时记》：“七夕，妇人结彩缕，穿七孔针，或以金银鍮石为针，陈瓜果于中庭以乞巧。有喜子（蜘蛛）网于瓜上，以为符应。”

【题解】

此词抒写七夕佳节的情景，如此盛大的场面，在作者笔下是如此的秀美疏淡，没有半点人间烟火气。作者化用唐杜牧《七夕》，绘制成一幅静夜望天河图，并赋予新的内容、新的意境：七夕之夜，月明风清，人们焚起香来庆贺节日。渴望心灵手巧的女子也拿出了针线在梧桐树影下乞巧，看牛郎织女相会。“卧看牵牛织女星，月转过梧桐树影”娓娓道来，平静如水，直是无着力处，读来使人心旷神怡。

（高晓庆　段永升）

折桂令[1]·七夕

王举之

鹊桥横低蘸银河，鸾帐[2]飞香，风辇凌波[3]。两意绸缪[4]，一宵恩爱，万古蹉跎[5]。剖犬牙[6]瓜分玉果，吐蛛丝[7]巧在银盒。良夜无多，今夜欢娱，明夜如何？

【作者简介】

王举之(1290？—1350？)，杭州人。明代朱权《太和正音谱》将其列于“词林英杰”一百五十人中。

【注释】

① 折桂令：曲牌名，属北曲双调。 ② 鸾帐：夫妻所共的床帐。 ③ 辇：指天子或王室坐的车子。凌波：在水上行走。 ④ 绸缪：形容缠绵不解的男女恋情。 ⑤ 蹉跎：时间白白地过去。 ⑥ 犬牙：喻形如犬牙之物，这里指瓜果。 ⑦ 蛛丝：蛛网。见《荆楚岁时记》：“七月七日，为牵牛织女聚会之夜。是夕，人家妇女结彩缕，穿七孔针，或以金银玉石为针，陈瓜果于庭中乞巧，有喜子网于瓜上，则以为符应。”喜子，即蟢子，蜘蛛的一种。

【题解】

七夕之夜到来，一个“蘸”字生动有趣，“飞香”“凌波”显出织女的喜悦和迫切。“两意”“一宵”“万古”三词极为简练，富有张力，言短暂相守的宝贵与无奈。瓜果铺陈、蛛丝判巧是人间的七夕夜，“欢娱”或许不仅指天上，也在指人间，正是太美好了，不禁担心后来又该如何。文思细腻，言语别致，堪为佳作。

（叶姝 段永升）

迎仙客·七月

佚 名

乞巧楼[1]，月如钩，聚散几回银汉秋。 遣人愁，何日休？织女牵牛，万古情依旧。

【注释】

① 乞巧楼:乞巧的彩楼。

【题解】

这首元曲语言十分晓畅,言织女牵牛万古依旧的美好感情,因而能在民间流传甚广。

(叶姝)

喜春来·七夕

佚　名

天孙一夜停机暇[①],人世千家乞巧忙,想双星心事密话头长。七月七,回首笑三郎[②]。

【注释】

① 暇:空闲,没有事情的时候。　② 三郎:唐玄宗小字,因其排行第三,故称。

【题解】

喜春来是元散曲名。此文写得相当灵巧别致,通俗晓畅,末句一"笑"字耐人寻味。

(叶姝　段永升)

折桂令·七夕赠歌者(其一)

乔　吉

崔徽[①]休写丹青,雨弱云娇[②],水秀山明[③]。箸点歌唇[④],葱枝纤手,好个卿卿。水洒不着春妆[⑤]整整,风吹的倒玉立亭亭[⑥],浅醉微醒,谁伴云屏[⑦]?今夜新凉,卧看双星[⑧]。

【作者简介】

乔吉，字梦符，号笙鹤翁，又号惺惺道人。太原人，流寓杭州。《录鬼簿》说他美容仪，能辞章，以威严自饬，人敬畏之，大略可见他的为人。至正五年(1345)病卒于家，著有杂剧十一种，今仅存《扬州梦》《两世姻缘》《金钱记》三种。

【注释】

① 崔徽：唐代歌姬，与同郡的裴敬中相好，分别后日夜思念，就请画家丘夏为自己画了一张画像托人送给裴敬中，此后不再见客。事见宋人张君房《丽情集》。此处用崔徽借指美貌的歌者。 ② 雨弱云娇：指歌者的发髻像蒙蒙细雨中的云朵一样好看。 ③ 水秀山明：用水和山比喻明亮的眼睛和清秀的眉毛。 ④ 箸点歌唇：形容歌女的嘴唇长得小巧好看。一说"箸点"是指唇边的痣。 ⑤ 春妆：盛妆。⑥ 玉立亭亭：形容歌女的身材亭亭玉立，修美娇艳，体态轻盈，弱不禁风。 ⑦ 云屏：彩云屏风。 ⑧ 双星：指牵牛星和织女星。

【题解】

此为写给歌女的赠送之作，重在描写歌女的修美体态。作者善用取喻，描写细腻柔美。尤其"水洒不着春妆整整，风吹的倒玉立亭亭"一句，历来为世人称道。任讷《曲谐》曾评：梦符之出奇，有奇在丽采中者，有奇在本色中者……而奇在丽采中者，尤为好梦符者所不可忽。如《群玉》所见《春闺怨》……又如《折桂令·赠崔秀卿旬日》："水洒不着春妆整整，风吹的倒玉立亭亭"……皆奇丽兼至，所不经见者。

（宋锡玲　段永升）

明　代

鹊桥仙·七夕

吴　柏

金针穿巧，花瓜斗丽①，争看天孙出嫁。欢娱莫恨隔年遥，还胜似、姮娥②终寡。

桥边鹊羽③，盘中蛛网④，休论有无真假。天仙日月较凡常，可知是、千年一夜。

【作者简介】

吴柏，钱塘（今杭州城）人，吴太末之女，许配陈氏，未嫁而寡，年仅十七岁。她自愿去陈家做“望门妇”，孝养公婆近十年，二十七岁病逝。有《柏舟集》。

【注释】

① 金针穿巧，花瓜斗丽：指乞巧事。《荆楚岁时记》：“七月七日为牵牛织女聚会之夜。是夕，人家妇女结彩缕，穿七孔针，或以金银鍮（tōu）石为针，陈瓜果于庭中以乞巧，有喜子（蜘蛛）网于瓜上，则以为符应。” ② 姮娥：嫦娥，传说为后羿之妻。《淮南子·览冥训》：“羿请不死之药于西王母，姮娥窃以奔月……” ③ 桥边鹊羽：宋罗愿《尔雅翼》卷十三云：“涉秋七日，鹊首无故皆髡（发秃）。相传以为是日河鼓与织女会于汉东，役乌鹊为梁以渡，故毛皆脱去。” ④ 蛛网：参看注释①。

【题解】

本词上片从描写民间七夕乞巧的习俗着笔，渲染出节日的欢乐气氛。就在人们“争看天孙出嫁”时，有一位女子在认真地关注着织女的命运，她以嫦娥终身寡居来宽慰织女的遗恨。下片说不要计较织女故事的真实性：因为人间一年，天上才一夜，这种时空的巨大差距使人们无法弄清仙界的事情。当然，此句另有深意，即写嫦娥度日如年的感受，同时也是词人空闺生活的感受。

（宋锡玲　段永升）

彭孙贻词二首

【作者简介】

彭孙贻，字仲谋，一字羿仁。浙江海盐人，生卒年不详。约明崇祯十年(1637)前后在世。明选贡生。国变后，杜门奉母，终身不仕。及卒，乡人私谥孝介。工诗画，尤善倚声。有《茗斋诗余》。

鹊桥仙・七夕

填河有鹊[①]，洗车无雨[②]。河外彩云如缕。人间何夕不欢娱，笑天上、相逢能几。　　牛衣[③]妇泣，鸳机[④]夫戍，秋冷关山[⑤]千里。空床薄幸[⑥]苦相思，羡一度、一年牛女。

【注释】

① 填河有鹊：语出《淮南子》："乌鹊填河成桥而渡织女。" ② 洗车无雨：《荆楚岁时记》载："七月六日有雨谓之洒泪雨，七日雨则云洗车雨。"此句言天晴无雨。③ 牛衣：亦称"牛被"，给牛御寒用的覆盖物，以乱麻或草编成。 ④ 鸳机：织锦机。 ⑤ 关山：关隘山川。 ⑥ 薄幸：犹言薄情，此处指不得相聚欢情薄。

【题解】

此词运用先扬后抑的手法，曲折道出题旨。上阕首先着眼于天上人间的泛泛对比，以"笑"总领上阕，突出人间有情人可长相厮守的优越感。下阕选取一对感情笃深却远隔千里难会的夫妇，通过又一次人间和天上具有针对性的对比，以"羡"作结，突出他们的相见之难和相思之苦。

（宋锡玲）

声声慢・七夕病中

一痕秋碧[①]，半簟湘文[②]，印臂花影纤秾[③]。烧药红儿，夜分头触屏风。曲阑干外私语，独眠人、只有愁侬。天如洗，看匏娲左侧[4]，乌鹊桥东。　　懊恼人间天上，只多情、难忏藕孔玲珑。几度暗消，衣骨费尽针工。愿缫乞巧蛛丝[5]，唤玉清[6]、共擘轻容。醉拥著，睡鲛绡[7]、槐郡梦中[8]。

【注释】

① 秋碧：碧色秋水。　② 簟(diàn)：竹席，坐垫。湘文：湘绣。文，即纹。③ 秾：草木茂盛。　④ 匏(páo)娲：即女娲。《唐乐志》："女娲作笙，列管于匏上，纳簧其中。"　⑤ 乞巧：农历七月七日的晚上，妇女在院子里陈设瓜果，向织女祈祷，请求帮助她们提高刺绣缝纫的技巧。是古代的一种民俗。　⑥ 玉清：天。这里指天人。　⑦ 鲛绡：梁任昉《述异记》："南海出鲛绡纱，泉先(指鲛人)潜织，一名龙纱，其价百余金，以为服，入水不濡。"古人诗词中常以鲛绡来指拭泪的手帕。⑧ 槐郡梦中：唐李公佐小说《南柯太守传》载：有个叫淳于棼(fén)的人，梦见自己在"大槐安国"做了驸马，又在南柯郡当了二十年太守，权势显赫。等到妻子死后，官被解除，槐安国用车子送他回家。醒后追寻梦游之处，原来是在一株住着一堆蚂蚁的大槐树穴中。

【题解】

夜已深了。窗外是一泓秋水。夜色中，花影掩映，斑驳着投到我的臂上。熬药的童儿已不抵昏沉，头靠在屏风上假寐。抱病于床的"我"，孤独地栖卧，耳边隐隐的却是阑干外的私语。无眠，更显凄清。忽然想起，今夜是七夕，可又怎样呢？天上短暂的相聚，不过更深刻地衬托着离别的伤痛和孤独的苦楚。更可恨的是，不管天上还是人间，都一样的聚少散多，情难好合。情难遣，还是应着景儿乞巧吧！满怀的心事何处诉？便带着心绪入梦，哪怕给我一枕黄粱，也可得些许安慰。词前景后情，写得愁淡情浓，感人至深。

（项波　段永升）

鹊桥仙·七夕日

易震吉

小楼秋到，新凉风洒，今日晒书真好。家间幼女白如霜，五六岁穿针乞巧。

买瓜买果，齐欢齐笑，拟看填河鹊鸟[1]。双星[2]待暮两情浓，想此际织耕停了。

【作者简介】

易震吉,字起也,号月槎,金陵人,生卒年不详。明思宗崇祯七年(1634)进士,授刑部主事,升郎中,出为大名知府,历嘉湖道江西参政副使。词笔取经稼轩,力求以疏秀取胜。有《秋佳轩诗余》十二卷,收词一千一百八十余首。

【注释】

① 拟:打算。填河鹊鸟:语出《淮南子》:"乌鹊填河成桥而渡织女。" ② 双星:牵牛星和织女星。

【题解】

此词立足于七夕的民间节日意义,将七夕当成一种风俗来写,笔调轻快,侧重渲染天上人间其乐融融的节日气氛。上片从交代天气写起,写到年幼的小女儿穿针乞巧。下片由己及人,写日暮时分人们把过节之事准备停当,到处洋溢着节日的气氛。然后由人间推及天上,想象此时牛女也已停止劳作,正期待着甜蜜的欢会。

(宋锡玲)

杨宛词三首

【作者简介】

杨宛,字宛淑,金陵人,生年不详,约卒于明崇祯十七年(1644)。能诗善草书,选适茅元仪,后从田宏遇。甲申之变,携田氏女还金陵,为盗所杀。有《钟山献诗余》。

鹊桥仙·本意

妆成欲度,鹊飞难到,风动罗裳剪剪[①]。侬家肠断不须怜[②],怎想得、那厢愁靥[③]。　　夜凉促驾,嫦娥羞见,只是半遮半掩。不知别际不胜情[④],反羡你、一生抛闪[⑤]。

【注释】

① 剪剪:形容微风习习而略带寒意。此句语意应为:剪剪风动罗裳。 ② 侬

家:织女自称。不须:不必。 ③ 那厢:那边(指牛郎)。愁靥:含愁的面容。 ④ 别际:离别的时刻。 ⑤ 抛闪:抛弃。

【题解】

本诗以女性的细腻笔触,将织女刻画得有血有肉,活灵活现,赋予她浓郁的人情味。开头三句写七夕良夜,织女早早梳妆完毕,迫切等待鹊桥架起,好与牛郎相会。接下来两句是对织女的心理活动描写,突出其痴情。下阕的描写又推进一层,写织女在去见牛郎的路途中的所见所想。因为当时是下弦月,便说嫦娥半遮玉面窥看欢天喜地赶路的织女。于是织女半是安慰对方半是自诉哀怨地说:你不要只看到我赶路时的欢喜,那分离时柔肠寸断的感觉,你是体会不到的,我还羡慕你一生独处、无牵无挂呢!一番话把织女的情感写得复杂别致、曲折动人。

(宋锡玲)

鹧鸪天·七夕后一日咏织女

迢递佳期又早休,鹊桥无计为迟留。临风吹散鸳鸯侣,对月空思鸾凤俦[①]。
从别后,两悠悠。封题锦字[②]倩谁投?金梭慵整愁添绪,泪逐银河不断流。

【注释】

① 俦:伴侣。 ② 锦字:《晋书·窦滔妻苏氏传》载:前秦秦州刺史窦滔流放异地,其妻思之,遂织锦为《回文璇玑图》诗赠其夫,后因称妻寄夫之书信为锦字。

【题解】

本词为七夕第二天吟咏牛郎织女之作。一年一度的相会佳期又匆匆结束,有情人再次分离。词人想象牛女别后,空有悠悠相思,却难传音信。织女也无心织绩,泪水空流。

(宋锡玲)

江城子·七夕

看看砌满一天星。沥残觥[①],冷茶铛[②]。行到针楼,多是没心情。休问巧丝[③]曾得么，羞应道，巧无成。

【注释】

① 觥：中国古代用兽角制的酒器。　② 铛（chēng）：温锅。　③ 巧丝：《荆楚岁时记》："七夕，妇人……陈瓜果于庭上以乞巧，有喜子结于瓜上，则以为得"。

【题解】

本词也是以七夕为题材，说不要问女子是否乞得智巧，因为"行到针楼，多是没心情"。词的内容比较浅显易懂，却也写出了女子细腻复杂的心情。

（宋锡玲）

清　　代

纳兰性德词二首

【作者简介】

纳兰性德(1656—1685),清代诗人,原名成德,避太子保成讳改性德,字容若。满洲正黄旗人,大学士明珠长子。康熙进士,官至一等侍卫,深受宠信。主张作诗须有真才实学,填词须有比兴,反对模仿。其词长于小令,清淡朴素,不尚雕饰。著有《通志堂集》《纳兰词》等。与朱彝尊、陈维崧并称"清词三大家"。

台城路·塞外七夕

白狼河①北秋偏早,星桥又迎河鼓②。清漏频移③,微云欲湿,正是金风玉露。两眉愁聚④。待归踏榆花⑤,那时才诉。只恐重逢,明明相视更无语。　　人间别离无数⑥,向瓜果筵前⑦,碧天凝竚。连理千花⑧,相思一叶⑨,毕竟随风何处。羁栖良苦⑩。算未抵空房,冷香啼曙⑪。今夜天孙⑫,笑人愁似许⑬。

【注释】

① 白狼河:河名,《水经注》:"辽水又右,会白狼水,水出右北平。"此处泛指边塞河流。　② 星桥:鹊桥。河鼓:指牵牛星。　③ 清漏:古代滴水计时的仪器。李商隐《辛未七夕》有"清漏渐移相望久"句。　④ 金风、玉露:本指秋天的风、露。露水出现在夜凉时,由地面的水汽生成,古代误以为是从天上降下。金风遇玉露,夜渐深,正是牛郎织女相会之时,故历来以金风、玉露相遇比喻牛郎织女的团圆。两眉愁聚:柳永《甘草子》:"中酒残妆慵整顿,聚两眉离恨。"　⑤ 榆花:曹唐《织女怀牛郎》诗:"欲将心向就仙郎说,借问榆花早晚秋。"　⑥ 秦观《鹊桥仙》"金风玉露一相逢,便胜却人间无数",此处借用其意。　⑦ 瓜果筵:《荆楚岁时记》:"七夕,妇

人结彩缕穿孔针，陈瓜果于庭中以乞巧。” ⑧ 连理：用唐明皇、杨贵妃的故事。白居易《长恨歌》有：“在天愿作比翼鸟，在地愿为连理枝”句。连理，是连理枝的简说，指两棵不同根的树枝干连生在一起，诗文中常用以比喻恩爱的夫妻。 ⑨ 相思一叶：化用红叶题诗的典故。宣宗时宫女韩氏在红叶上题了一首五言绝句，随沟水流出禁城，被到长安应试的卢渥在御沟旁拾得，收藏在小箱子里。后来放宫女配人，韩氏归卢渥，见到当年题诗的红叶，感慨良深。 ⑩“羁栖”句：写旅人怀思。⑪“算未”二句：写闺人念远。 ⑫ 天孙：织女星。 ⑬“笑人”句：李商隐《马嵬》有“当年七夕笑牵牛”句，此处反其意而用之，时逢七夕，天上牛女尚团圆，人却行役在外，故为牵牛所笑。

【题解】

开头两句紧扣题目，首句说人间的“塞外”，次句说天上的“七夕”。两句看似闲闲道来无关乎感情，其实，在这一时间地点的矛盾组合中，已隐约触及了人间单栖与天上团圆的强烈反差。“清漏”三句继续写牛女相会的时刻即将到来。转而想到自己身在塞外，远离亲人，有愁而无可语，“待归踏榆花，那时才诉”。下片则由女子乞愿转入议论：游人虽有旅途劳顿之苦，却不及闺中女子空房独守的寂寞和对远人的深深牵挂。结尾一句写时逢七夕，天上牛女尚团圆，人却行役在外，故为牵牛所笑。词人感情于此可见一斑。全词结构曲折，又真切自然。

（宋锡玲　项波）

鹊桥仙·七夕

乞巧楼空①，影娥池冷，佳节只供愁叹。丁宁休曝旧罗衣②，忆素手、为予缝绽。

莲粉飘红③，菱丝翳碧，仰见明星空烂。亲持钿合④梦中来，信天上、人间非幻。

【注释】

①“乞巧”三句：意谓适逢七夕佳节，却孤独寂寞，令人反生愁怀忧绪。影娥池，池名。《三辅黄图》谓：汉武帝于望鹄台西建俯月台，台下穿池，月影入池中，使官人乘舟弄月影，因名影娥池。唐上官仪《咏雪应诏》：“花明栖凤阁，珠散影娥池。” ②“丁宁”二句：意谓叮咛不要曝晒那旧罗衣，因为那是她曾为我缝制过的，

见到它更会引起我深重的愁怀。丁宁,同“叮咛”。罗衣,软而轻的丝制衣服。③“莲粉”三句:意谓俯瞰荷塘上莲花飘零,菱丝遮掩了碧波,而仰望长空,又只有明星灿烂。莲实粉,即莲花。菱丝,菱蔓。翳,遮掩之意。 ④钿合:金饰之盒。盒,古作“合”字。古代女子以此作为定情之信物。陈鸿《长恨歌传》谓:“定情之夕,授金钗钿合以固之。”又,白居易《长恨歌》:“唯将旧物表深情,钿合金钗寄将去。钗留一股合一扇,钗擘黄金合分钿,但教心似金钿坚,天上人间会相见。”

【题解】

七夕,民俗以为是牛郎织女相会的日子,天上如此,人间如何?当年曾与爱妻共度过这美好的夜晚,可如今却是物是人非,故词一开头便表达了楼空人去,“佳节只供愁叹”的伤感。接下去说,不愿看到她“为予缝绽”的“旧罗衣”,怕的是更勾起痛苦的情怀。上片用直发胸旨之法,已将怀念亡妻之情作了深细地抒发。下片一转,写七夕时的景象,加深加浓了上片所书“愁叹”的氛围,继而又生发了梦幻般的奇想。亦实亦虚,饶有浪漫特色。

(林萍　段永升)

秋　夜　长

方殿元

凄凄者风,胡不自东?不自南?不自北[①]?吹我井上双梧桐[②]。梧桐昨夜飘孤叶,夫婿从军入穷发[③]。两地相思不相见,愁云共掩关山月[④]。飞鸿不我顾,海燕辞巢去,空房蟋蟀鸣,长夜漫漫谁与语[⑤]?缄情含泪向天诉,苍苍无云复无雨,西有牵牛东织女[⑥]。

【作者简介】

方殿元(1636—1697?),字蒙章,号九谷。番禺人。康熙三年(1664)进士。历官历城、郯城、江宁县知县。后侨寓苏州。曾与屈大均、陈恭尹等同游。著有《九谷集》。其诗尤以乐府擅长,被认为是有清一代粤人之冠。

【注释】

①“凄凄”四句:意谓萧瑟寒冷的秋风啊!你为什么不从东边吹来?不从南边

吹来？不从北边吹来？而偏偏从西边吹来呢？诗歌有所谓“愈无理愈妙”者，像这样的发问，活写出痴儿女的神情心事。　②“吹我”句：写风吹梧桐，衬乱离的环境。梧桐，常植于井旁。陆归蒙《寄吴融》：“一夜秋声入井桐。”这里以“双梧桐”暗喻夫妇。　③穷发：指僻远的地方。《庄子·逍遥游》：“穷发之北，有冥海者，天池也。”成玄英疏：“地以草为毛发，北方寒冱(hù)之地，草木不生，故名穷发，所谓不毛之地。”飘孤叶：暗喻夫婿孤身戍。　④“两地”二句：好在一个“共”字，关山千里，两地愁云，共掩此月，益见相思之苦。　⑤“飞鸿”四句：写了三物，不觉堆叠。古诗文中，飞鸿是代人传书的使者，海燕是双栖双宿的象征，鸿飞燕去，益增寂寥之感。长夜漫漫，无人共语，只有哀音似诉的蟋蟀在空房中鸣叫，就更令思妇难以为怀了。不我顾，即“不顾我”。　⑥“缄情”三句：缄情，犹言“含情”，与下文“含泪”互文。“无云复无雨”，暗喻两人偕好无望。末句以牵牛织女的离分相喻，犹曹丕《燕歌行》“牵牛织女遥相望”之意。

【题解】

夫婿从军，闺妇怀念，这是中国旧诗中的传统题材，古来佳作如林，九谷此诗能流传下来，并不仅因其如沈德潜所说的“声色臭味直逼古人”，更在于它表现了思妇的至情至性，哀怨宛曲，自能感染读者。凌扬藻评云：“放才情之所至而造乎节韵之自然。”

（王敏　段永升）

忆　江　南

沈朝初

苏州好，乞巧望双星。果切云盘堆玉缕[①]，针抛金井汲银瓶[②]。新月挂疏棂[③]。

【作者简介】

沈朝初(1649—1702)，字洪生，号东田，江苏吴县(今江苏苏州市境内)人。康熙十八年(1679)进士，改庶吉士，授翰林院编修，官至侍读学士。丁忧归，以衰毁卒。工文诗，著有《不遮山阁诗余》，其中《忆江南》词三十余首，都是描写吴中风情、山川名胜。

【注释】

① 玉缕:华丽如玉的线。 ② 针抛:七夕抛针习俗,传通过针影粗疏可判智巧如何。银瓶:一种汲水器。 ③ 疏棂:稀疏的窗格。

【题解】

以清新之语绘清时苏州七夕风俗,如在目前,令人向往。

(叶姝)

鹊桥仙·云林嘱题《闰七夕联吟图》①

顾太清

新秋逢闰②,鹊桥重驾③,两度人间乞巧④。阑干斜转玉绳低⑤,问乞得,天机多少⑥? 闺中女伴,天边佳会,多事纷纷祈祷。神仙之说本虚无,便是有,也应年老。

【作者简介】

顾太清(1799—1876),名春,字梅仙。满洲镶蓝旗人,嫁为贝勒奕绘的侧福晋,是清代与纳兰性德齐名的满族女词人。其词作有明快清新、庄重淳雅、构思慧巧的特点。有《天游阁集》《东海渔歌》《子春集》等。

【注释】

① 云林:许云林,顾太清闺中密友。闰七夕:道光四年(1824)闰七月,故有两个七夕之夜。这一天,词人与闺中女伴相约聚会,作诗消遣,事后,许云林绘了一幅"联吟图",顾太清作这首词题画。 ② 逢闰:指闰七月而言。 ③ 重驾:因逢闰月,故曰重驾。 ④ 乞巧:《荆楚岁时记》:"七月七日为牵牛织女聚会之夜。是夕,人家妇女结彩楼,穿七孔针,或以金银鍮(tōu)石为针,陈瓜果于庭中以乞巧,有喜子(蜘蛛)网于瓜上,则以为符应。" ⑤ 玉绳:星名,在北斗星附近。 ⑥ 天机:犹言灵性,人的天赋灵机。一说天上的机密。

【题解】

词的上片起句紧扣题旨,接着两句紧承人间乞巧活动,末句以似真非真的问句收结,诙谐、俏皮。下片记叙本事,以应题图之景。开始三句为叙事:牛女相会之际，闺中女伴纷纷乞巧。词人把这一活动称为“多事”，于是引发了结尾句的见解：神仙的传说本来即子虚乌有，即使有，牛女如此多情，恐怕也早已老了。见解独出心裁，带有调侃、游戏之意。

（宋锡玲　段永升）

蝶　恋　花①

邵瑞彭

东去伯劳西去燕。织女黄姑②，岁岁还相见。玉露无声银烛短，有人遥夜停针线。　　二十四阑闲倚遍。河汉盈盈，争似红墙远？井上朱丝牵不断，中庭谁唱《双蕖怨》③？

【作者简介】

邵瑞彭（1887—1937），浙江淳安县人，字次公，又字次珊，别署梧丘，室名次室、榆庐、壮学堂、铁砚山房、小黄昏馆等。早年在浙江省立优级师范学堂就读时参加同盟会、南社。民国后北上，1912 年出任国会众议院议员，素以仗义秉公耿直敢言著闻。1914 年春，被聘为清史馆协修。1931 年受聘为河南大学国文系主任，寓居开封，直至病殁。身后留有《扬荷集》《山禽余响》《小黄昏馆词》《次公诗集》《次公词稿》以及《泰誓决疑》《古历钩沉》《壮学堂文》《梧丘杂扎》《书目长编》等三十余种撰著传世，可谓著述等身，声华盖代。

【注释】

①蝶恋花：词牌名。　②黄姑：指牛郎。　③《双蕖怨》：即《摸鱼儿》。元李冶咏并蒂荷词，有“请君试听双蕖怨”句，故易此名。

【题解】

这首词生动塑造了一位思妇形象。上阕开宗明义，点明主题，道出夫妻离别之实。继而写牛女每年尚且相见一次，暗示自己却连相见一次的机会也没有，一个“还”字道出对牛女相会的无限羡慕之情，侧面烘托出这位女子的悲戚之感。此情此景让她没有心思再去穿针引线以乞智巧了。下阕写了这位女子的一系列动作，寂寞难耐，凭栏远望，仰视河汉，好像离自己并不遥远，而自己思念的人儿却看不见，由此陷入了无限遐想，与“梳洗罢，独倚望江楼”有异曲同工之妙，令人肠断的相思之情淋漓可见。夜深不寐，别人乞巧的庭中已挂满蛛丝，牛女大概也要重分河汉，自己没有等到丈夫归来，只有独自一人吟唱《双蕖怨》来表达哀思了。两处设问构思精巧，委婉含蓄地将这位多情的女子形象栩栩如生地刻画了出来。全词风格清丽、虚处传神、寄慨遥深、耐人寻味。

（张华）

文　赋

两　汉

《史记》卷二十七　天官书

司马迁

牵牛为牺牲。其北河鼓。河鼓大星，上将；左右，左右将。婺女，其北织女。织女，天女孙也。

【作者简介】

司马迁（前145—前190），字子长，夏阳（今陕西韩城）人。西汉伟大的史学家、文学家、思想家。司马谈之子，后任太史令。其以“究天人之际，通古今之变，成一家之言”的史识创作了中国第一部纪传体通史《史记》，成为中国史书的典范，是二十五史之首，被鲁迅誉为“史家之绝唱，无韵之离骚”。

【题解】

这段话是第一次在正史中提到牵牛星和织女星的方位。汉代司马迁笔下就已经定型了的牵牛织女星，其起源应更为久远，是牵牛织女七夕鹊桥会传说故事演绎的基础，具有很高的史料价值。后来《汉书·天文志》中对此也有记载。

（张华）

魏晋南北朝

《博物志·杂说下》 天河

张 华

旧说云，天河与海通，近世有人居海渚者，年年八月有浮槎①，去来不失期。人有奇志，立飞阁于槎上，多赍②粮，乘槎而去。十余日中，犹观星月日辰。自后芒芒忽忽，亦不觉昼夜。去十余日，奄至一处，有城廓状，居舍甚严，遥望宫中多织妇，见一丈夫牵牛渚次饮之。牵牛人乃惊问曰："何由至此？"此人见说来意，并问此是何处。答曰："君还至蜀都，访严君平，则知之。"竟不上岸，因还如期。后至蜀，问君平，曰："某年月日有客星犯牵牛宿。"计年月，正是此人到天河时也。

【作者简介】

张华(232—300)，西晋文学家，字茂先。范阳方城(今河北固安县)人。少孤贫，曾以牧羊为生。他曾著《鹪鹩赋》以自喻。魏末，被荐为太常博士。晋武帝时，因力主伐吴有功，历任要职。惠帝时，被赵王司马伦和孙秀杀害。张华博学多闻，曾编撰《博物志》，分类记载异境奇物、古代琐闻杂事及神仙方术等，其中保存了不少古代神话材料。《隋书·经籍志》录《张华集》十卷，已佚。明张溥《汉魏六朝百三家集》辑存《张茂先集》。《博物志》十卷，有今人范宁校本。

【注释】

①槎：竹筏。 ②赍：存。

【题解】

这段话描述了一段奇异的游历故事，将人间天上相沟通，写凡人上天见牛郎织女的所见所闻。描写细致、神奇，引人入胜。虽然此事纯属子虚乌有，但由此段记载可以看出牛郎织女故事在古人心目中的重要性，亦可证牛女天河会的故事由来久远。

（张华　段永升）

关　中　记

潘　岳

昆明池，汉武帝习水战也。中有灵沼神池，云尧①时理水讫②，停船此池，盖尧时已有沔池③，汉代因而深广耳。

【作者简介】

潘岳(247—300)，西晋文学家，字安仁。祖籍荥阳中牟(今属河南)。司马炎建晋后，潘岳被司空荀彧召授司空掾(yuàn：原为佐助的意思，后为副官佐或官署属员的通称)。后因作《藉田赋》，招致忌恨，滞官不迁达十年之久。咸宁四年(278)，贾充召潘岳为太尉掾。后出为河阳县令，四年后迁怀县令。后调补尚书度支郎，迁廷尉评，不久被免职。永熙元年(290)，杨骏辅政，召潘岳为太傅府主簿。杨骏被诛后，他被免职，不久又选为长安令。元康六年(296)前后，回到洛阳。历任著作郎、给事黄门侍郎等职。在这一段时间，他经常参与依附贾谧的文人集团"二十四友"之游，是其中的首要人物。永康元年(300)，赵王伦擅政，中书令孙秀诬潘岳、石崇、欧阳建等阴谋奉淮南王允、齐王冏乱，被杀，夷三族。《隋书·经籍志》录有《晋黄门郎潘岳集》十卷，已佚。明人张溥辑有《潘黄门集》，收入《汉魏六朝百三家集》中。《关辅记》，北宋宋敏求《长安志》引作《关中记》，应是。《关中记》为晋人潘岳所著。因今本《三辅黄图》为唐人所纂辑，故引及此书。

【注释】

①尧：传说中的五帝之一。　②讫：完结。　③沔池：沔水，汉水的上游，位于陕西省，古代也指整个汉水。此处沔池应为昆明池。

【题解】

此段记载推测，在传说时代，帝尧时期昆明池就已经存在，到汉武帝时期为练习水战之处，只是汉代其水域更加深广。

（张华）

奉答敕示七夕诗启

任　昉

臣昉启：奉敕并赐示《七夕》五韵。窃惟帝迹多绪，俯同不一[①]；托情风什，希世罕工[②]。虽汉在四世，魏称三祖[③]，宁足以继想《南风》，克谐《调露》[④]！性与天道，事绝称言[⑤]，岂其多幸，亲逢旦暮[⑥]！

臣早奉龙潜，与贾马而入室[⑦]；晚属天飞，比严徐而待诏[⑧]。惟君知臣，见于讷言之旨[⑨]；取求不疵，表于辩才之戏[⑩]。谨辄牵率庸陋，式酬天奖；拙使虽效，蚩鄙已彰；临启惭恧，罔识所置。谨启。

【作者简介】

任昉(460—508)，南朝梁文学家，字彦升，乐安博昌(今山东寿光)人。仕宋、齐、梁三代，梁时历任义兴、新安太守等职。当时以表、奏、书、启诸体散文擅名，而沈约以诗著称，时人号曰“任笔沈诗”。原有集，已散佚，明人集有《任彦升集》。

【注释】

① 迹：《春秋合诚图》曰：“黄帝布迹，必稽功务法。”宋均曰：“迹，行迹，谓功绩也。”《春秋保乾图》曰：“邈希世而特出。”　② 什：《毛诗》题曰：《关雎》之什。希世：《鲁灵光殿赋》：“邈希世而特出。”　③ 四世：汉武帝也。三祖：谓魏武、文、明也。《魏志》高贵乡公诏曰：“昔三祖神武圣德，应天受祚。”　④ 南风：《家语》曰：“昔者舜弹五弦琴，造《南风》之诗。其诗曰：‘南风之薰兮，可以解吾民之愠兮；南风之时兮，可以阜吾民之财兮。’”王肃曰：“薰，风至貌也。”调露，《乐动声仪》曰：“时元气者，受气于天，布之于地，以时出入物者也。四时之节，动静各有分职，不得相越，谓《调露》之乐也。”宋均曰：“调露，调和致甘露也，使物茂长之乐也。”　⑤ 性与天道：出自《论语》。子贡曰：“夫子之文章，可得而闻也，夫子之言性与天道，不可得而闻也。”　⑥ 多幸：出自《左氏传》，羊舌职曰：“民之多幸，国之不幸。”旦暮，《庄子》曰：“万世之后，而一遇大圣，知其解者，是旦暮遇也。”　⑦ 龙潜：《易》曰：“潜龙勿用”。“与贾马而入室”句：《法言》曰：“若以孔门用赋，贾谊升堂，相如入室。”　⑧ 天飞：《易》曰：“飞龙在天，利见大人。”《答宾戏》曰：“泥蟠天飞

者，应龙之神也。”“比严徐而待诏”句，《汉书》曰：“严安、徐乐上疏言世务，上召见，乃拜乐安偕为郎中。”又曰：“东方朔待诏金马门。” ⑨ 君知臣：《左氏传》君子曰：“古人有言曰：‘知臣莫若君。’”讷言：《论语》子曰：“君子欲讷于言，而敏于行。” ⑩ 取求不疵：《左氏传》曰：“初，申侯有宠于楚文王，文王曰：‘唯我知汝，汝专利而不厌，余取余求，不汝疵瑕也。’”辩才，《裴诡集》有《辩才论》。 ⑪ 拙使：《孙子兵法》曰：“兵闻拙速，未睹工久。”蚩鄙，陈琳笺曰：“蚩鄙益著。”阎缵《上诗表》曰：“劳者歌其事，贵露蚩鄙。”

【题解】

启，奏议体之一。梁刘勰《文心雕龙·奏启》：“启者，开也。高宗云：‘启乃心，沃朕心。’取其义也。孝景讳启，故两汉无称。至魏国笺记，始云‘启闻’。奏事之末。或云‘谨启’。自晋末盛启，用兼表、奏。陈政言事，既奏之异条；让爵谢恩，亦表之别干。必敛辙入规，促其音节，辨要轻清，文而不侈，亦启之大略也。”任昉《文章缘起》：“启，晋吏部郎山涛作《选启》。”清王兆芳《文体通释》：“启者，开启以事，明事之所至诣，上天子与王侯大臣奏表之变也。唐尚书省之书四曰启。主于就事开闻，要其所至。”唐以后则不限于奏御。明清，奏事太子诸王称启。《任昉集》，诏曰：“聊为七夕诗五韵，殊未近咏歌。卿虽讷于言，辩于才，可即制付使者。”这篇启以四六骈文的形式，反复赞颂皇帝对自己的浩荡洪恩与文思才德，并以自谦口吻表述了自己才思的疏浅。用典切当，韵律和谐，是一篇优秀的应用文。由文献可知，七夕作诗在南北朝时期已经颇为盛行，皇帝与大臣在七夕唱和的习俗已成为风气。

（王敏　张华）

七　夕　赋

庾　信

兔月先上①，羊灯次安②。睹牛星之曜景③，视织女之阑干④。于是秦娥丽妾⑤，赵艳佳人⑥，窈窕名燕⑦，逶迤姓秦⑧。嫌朝妆之半故⑨，怜晚拭之全新⑩。此时并舍房栊⑪，共往庭⑫中。缕条紧而贯矩⑬，针鼻细而穿空⑭。

【作者简介】

庾信(513－581),北周文学家,字子山,南阳新野(今属河南)人。庾肩吾之子。初仕梁,后出使西魏,值西魏灭梁,遂羁留北方。历仕西魏、北周,官至骠骑大将军、开府仪同三司,世称庾开府。善诗赋骈文。在梁时作品绮艳轻靡,与徐陵皆为宫廷文学代表,时称"徐庾体"。晚年所作,内容上起明显变化,如《哀江南赋》《枯树赋》等,自伤遭遇,并对社会动乱有所反映,风格转为萧瑟苍凉,为杜甫等所推崇。明人辑有《庾开府集》。

【注释】

① 兔月:月亮。传说月中有白兔捣药,故云。 ② 羊灯:古代照明器具。用金属制成。上有盘,盛油;中有柱,下有底。像羊形的为羊灯,另有雁灯、朱雀灯等。 ③ 牛星:牛郎星。曜景:光耀。 ④ 织女:织女星。阑干:横斜貌。 ⑤ 秦娥:秦国的美女。丽妾:美丽的妇人。 ⑥ 赵艳:赵国的美女。佳人:美女。 ⑦ 窈窕(yǎo tiǎo):文静而美好。名燕:名赵飞燕,这里泛指美人。 ⑧ 逶迤:从容自得貌。姓秦:指秦罗敷。《乐府诗集·陌上桑》:"日出东南隅,照我秦氏楼。秦氏有好女,自名为罗敷。"这里泛指美人。 ⑨ 半故:半旧。早晨装束,傍晚已嫌其旧。 ⑩ 怜:爱惜。晚饰:晚间的服饰。 ⑪ 并舍(shě):一齐都离开。房栊:室内。 ⑫ 庭:堂前之地。 ⑬ 缕条:丝线。 ⑭ 针鼻:针孔。《荆楚岁时记》:"七月七日为牵牛织女聚会之夜。是夕,人家妇女结彩缕,穿七孔针,或以金银鍮(tōu)石为针,陈瓜果于庭中以乞巧。"

【题解】

兔月先上,羊灯次安之际,姑娘们穿上新衣焚香点烛而乞巧。作者在本文中即描写了这种乞巧的盛况。文中借大量古代美女之名,反复刻画姑娘们的盛妆娇容。尤其"嫌朝妆之半故,怜晚饰之全新"二句,读来亲切自然,姑娘们的可爱形态如在眼前。写姑娘们对乞巧活动的重视,同时,也从一个侧面反映了当时这一习俗之盛行。

(宋锡玲　段永升)

唐　　代

七　夕　赋

王　勃

若夫乾灵鹊谶之端[①]，地辅龙骖之始[②]；凭紫都而授历[③]，按玄丘而命纪[④]；凤毛钟桂阃之祥[⑤]，麟角烁椒庭之祉[⑥]；驰朱轩于九域[⑦]，振黄麾于万里[⑧]；抗芝馆而星罗，擢兰宫而霞起。则有皇慈雾洽[⑨]，圣渥天浮，庭分玉禁[⑩]，邸瞰金楼。剪凫洲于细柳[⑪]，披鹤篥于长楸[⑫]。启鱼钤而分帝术[⑬]，授虹璧而控神州。拥黄山于石磴[⑭]，泄玄灞于铜沟[⑮]。列瑶窗而送燠[⑯]，辟银榜而迎秋[⑰]。

君王乃排青幌，摇朱扃[⑱]，戒鹓舆[⑲]，静鸾掖[⑳]。绕露廊而转步，傃云阡而纵迹[㉑]。啸陈客于金床，命淮仙于桂席[㉒]。翔翠罕于云甸[㉓]，迎箫吹于凤驿[㉔]。伫灵匹于星期[㉕]，眷神姿于月夕。

【作者简介】

王勃(650？—676?)，字子安，绛州龙门人，文中子通之孙。六岁善文辞，未冠，应举及第。授朝散郎，数献颂阙下。沛王闻其名，召署府修撰。是时诸王斗鸡，勃戏为文，檄英王鸡，高宗斥之。勃既废，客剑南。久之，补虢州参军。坐事，复除名。勃父福峙，坐勃故，左迁交趾令。勃往交践省父。渡海溺水，悸而卒，年二十八。勃好读书，属文初不精思，先磨墨数升，引被覆面而卧，急起书之，不易一字，时人谓之腹稿。与杨炯、卢照邻、骆宾王皆以文章齐名，天下称王杨卢骆，号“初唐四杰”。勃有集三十卷，今编诗二卷。

【注释】

① 乾灵：上天。三国魏曹植《汉二祖优劣论》：“世祖体乾灵之休德，禀贞和之纯精。”《晋书·苻生载记》：“愿陛下务养元元，平章百姓……则奸回寝止，妖祲自

消，乾灵祇祐皇家，永保无穷之美矣。”唐许敬宗《奉和执契静三边应诏》诗：“乾灵振玉弩，神略运璇枢。”鹊谶：喜兆。 ② 龙骖：龙驾车。 ③ 紫都：帝都。 ④ 玄丘：传说中的地名，泛称神仙居处。 ⑤ 桂阃(kǔn)：原指门槛，门限。此处是对女子居室的美称。 ⑥ 麟角：麒麟之角。《诗·周南·麟之趾》：“麟之角，振振公族。”后因以“麟角”指宗藩之盛。这里比喻稀罕而又可贵的人才或事物。椒庭：指宫内。祉：福。 ⑦ 朱轩：红漆的车子，古代为显贵所乘。 ⑧ 黄麾(huī)：古代指挥军队的旗子。此处指天子或大臣所乘车舆的装饰品。 ⑨ 皇慈：皇上的仁爱。雾洽：喻恩泽普降。 ⑩ 玉禁：指皇宫，宫禁。 ⑪ 细柳：在陕西咸阳市东南，《汉书·文帝纪》“文帝后六年，以周亚夫为将军，次细柳。”如淳曰，长安细柳仓，在渭北，近石徼。 ⑫ 长楸：高大的楸树，古代常种于道旁。这里借指大路。 ⑬ 鱼钤(qián)：借指武略。 ⑭ 石磴：石级，石台阶。 ⑮ 铜沟：铜铸的沟渠，相传吴王夫差曾在宫中铸造铜沟。这里借指宫苑。 ⑯ 瑶窗：用玉装饰的窗。亦泛指美丽的窗子。燠(yù)：暖。《诗经·唐风·无衣》：“不如子之衣，安且燠兮。” ⑰ 银榜：亦作“银牓”。宫殿或庙宇门端所悬的辉煌华丽的匾额。《神异经·中荒经》：“东方有宫，青石为墙，高三仞，左右阙高百尺，画以五色，门有银牓。” ⑱ 舄(xì)：鞋。古代一种复底鞋。崔豹《古今注·舆服》：“舄，以木置履下，不腊不畏泥湿也。”引申为鞋的通称。 ⑲ 鹓舆：以凤凰为饰的车舆。 ⑳ 鸾掖：宫殿边门。借指宫殿。㉑ 愫(sù)：向，向着。 ㉒ 桂席：盛宴。 ㉓ 罕：旌旗名。张衡《东京赋》：“云罕九游。” ㉔ 凤驿：传说为仙界的交通站。 ㉕ 灵匹：神仙匹偶。指牵牛、织女二星。

于时玉绳湛色[①]，金汉馀光[②]，烟凄碧树[③]，露湿银塘。视莲潭之变彩，见松院之生凉，引惊蝉于宝瑟[④]，宿兰燕于瑶筐[⑤]。绿台兮千仞，赪楼兮百常[⑥]。拂花筵而惨恻[⑦]，披叶序而徜徉[⑧]。结遥情于汉陌，飞永睇于霞庄[⑨]。想佳人兮如在，怨灵欢兮未扬。促遥悲于四运[⑩]，味遗歌于七襄[⑪]。于是虬箭晚静，鱼扃夜饰[⑫]，忘帝子之光华，下君王之颜色[⑬]。

【注释】

① 玉绳：星名。常泛指群星。 ② 金汉：天河，银河。 ③ 碧树：玉树。

④ 宝瑟：瑟的美称。　⑤ 瑶筐：筐匣的美称。多指首饰盒子。　⑥ 赪(chēng)：浅红色，红色。　⑦ 惨恻：忧戚；悲痛。晋代陆机《〈愍思赋〉序》："衔恤哀伤……故作此赋，以纾惨恻之感。"　⑧ 徜徉：流连。　⑨ 睇：视，望，流盼。霞庄：仙人所行之路，指云汉、银河。　⑩ 四运：指四时，四季。　⑪ 七襄：谓织女星白昼移位七次。《诗·小雅·大东》："跂彼织女，终日七襄，虽则七襄，不成报章。"郑玄笺："襄，驾也。驾，谓更其肆也。从旦至莫七辰一移，因谓之七襄。"一说，"七襄，织文之数也。《诗》意谓望彼织女，终日织文至七襄之多，终不成报我之文章也。"见明周祈《名义考·七襄》。这里指织女星。　⑫ 鱼扃(jiōng)：鱼形的门锁。整顿，使整齐。　⑬ 颜色：脸色。

握犀管[①]，展鱼笺[②]，顾执事[③]，招仲宣[④]。仲宣跪而称曰：臣闻九变无津，三灵有作，布元气于浩荡[⑤]，运太虚于寥廓[⑥]。辨河鼓于西壖[⑦]，降天孙于东堮[⑧]。循五纬而清黄道[⑨]，正三衡而澄紫落[⑩]。海人支石之机[⑪]，江女穿针之阁。鄙尘情于春念，拟仙契于秋诺。河光清地岊[⑫]，山气敛天标。霜凝碧宙，水莹丹霄。耀麟轩于雾术[⑬]，褰羽旆于星桥。徵赤螭而架渚[⑭]，漾青翰而乘潮[⑮]。停翠梭兮卷霜縠[⑯]，引鸳杼兮割冰绡[⑰]。举黄花而乘月，驾笼黛叶而卷云。翘抚今情之恨，促指来之而伤遥。既而丹轩万拱[⑱]，紫房千籥[⑲]，仙御逶迟[⑳]，灵徒扰弱[㉑]。风惊雨骤，烟回电烁。娲皇召巨野之龙[㉒]，庄叟命雕陵之鹊[㉓]。驻麟驾[㉔]，披鸾幕[㉕]，奏云和，泛霞酌[㉖]。碧虬玉室之馔[㉗]，白兔银台之药。荷叶赪鲛[㉘]，芙蓉青雀。上元锦书传宝字[㉙]，王母琼箱荐金约[㉚]。彩袢鱼头比目缝[㉛]，香缄燕尾同心缚。罗帐五花悬，珉砌百枝然[㉜]。下芸帱而昵枕[㉝]，弛兰服而交筵。托新欢而密勿[㉞]，怀往眷而潺湲[㉟]。于是羁鸾切镜，旅鹤惊弦。悲侵玉履[㊱]，念起金钿[㊲]。俨归装而容曳[㊳]，整还盖而迁延[㊴]。洞庭波兮秋水急，关山晦兮夕雾连。谓河汉之无浪[㊵]，似参商之永年[㊶]。君王乃背彤砌，陟玄室[㊷]，冲想自闲[㊸]，神情如逸。痛灵妃之稀偶，嘉沉思之可毕。荆艳齐升[㊹]，燕佳并出[㊺]，金声玉韵，蕙心兰质[㊻]。珠栊绮槛北风台[㊼]，绣户雕窗南向开[㊽]，响曳红云歌面近，香随白雪舞腰来。掩清琴而独进，凌绛树而轻回[㊾]，卢女黄金之碗[㊿]，张家碧玉之杯，奉君王于终夕，夫何怨于良媒。

【注释】

① 犀管：用犀角制的毛笔管。亦借指毛笔。 ② 鱼笺：古时四川所造的一种纸。羊士谔《寄江陵韩少尹》诗："蜀国鱼笺数行字，忆君秋梦过南塘。"亦称"鱼子"，见《唐国史补》卷下。吴融《倒次元韵》诗："鱼子封笺短，蝇头学字真。" ③ 执事：侍从左右供使唤的人。 ④ 仲宣：王粲(177—217)，东汉文学家。字仲宣，山阳高平(今山东邹城西南)人。"建安七子"之一。汉末避乱，依附军阀刘表，未受重用。后归曹操，官至侍中，随军征吴，死于归途。有《登楼赋》《七哀诗》《从军诗》等诗赋名篇。明人辑有《王侍中集》。 ⑤ 元气：中国哲学术语，构成万物的原始物质 。 ⑥ 太虚：指天，天空。《文选·孙绰〈游天台山赋〉》："太虚辽廓而无阂，运自然之妙有。"李善注："太虚，谓天也。" ⑦ 河鼓：星名。属牛宿，在牵牛之北。一说即牵牛。堧(ruán)：河边地。 ⑧ 天孙：星名，即织女星。堮(è)：地面突起成界线的部分。 ⑨ 五纬：金、木、水、火、土五星。 ⑩ 三衡：星名。 ⑪ 支石之机：即"支机石"，传说为天上织女用以支撑织布机的石头。《太平御览》卷八引南朝宋刘义庆《集林》："昔有一人寻河源，见妇人浣纱，以问之，曰：'此天河也。'乃与一石而归。问严君平，云：'此支机石也。'"一说，其人为汉代张骞，谓骞奉命寻找河源，乘槎经月亮至天河，在月亮见一女织，又见一丈夫牵牛饮河，织女取支机石与骞。见宋周密《癸辛杂识前集》引南朝梁宗懔《荆楚岁时记》。唐宋之问《明河篇》："更将织女支机石，还访成都卖卜人。" ⑫ 岊(jié)：山角落。《说文·山部》："岊，陬隅而山之节也。"左思《吴都赋》："夤缘山岳之岊。" ⑬ 麟轩：麒麟驾驭的车。雾术：云中之路。 ⑭ 赤螭：传说中的赤色无角小龙(一说雌龙)。 ⑮ 青翰：即青翰舟。 ⑯ 梭：织布时牵引纬线(横线)的工具，两头尖，中间粗，形状象枣核。縠(hú)：古称质地轻薄纤细透亮、表面起绉的平纹丝织物为縠。《周礼》疏："轻者为纱，绉者为縠。" ⑰ 机杼：泛指织布的工具。《说文》："杼，机之持纬者。"指织布机的梭子。冰绡：薄而洁白的丝绸。 ⑱ 栱(gǒng)：立柱和横梁之间成弓形的承重结构。 ⑲ 籥(yuè)：同"钥"，锁钥。《书·金縢》："启籥见书。" ⑳ 逶迟：亦作"逶遅"。徐行貌，徘徊貌。 ㉑ 灵徒：神仙。 ㉒ 娲皇：即女娲氏。 ㉓ 庄叟：即庄子(前369—前286)，名周，字子休(一说子沐)，一说是战国时代宋国蒙(今安徽省蒙城县)人。雕陵之鹊，寓言中的巨鹊。语本《庄子·山木》："庄周游乎雕陵之樊，睹一异鹊自南方来者，翼广七尺，目大运寸。" ㉔ 麟驾：以麒麟为坐

骑。 ㉕ 鸾幕：帷幕的美称。 ㉖ 霞酌：晋葛洪《抱朴子·祛惑》：“入山学仙……仙人但以流霞一杯，与我饮之，辄不饥渴。”后以“霞酌”指仙酒。 ㉗ 玉室：神仙的居所。 ㉘ 赪(chēng)：浅红色，红色。鲛(jiāo)：动物名，海中鲨鱼。 ㉙ 上元：即上元节，也称“元宵节”。锦书：华美的文书。 ㉚ 王母：也称“金母”，俗称“王母娘娘”。在《山海经》中原是豹尾虎齿，职掌瘟疫、刑罚的怪神。 ㉛ 袢(fán)：白色细葛的内衣。 ㉜ 珉砌：美石砌成的台阶，石阶的美称。百枝：形容灯烛繁多，亦指繁多的灯光或星光。然：同“燃”。 ㉝ 芸：香草。帱(chóu)：帐子。 ㉞ 密勿：勤勉努力。 ㉟ 潺湲：水慢慢流动的样子。 ㊱ 玉履：饰玉的鞋。 ㊲ 金钿：指嵌有金花的妇人首饰。 ㊳ 容曳：迟疑不定貌。 ㊴ 迁延：同“拖延”、“迟延”。 ㊵ 河汉：指代“银河”。 ㊶ 参商：参、商二星此起彼落，不会同时出现在天空，因比喻人无法相见或不和睦。 ㊷ 陟(zhì)：《说文》：“陟，登也。”《尔雅》：“陟，升也。” ㊸ 冲想：犹遐想。 ㊹ 荆艳：楚地歌舞，后亦指女伎。 ㊺ 燕佳：指北方美女。 ㊻ 蕙心兰质：蕙、兰，都是香草名。蕙草样的心地，兰花似的本质。比喻女子心地纯洁，性格高雅。 ㊼ 栊(lóng)：窗棂木，窗，亦借指房舍。 ㊽ 绣户：雕绘华美的门户。多指妇女居室。 ㊾ 绛树：神话传说中的仙树。也是珊瑚的别名。 ㊿ 卢女：亦称“卢姬”。相传三国魏武帝时宫女，善鼓琴。《乐府诗集·杂曲歌辞十三·卢女曲》宋郭茂倩题解：“卢女者，魏武帝时宫人也，故将军阴升之姊。七岁入汉宫，善鼓琴。至明帝崩后，出嫁为尹更生妻。梁简文帝《妾薄命》曰：‘卢姬嫁日晚，非复少年时。’盖伤其嫁迟也。”后以“卢女”泛指善奏乐器的女子。

俄而月还西汉，霞临东沼[1]，凫氏鸣秋[2]，鸡人唱晓[3]。玉关控鹤[4]，琼林飞鸟。君王乃驭风殿而长怀[5]，俯云台而自娇[6]，矜雅范而霜高[7]，穆冲衿而霞渺[8]。迎十客[9]，召三英[10]。香涵蔗酎[11]，吹肃兰旌，娃馆疎兮绿草积[12]，欢房寂兮紫苔生。耸词源于月径[13]，披翰薮于云扃[14]。方绝元凯而高视[15]，岂与梁楚而骈声。

【注释】

① 东沼：东边的池沼。指长安东陂池。 ② 凫氏：《周礼》官名。职掌作钟之事。 ③ 鸡人：周官名。掌供办鸡牲。凡举行大典，则报时以警夜。《周礼·春官·鸡人》：“鸡人掌共鸡牲，辨其物。大祭祀，夜嘑旦以叫百官。凡国之大宾客、

会同、军旅、丧纪，亦如之。凡国事为期，则告之时。凡祭祀，面禳衅，共其鸡牲。”孙诒让正义：“‘鸡人’者，叶钞《释文》作‘鸡人’。阮元云：‘从隹者小篆，从鸟者籀文。’”后指宫廷中专管更漏之人。 ④ 玉关控鹤：玉关，门闩的美称。借指宫门。控鹤，意为骑鹤，古人谓仙人骑鹤上天，因此常用控鹤为皇帝的近幸或亲兵的名称。唐则天后垂拱中曾改太子左右监门率府为左右控鹤禁率府，旋复旧称。圣历元年(698)置控鹤监以处近幸张易之、张昌宗等，使为供奉。次年，备官，以张易之为监，并置丞、主簿等官。久视元年(700)，改为奉宸府，仍以张易之为奉宸令。则天后逊位后废。以后有用为宿卫兵之称者。唐昭宗曾置控鹤排马官。五代后唐有控鹤军。后周有控鹤弓箭箭直。元代亦有控鹤军。 ⑤ 风殿：临风的殿宇。 ⑥ 云台：高耸入云的台阁。 ⑦ 雅范：指脱俗的风度，高尚的品格。 ⑧ 冲衿：亦作“冲襟”，旷淡的胸怀。《晋书·王湛王述等传论》：“怀祖鉴局夷远，冲衿玉粹。” ⑨ 十客：指南朝陈后主的亲信江总、孔范等十人。《南史·陈后主纪》：“〔陈后主〕常使张贵妃、孔贵人等八人夹坐，江总、孔范等十人预宴，号曰‘狎客’。先令八妇人襞采笺，制五言诗，十客一时继和，迟则罚酒。”这里泛指客人。 ⑩ 三英：三位英才。 ⑪ 酎(zhòu)：经过两次以至多次复酿的醇酒。《礼记·月令孟夏注》：“酎之言醇也。” ⑫ 娃馆：同“馆娃”，古代吴宫名，即馆娃故宫。春秋时吴王夫差为西施建造。吴人呼美女为娃，馆娃宫为美女所居之宫。 ⑬ 词峰：犀利的文笔或口才，或指言词所向，话题。月殿：即月宫。 ⑭ 翰：原指长而坚硬的羽毛，后来借指毛笔、文章、书信等。薮(sǒu)：人或物聚集的地方。云扃：高山上的屋门。借指高山上的屋室。南朝宋鲍照《从登香炉峰》诗：“罗景蔼云扃，沾光扈龙策。”钱振伦注：“云扃，犹云扉也。” ⑮ 元凯：亦作“元恺”。“八元八凯”的省称。传说高辛氏有才子八人，称为八元；高阳氏有才子八人，称为八凯。

【题解】

王勃此赋颇长，虽以七夕为名，仍具“苞括宇宙，总揽人物”之势，全文围绕七夕传说展开想象，体物抒情，惟妙惟肖，运神话传说、历史掌故于笔端，极大地丰富了牛女传说的内容及表现力。

（王敏　张华　段永升）

七日绵州泛舟诗序①

卢照邻

诸公迹寓市朝②，心游江海③。访奇交于千里，惜良辰于寸阴④。常恐辜负琴书，荒凉山水。于是脱屣人事⑤，鸣棹川隅，言追挂犊之才⑥，用卜牵牛之赏。边生经笥⑦，送炎气以濯缨；郝氏书囊，临秋光而曝背。似遇缑山之客⑧，还疑星汉之游。愿驻景于高天⑨，想乘霓于缩地⑩。繁丝乱响，凉酎时斟⑪。戏翔羽于平沙，钓潜鳞于曲浦。乘流则逝，不觉忘归，咸可赋诗，探韵成作。

【作者简介】

卢照邻(636？—680？)，字升之，号幽忧子，幽州范阳(今河北涿州)人。初授邓王府典签，调新都尉，因风疾去官，沈痼挛废，不堪其苦，投颍水死，年四十。

【注释】

① 绵州：隋置，治巴西(今四川绵阳东)。元废巴西县入本州。清绵州辖有绵竹、德阳、梓潼等县。民国废，以州为绵阳市。　② 寓：寄托，寄居。市朝：犹朝野。《南齐书·武帝纪赞》："市朝晏逸，中外宁和。"　③ 江海：旧时指隐士的居处，引申为退隐。　④ 寸阴：阴，指日影，光阴。谓短暂的时间。《淮南子·原道训》："故圣人不贵尺之璧，而重寸之阴，时难得而易失也。"　⑤ 脱屣：比喻看得很轻，无所顾恋，犹如脱掉鞋子。　⑥ 挂犊：出自《世说新语·任诞》："阮仲容步兵居道南，诸阮居道北。北阮皆富，南阮贫。七月七日，北阮盛晒衣，皆纱罗锦绮。仲容以竿持大布犊鼻裈于中庭，人或怪之，答曰：'未能免俗，聊复尔耳。'"　⑦ 边生经笥(sì)：同"边氏腹"。《后汉书·文苑传上》："韶口辩，曾昼日假卧，弟子私嘲之曰：'边孝先，腹便便。懒读书，但欲眠。'韶潜闻之，应时对曰：'边为姓，孝为字。腹便便，五经笥。但欲眠，思经事。寐与周公通梦，静与孔子同意。师而可嘲，出何典记？'嘲者大惭。"后以"边氏腹"称满肚子学问犹如装满典籍的书簏。笥，盛饭或衣物的方形竹器。　⑧ 缑山：山名。在河南省偃师县。汉刘向《列仙传·王子乔》："王子乔者，周灵王太子晋也。好吹笙，作凤凰鸣。游伊洛之间，道士浮丘公接以上嵩高山。三十余年后，求之于山上，见桓良曰：'告我家：七月七日待我于缑氏山巅。'至时，

果乘白鹤驻山头,望之不得到,举手谢时人,数日而去。”后因以为修道成仙之典。⑨ 驻景:犹驻颜。 ⑩ 乘霓:驾着彩虹。霓,副虹。缩地:传说中化远为近的神仙之术。晋葛洪《神仙传·壶公》:“费长房有神术,能缩地脉,千里存在,目前宛然,放之复舒如旧也。” ⑪ 酎(zhòu):重酿酒。经两次以至多次复酿的醇酒。《礼记·月令》:“(孟夏之月)天子饮酎,用礼乐。”郑玄注:“酎之言醇也,谓重酿之酒也。”

【题解】

这段诗序引用了大量典故,其中含有牛女传说,用以表达七月七日绵州泛舟的愉悦和寄情江海的人生理想。

(王敏 张华 段永升)

秋 河 赋

张 环

倬彼昭回[1],凿天而开;含秋耿耿[2],积曙皑皑[3]。水清浅而不落,光透迤而屡回[4];非碧海之分上[5],即黄河之转来。万里直绳,九霄横带[6]。奕奕高影[7],汤汤连濑[8];透垂帘于户前,飞瀑布于云外。黯如平江不动,矗似长云欲销;映东吴而写练,挂南斗而成桥[9]。气象晶明,波澜澒洞;泛滥星点[10],纡馀月弄[11]。界黄道而宵迎[12],落青山而晓送。虽滔天而作限,乃沃日而为节;识示盈而必谦,恒昏凝而昼灭。亦犹灵乌之谢[13],顾兔之缺[14];适足明其舒卷[15],夫何累乎昭晰[16]?于是张平子仰而叹曰[17]:此何灵辉,若有若微?杳杳回薄[18],茫茫是非。鹊填银而何去?人取石而何依?乘槎之子兮上不上[19],弄杼之女兮归不归[20]。坐回皇而晓失[21],空白露兮沾衣。

【作者简介】

张环,开元中进士,官侍御史。

【注释】

① 昭回:谓星辰光耀回转。《诗经·大雅·云汉》:“倬(zhuō)彼云汉,昭回于天。”孔颖达疏;“见倬然而明大者,彼天之云汉;其水气精光,转运于天,未有雨征。”后亦指日、月的光辉。 ② 耿耿:光明闪烁。 ③ 曙:天刚亮,晓。皑皑:洁

白。 ④ 逶迤：弯弯曲曲地向远处延伸。 ⑤ 碧海：碧绿的海洋。 ⑥ 九霄：指极高的天空。霄，天空。 ⑦ 奕奕：盛大饱满的样子。 ⑧ 汤汤：水流盛大的样子。濑(lài)：流得很急的水。 ⑨ 写：同“泻”。南斗：星名，浔阳郡属南斗分野，庐山在晋当阳郡星子县西北，故称南斗傍。 ⑩ 泛滥：四处漫溢的样子。 ⑪ 纡馀：从容缓慢的样子。 ⑫ 黄道：天文黄道是太阳围绕地球运转一圈所形成的轨迹。黄道一个周天360度，分成十二个等份，叫作黄道十二次或十二宫。从子到亥，一宫30度，每月走一宫，十二宫走完，太阳转了一个周天。 ⑬ 灵乌：指太阳。相传太阳中有三足乌，故称。 ⑭ 顾兔：月亮的别名。南朝梁何逊《七召·神仙》：“顾兔才满，庭英纷而就落。” ⑮ 舒卷：舒展和卷缩。 ⑯ 昭晰：光亮，清楚，明显。 ⑰ 张平子：指东汉张衡。 ⑱ 杳杳：遥远深远的样子。 ⑲ 乘槎：张华《博物志》：“有人乘槎(chá，竹筏)至一处，宫中多织妇。见一丈夫牵牛渚次饮之，并问：‘此是何处？’答曰：‘君还至蜀郡，问严君平则知。’后至蜀，问君平，曰：‘某年月日，有客星犯牵牛宿。’计年月，正是此人到天河时也。” ⑳ 弄杼：织布。 ㉑ 回皇：彷徨不定之义。

【题解】

班固《两都赋序》：“赋者，古诗之流也。”最早以“赋”名篇的为战国荀子。到汉代形成一种特定的体制，讲究文采、韵节，兼具诗歌与散文的性质，在当时颇为盛行。以后或向骈文方向发展，或进一步散文化。这篇赋对偶工整，音律、押韵严密。此篇写秋天之银河，多用双声、叠韵，以及叠词，读来韵律和谐，声调铿锵。通过写银河之空阔渺茫，借张衡语引发了对牛女传说的一系列疑问，使人不由感叹牛女之凄清。

（王敏　张华）

王起赋二篇

【作者简介】

王起(760—847)，字举之，宰相播弟。其先为太原人，后家扬州。贞元十四年进士，登制策直言极谏科。元和时累官吏部侍郎。文宗朝拜兵部尚书，迁太子少师。武宗会昌四年拜左仆射，封魏郡公，擢山南西道节度使同中书门下平章事。大中元年检校司空。卒年八十八,赠太尉,谥曰文懿。

汉武帝游昆明池见鱼衔珠赋　以题为韵

汉武帝出咸京,游昆明。觌潜鱼之跃[①],吐灵珠之英。珍不藏川,是获媚川之色;仁敬及物,必能动物之诚。先是泼刺巨鳞,旁畔水裔。或詹何所中,或任公所制。利钩贯鳃而错落,长丝萦岸而掣曳。残瘁不振,沉浮未济。是用脱其锋,解其缀。索于枯肆[②],初同患于波臣;衔以图书[③],终乃小于轩帝。他日择良辰,镜清流,舍銮辂[④],登龙舟。不徐不疾,以遨以游。于是旁临桂棹,远映珠旒。或衔或垂,似骊龙之颔将吐[⑤];若明若灭,比琼蚌之胎未收。光芒稍逼,辉赫难俦。实有意于丰报,固无情于暗投。含幽育明,转煌煌于画鹢[⑥];振鬐掉尾[⑦],时熠熠于牵牛。

既而千官动色,百辟咸睹。且曰修其文,耀其武。泽之广,恩之溥。虽彼池中之物,亦怀天下之主。报德而入于隋掌,此类蛇衔;感音而失于晋庭,彼惭鹤舞。况乎烛龙奋艳,石鲸独吐。泣鲛人之目[⑧],固不可抡;缀神女之躯,曾何足数?由是俨天仪,俯洪池。映唫喁而未出[⑨],炫的皪而方施[⑩]。然后得廉寸之彩[⑪],失圆折之规;皎皎驹来,自掩白狼之美;翩翩雏至[⑫],徒称赤雀之奇。是知人能博施,物叶幽赞。无烦罔象之索[⑬],讵假阑干之贯?向若安其忍,弃其难。俾颁首长逝,劫灰永散;安得此乐于江湖,见托于河汉?则玉殿之侧,谁缀其玲珑?金舆之傍,莫矜其照烂。以言于鱼也,厥道斯存?以言于人也,如何勿敦?然则受嘉惠,蒙渥恩,得不效节于当代,而垂名于后昆?

【注释】

① 觌(dí):看,察看。如《淮南子·主术训》:"简子欲伐卫,使史黯往觌焉。"② 枯肆:即枯鱼之肆,出自《庄子·外物》:"周昨来,有中道而呼者。周顾视车辙中,有鲋鱼焉。周问之曰:'鲋鱼来!子何为者邪?'对曰:'我,东海之波臣也。君岂有斗升之水而活我哉?'周曰:'诺,我且南游吴越之王,激西江之水而迎子,可乎?'鲋鱼忿然作色曰:'……吾得斗升之水然活耳,君乃言此,曾不如早索我于枯鱼之肆矣!'"后因以为典,喻困境、绝境。　③ 衔以图书:即河图洛书。河图与洛书是中国古代流传下来的两幅神秘图案,历来被认为是河洛文化的滥觞,中华文明

的源头,被誉为“宇宙魔方”。 ④ 銮辂:犹銮驾。汉张衡《东京赋》:“乘銮辂而驾苍龙。” ⑤ 骊龙:喻宝物。唐刘禹锡《奉和裴晋公凉风亭睡觉》:“骊龙睡后珠元在,仙鹤行时步又轻。” ⑥ 鹢(yì):船首画着鹢鸟的船。司马相如《子虚赋》:“浮文鹢,扬桂枻。” ⑦ 鬐:指鱼脊。 ⑧ 鲛人:神话传说中的人鱼。 ⑨ 噞(yǎn)喁:鱼在水中张口吸气的样子。左思《吴都赋》:“噞喁沉浮。” ⑩ 的皪:亦同“的砾”“的历”,明亮、显明貌。 ⑪ 廉寸:犹方寸,言其小。 ⑫鵻(zhuī):古籍中鸟名,亦称“祝鸠”“鹁鸪”。《诗经·小雅·四牡》:“翩翩者鵻。” ⑬ 罔象:亦作“罔像”。古代传说中的水怪。或谓木石之怪。《国语·鲁语下》:“水之怪曰龙、罔象。”韦昭注:“或曰罔象食人,一名沐肿。”《庄子·达生》:“水有罔象。”陆德明释文:“司马本作‘无伤’。云:状如小儿,赤黑色,赤爪,大耳,长臂。一云:水神名。”汉张衡《东京赋》:“残夔魖与罔像,殪野仲而歼游光。”薛综注:“罔象,木石之怪。”宋梅尧臣《送圣民学士知登州》诗:“始皇安得长,阴怪役罔象。”

【题解】

这是一首应制赋,赋中牛女还是两个星宿的名称。昆明池奠定了牛女传说的现实基础。此赋表面是对汉武帝歌功颂德,实际是歌颂当世的最高统治者的恩德优渥。

（王敏　张华）

昆明池习水战赋（以“将伐远戎,先修武事”为韵）

伊昔汉武,将吞远戎。凿昆明之滄滄,习水战之雄雄。池则无涯,写滇河之象;战思拓土,合水国之风。将以规远略①,恢圣功。遐方不拥,犷俗来同。岂徒列万艘之逦迤,玩一沼之冲融?乃命搜舳舻②,征卒伍。剡楫棹③,备金鼓。得佽飞于荆江,获文身于越土。榜人来萃,水客斯觏。介夫仡仡④,将牵牛以交映;画鹢呀呀⑤,与石鲸而对吐。奚去陆以习坎,方整众而耀武。武之耀兮昭彰,众之整兮张皇。揽繁弱⑥,拔干将⑦。可以摧南方之锐,可以挫北方之强。列万夫之貔豹⑧,杂五两之雪霜。跃彼涟漪,见鱼丽之出;游乎洲渚,知雁翼之张。观乎作军政,临武事。进退有节,沿洄趋利。或连兵而鸟逝,或应鼓而麇至。令肃而必平戎虏,教成而不可夺帅。四遐纵观,士德增修。森森兮烈于武库,赫赫兮敞以层楼。文物惊乎海若⑨,声名震乎阳侯⑩。河汉为之震荡,劫灰为之沉浮。则知水陆之谋无阙,则遐荒可伐；舟车之利克全，则珍宝争先。故能立功于穷裔[11]，垂盛于当年。国家以四海波清[12]，九夷草偃[13]。感彼洪沼[14]，犹连汉苑。馀波尚在，空发藻以潜鱼；水战不修，耻劳师以袭远。实我皇之清净，宜福禄之来反。

【注释】

① 远略：即经略远方。 ② 舳舻（zhú lú）：指首尾衔接的船只。舳，指船头；舻，指船尾。郭璞《江赋》：舳舻相属，万里连樯。 ③ 剡（yǎn）：削。《易·系辞下》："剡木为楫。"又："剡木为矢。" ④ 仡仡（yì）：强壮勇敢的样子。 ⑤ 鹢（yì）：鸟名，即"鷁"。 ⑥ 繁弱：是古代中国神话中的一把弓。它相传是中国上古夏朝的两位君主仲康和相时部落首领羿的配弓。由于羿常常与尧时的后羿混淆，所以也有传闻繁弱是后羿射日时所用的弓。 ⑦ 干将：古代宝剑名。 ⑧ 貔（pí）：古书上说的一种野兽。 ⑨ 海若：庄子说的东海的海神海若。若，海神名，《庄子·秋水》："于是焉河伯始旋其面目，望洋向若而叹。"《楚辞·远游》："海若，海神名。" ⑩ 阳侯：《战国策》曰："塞漏舟而轻阳侯之波，则舟覆矣。"《淮南子》曰："武王伐纣，渡于孟津，阳侯之波，逆流而击之。"高诱曰："阳侯，阳国侯也。溺死于水，其神能为大波。" ⑪ 穷裔：指荒远之地。 ⑫ 四海波清：指国家四海平安。 ⑬ 九夷：古代称东方的九种民族，亦指其所居之地。这里泛称少数民族。草偃：偃，卧倒，倒伏。风一吹草就倒下。比喻庶民被德教感化而顺从君主。也比喻有声望的人言行影响世态俗情。 ⑭ 洪沼：指昆明池。

【题解】

此赋以对汉武帝在昆明池习水战的歌颂，意在申明"将伐远戎，先修武事"之旨。"将牵牛以交映"衬托兵士强壮勇敢之英姿与军容之盛。

（王敏　张华　段永升）

涨昆明池赋（以"池满春流，思象河汉"为韵）

张仲素

空阔灵沼，苍茫旧规。昔穿焉，迎秋而大阅戎舰；今涨也，乘春而无竭陂池①。

惟时阳候既序，阴冰已泮②。天子乃诏京尹以庀役③，命水工而叶赞④。陈众力而云锸勃兴⑤，决万派而箭流共灌。滀汪汪之积水，似耿耿之斜汉。

况复谷雨初霁[⑥]，天桃正春[⑦]。总上善以利物，涵圣泽之深仁。轶彼宫沼，弥如海滨。鼓金堤之曲岸，扬石鲸之彩鳞。浪涌烟郊，更失辨牛之涘；日华翠潋，才分织女之津。伊昔殊方未化[⑧]，勤远是思[⑨]。非障泽之潴矣[⑩]，将水战而肄之。构馆浮鹢，以遨以嬉。猵獭呈形[⑪]，有类于文身之俗；凫鹥乱响[⑫]，如习乎下濑之师。

春水平兮波缓，春日煦兮沙暖。虽守柔以易狎，竟安卑而就满。重泉之沫，骚骚而若回；浅沚之毛，离离而渐短。

至若镜朗风收，澄明不流。沃余润于芳野，引孤光于钓舟。岂独鳖蜃是献，实亦龟龙载游。

厥迹既往，前闻可想。故人遥集，曾分劫火之灰；蕃帅来朝，暗识滇河之象。

其涨则那，式咏且歌。开郑白之坟衍[⑬]，流甽浍以天波[⑭]。瑞气长凝，表宸居之在镐[⑮]；晴虹乍饮，若荣光之出河。大哉水之为量，皆从夫一勺之多。

【作者简介】

张仲素(769—819)，字绘之，河间(今河北省沧州市境内)人，唐贞元十四年(789)进士，又中博学宏词科，官翰林学士，中书舍人。《全唐诗》存其诗三十九首，绝大多数是乐府歌词，以写闺情诗见长。

【注释】

① 陂池(bēi chí)：池塘。　② 泮(pàn)：融化。　③ 庀役：雇用工匠。庀(pǐ)，具备，备办。　④ 叶(xié)赞：协同翊赞。　⑤ 云锸(chā)勃兴：形容锸如云集，迅速地挖泥捣土。云锸，指锸如云集。锸，挖土的工具。　⑥ 谷雨：二十四节气之一。谷雨指雨水增多，大大有利谷类农作物的生长。　⑦ 天桃：同“桃夭”，指桃花正艳。　⑧ 殊方：指远方各地。　⑨ 勤远：这里指汉武帝伐西南夷。　⑩ 潴(zhū)：水积聚的地方。　⑪ 猵(biān)：即“猵”，古书上说的一种獭类动物。《汉书·扬雄传上》：“倒猵獭。”颜师古注：“猵，小獭也。”　⑫ 鹥(yī)：鸥鸟的别名。⑬ 坟衍：指水边和低下平坦的土地。　⑭ 甽浍(quǎn kuài)：亦作“甽浍”，田间水沟。泛指溪流、沟渠。　⑮ 宸居：帝王居住之所。这里指帝位。

【题解】

此赋写昆明池涨之时宏伟阔大的场景，其中“浪涌烟郊，更失辨牛之涘；日华翠潋，才分织女之津”作为牛女传说的发祥地，作者将天地比附，更加衬托出昆明池的浩大无垠。

（王敏　张华　段永升）

乞巧文

柳宗元

柳子[①]夜归自外庭[②]，有设祠[③]者，饘饵[④]馨香，蔬果交罗[⑤]，插竹垂绥[⑥]，剖瓜犬牙[⑦]，且拜且祈。怪而问焉。女隶[⑧]进曰："今兹秋孟七夕[⑨]，天女之孙将嫔于河鼓[⑩]。邀而祠者，幸[⑪]而与之巧，驱去蹇拙[⑫]，手目开利[⑬]，组纴[⑭]缝制，将无滞[⑮]于心焉，为是祷也。[⑯]"

【注释】

① 柳子：作者自指。 ② 外庭：庭院。 ③ 祠：祭祀。 ④ 饘(zhān)：稠粥。饵：糕饼。 ⑤ 交罗：交错地摆设着。 ⑥ 竹：古人的占卜用具。垂绥(suí)：下垂的缨穗。 ⑦ 剖瓜犬牙：切开的瓜块状如犬牙地陈列着。 ⑧ 隶：仆人。 ⑨ 今兹：现在。秋孟：即孟秋，秋季的第一个月。 ⑩ 天女之孙：即天孙星，又名织女星。嫔(pín)：嫁，这里指相会。河鼓：指牵牛星。 ⑪ 幸：盼望。 ⑫ 蹇(jiǎn)拙：迟钝、愚笨。 ⑬ 开利：聪明利落。 ⑭ 组纴：编织、纺织。 ⑮ 滞：阻塞、呆滞。 ⑯ 祷：祈祷。

柳子曰："苟[①]然欤？吾亦有所大拙，傥[②]可因是以求去之。"乃缨弁束衽[③]，促武缩气[④]，旁趋曲折，伛偻将事[⑤]，再拜稽首[⑥]，称臣而进曰："下土之臣，窃闻天孙[⑦]，专巧于天[⑧]，辖辖璇玑[⑨]，经纬星辰[⑩]，能成文章[⑪]，黼黻帝躬[⑫]，以临下民[⑬]。钦圣灵，仰[⑭]光耀之日久矣。今闻天孙不乐其独得，贞卜于玄龟[⑮]，将蹈石梁[⑯]，款天津[⑰]，俪于神夫[⑱]，于汉之滨[⑲]。两旗开张[⑳]，中星耀芒[㉑]。灵气翕欻[㉒]，兹辰之良。幸而弭节[㉓]，薄游民间[㉔]，临臣之庭，曲听臣言[㉕]。

【注释】

① 苟：果然。 ② 傥：或许。 ③ 缨：帽子的带子，这里是系好的意思。弁

(biàn):帽子。束:系,整理。衽:衣襟。 ④ 武:古代以六尺为步,半步为武。这里是小步的意思。缩气:屏住呼吸。 ⑤ 伛偻(yǔ lǚ):曲背弯腰,表示恭敬。将事:准备乞巧。 ⑥ 再拜:先后拜两次,表示礼节隆重。稽首:叩头。 ⑦ 窃:私下,古人表示个人意见的谦辞。 ⑧ 专:独。这里是最的意思。 ⑨ 轇轕(jiāo gé):交错纠缠的样子。这里作动词用,意思是操纵。璇(xuán)玑:古代观测天体坐标的仪器。这里喻指织机。 ⑩ 经纬:织布时用梭穿织的竖纱,编织物的纵线叫"经",织布时用梭穿织的横纱,编织物的横线叫"纬"。 ⑪ 文章:错综华美的色彩或花纹。这里指华美的织物。 ⑫ 黼黻(fǔ fú):古代礼服上所绣的图案。这里用作动词,意为装饰。躬:身体。 ⑬ 临:照临。 ⑭ 仰:仰慕。 ⑮ 贞卜:占卜。 ⑯ 蹈:踏。梁:神话传说中天河上的桥。 ⑰ 款:缓,指缓步。天津:天河。 ⑱ 俪:配偶。这里指相会。神夫:指牛郎。 ⑲ 汉:天河。 ⑳ 两旗:古星名。分左右两组,一组在牵牛星左,一组在牵牛星右。 ㉑ 中星:指牵牛星。因在左右良旗星的中间,故名。 ㉒ 翕欻(xī xū):迅疾的样子。 ㉓ 弭节:缓步慢行。 ㉔ 薄:乃、于是。 ㉕ 曲:委曲,这里是耐心细致的意思。

"臣有大拙,智所不化[①],医所不攻[②];威不能迁[③],宽不能容[④]。乾坤之量[⑤],包含海岳[⑥],臣身甚微,无所投足[⑦]。蚁适于垤[⑧],蜗休于壳,龟鼋螺蚌[⑨],皆有所伏[⑩]。臣物之灵[⑪],进退唯辱,彷徉为狂[⑫],局束为谄[⑬],吁吁为诈[⑭],坦坦为忝[⑮]。他人有身[⑯],动必得宜[⑰]。周旋获笑[⑱],颠倒逢嘻[⑲]。己所尊昵[⑳],人或怒之。变情徇事[㉑],射利抵巇[㉒]。中心甚憎,为彼所奇[㉓]。忍仇佯喜[㉔],悦誉迁随[㉕]。胡执臣心[㉖],常使不移[㉗]?反人是已[㉘],曾不惕疑[㉙]。贬名绝命[㉚],不负所知[㉛]!抃嘲似傲[㉜],贵者启齿[㉝]。臣旁震惊,彼且不耻。叩稽匍匐[㉞],言语谲诡[㉟]。令臣缩恧[㊱],彼则大喜。臣若效之,嗔怒丛已[㊲]。

【注释】

① 化:感化、教化。 ② 攻:治疗。 ③ 威:威逼。迁:改变。 ④ 宽:宽厚。容:容纳、接受。 ⑤ 乾坤:天地。 ⑥ 岳:高山。 ⑦ 投足:落脚。 ⑧ 垤(dié):蚂蚁打窝时留在洞口周围的小土堆。 ⑨ 鼋(yuán):大鳖。 ⑩ 伏:隐藏,这里指藏身之处。 ⑪ 物之灵:万物之灵,指人。 ⑫ 彷徉:徘徊不定。这里

是无拘无束的意思。 ⑬ 局束：拘束，这里指循规蹈矩。谄：谄媚、逢迎。 ⑭ 吁吁：忧愁叹息。 ⑮ 坦坦：泰然自若的样子。忝：辱，有愧于。这里是不知羞愧的意思。 ⑯ 他人：别人，指善于逢迎的人。 ⑰ 宜：合适、适宜。 ⑱ 获笑：得到赞赏。 ⑲ 嘻：欢笑、赏识。 ⑳ 昵：亲近。 ㉑ 变情徇事：察言观色，趋炎附势。㉒ 射利：追逐私利。抵巇(xī)：钻空子、乘隙而入。 ㉓ 奇：珍奇，这里是当作宝贝的意思。 ㉔ 忍：隐忍、心藏。佯：伪装。 ㉕ 迁随：随风转舵。 ㉖ 执：固执。㉗ 移：改变。 ㉘ 反：反对。是：肯定。 ㉙ 惕：戒惧。 ㉚ 贬名：名声遭到贬损。绝命：牺牲生命。 ㉛ 不负所知：不背弃政治主张。 ㉜ 忭(biàn)：高兴。嘲：嘲弄。 ㉝ 启齿：喜笑颜开。 ㉞ 匍匐：趴在地上。 ㉟ 谲诡：诡诈。 ㊱ 恧(nǜ)：羞愧。 ㊲ 嗔怒：怒目而视。丛：集中。

"彼诚大巧，臣拙无比。王侯之门，狂吠狴犴[①]。臣到百步，喉喘颠汗[②]。睢盱逆走，魄遁神叛[③]。欣欣巧夫，徐入纵诞[④]。毛群掉尾，百怒一散[⑤]。世途昏险，拟步如漆。左低右昂，斗冒冲突[⑥]。鬼神恐悸，圣智危栗[⑦]。泯焉直透，所至如一[⑧]。是独何工，纵横不恤[⑨]。非天所假，彼智焉出[⑩]？独嗇于臣，恒使玷黜[⑪]。沓沓骞骞，恣口所言[⑫]。迎知喜恶，默测憎怜[⑬]。摇唇一发，径中心原[⑭]。胶加钳夹，誓死无迁。探心扼胆，踊跃拘牵[⑮]。彼虽佯退，胡可得旃[⑯]！独结臣舌，喑抑衔冤[⑰]。擗眦流血，一辞莫宣[⑱]。胡为赋授，有此奇偏[⑲]？眩耀为文，琐碎排偶[⑳]。抽黄对白，啽哢飞走[㉑]。骈四俪六，锦心绣口[㉒]。宫沉羽振，笙簧触手。观者舞悦，夸谈雷吼[㉓]。独溺臣心，使甘老丑[㉔]。嚚昏莽卤，朴钝枯朽[㉕]。不期一时，以俟悠久[⑯]。旁岁力金，不鬻弊帚[㉗]。跪呈豪杰，投弃不有[㉘]。眉矉頞蹙，喙唾胸欧[㉙]。大赧而归，填恨低首。天孙司巧，而穷臣若是，卒不余畀，独何酷欤[㉚]？敢愿圣灵悔祸，矜臣独艰[㉛]。付与姿媚，易臣顽颜[㉜]。凿臣方心，规以大圆[㉝]。拔去呐舌，纳以工言[㉞]。文词婉软，步武轻便[㉟]。齿牙饶美，眉睫增妍[㊱]。突梯卷脔，为世所贤[㊲]。公侯卿士，五属十连[㊳]。彼独何人，长享终天[㊴]！"

【注释】

① 狴犴(bì àn)：古代传说中的猛兽名。这里指恶狗。 ② 颠：头上。③ 睢盱(huī xū)：瞪大眼睛。逆走：转身疾跑。遁：逃跑。叛：散离。 ④ 欣欣：得

意忘形的样子。纵诞:放肆。这里指“巧夫”可以大摇大摆进入王侯之门。 ⑤ 毛群:群狗。掉尾:摆尾。 ⑥ 拟步:想要迈步。昂:高。斗冒:触犯、碰撞。 ⑦ 危:忧惧。栗:战栗。 ⑧ 泯:灭、尽。直透:径直通过,畅通无阻。 ⑨ 工:巧妙。恤:顾虑。 ⑩ 假:借。 ⑪ 啬:吝啬。玷:玷辱。黜:贬斥。 ⑫ 沓沓:话多的样子。骞骞(qiān qiān):放肆的样子。恣:放纵、随意。 ⑬ 迎:迎合。默测:暗暗揣测。怜:喜爱。 ⑭ 径:直截了当。心原:内心、心坎。 ⑮ 探:探测。扼:掌握。拘牵:束缚。这里是攀附拉扯的意思。 ⑯ 旃(zhān):语助词,“之焉”的合音。⑰ 喑:哑,说不出话。抑:枉屈。衔冤:含冤,指冤屈无从申诉。 ⑱ 掰:裂开。眦:眼眶。 ⑲ 胡为:为何。 ⑳ 眩:通“炫”,夸耀。琐碎:细小繁多。排:排比。偶:对偶。 ㉑ 抽黄对白:写诗和骈体文时对仗工整。如上句用“黄”字,下句就用“白”字。喑哢(án nòng):鸟鸣声。这里指文章的音韵。 ㉒ 骈四俪六:指骈体文。锦心绣口:形容文思优美,辞藻华丽。 ㉓ 笙簧:管乐器。舞:手舞足蹈。㉔ 老丑:陈旧丑陋。这里指作者不随波逐流去写当时风行的那种空洞无物的四六文,而发起古文运动,倡导仿效先秦两汉时质朴的文体,因而当时被一些人攻击为“老丑”。 ㉕ 嚚(yín)昏:愚顽。莽卤:粗鲁。朴钝:愚笨、迟钝。 ㉖ 期:希望。俟:等待。 ㉗ 罗:罗列、摆下。鬻:(yù):出卖。弊帚:破扫帚,意为珍视自己的文章。 ㉘ 豪杰:指权贵。不有:不取、不理睬。 ㉙ 颦:皱眉。頞:鼻梁。蹙:皱。喙:嘴。 ㉚ 穷臣:使我愚笨。畀(bì):给予。 ㉛ 悔祸:悔恨已造成的灾祸。矜:怜悯、同情。 ㉜ 姿媚:讨人喜爱的姿态。 ㉝ 方心:呆板不知圆转的心。规:圆规,使之圆转。 ㉞ 呐:同“讷”,说话迟钝不灵巧。纳以:放入、安上。 ㉟ 步武:行走的脚步。 ㊱ 妍:美丽。 ㊲ 突梯:圆滑的样子。卷脔:不舒展。这里是曲意随俗的意思。 ㊳ 公侯卿士:均为古代爵位名,这里指朝廷上的达官贵人。㊴ 终天:终生。

言讫,又再拜稽首,俯伏以俟[①]。至夜半,不得命,疲极而睡,见有青袖朱裳,手持绛节而来告曰[②]:“天孙告汝,汝词良苦,凡汝之言,吾所极知。汝择而行,嫉彼不为[③]。汝之所欲,汝自可期。胡不为之,而谁我为[④]。汝唯知耻,谄貌淫辞[⑤]。宁辱不贵,自适其宜[⑥]。中心已定,胡妄而祈?坚汝之心,密汝所持[⑦],得之为大,失不汙卑。凡吾所有,不敢汝施。致命而升,汝慎勿疑。”

呜呼！天之所命，不可中革[8]。泣拜欣受，初悲后怿[9]。抱拙终身，以死谁惕[10]！

【注释】

① 讫：完毕。 ② 裳：裙子。绛：深红色。节：符节，古代使者所持以作凭证。③ 嫉：憎恨。 ④ 期：实现。诳：哄骗。 ⑤ 淫辞：放荡的言辞。 ⑥ 不贵：不以贵为贵，不追随权贵。适：往、到。 ⑦ 妄：荒诞、虚妄。密：坚持。 ⑧ 中革：中途改变。 ⑨ 怿：喜悦。 ⑩ 惕：戒惧、害怕。

【作者简介】

柳宗元(773—819)，字子厚。河东(今山西芮城运城一带)人，世称柳河东。因官终柳州刺史，又称柳柳州，与韩愈同为唐代古文运动的倡导者。柳宗元贞元九年(793)进士。十四年登博学鸿词科，授集贤殿正字。一度调为蓝田尉。不久，回朝任监察御史里行，与韩愈、刘禹锡为同官，并与刘禹锡一起参加了主张革新的王叔文政治集团。贞元二十一年(805)正月，顺宗即位，王叔文集团当政，柳宗元被擢为礼部员外郎，协同王叔文诸人，在半年内推行了一系列进步措施，由是为宦官、藩镇、保守官僚所反对。同年八月，顺宗被迫让位于太子李纯，即宪宗，改元永贞。九月，王叔文集团遭到迫害。柳宗元初贬邵州刺史，十一月加贬永州(今湖南零陵)司马。刘禹锡、韦执谊、韩泰、陈谏、韩晔、凌准、程异亦同时被贬为远州司马，史称"八司马"。永贞元年(805)冬，柳宗元到达永州贬所。在永州九年，有机会深入了解人民疾苦，游览本州山水名胜，写下不少诗文名篇。元和十年(815)春，奉召至京师。三月，又外出为柳州(今属广西)刺史。六月至任所，官虽稍升，而地更僻远。他在这里兴利除弊，修整州容，发展生产，兴办学校，释放奴婢，政绩卓著。元和十四年(819)十一月病殁。

【题解】

本文是作者在被贬居永州期间所写。文章以"乞巧"为题，用巧妙曲折的笔法，无情地揭露了当时一些官僚贵族、宦官政客们巧取豪夺的丑恶嘴脸，对当时黑暗的政治和龌龊的官场进行了辛辣的讽刺和有力的批判。从一个侧面亦可见古代乞巧习俗的盛行，从字面来看，如序所言，本文表达了柳宗元祈祷天孙驱去自己之"拙"而乞"巧"的希求，但是，其潜在用意却在申明不应弃"拙"而是守"拙"，矛头指向世间狡诈之徒的丑恶嘴脸。

从这个意义上来说，柳宗元将"乞巧"的内涵又做了一次发挥与升华，故能翻出新意,令读者耳目一新。反巧守拙,反对机巧而崇尚质直,正是当时社会对有识之士所提出的要求。

（宋锡玲　张华　段永升）

上巳泛舟昆明池宴宗主簿席序[1]

宋之问

仆不游于兹,十有五载矣。心由物感,遐矣不忘;迹为事牵,近而难抱[2]。南阳宗邕,文通学古,器重名高。令君有奉倩象贤[3],丞相生元成迈德,暮春修以文之会,上巳邀祓禊之游[4]。乃结缙绅[5],撰清辰,殷殷辚辚,歊雾惊尘[6],望于昆明之滨。观其大浸川陆,博资畿甸[7],凫鹭发海,来往沈浮;日月丽天[8],东西出入。千年珍馆,无复豫章[9];四面金堤,仍同树杞[10]。是日也,驾肩错毂,备朝野之欢娱;袨服靓妆[11],匝都城之里闬[12]。翠幕星布,锦帆霞属,馀沥下醉于绡人,新声远聒于川后。纵目遐览,识皇代之承平;得意同归,有吾侪之行乐。高明一座,桂树丛生,君子肆筵,玉山交映。束皙以言谈得俊[13],张华以《史》《汉》先鸣。登旨酒而无荒,弦清琴而自逸。于是涉连榻,命孤舟,桃水涨而浦红,苹风摇而浪白。逼匡阜兮遵彭蠡[14],邈矣载浮;指衡岳而超洞庭[15],眇焉疑到。曲岛之光灵乍合,神魂密游;中流之萍藻忽开,龟鱼潜动。睎镂鲸而鼓掉[16],共看烧劫之灰;历牵牛而问津,欲取支机之石[17]。晴光划野,有象而必形;夕阳照山,无奇而不见。思溢今古,心摇草木。汉家城阙,遗之以杂霸之风;秦塞膏腴,润之以太平之色。景穷胜践,归限严阃,思染翰于上林[18],顾挥戈于濛汜。主称未醉,惟见马驻浮云;宾共少留,自有鱼衔明月。宫商待叩[19],群公之获助已多;序引先题[20],下走之求蒙不逮。请授素幅,以颂佳游,使一时之兴咏遥存,千古之姓名常在。

【作者简介】

宋之问(556?—712?),字延清,一名少连,汾州隰城(今山西汾阳市)人。武后朝与杨炯分直内教,授洛州参军,累转尚方监丞、左奉宸内供奉。坐谄附张易之兄弟,左迁陇州参军。未几,逃还,匿洛阳人张仲之家。仲之与驸马都尉王同皎谋杀武三思,之问发其事,起为鸿胪主簿。景龙中,再转考功员外郎。中宗增置修文馆学士,之问首膺其选,寻转越州长史。睿宗立,以旧附张武配徙钦州。先天中赐死。

【注释】

① 上巳:即上巳节。汉以前取农历三月上旬之巳日,三国魏以后改用三月三日,不用上巳。见《晋书·礼志下》。 ② 挹:通“抑”,抑制,谦退。如:谦挹。《荀子·宥坐》:“富有四海,守之以谦,此所谓挹而损之之道也。” ③ 奉倩:三国魏荀粲,字奉倩,因妻病逝,痛悼不能已,每不哭而伤神,岁馀亦死,年仅二十九岁。见《三国志·魏志·荀恽传》裴松之注引晋孙盛《晋阳秋》。后成为悼亡的典实。象贤:谓能效法先人的贤德。 ④ 祓禊(fú xì):古代于春秋两季,有至水滨举行祓除不祥的祭礼习俗。源于上古。春季常在三月上旬的巳日,并有沐浴、采兰、嬉游、饮酒等活动。三国魏以后定为三月初三日,称为祓禊。 ⑤ 缙绅:称有官职的或做过官的人。也作搢绅。 ⑥ 歊(xiāo):气上冲貌。班固《东都赋》附《宝鼎诗》:“吐金景兮歊浮云。” ⑦ 畿甸:泛指京城郊外的地方。陆机《五等诸侯论》:“在周之衰……钲鼙震于阃宇,锋镝流乎绛阙,然祸止畿甸,害不覃及。”刘良注:“畿甸,近国也。” ⑧ 日月丽天:像日月悬挂在天空。比喻永恒不变。出自《易·离》:“日月丽乎天,百谷草木丽乎土。”丽,附着。 ⑨ 豫章:古郡名,唐才子王勃在其《滕王阁序》写道:“豫章故郡,洪都新府。星分翼轸,地接衡庐。”所谓豫章郡,即今江西省,这也是广义而言的豫章的概念。狭义而言,豫章指今南昌地区一带。 ⑩ 杞:木名,与楠皆佳木。 ⑪ 袨(xuàn)服:炫目的盛服。 ⑫ 闬(hàn):墙垣。张衡《西京赋》:“闬庭诡异,门千户万。” ⑬ 束皙:晋阳平元城人,字广微,博学多闻,官著作佐郎、尚书郎,太康三年,汲郡人从战国魏襄王墓中得竹简数十车,皙与卫恒等人加以整理辨析,成书七十五篇,其著为《竹书纪年穆天子传》等。他撰写的《七代通志》《三魏人士传》《五经通论》《发蒙记》等著作,均被后世推崇备至。 ⑭ 匡阜:江西庐山的别称。彭蠡:即彭蠡湖,为鄱阳湖古称。鄱阳湖在古代有过彭蠡湖、彭蠡泽、彭泽、彭湖、扬澜、宫亭湖等多种称谓。 ⑮衡岳:指南岳衡山。 ⑯ 睎(xī):远望。班固《西都赋》:“于是睎秦岭,睋北阜。” ⑰ 支机之石:即支机石。汉武帝派张骞寻找黄河源头,张骞乘木筏直达天河,一妇人赠之一石。张回朝后问善卜的严君平,严说,这是织女用来支织机的石头。 ⑱ 染翰:指做诗文、绘画等。翰,笔。南朝宋谢惠连《秋怀》诗:“宾至可命觞,朋来当染翰。”上林,古宫苑

名。秦旧苑,汉初荒废,至汉武帝时重新扩建。故址在今西安市西及周至、鄠邑区界。 ⑲ 宫商:本指五音中的宫音与商音。这里借指诗律中的平仄和声韵中的四声。 ⑳ 序引:序和引,二者皆为文体名。引大致如序而稍简短。

【题解】

本文是三月三日上巳节泛舟游览昆明池而作,从"历牵牛而问津,欲取支机之石"的片段书写中,隐约可见牛女传说的印记,昆明池与牛女传说在文人笔下似乎是无法割舍的整体。

(王敏 张华 段永升)

昆明池石鲸赋

李子卿

汉武帝将恢厥功[①],辟厥土,使近必伏,远必取。乃象滇河以为池,法昆明而教武。于是水物备,石鲸吐。茸鳞镂甲,欲动于涟漪;掉尾连鬐,必随于风雨。残文沙白,古色苔苍。若喷沫而生浪,状衔珠而有光。质惟其坚,岂有时而泐[②];感则斯应,盖动惟其常。方将协灵德[③],荐祯祥[④]。岂泥沉而沙卧,与地久而天长者哉?至若汉苑风霁[⑤],秦渚流春。轻摇澹泞,稍动𩕄沦[⑥]。载沉载浮,百尺且规于颁首[⑦];若明若灭,两崖犹认于文鳞。对牛女而光动,映楼船而色新。夸大岂惭于海客[⑧],遇屯空笑于波臣[⑨]。及乎雷隐南山,云生北斗。鼓怒波击,崩腾水走。势则汹汹,有类阳侯之振;声乃虩虩[⑩],宛是蒲牢之吼[⑪]。若此则非不知灵之所凭,神之所有者也。且石之为质也,磨而不磷;鱼之为物也,动而必顺。岂比夫为犀蜀郡,浦际空沉;作燕湘川,雨中方振。色映乎崖渚,性合乎风雷。非任子之钓得[⑫],傥琴高之御来[⑬]。幸见处于河汉,亦何辞于劫灰。客有感而言曰:"今失流无虞,铿钟何托?请为不转之志,以就观濠之乐[⑭]。傥南溟之可图,吾固知夫后时之可以潜跃也。"

【作者简介】

李子卿,大历中进士。

【注释】

① 恢:发扬,扩大。 ② 泐(lè):石依其纹理而裂开。《考工记·总序》:"石

有时以沕。” ③ 灵德：神灵的恩德。 ④ 荐：进献。祯祥：吉祥的征兆，吉祥，幸福。 ⑤ 汉苑：汉代的宫苑。 ⑥ 奫（yūn）沦：水回旋貌。 ⑦ 颁首：《诗·小雅·鱼藻》：“鱼在在藻，有颁其首。”郑玄笺：“鱼之依水草，犹人之依明王也。”后因以“颁首”称颂长官清明。 ⑧ 海客：即乘槎海客。指浮海通天的传说。出自晋张华《博物志》卷十：“旧说云天河与海通。近世有人居海渚者，年年八月有浮槎去来，不失期，人有奇志，立飞阁于槎上，多赍粮，乘槎而去。” ⑨ 波臣：指水族。出自《庄子·外物》：“顾视车辙中有鲋鱼焉，曰：我东海之波臣也，君岂有斗升之水而活我哉？” ⑩ 虩虩（xì）：恐惧貌。《易·震》：“震来虩虩，笑言哑哑。” ⑪ 蒲牢：古代传说中的一种生活在海边的兽。据说，它吼叫的声音非常洪亮，故古人常在钟上铸上蒲牢的形象。《文选·班固〈东都赋〉》：“于是发鲸鱼，铿华钟。”李善注引三国吴薛综曰：“海中有大鱼曰鲸，海边又有兽名蒲牢。蒲牢素畏鲸，鲸鱼击蒲牢，辄大鸣。凡钟欲令声大者，故作蒲牢于上。所以撞之者为鲸鱼。”后因以“蒲牢”为钟的别名。 ⑫ 任子：古代传说中善于捕鱼的人，亦称任公、任父。《庄子·外物》：“任公子为大钩巨缁，五十犗以为饵，蹲乎会稽，投竿东海，旦旦而钓，期年不得鱼。已而大鱼食之，牵巨钩，錎没而下，骛扬而奋鬐，白波若山，海水震荡，声侔鬼神，惮赫千里。任公子得若鱼，离而腊之，自制河以东，苍梧已北，莫不厌若鱼者。”成玄英疏：“任，国名。任国之公子。”后常用以指超世的高士。 ⑬ 琴高：《列仙传》卷上：“琴高者，赵人也。以鼓琴为宋康王舍人。行涓、彭之术，浮游冀州、涿郡之间二百余年。后辞入涿水中取龙子。与诸弟子期曰：‘皆洁斋待，于水旁设祠’。果乘赤鲤来，出坐祠中。旦有万人观之。留一月余，复入水去。” ⑭ 观濠之乐：出自《庄子·秋水》篇，庄子与惠子游于濠梁之上。庄子曰：“鯈鱼出游从容，是鱼之乐也？”惠子曰：“子非鱼，安知鱼之乐？”庄子曰：“子非我，安知我不知鱼之乐？”惠子曰：“我非子，固不知子矣；子固非鱼也，子之不知鱼之乐，全矣。”庄子曰：“请循其本。子曰‘汝安知鱼乐’云者，既已知吾知之而问我。我知之濠上也。”

【题解】

顾名思义，这篇赋乃是为昆明池石鲸而作，写昆明池的赋作自然难以避免牛女二石像的加入，“对牛女而光动，映楼船而色新”，将现实书写与星宿传说对写，可谓相得益彰。

（王敏　张华　段永升）

曙观秋河赋(以“寥天晓清,景曜昭晰”为韵)

王损之

邈彼斜汉,丽于中天。遇良宵之已艾,与清景而相鲜。势则昭回[①],既阑干而远映[②];时方萧瑟,亦汎滥而高悬。的尔遥分,凄然仰眺,澄奕奕之浮彩,隐苍苍而引耀。孤星回泛,状清浅之沉珠;残月斜临,似沧浪之垂钓。轻晖幕幕,远景萧萧,色分隐映,光凝泬寥[③]。拟瀑布而不落,似轻云之欲销,夜景将分,清光向晓。萦碧落以回薄[④],澹晴空而缥缈,跻攀不及,限一水以心遥,旷望空劳,邈九霄而思杳。发迹无际,凌虚不倾,积曙色之牢落[⑤],涵爽气之凄清。疑曳练而势远[⑥],讶残虹而体轻。远想牵牛,渐失迢迢之状;遥思弄杼,无闻轧轧之声。景气潜昭,氛埃远屏[⑦]。宁在地以为状,信滔天而挂影。可以玩清光,狎馀景,分晖爽亮,向晓色而亭亭;远势纵横,带秋光之耿耿[⑧]。伟兹垂象,倬彼青霄[⑨],映星躔之的的[⑩],出云路以昭昭。想穿凿之初,悠然莫测;稽源流之始,邈矣方遥。则知匪自人功,实惟天设,自虚无而想像,界寥廓而昭晰[⑪]。意天边之横注,远若波澜;想空裹之潜流,遥疑呜咽。宜其临清泚[⑫],挹澄澈,傥天路之可升,与清漪而比洁。

【作者简介】

王损之,生卒年不详,大抵活动于唐德宗时期,贞元十四年(798)进士。《全唐诗》存诗一首,《文苑英华》存赋三篇。

【注释】

① 昭回:谓星辰光耀回转。　② 阑干:横斜貌。三国魏曹植《善哉行》:“月没参横,北斗阑干。”　③ 泬(jué)寥:空旷清朗貌。《楚辞·九辩》:“泬廖兮天高而气清。”王逸注:“泬廖,旷荡空虚也。或曰,泬廖犹萧条。萧条,无云貌。”　④ 回薄:谓循环相迫变化无常。　⑤ 牢落:犹寥落。稀疏零落貌。　⑥ 曳练:铺开的白绢。常用以比喻白色的云气或江水。　⑦ 氛埃:污浊之气,尘埃。借指尘世或俗念。⑧ 耿耿:明亮。　⑨ 倬(zhuō):显著,大。　⑩ 躔(chán):日月星辰运行的度次。《方言》第十二:“躔,历行也,日运为躔。”《汉书·律历志上》:“日月初躔。”亦作“缠”。

《汉书·王莽传中》:“岁缠星纪。” ⑪ 寥廓:高远空旷。昭晰:光亮,光耀。 ⑫ 泚(cǐ):鲜明貌。《诗·邶风·新台》:“新台有泚,河水弥弥。”

【题解】

这篇描写秋河的赋作,自然难以脱离牛女传说的抒写,“远想牵牛,渐失迢迢之状;遥思弄杼,无闻轧轧之声”的想象,化用《古诗十九首·迢迢牵牛星》一诗,可谓“思接千载,视通万里”,其中百感交集之情,观者见仁见智。

(王敏 张华)

秋云似罗赋(以“兰亦堪采”为韵)

侯 喜

云之可观,时惟佩兰。映婺女而扇薄①,透姮娥而幔寒②。缥缈如画,霏微似残③。乍逐乘槎之人④,讶鸳裾远曳;每映衔芦之雁⑤,谓燕幕遥看⑥。且晓雾如縠,于今何在?余霞成绮,须臾则改。讵若我终日是似,有时而待。拟六铢而披拂⑦,伴仙女而降衣。临七夕以轻盈,助牵牛纳采⑧。幕幕风引,笼笼露涵。染绛日而成蒨,映青空而似蓝。冰绡若无,孰不比方而皆忝;霓裳傥有,谁谓裁缝而不堪。吁,嗟乎!一言有以,千秋只亦。天网本疏,春丝不敌。今夕何夕兮,是寻是尺。如可求斯兮,服之无斁⑨。

【作者简介】

侯喜,贞元十九年(203)进士,官国子主簿。

【注释】

① 婺女:星宿名,即女宿。又名须女,务女。二十八宿之一,玄武七宿之第三宿,有星四颗。常与嫦娥并称。 ② 姮娥:借指月亮。 ③ 霏微:雾气、细雨等弥漫的样子。 ④ 乘槎之人:即槎客。晋张华《博物志》卷十载:传说天河与海通,年年八月有浮槎去来,不失期,有人乘之去十余日,至一城,见一丈夫在河边饮牛,便问此是何处,答曰:“君还至蜀郡访严君平则知。”后至蜀,问君平,曰:“某年月日,有客星犯牵牛宿。”计年月,正是此人到天河时也。“槎客”即此乘槎泛天河之人。 ⑤ 衔芦之雁:口含芦草是雁用以自卫的一种本能。 ⑥ 燕幕:即“燕巢于幕”,燕

子在帐幕上筑巢。比喻处境非常危险。语本《左传·襄公二十九年》:"夫子之在此也,犹燕之巢于幕上。"杜预注:"至危。"杨伯峻注:"帐幕随时可撤。燕巢于其上至为危险。" ⑦ 六铢:即六铢衣。佛经称忉利天衣重六铢,谓其轻而薄。见《长阿含经·世纪经·忉利天品》。后称佛、仙之衣为"六铢衣"。这里借指妇女所着轻薄的纱衣。披拂:飘动。 ⑧ 纳采:古代定亲时男方送聘礼给女方。下达纳采,用雁。 ⑨ 斁(yì):厌,厌弃。《诗·周南·葛覃》:"为絺为绤,服之无斁。"

【题解】

云彩往往能够引发人的浪漫情思,这篇对云的赋作,借云展开丰富的想象,将婺女、姮娥、牛郎织女等神话人物与传说故事注于笔端,更具浪漫色彩。"临七夕以轻盈,助牵牛而纳采",祥云笼罩之中赋予了牛女神话传说以更加唯美的点缀。

(王敏 张华 段永升)

为人撰乞巧文

沈亚之

邯郸人妓妇李容子,七夕祝织女,作穿针戏[①],取笤篁芙蓉杂致席上,以望巧所降。其夫以为沈下贤攻文,又能创窈窕之思,善感物态,因请撰为情语,以导所欲。词曰:惟云渚之晨秋兮[②],天旷碧以凝暮。悬韶桂于姹月,泫明泪之清露。即河房之将期[③],俨龙轮以就驭。恭闻司巧之多方,妾修馨香以奉具。窃独溺于自私,希灵娥之所付[④]。回(一作羽)碧凝其异质兮,韵隆虹于霾霁。假文羽于孔雀兮,而使擅夫佳丽。载云蝉之重绫兮[⑤],涂蛮金于绮箨[⑥]。细绡缕于藕肠兮[⑦],差莲跗以祥齿(一作齿缀)[⑧]。命纤爪之虫丝兮,袅檐机之夕缀。是物之巧功善饰,愿赐妾于针纫也[⑨]。葩萼郁于浓妍,色多宜以善喜。引纤吹于轻飙[⑩],若将翔而复倚。醉春光之流景[⑪],播清香于万里。霓烟出乎无间,缥窈渺以斐亹[⑫]。若披若曳兮,扯平林兮横晓水。袭霁旦之繁芬兮,因隐映而增绮。澹冉冉其冶容兮,世无隐以偕此。是物之巧容善态,愿委妾于态媚也。短蒲狭汜兮曲溜溢,鸩鹘鸦雏兮引乳娣[⑬]。戏音清谐兮荡演曳,牵游裾之低凝兮,蔓春心于淇裔。枯寒劲干兮忆弃叶,摆风叫夜兮留燥雪。流韵凄涩兮泱哲咽,吟梦语之涟涟,感霜钟之流越[⑭]。是物之巧音善感,愿付妾于管弦也。

【作者简介】

沈亚之(781—832),字下贤,吴兴(今浙江湖州)人。元和十年进士。历殿中丞、御史内供奉。大和初,为德州行营使判官,谪南康尉,终郢州掾。

【注释】

① 穿针:旧时风俗,农历七月七日夜妇女穿七孔针向织女星乞求智巧。② 云渚:指银河。 ③ 河房:房,房星。旧谓马为房星之精,故云。《梁书·张率传》:"资皎月而载生,祖河房而挺授。" ④ 灵娥:即仙女。 ⑤ 緌(ruí):蝉长在腹下的针喙。虞世南《蝉》诗:"垂緌饮清露,流响出疏桐。" ⑥ 篲:同"彗"。 ⑦ 藕肠:指藕中的管孔。 ⑧ 跗:物体的足部。 ⑨ 针纫:缝纫。 ⑩ 轻飙:微风。⑪ 流景:闪耀的光彩。 ⑫ 斐亹(fěi wěi):文彩绚丽貌。 ⑬ 鵁鶄:水鸟名,即"池露"。《史记·司马相如列传》:"鵁鶄鶋目。"按司马相如《上林赋》作"交精旋目"。乳娣:小女孩。 ⑭ 霜钟:指钟或钟声。语本《山海经·中山经》:"(丰山)有九钟焉,是知霜鸣。"郭璞注:"霜降则钟鸣,故言知也。"

【题解】

这是一篇代人撰写的乞巧文,从前面的小序可见,时人七夕乞巧习俗已经颇为盛行,七夕作文之风也渐成规模,请人代为撰文记述说明了对七夕风俗的重视。"作穿针戏,取笤篁芙蓉杂致席上"的记载,可见奉祀之物千差万别,可以补七夕乞巧风俗之缺。

(王敏　张华)

乞　巧　对

孙　樵

孟秋暮天,当庭布筵[①],有瓜于盘,有果于盆,拜而言,若祈于神者。从而问之,对曰:"七夕,祈巧祀也[②]。若有求乎?"

樵应之曰:"吾守吾拙,以全吾节;巧如可求,适为吾羞。

"彼巧在言,便便翻翻,出口簧然[③],媚于人间。革白成黑,蛊直残德,誉跖为圣[④],谮回为贼,离间君亲,渎乱家国。

“彼巧在文，摘奇搴新，辖字束句，稽程合度[⑤]，磨韵调声，决浊流清，雕枝镂英，花斗窠明，至有破经碎史，‘稽古’倒置，大类于俳，观者启齿。下醨沈谢[⑥]，上残骚雅，取媚于时，古风不归。

“彼巧在官，窃誉假善，齚舌钳口[⑦]，媚灶赂权[⑧]。忍耻受侮，愧畏如鼠，望尘扫门，指期九迁。君纳于违，赞唱菲菲[⑨]，玩世偷安，败俗紊官[⑩]。

“彼巧在工，狷诡不穷[⑪]，唾古笑朴，雕锼错落[⑫]。凭云亘天[⑬]，霍延绵，穷侈殚丽，越礼逾制。绣文锦幅，云绡雾縠，若出鬼力，大蠹妇织，遂使俗尚浮华，名溺于奢，雕家磨国，未骋胸臆，蛊于化源，戕此民力[⑭]。

“由此观之，巧何足云。

“吾宝吾拙，虽与事阔，优游经史，卧云啸月。九衢喧喧[⑮]，夹路朱门[⑯]，晓鼓一发，车驰马奔。予方高枕。偃然就寝[⑰]，腹坦(一作摇)鼻息[⑱]，梦到乡国[⑲]。槐花扑庭，鸣蜩噪晴。怀轴囊刺[⑳]，门门买声。予方屏居[㉑]，咏歌吾庐，对松欹石，莫知其馀。上天付性，吾岂无命，何求于巧，以挠吾静[㉒]！吾方欲上叫帝阍[㉓]，以窒巧门，使天下人，各归其根。无虑无思，其乐怡怡，耕食织衣，如上古时。巧乎巧乎，将何所施为?”

【作者简介】

孙樵，字可之，韩昌黎门人。大中中进士。

【注释】

① 布筵：七夕节有吃巧食的风俗。巧食的内容有瓜果和各式各样的面点，各地风俗不一。各种巧食做成后，都要陈列到庭院中的几案上，好像要请天上的织女来品评。然后大家一面观赏着遥远的夜空，一面吃着各种巧食，认为这样会使人变得灵巧。　② 祈巧祀：七夕是传说中牛郎织女从鹊桥渡天河相会的日子。人们心中的织女是个勤劳善良、心灵手巧的天仙，所以七月七这天晚上，年轻的姑娘和少妇都要出来行拜祭的礼仪，并向织女乞巧，希望自己也能像织女一样有双灵巧的手，有颗聪慧的心，会过上幸福美满的生活。　③ 簧然：谓巧舌如簧。　④ 跖：即盗跖。原名柳下跖，因为是盗贼的祖先，所以又叫盗跖。　⑤ 稽程：查考程式。⑥ 醨(lí)：薄酒。《史记·屈原贾生列传》：“众人皆醉，何不哺其糟而啜其醨?”这里用作动词。沈，指沈约。谢，指谢灵运。　⑦ 齚(zé)：咬啮。《史记·魏其武安侯列传》：“魏其必内愧，杜门齚舌自杀。”　⑧ 媚灶：比喻阿附权贵。　⑨ 菲菲：原

指花草茂盛、美丽或花草香气浓郁。这里用来形容赞赏的声音很多。 ⑩ 紊:乱。 ⑪ 狷:指胸襟狭窄,性情急躁。诡:指欺诈,假冒。 ⑫ 锼(sōu):刻镂。左思《魏都赋》:"木无雕锼,土无绨锦。" ⑬ 亘天:漫天,连天。 ⑭ 戕:残害。 ⑮ 九衢:纵横交叉的大道或指繁华的街市。 ⑯ 朱门:古代王公贵族的住宅大门漆成红色,表示尊贵。 ⑰ 偃然:倒卧安息貌。 ⑱ 腹坦:敞开胸腹仰卧,形容举止不羁或无礼。鼻息:用鼻子呼吸,形容毫无顾忌。 ⑲ 乡国:故国或家乡。 ⑳ 刺:名帖,相当于现在的名片。 ㉑ 屏居:退隐,屏客独居。 ㉒ 挠:扰乱,打搅。 ㉓ 帝阍:古人想象中掌管天门的人。

【题解】

这篇乞巧文的立意新奇,颇具教育意义,以七夕乞巧习俗为引子,申明自己守拙之志,继而痛斥诸巧之弊,引申发挥,发人深省。

（王敏）

七　夕　赋

佚　名

若夫铜仪改候①,金气迎辰②。惊飞灰于素管③,送流火于清旻④。听凉风之啾响,视秋露之凝津⑤。月苍苍而上桂⑥,风萧萧而吹筠⑦。步广庭而延伫,仰层汉而驰神⑧。惟暮序之灵匹⑨,仰良宵而展会⑩。息龙杼于仙机,驾羽桥于浅濑⑪。耀九微之华彩,澄八极之氛霭⑫。俨翠凤以翔镳⑬,举丹蜺而振旆⑭。笼雾縠于雕辇⑮,叠云花于绮盖⑯。舟容裔于水滨⑰,驾逶迤于烟外⑱。若乃仙娥侍毂⑲,玉女承骈⑳。嬴箫后唱㉑,洛鼓前挥。褰九霄之云幄㉒,曳五色之霞衣。珮摇星而玉振,扇掩月而纨飞㉓。陵紫宫而沉景㉔,轥黄道而腾晖㉕。始徘徊而好密,契方阻而情违㉖。怅此夕之行尽,恨前秋之未归,怯宵光之不驻,泫晨露之将晞㉗。

于是虬水移箭㉘,鱼关惊钥。槎客河低,针楼月落㉙。分一筵于俄顷,解双袂于今昨。河汉忽其无梁,秋期杳其无度。衔别绪而惆怅,对离居之寂寞。思缠绵于晓鸡,情顾盼于归鹊。浩长歌于耿介㉚,吊孤影其焉托。歌曰:"悲莫悲兮离别长,怨莫怨兮私自伤。敛横波兮向秋野,垂玉箸兮沾罗裳㉛。"歌响既毕,恍然如失。独盈盈兮一水间,空望望兮三秋日。

【注释】

① 铜仪：指铜制的候风地动仪。　② 金气：秋气。南朝梁简文帝《倡妇怨情》诗："玉关驱夜雪，金气落严霜。" 唐刘禹锡《新秋对月寄乐天》诗："夜凉金气应，天静火星流。"　③ 飞灰：律管中飞动的葭灰，古代以此候测节气。素管，指管乐器，亦泛指乐器。　④ 流火：流，指移动，落下；火，指星名"大火星"（不是绕太阳运行的火星），即心宿。在夏历七月，天气渐渐转凉，每当黄昏的时候，可以看见大火星从西方落下去。《诗经·国风·豳风》"七月流火，九月授衣"。清旻（mín）：指天。⑤ 凝津：旧谓天地精灵之气相合而凝成津液。　⑥ 桂：桂树。筠（yún）：竹子的青皮，这里借指竹子。　⑦ 广庭：宽阔的厅堂。引申为公开的场所。⑧ 延伫（zhù）：停止，停留。层汉：高空。　⑨ 暮序：岁序之末。指暮冬。灵匹：神仙匹偶。指牵牛、织女二星。　⑩ 良宵：美好的夜晚。会：聚合，聚会。　⑪ 羽桥：即鹊桥，神话传说，旧历七月初七之夜，乌鹊填天河成桥，以渡牛郎、织女相会。唐李郢《七夕》诗："乌鹊桥头双扇开，年年一度过河来。莫嫌天上稀相见，犹胜人间去不回。"濑：指从石沙滩上流过的急水。　⑫ 八极：八方极远的地方。氛霭：云气。　⑬ 翠凤：以翠羽制成的凤形旗饰。秦李斯《上秦始皇书》："建翠凤之旗，树灵鼍之鼓。"吕延济注："以翠羽为凤形而饰旗也。"镳（biāo）：本义为马嚼子，指马口中所衔铁具露出在外的两头部分，这里借指马。　⑭ 旆（pèi）：古代旐旗末端形如燕尾的垂旒飘带。　⑮ 雕辇：玉饰的车子。多为对车驾的美称。　⑯ 云花：云状花纹。⑰ 容裔：水波荡漾貌。这里形容船徐行貌。　⑱ 逶迤：迂回曲折貌。　⑲ 毂（gǔ）：车轮中心的圆木，中有圆孔，可以插轴。泛指车。　⑳ 骈（fēi）：古代驾车的马，在中间的叫服，在两旁的叫骈，也叫骖。这里泛指马。　㉑ 嬴箫：指箫或形容箫声优美。　㉒ 褰（qiān）：撩起。　㉓ 纨（wán）：《说文》："纨，素也。从系，丸声，谓白致缯，今之细生绢也。"　㉔ 紫宫：星官名。指紫微垣。汉赵晔《吴越春秋·勾践归国外传》："于是范蠡乃观天文，拟法于紫宫筑作小城，周千一百二十二步，一圆三方。"也可指神话中天帝的居室。《淮南子·天文训》："紫宫者，太一之居也。"景：通"影"。　㉕ 辚（lìn）：车轮碾过，经过。黄道：指地球公转轨道面在地球上的投影。　㉖ 契：情意。　㉗ 泫（xuàn）：《说文》："泫，湝流也。"晞（xī）：《说文》："晞，日干也。"　㉘ 虯：同"虬"，古代传说中的一种龙。箭：古代置计时器漏壶下用以指

示时刻之物。 ㉙ 针楼:《西京杂记》卷一:"汉彩女常以七月七日穿七孔针于开襟楼,俱以习之。"《太平御览》卷八三〇引南朝梁顾野王《舆地志》:"齐武起曾城观,七月七日宫人登之穿针,世谓穿针楼。"后以"针楼"谓妇女所居之楼。㉚ 耿介:光明伟大。 ㉛ 玉箸:同"玉筯",本指玉制的筷子,是筷子的美称。这里比喻眼泪。

【题解】

这篇七夕赋可谓描写七夕的佳作,作者触景生情,"步广庭而延伫,仰层汉而驰神",展开联想,在"心游万仞"之中,描绘出七夕牛女相会的全过程,有出场的热闹场景,也有离别的寂寥心情,情感关注全面而深入。

（王敏）

王仁裕赋二篇

【作者简介】

王仁裕(880—956),字德辇,五代文学家。秦州上邦(今甘肃天水市秦州区)人,曾为唐末秦州节度使判官,后入蜀,蜀亡则历仕后唐、晋、汉三朝,至周官翰林学士,后周显德三年(956)卒。王仁裕时有"诗窖子"之称,《旧五代史·王仁裕传》记载他"有诗万余首,勒成百卷"。除作诗外,他喜作笔记小说,著有《开元天宝遗事》《王氏见闻录》《玉堂闲话》《人洛记》《紫阁集》《乘招集》等,并辑有《国风总类》五十卷。今存《开元天宝遗事》《玉堂闲话》《王氏见闻录》,《太平广记》等书引录颇多。

蛛丝卜巧

帝与贵妃每至七月七日夜①,在华清宫游宴。时宫女辈陈瓜花酒馔列于庭中,求恩于牵牛、织女星也。又各捉蜘蛛闭于小合中,至晓开视蛛网稀密,以为得巧之候:密者言巧多,稀者言巧少。民间亦效之。

【注释】

① 帝:唐玄宗李隆基。贵妃:指杨玉环。

乞巧楼

七夕，宫中以锦结成楼殿，高百尺，上可以胜数十人。陈以瓜果酒炙，设坐具，以祀牛、女二星。嫔妃各以九孔针、五色线向月穿之，过者为得巧之候[①]。动清商之曲，宴乐达旦，士民之家皆效之。

【注释】

① 得巧：《荆楚岁时记》："七夕，妇人结彩楼，穿七孔针，陈瓜果于庭中以乞巧，有喜子（蜘蛛的一种）结网于瓜，则以为得。"

【题解】

这段话描述了唐玄宗开元、天宝年间宫廷之内庆祝七夕节的热闹情景，作为九五至尊的天子对于七夕节的重视，无疑对这一传统节日起到了极大的弘扬作用，自朝廷百官到布衣百姓都纷纷仿效，这也是七夕能历久相传的一个重要原因。

（张华）

宋

七　夕

孟元老

七月七夕，潘楼街东宋门外瓦子、州西梁门外瓦子、北门外、南朱雀门外街及马行街内，皆卖磨喝乐[①]，乃小塑土偶耳。悉以雕木彩装栏座，或用红纱碧笼，或饰以金珠牙翠，有一对直数千者。禁中及贵家与士庶为时物追陪。又以黄蜡铸为凫雁、鸳鸯、鸂鶒、龟鱼之类，彩画金缕，谓之“水上浮”。又以小板上傅土，旋种粟令生苗，置小茅屋花木，作田舍家小人物，皆村落之态，谓之“谷板”。又以瓜雕刻成花样，谓之“花瓜”。又以油面糖蜜造为笑靥儿[②]，谓之“果食花样”，奇巧百端，如捺香方胜之类。若买一斤数内有一对被介胄者，如门神之像，盖自来风流，不知其从，谓之“果食将军”。又以绿豆、小豆、小麦、于磁器内，以水浸之，生芽数寸，以红篮彩缕束之，谓之“种生”。皆于街心彩幕帐设出络货卖。七夕前三五日，车马盈市，罗绮满街，旋折未开荷花，都人善假做双头莲，取玩一时，提携而归，路人往往嗟爱。又小儿须买新荷叶执之，盖效颦磨喝乐。儿童辈特地新妆，竞夸鲜丽。至初六日、七日晚，贵家多结彩楼于庭，谓之“乞巧楼”。铺陈磨喝乐、花瓜、酒炙、笔砚、针线，或儿童裁诗，女郎呈巧，焚香列拜，谓之“乞巧”。妇女望月穿针[③]。或以小蜘蛛安合子内，次日看之，若网圆正，谓之“得巧”。里巷与妓馆，往往列之门首，争以侈靡相向。

【作者简介】

孟元老，号幽兰居士。开封市人。生卒年待考。宋代文学家。据《宋会要辑稿》及苏辙等人著作，可知他是北宋保和殿大学士孟昌龄的族人孟钺，曾任开封府仪曹，北宋末叶在东京居住二十余年。金灭北宋，孟元老南渡，常忆东京之繁华，于南宋绍兴十七年(1147)撰成《东京梦华录》,自作序。该书在中国文学史上有一定的影响。

【注释】

① 磨喝乐:本佛经"摩侯罗",今通俗而书之。　② 笑靥:笑脸。　③ 望月穿针:《荆楚岁时记》:"七夕,妇人结彩楼,穿七孔针,陈瓜果于庭中以乞巧,有喜子(蜘蛛的一种)结网于瓜,则以为得。"。

【题解】

这段话描述了北宋都城开封七夕节的风俗人情及热闹非常的场面。方方面面,角角落落,甚至街巷俗语,都加以记录,十分详尽细致。可见在宋代人们就有七夕节各种活动的记载,也可以看出七夕牛女会在古人生活中的重要地位。

(张华　段永升)

乞　巧

周　密

立秋日,都人戴楸叶,饮秋水、赤小豆。七夕节物,多尚果食、茜鸡。及泥孩儿号"摩侯罗",有极精巧,饰以金珠者,其直不赀①。并以蜡印凫雁水禽之类,浮之水上。妇人女子,至夜对月穿针。饾饤杯盘,饮酒为乐,谓之"乞巧"。及以小蜘蛛贮盒内,以候结网之疏密,为得巧之多少。小儿女多衣荷叶半臂,手持荷叶,效颦摩侯罗。大抵皆中原旧俗也。

七夕前,修内司例进摩侯罗十卓,每卓三十枚,大者至高三尺,或用象牙雕镂,或用龙涎佛手香制造,悉用镂金珠翠。衣帽、金钱、钗镯、佩环、真珠、头须及手中所执戏具,皆七宝为之,各护以五色缕金纱厨。制阃贵臣及京府等处②,至有铸金为贡者。宫姬市娃,冠花衣领皆以乞巧时物为饰焉。

【作者简介】

周密(1232—1298),字公谨,号草窗,又号四水潜夫、弁阳老人、华不注山人,南宋词人、文学家。祖籍济南,流寓吴兴(今浙江湖州)。宋德祐间为义乌县令。入元隐居不仕。他的诗文都有成就，又能诗画音律，尤好藏弃校书，一生著述较丰。著有《齐东野语》《武林旧事》《癸辛杂识》《志雅堂要杂钞》等杂著数十种。其词远祖清真，近法姜夔，风格清雅秀润，与吴文英并称“二窗”，词集名《频洲渔笛谱》《草窗词》。

【注释】

① 赀：计算。 ② 阃(kǔn)：门槛、门限。

【题解】

这段话描述了南宋七夕节的风俗人情及热闹非常的场面，衣帽服饰，宫廷市井，都详加记录，十分细致。可见在宋代人们就有七夕节各种活动的记载，也可以看出七夕牛女会在古人生活中的重要地位。

（张华 段永升）

《梦粱录》卷四 七夕

吴自牧

七月七日，谓之“七夕节”。其日晚晡时[①]，倾城儿童女子，不问贫富，皆着新衣。富贵之家，于高楼危榭，安排筵会，以赏节序，又于广庭中设香案及酒果，遂令女郎望月瞻斗列拜，次乞巧于女、牛[②]。或取小蜘蛛，以金银小盒儿盛之。次早，观其网丝圆正，名曰“得巧”。内庭与贵宅皆塑卖“磨喝药”（又名“摩睺罗孩儿”），悉以土木雕塑，更以造彩装襕座，用碧纱罩笼之，下以桌面架之，用青绿销金桌衣围护，或以金玉珠翠装饰尤佳。又于数日前，以红熝鸡、果食、时新果子，互相馈送。禁中意思蜜煎局，亦以“鹊桥仙”故事，先以水蜜木瓜进入。市井儿童，手执新荷叶，效“摩睺罗”之状。此东都流传，至今不改，不知出何文记也。

【作者简介】

吴自牧，字不详，钱塘人。生卒年亦不详，约宋度宗咸淳中前后在世，生平亦无考。宋亡后尝追记钱塘盛况，作《梦粱录》二十卷，《四库总目》与孟元老《东京梦华录》同体。

【注释】

① 晚晡:申时,即下午三点钟到五点钟的时间。 ② 女、牛:织女星 ,牛郎星。

【题解】

这段话描述了宋代七夕节的风俗人情及热闹场面,诸如七夕节饮食习俗、乞巧活动、乞巧衣饰等,烘托出“倾城儿童女子,不问贫富,皆着新衣”,的喜庆氛围。一则说明宋人对七夕节之重视,二则可以见出七夕习俗活动之丰富多彩。

(张华　段永升)

明　代

乞　巧　赋

杨维桢

杨子振衣内湢①,蹀足外庭②。龙火迫氾③,纤阿弦晶④。天高无云,仰见明星。倬彼云汉⑤,复道其昂⑥。两宿东西⑦,脉脉相望。已而童子有请于前者曰⑧:“今夕七夕,天女停织。帝命嫔于河西⑨,而河鼓是匹⑩。神官役乌⑪,填者簉翼⑫。两旗既褰⑬,七襄攸轭⑭。是以人间之世,穹楼开张⑮,杂组经纬⑯,瓜果招灵⑰,蛛丝格瑞⑱。可寿可嗣⑲,可富可贵。心开目明,手便足利。凡有所求,靡不如意⑳。先生以拙累官㉑,曷不随而祠之乎㉒?”

【注释】

① 振衣:拂衣。内湢(bì):指浴室。 ② 蹀(dié)足:顿足。外庭:指院子。 ③ 龙火:星宿名。迫氾:指靠近银河边。氾:水边。 ④ 纤阿:古代传说中御月行进的女神。汉司马相如《子虚赋》:“阳子骖乘,纤阿为御。”弦晶:以光亮为弦。这里指农历七月七夜的上弦月。晶:光亮。 ⑤ 倬(zhuō)彼云汉:银河又长又明亮。《诗经.大雅.云汉》:“倬彼云汉,昭回于天。”倬:高大、显著。云汉:指银河。 ⑥ 复道其昂:再次形容其高大。 ⑦ 两宿:指牛、女二宿。 ⑧ 童子:书童。 ⑨ 帝:天帝。嫔:出嫁。河西:银河之西。 ⑩河鼓:指牛郎星。匹:配。 ⑪ 神官:泛指天上的官吏。役乌:驱使着乌鸦。 ⑫ 填者簉(zào)翼:指乌鸦将翅膀聚集在一起。簉,汇集,充满。 ⑬ 两旗:指旗星。褰(qiān):撩起、揭起。 ⑭ 攸轭:驾车。 ⑮ 穹楼:高楼。穹:高、大。开张:指门窗大开。 ⑯ 杂组经纬:杂织各色丝线,为妇女乞巧时所用。组:编织。经纬:指织布的横线和纵线。 ⑰ 瓜果:陈设用以乞巧的瓜果。招灵:招致神灵。 ⑱ 蛛丝:蜘蛛所吐的丝,这里指丝线。格瑞:招来祥瑞。格:至。 ⑲ 可寿可嗣:既能长寿,又能使子孙兴旺。嗣:继

承、接续。⑳ 靡：没有。　㉑ 以拙累官：因拙于世故而带累了官阶的升迁。㉒ 曷：为什么。祠：祭祀。

杨子闻言，将信将疑。爰命童子[1]，舆峻几[2]，荐洁卮[3]。列瓜果，插竹绥[4]。仰叩灵匹[5]，俯沥凡辞[6]。再拜稽首[7]，称臣而晋告于天之孙曰[8]："切念微臣，某实病至拙[9]。灵七莫针[10]，神机莫抉[11]。冥心顽尸[12]，倥偬儱侗[13]。謇言赘行[14]，窝卷鵕鸃[15]。他人有心，百慧横生。举一反三，推纵达衡[16]。算无遗策[17]，筹无不成[18]。臣独不然，关聪塞明[19]。利在而趋，害萌而背[20]。首鼠两端[21]，观望进退。动辄得宜[22]，步无狼狈[23]。臣独不然，手礓足碍[24]。

【注释】

① 爰：乃。　② 舆：抬、扛。峻几：高大的桌几。　③ 荐：进、献。洁卮：干净的酒器。　④ 竹绥：用竹篾编制成的小旗。　⑤ 仰叩：仰头而问。灵匹：神仙的配偶。　⑥ 俯沥凡辞：低头洒酒于地而陈辞。　⑦ 稽首：古时跪拜礼。　⑧ 晋告：即进告。　⑨ 病：受困、困于。至拙：拙到了极点。　⑩ 灵七：七夕。莫针：没有穿针乞巧。　⑪ 神机：指织布机。莫抉：没有动过。指内心与外表都愚钝无知。⑫ 冥：愚暗。顽：愚钝。　⑬ 倥偬儱侗：愚钝。　⑭ 謇言：结结巴巴的语言。赘行：不必要的行为。　⑮ 窝卷：不舒展貌。鵕鸃：动摇不定。　⑯ 推纵达衡：由纵向的就能推达横向的。　⑰ 策：计数用的小筹。　⑱ 筹：谋划。这两句意为善于谋划。⑲ 关聪塞明：意为闭塞视听。　⑳ 趋：奔赴。萌：发生。背：离开。　㉑ 首鼠两端：迟疑不定。　㉒ 动辄得宜：任何举动都恰到好处。　㉓ 步无狼狈：进退没有任何窘迫慌张之处。　㉔ 手礓足碍：手脚僵硬，行动迟缓。

"周容以为度[1]，诡随以为迁[2]。鸢肩以立，羔膝以前[3]。低颈出跨，娇笑承拳[4]。破怒而嬉，枘凿相便[5]。臣羞见之，执方愈坚[6]。柔和熟软，滑稽宛转[7]。突梯炙膏，截截善谝[8]。移易是非，售佞若蹇[9]。簧口电舌，听者舞抃[10]。臣欲效之，喉若有键[11]。"

【注释】

① 周容：谄媚奉迎，取悦于人。度：原则。　② 诡随：放肆谲诈。迁：变化、变

动。 ③ 鸢肩：双肩上耸如鸢。羔膝：指跪在地上。小羊羔求食母乳时，两只前腿跪于地，故言。 ④ 低颈出跨：指头俯得很低，胯部翘得很高，匍匐于地。矫笑：假笑。承拳：承受打击。 ⑤ 枘（ruì）凿：榫头与卯眼。相便：相合。这两句说根据情势而或怒或嬉，迎合得极其周到。 ⑥ 执方愈坚：更加坚定地坚持方直的原则。⑦ 柔和熟软：指人没有原则，随声附和。滑稽：喻圆转自如。宛转：指说话柔和而曲折。 ⑧ 突梯炙膏：谓圆滑得像烧化的油脂一般。突梯：无隅角，圆滑之貌。截截善谝：《书·秦誓》"惟突梯炙膏，截截善谝言。"截截：巧辩貌。 ⑨ 移易是非：搬弄是非。售佞若蹇：本来能言善辩，进佞言时却装的不善言辞，从而使人们相信。⑩ 簧口电舌：言辞动听如乐器，快捷如闪电。舞抃（biàn）：因喜悦而起舞。⑪ 效：模仿、仿效。键：插入栓门横木孔内以供扣锁的铁销。

"人之巧宦，钻隙寻岐[①]。频要银艾，时更色衣[②]。意匠所发，随触其机[③]。右官左调，我独差池[④]。特行兮遭媢，皎志兮逢疑[⑤]。法吏蘖事，以赇是非[⑥]。翻手升降，我执弗依[⑦]。甘即曲罚，以为世嗤[⑧]。彼实盗跖，乃名之为随夷[⑨]。凡此拙疾，更仆不了[⑩]。窃闻天孙，司天之巧。幸逢欢旦，仰瞻皎皎[⑪]。乞与馀恩，实臣蒙之再造也[⑫]。"

【注释】

① 巧宦：指通过捷径而登上仕途。钻隙寻岐：寻找缝隙与捷径。 ② 频要银艾：多次得官。要：求、取。银艾：银印绿绶，绶以艾草染为绿色，故称艾。时更色衣：指不时得到升迁。 ③ 意匠所发，随触其机：巧加筹划，都能切中事情的关键。④ 右官左调：指降官。古代以右为尊。差池：不齐貌，引申为差错。 ⑤ 特行：独行。媢（mào）：嫉妒。皎志：高洁之志。 ⑥ 法吏：执法的官吏。蘖事：生事。以赇是非：用贿赂的多少来判断是非。 ⑦ 翻手升降：指随意升降。我执弗依：我坚持着不肯顺从。 ⑧ 甘即曲罚：甘愿忍受不公正的惩罚。嗤：讥笑、嘲笑。 ⑨ 盗跖：相传为春秋末期人。因其为奴隶起义的领袖，故历来被视为盗。名：称呼。随夷：卞随和伯夷。二人历来被看作品德高尚的人。 ⑩ 更仆：更番相代。不了：没有穷尽。 ⑪ 欢旦：指七夕。皎皎：明亮洁净貌，这里指织女星。 ⑫ 与：赐予。臣蒙：自称的谦辞。再造：重新获得生命。

辞讫收声[①],屏息俯伏以听命。寥廓中若有所令曰[②]:“勖哉某!我巧不加于汝,亦犹汝拙不可加诸人也[③]。相汝下民,淫巧滋新[④]。至德有世,填填颠颠[⑤]。道术相忘,野鹿标薪[⑥]。烦告渎训,巧于说言,非以泄民之天者邪[⑦]?刑罗宪网,巧于法术,非以贼民之质者邪[⑧]?雕龙骋马,巧于谭辩,非以离民之欵者邪[⑨]?捷仁提义,巧于文章,非眩民以多方者邪[⑩]?䰱谗贪魃,巧于机械,非沦胥民以败者也?是以知诈渐毒,民极佻巧[⑪]。盱盱以为诞,琐琐以为狡[⑫]。相祷相张,相敚相矫[⑬]。世巧靡究,帝心是懆[⑭]。我之所有,岂自秘宝[⑮]?获罪于帝,无所事祷[⑯]。勖哉某!保尔之拙,庶近大道。”

【注释】

① 辞讫:说完、说毕。收声:不出声。　② 寥廓:广阔、旷远。这里指天空。③ 勖:勉励。某:代词,这里意思是你。诸:“之于”的合音。　④ 相:观察、审视。下民:指人类。淫巧:过度的智巧。滋新:更加新奇。　⑤ 至德有世,填填颠颠:《庄子·马蹄》:“故至德之世,其行填填,其视颠颠。”填填:稳重、着实。颠颠:专一。　⑥ 道术相忘,野鹿标薪:《列子·周穆王》:“郑人有薪于野者,遇骇鹿,御而击之,毙之。恐人见之也,遽而藏诸隍中,覆之以蕉,不胜其喜。俄而遗其所藏之处,遂以为梦焉。”后用以比喻人世间的真与假。　⑦ 烦告渎训:繁多的训诫。泄:泄露。天:指本性。　⑧ 刑罗宪网:指众多的刑罚与法令。法术:指法家之学。贼:戕害、伤害。质:本质。　⑨ 雕龙:比喻善文辞。骋马:纵马驰骋。这里指纵横骋辩。谭辩:辩说。离:离散。欵:同“款”,真诚、诚恳。　⑩ 捷仁提义:指抛弃仁义。捷:投掷、扔掉。文章:指礼乐法度。眩:示。方:方法、手段。　⑪ 䰱谗:像䰱一样谗言人。䰱(líng)是古代传说中的一种挑拨离间残害人的怪物。贪魃(bá):像魃一样贪得无厌。贪魃是古代传说中一种贪得无厌的怪物。机械:机巧、巧诈。沦胥:指相互牵连而受苦难。知诈渐毒:懂得欺诈,染上害人的习气。佻巧:轻薄巧诈。　⑫ 盱盱:张目直视貌。诞:欺、诈。琐琐:细小卑贱貌。狡:伤害。　⑬ 相祷相张:相互欺诳。相敚(duó)相矫:相互争夺强取。　⑭ 靡究:没有穷尽。懆:忧愁。　⑮ 秘宝:珍奇的宝贝。　⑯ 事祷:侍奉祭祀。

杨子闻灵音,觍而惧,少焉怡而悟[①]。于是再拜稽首,祗承灵命[②]。退而引酒以自歌[③],歌曰:“彼木者樗,不才而自如兮[④]。彼兽者狙,恃巧而卒自屠兮[⑤]。巧者自巧,吾不知其巧;愚者自愚,吾不知其愚兮。游无为兮为途,休无用兮为居[⑥]。吾不知抱朴翁之徒,还真子之徒兮[⑦]。"

【注释】

① 灵音:指上文所提到的空中之音。觑(xì):恐惧。怡:高兴。 ② 祇(zhī):恭敬。灵命:上天之命。 ③ 引酒:举酒。 ④ 樗(chū):臭椿。《庄子·逍遥游》:"吾有大树,人谓之樗。其大本臃肿,而不中绳墨;其小枝卷曲,而不中规矩;立之涂,匠者不顾。" ⑤ 狙:猕猴。《庄子·徐无鬼》:"吴王浮于江,登乎狙之山。众狙见之,恂然弃而走,逃于深蓁。有一狙焉,委蛇攫搔,见巧乎王。王射之,敏给搏捷矢。王命相者趋射之,狙执死。" ⑥ 居:住所。这两句说自己将遵循无为无用的原则。 ⑦ 抱朴翁:即抱朴子,晋葛洪自称抱朴子,并注《抱朴子》一书。还真子:道家名号,具体所指不详。

【作者简介】

杨维桢(1296—1370),字廉夫,号铁崖、东维子,会稽(今浙江绍兴)人。泰定四年(1327)进士。授天台县尹,杭州四务提举,建德路总管推官。明洪武二年(1369),召至京师,议订各种仪礼法典。事成后,即请归,朱元璋命百官于京都西门外设宴欢送,归后不久逝世。杨维桢在诗、文、戏曲方面均有建树,历来对他评价很高。杨维桢为元代诗坛领袖,因"诗名擅一时,号铁崖体",在元文坛独领风骚四十余年。其诗文清秀隽逸,别具一格,他长于乐府诗,多以史事及神话传说为题材。其诗好比兴,奇想联翩,所创《西湖竹枝词》通俗清新,和者众多。著有《东维子文集》《铁崖先生古乐府》等。

【题解】

赋作借七夕乞巧的民间习俗生发而成。作者想以所乞之巧补己之拙,在对上天的陈词中,对自己之拙与他人之巧作了鲜明对比:他人善于算计而自己闭塞视听;他人善于趋利避害,自己却拙于变通;他人圆滑周比,自己方正不阿;他人拨弄是非,自己谨于言语;他人钻营升官,自己仕途偃蹇;他人受贿枉法,自己坚持原则。在这一连串的陈述中,作者暗寓褒贬,字里行间透露出对这一系列巧伪现象的揭露和批判。作者最后表达了自己守拙而不为此巧伪的坚定决心。

(宋锡玲　段永升)

七夕吟　张士行赋

张以宁

银河迢迢向东注,玉女盈盈隔秋渚。金梭飞飞掷烟雾,织作青鸾寄幽素。青鸾织成不飞去,仙郎脉脉愁无语[①]。无语相望朝复暮,白榆摇落成秋树。藕花香冷鸳鸯浦,天上银桥宝车度。风清蕊殿开瑶户,云屏雾褥芙蓉吐。经年香梦遥相许,一夕离肠为郎诉。羿姬妒人留不住[②],天鸡角角扶桑曙[③]。龙巾荏苒啼红露,乱点云开逗飞雨。伯劳西飞燕东翥[④],河干石烂愁终古。翠楼乞巧娉婷女[⑤],镜里青螺扫眉妩。博山沈烟袅双缕,不识人间别离苦。

【作者简介】

张以宁(1301—1370),明诗文家,字志道。古田(今属福建宁德)人,家于翠屏山下,学者称为翠屏先生,以《春秋》举元泰定四年(1327)进士,官至翰林侍读学士,博学强记,擅名于时,人称"小张学士"。明军取元都后,与危素等仕于新朝,被明太祖任为翰林侍讲学士。1369年,奉使安南,完成使命还朝时病死于途中,为人廉洁。所学以经学见长,尤专《春秋》,著有《春秋胡转辨疑》《春王正月考》等,后者完成于滞留安南时,今有传本。其诗文颇有时名,有虞集、欧阳玄、揭傒斯等后继者之誉。著有《翠屏集》。

【注释】

① 脉脉:含情不语貌。《古诗十九首·迢迢牵牛星》有"盈盈一水间,脉脉不得语"。　② 羿姬:嫦娥。　③ 曙:天亮。　④ 伯劳西飞:伯劳,鸟名。古诗《东飞伯劳歌》:"东飞伯劳西飞燕,黄姑织女时相见。"故常以伯劳之飞寓分离。　⑤ 乞巧:《荆楚岁时记》:"七夕,妇人结彩楼,穿七孔针,陈瓜果于庭中以乞巧,有喜子(蜘蛛的一种)结网于瓜,则以为得。"

【题解】

这首《七夕吟》以极为优美的语言道出了牛女天河相阻、日日思念到七夕鹊桥相会继而又彼此分离的全过程,绵绵深情渗透于字里行间,环境描写极为贴切地烘托出了牛女日日相思而不得见的苦闷之情。七夕一诉终不免重分天河，这是多么令人痛心的事情啊！然而依习俗于此时低声乞巧的少女却不解此情，仍旧年年乞巧不辍。全诗饱含深情，对人间离别之苦的惋惜之情和牛女般真挚情感的赞美之情溢于言表，具有较强的艺术感染力，不失为一篇描写七夕的佳作。

（张华）

清

《幽梦影》　交友

张　潮

上元须酌豪友[①]，端午须酌丽友，七夕须酌韵友[②]，中秋须酌淡友，重九须酌逸友。

【作者简介】

张潮（1650—1709），字山来居士，号心斋，仲子，安徽歙县人。张潮是清代文学家、小说家、刻书家，官至翰林院孔目。张潮著作等身，著名的作品包括《幽梦影》《虞初新志》《花影词》《心斋聊复集》《奚囊寸锦》《心斋诗集》《饮中八仙令》《鹿葱花馆诗钞》等。张潮也是清代刻书家，曾刻印《檀几丛书》《昭代丛书》等。

【注释】

① 上元：正月十五元宵节。　② 韵友：诗友。

【题解】

在古代人们有几个十分重要的节日，七夕就是其中的一个，与元宵节、端午节、中秋节、重阳节一并为人们所重视。从中也可以看出古人有七夕赋诗的习俗。

（张华）

后　记

2008年，我们受西安市长安区文化部门委托，对长安斗门牛郎织女传说进行田野调查，并成功申请了国家非物质文化遗产保护项目。我们在收集、整理并出版了有关牛郎织女传说田野调查第一手资料的基础上，为了使这份来自民间的传说资料与古代文学作品珠联璧合，决定着手整理中国古代与牛郎织女传说相关的文学作品。

我们组织了文学院宋锡玲等十余名博士、硕士研究生，广泛查阅相关文学资料，对所获材料进行仔细甄别、取舍、分类、整理、注释，并做了简要的题解。取材范围起自先秦，迄于清末，内容涉及诗、词、曲、文、赋等多种文体，共精选了中国历代有关牛郎织女的文学作品四百余篇，作家三百余位。经过近四年的艰辛努力，这本《咏七夕诗词文赋考释新解》终于与读者见面了。此书意在为热衷于牛郎织女传说的研究者提供文学参考资料，亦可供文学爱好者赏析。

本书的出版得到了陕西师范大学陕西文化资源开发协同创新中心的大力支持，特此致谢！

中国古代文学作品浩如烟海，加之我们水平有限，在整理、注释及题解的过程中，疏漏与错误在所难免，诚望广大读者批评指正！

主编

2015年5月18日